Drei romantische

Arzt-/Liebesromane

in einem Band

Das Wunder wahrer Liebe

Echte Liebe überwindet alle Hindernisse

Grenzenlose Liebe

Dr. Leon Blautaler

Autor:
Monselius Fabricius

Impressum

Alle Rechte liegen beim Autor
Düsseldorf, im Sommer 2014
2. Auflage
Herstellung und Verlag: BoD - Books on Demand, Norderstedt
ISBN: 9783735778406

Bibliografische Information der Deutschen Nationalbibliothek

**Die Deutsche Nationalbibliothek verzeichnet diese Publikation in der
Deutschen Nationalbibliografie; detaillierte bibliografische Daten sind im
Internet über http://dnb.d-nb.de abrufbar.**

Das Wunder wahrer Liebe
Leonie auf ihrem Weg zu Selbstbewusstsein und Liebe

Wie an jedem Freitag während der Schulzeit, so saß auch heute das Lehrerkollegium der Astrid Lindgren Grundschule im Lehrerzimmer zusammen. Dabei besprachen die Lehrkräfte Besonderheiten der abgelaufenen Woche, um sich wechselseitig hilfreich zu unterstützen.

Leonie Satori, eine 27-jährige, schüchterne Referendarin war erst seit kurzer Zeit an dieser Schule. Zeitgleich zu Leonie hatte auch ihr 31-jähriger Referendariatskollege, Felix Schachtner dort seine Zeit als Referendar begonnen. Insgesamt saßen 12 Kolleginnen und Kollegen rund um einen großen Konferenztisch, an dem jeder einen individuell gestalteten Platz einnahm. Wohl sortierte Bücherstapel, Klassenarbeitshefte und Schreibutensilien lagen in großer Zahl auf dem Tisch. Leonie hatte ihren Platz rechts neben dem Kopfende zugeteilt bekommen. Dort saß sie direkt neben Schulrektor Michael Strehlau, der allerdings des Öfteren nicht an diesen wöchentlichen Besprechungen teilnahm. Am anderen Ende des Tisches befand sich der ihm zugewiesene Platz von Felix.

„Einen schönen guten Tag, liebe Kolleginnen und Kollegen", sagte Schulrektor Michael Strehlau, der gerade zur Tür herein kam. Michael Strehlau, ein 52-jähriger, locker gekleideter Mann, war Schulrektor aus Leidenschaft. Schon seit seiner Jugendzeit war es ihm stets ein Bedürfnis, Kindern Freude am Lernen vermitteln zu wollen. „Ich nehme an, sie haben sich schon hinsichtlich der aktuellen Ereignisse in der abgelaufenen Woche ausgetauscht? Wie sie alle wissen, ist es mir ein besonderes Anliegen, unsere junge Kollegin, Leonie, sowie unseren jungen Kollegen, Felix, bestmöglich zu unterstützen. Sie, meine lieben Kolleginnen und Kollegen, die schon längere Zeit hier an unserer Schule unterrichten, können sich bestimmt noch daran erinnern, wie aufgeregt sie damals waren."

In diesem Moment warf Nele Neid, eine 28-jährige Lehrerin, einen missgünstigen Blick zu Leonie. Leonie, die schon seit ihrer Kindheit unter Minderwertigkeitskomplexen litt, fühlte sich in diesem Moment stark verunsichert. „Leonie, wie Sie bestimmt wissen, müssen Sie im Rahmen Ihres Referendariats eine Präsentation anfertigen. Nach sorgsamer Durchsicht ihres Studienverlaufs, habe ich für Sie ein Thema ausgewählt, das Sie bestimmt gut und gern bearbeiten werden. Ich darf Sie bitten, eine Präsentation zum Thema „Lernpsychologie in der Schule" anzufertigen. Bitte achten Sie bei Ihrer Präsentation darauf, dass vor allem der Grundschulbereich eine besondere Beachtung findet. Für die Vorbereitung dieser Präsentation, die dann hier vor unserem Lehrerkollegium vorgeführt wird, haben Sie insgesamt 14 Tage Zeit. Ich wünsche Ihnen viel Erfolg und viel Freude bei Ihrer Arbeit", sagte Schulrektor Strehlau.

Mit einem leicht nach unten geneigten Kopf sagte Leonie zu Schulrektor Strehlau: „Vielen Dank. Ich werde mir Mühe geben, eine gute Präsentation vorzubereiten." Während sich Leonie bedankte, hörte sie, wie Nele leise vor sich hin plapperte: „Ob die das wohl schafft? Dieses Mauerblümchen sollte doch lieber in den Kindergarten gehen." Felix, der diese böse Bemerkung ebenfalls gehört hatte, warf Leonie einen ermutigenden Blick zu.

„Meine Damen, meine Herren, ich möchte Sie nun auch nicht länger stören. Vermutlich möchten Sie hier noch einiges besprechen, bevor Sie dann ins wohlverdiente Wochenende gehen. Ich wünsche Ihnen allen noch einen schönen Tag." Kurz darauf verließ Schulrektor Strehlau das Lehrerzimmer. Während die meisten der Kolleginnen und Kollegen schnell wieder in eigene Gespräche vertieft waren, verspürten Leonie und Felix ein zartes Band wechselseitiger Sympathie. Für Leonie war es ein völlig neues Gefühl, dass sich ein Mann für sie engagieren könnte. Der Blick, den Felix ihr eben in der für sie so schwierigen Situation zugeworfen hatte, war für sie von

3

großer Bedeutung. Sie fühlte sich hin- und hergerissen. Einerseits war sie gerührt von dem Gefühl, dass ihr Felix einen so zarten Blick geschenkt hatte. Andererseits stiegen sogleich wieder ihre quälenden Selbstzweifel in ihr auf. Es konnte einfach nicht sein, dass sich ein so liebevoller, gut aussehender Mann für sie interessiert.

„Hast du schon Pläne für dieses Wochenende?", fragte Nele mit ihren stark geschminkten Augen klimpernd Felix? „Ja, ich werde an einem Schachturnier teilnehmen. Damit wird mein Wochenende bestens ausgefüllt sein", antwortete Felix, sichtlich desinteressiert. „Schade, sonst hätten wir vielleicht etwas gemeinsam unternehmen können."

Leonie, die diesen Dialog sehr wohl mitbekommen hatte, sah sich sogleich in ihren Minderwertigkeitskomplexen bestätigt. „Das ist schon klar, dass ich mit einer so selbstbewussten und modisch gestylten Frau nicht konkurrieren kann", sagte Leonie zu sich selbst. In ihrer Fantasie hatte sie schon davon geträumt, gemeinsam mit Felix eine Zukunft zu gestalten. Der liebevolle Blick, den Felix ihr gerade geschenkt hatte, löste in ihr eine Kaskade schönster Gedanken und Gefühle aus. Sie malte sich aus, wie es wohl wäre an der Seite von Felix ein Leben voller Glück und Harmonie leben zu können? Während sich Leonie diesen Träumereien hingab, vergaß sie für einen kurzen Moment, dass sie sich im Lehrerzimmer befand.

Nele, die diese Gefühlsregung offenbar mitbekommen hatte, riss Leonie jäh aus ihren Tagträumen, und sagte zu ihr: „Du machst auf mich den Eindruck, dass du gar nicht anwesend bist. Konzentriere dich lieber mal auf deine Präsentation, denn die wird mit darüber entscheiden, ob du das Referendariat hier erfolgreich bestehen wirst." „Ja, ja, schon klar", sagte Leonie kleinlaut. „Ich weiß, dass diese Präsentation sehr wichtig für mich sein wird." Während Nele zu ihrem Platz zurückging, warf sie Leonie erneut einen missgünstigen Blick zu, dem Leonie zu entnehmen glaubte: „Lass' bloß die Finger von Felix. Der gehört mir. Versuch'

erst gar nicht, ihn auf deine Seite zu ziehen. Gegen mich hast du ohnehin keine Chance."

In Neles Leben gab es bisher schon viele Männer. Allerdings konnte sie bisher keine längerfristige Beziehung aufbauen. Sicher lag es daran, dass Nele Männer grundsätzlich nur als Trophäen betrachtete, die es in möglichst großer Zahl zu sammeln galt. Wahre Liebe, wie sie sich Leonie wünschte, kam in Neles Welt schlichtweg nicht vor.

Felix, der beobachtete, dass Leonie gedankenschwer an ihrem Platz saß, ging zu ihr, und sagte: „Leonie, ich bin ganz sicher, dass du eine gute Präsentation entwickeln wirst. Hab' Mut, du schaffst das ganz bestimmt!" Während Felix zu Leonie sprach, spürte Leonie eine liebevolle Wärme in seinem Blick, die sie innerlich elektrisierte. Da sie Angst hatte, Felix könnte ihre Gefühlsregung mitbekommen, lenkte sie schnell ab.

„Du nimmst also an einem Schachturnier teil, Felix?" „Ja, ich spiele schon seit vielen Jahren im hiesigen Schachverein. Das macht mir große Freude." „Dann bist Du bestimmt ein besonders kluger Mensch?" „Ach, Leonie, ich bin eher sehr bescheiden, und freue mich, wenn ich anderen Menschen behilflich sein darf." „Das gefällt mir sehr gut. Du hast eine bemerkenswerte Lebenseinstellung. So etwas findet man heutzutage leider nur noch selten." „Danke, für deine lieben Worte, Leonie." „Wie lange dauert denn eine solche Turnierpartie?" „Nun, das ist sehr unterschiedlich. Durchschnittlich sind etwa vier bis sechs Stunden keine Seltenheit." „Puh, dann musst du auch ein sehr geduldiger Mensch sein, oder?" „Ja, das ist wahr.

Einer meiner Leitsätze lautet: „In der Ruhe liegt die Kraft". Das ist eine Lebensweisheit, die du in vielen Situationen des Lebens sinnvoll nutzen kannst." „Ich bin schwer beeindruckt, Felix. Du bist sehr sympathisch und klug noch dazu. Das finde ich richtig gut."

Während sich Leonie und Felix so angeregt unterhielten, murmelte Nele trotzig vor sich hin. „Warte mal ab, naiver Felix. Wir wollen doch mal sehen, ob es diesem Mauerblümchen gelingt, dich um den Finger zu wickeln?" Im Lehrerzimmer war eine knisternde Atmosphäre entstanden. Einerseits die missgünstig agierende Nele. Andererseits die sich sehr zart andeutenden Bande einer aufkeimenden Liebe zwischen Leonie und Felix.

Draußen schaute die Sonne zwischen den Wolken hervor. Gegen 14 Uhr verließen die Kolleginnen und Kollegen das Lehrerzimmer, und freuten sich auf das wohlverdiente Wochenende.

*

„Einen wunderschönen guten Morgen", begrüßte Dr. Blautaler die aufgeregt wirkende Leonie in seiner Praxis. „Guten Morgen, Dr. Blautaler." „Was führt Sie zu mir? Sie wirken irgendwie so verstört auf mich. Was ist geschehen? Sind Sie krank? Fühlen Sie sich nicht wohl?", fragte Dr. Blautaler besorgt. „Ach, wissen Sie, ich weiß gar nicht so recht, wie ich anfangen soll? Irgendwie fühle ich mich total durch den Wind." „Am besten wird es sein, Sie kommen erst einmal herein, setzen sich hier auf einen Stuhl, und dann erzählen Sie mir in aller Ruhe, was Sie so bedrückt." „Ja, vielen Dank. Das ist eine gute Idee."

Aus dem Wartezimmer hörte man vereinzelt einige Gesprächsfetzen anderer Patientinnen. „Haben Sie denn bei Ihrer vollen Praxis überhaupt Zeit für mich? Ich möchte Ihnen nicht Ihre so wertvolle Zeit stehlen. Die anderen Menschen brauchen bestimmt auch Ihre Hilfe, Dr. Blautaler?" Obwohl Dr. Blautaler Leonies Einschätzung grundsätzlich zustimmte, spürte er, dass Leonies Befindlichkeit eine besondere Aufmerksamkeit benötigte. „Ja, das ist zwar richtig, dass hier viele Menschen darauf warten, von mir behandelt zu werden, aber meine ärztliche Intuition sagt mir, dass Sie akut in Not zu sein scheinen. Von daher nehme ich mir sehr gern etwas Zeit für Sie. Darf ich Ihnen ein Glas Wasser anbieten?" „Ja, vielen Dank." Während Leonie auf einem bequemen Stuhl

Platz nahm, versuchte Dr. Blautaler zunächst durch seine besonnene und freundliche Art beruhigend auf Leonie einzuwirken.

„Was kann ich denn für Sie tun? Wo drückt der Schuh? Haben Sie Sorgen?" Allmählich beruhigte sich Leonie ein wenig, und sie öffnete sich. „Dr. Blautaler, ich bin z. Z. im Referendariat, und soll nun dort eine Präsentation vorbereiten." „Ich nehme an, davor haben Sie Angst?" „Nein, das ist es nicht. Die Präsentation werde ich bestimmt gut schaffen." „Was ist es dann, was Sie so sehr bedrückt?" „Nun, wie soll ich es sagen? Es gibt dort einen sehr netten Kollegen, Felix, der ebenfalls dort als Referendar tätig ist." „Ich verstehe. Und wo genau sehen Sie das Problem?"

Sichtlich berührt wechselte Leonies Gesichtsfarbe zu einem verschämten Rot. Dr. Blautaler ließ sich nichts anmerken, und ahnte, worauf Leonie hinaus wollte. „Gibt es Probleme mit diesem Kollegen?" „Nein, so kann man das nicht sagen. Ganz im Gegenteil." „Ganz im Gegenteil?", fragte Dr. Blautaler etwas spitzbübisch. „Nun ja, ich glaube, dass ich mich in Felix verliebt habe." „Herzlichen Glückwunsch. Das ist ein schönes Gefühl, dessen Sie sich nicht zu schämen brauchen."

Als Leonie merkte, dass Dr. Blautaler sehr empathisch mit dieser Situation umging, atmete sie innerlich ein wenig auf. „Das Problem ist, dass es im Lehrerkollegium eine Nele gibt, die offenbar ein Auge auf Felix geworfen hat. Ich habe den Eindruck, dass sie gar kein ernsthaftes Interesse an Felix hat, und ihn nur als Spielball benutzen möchte." „Ich verstehe. Das ist kein schöner Zug von Nele." „Außerdem befürchte ich, dass ich mit Nele nicht konkurrieren kann. Ich habe doch gar keine Chance bei Felix, wenn sich diese falsche Schlange an ihn heran macht." „Warum denken Sie, dass Sie keine Chance bei Felix haben?" „Nele wirkt viel attraktiver und selbstsicherer als ich."

„Haben Sie schon mal daran gedacht, dass manche Menschen nur eine aufgesetzte Selbstsicherheit zur Schau tragen, weil sie im

5

Grunde genommen oftmals eher unsichere Menschen sind?" Nachdenklich antwortete Leonie: „Mmh? Nein, dieser Gedanke ist mir so noch nicht in den Sinn gekommen. Da könnte etwas dran sein." „Oftmals hat mangelndes Selbstbewusstsein vor allem etwas damit zu tun, dass Menschen schon als Kinder zu wenig Anerkennung bekommen haben. Wie war das denn in Ihrer Familie?", fragte Dr. Blautaler?

„Wenn ich so darüber nachdenke, dann stelle ich fest, dass genau das auch bei mir ein wichtiger Grund sein könnte. Mein Vater, Gottfried Satori, den ich eigentlich sehr liebe, hatte zu mir immer eine sehr unterkühlte, sachliche Beziehung gepflegt. Zwar hatte er sich stets um mein materielles Wohl bemüht, weniger aber um mein seelisches Gleichgewicht. Das hatte mir schon immer sehr zu schaffen gemacht."

„Das kann ich sehr gut nachvollziehen", sagte Dr. Blautaler in seiner sehr verständnisvollen Art. „Sie sind ein sehr aufmerksamer Zuhörer und zudem ein wunderbarer Arzt, Dr. Blautaler. Ich glaube, dass ich hier bei Ihnen genau richtig bin. Schon lange habe ich keinen Menschen mehr getroffen, der mir so geduldig zuhört. Das tut mir sehr gut."

Aus dem Wartezimmer hörte man schon ein ungeduldiges Raunen einiger Patientinnen. „Ich schlage vor, dass Sie bis zu unserem nächsten Termin eine Liste erstellen. Dort tragen Sie bitte in eine Spalte alle Vorzüge ein, die sie bei sich wahrnehmen. In einer zweiten Spalte notieren Sie bitte alle Eigenschaften, die Sie an sich nicht mögen. Diese Liste werden wir dann bei unserem nächsten Termin hier besprechen." „Ja, das werde ich so machen. Ich wäre so froh, wenn ich endlich mehr Selbstbewusstsein entwickeln könnte. Vielen Dank für Ihre Hilfe. Bis bald dann, und Ihnen noch einen schönen Tag, Dr. Blautaler."

„Bitte lassen Sie sich an der Rezeption noch einen neuen Termin geben. Alles Gute, bis bald dann wieder. Auf Wiedersehen, Frau Satori." Schon kurz nachdem Leonie die Praxis von Dr. Blautaler verlassen hatte, überkamen sie erneut starke Selbstzweifel. Sie vermochte sich nicht vorzustellen, wie es ihr gelingen könnte, Felix für sich zu gewinnen.

Die schier übermächtige Nele würde ihr bestimmt Steine in den Weg legen wollen. Mit gemischten Gefühlen machte sich Leonie auf den Heimweg. Dort wartete noch ein Stapel Klassenarbeiten auf sie, die es zu korrigieren galt.

*

Am Wochenende besuchte Leonie ihren Vater, Gottfried, in dessen hauseigener Bibliothek. Er war schon immer ein richtiger Bücherwurm gewesen. Wenn er sich in seine Bücher zu den Themen Kunst und Theater vertiefte, konnte er alles um sich herum vergessen. In seiner Funktion als Verwaltungsdirektor eines privaten Bildungsträgers suchte er bewusst nach einem Ausgleich zu seiner beruflichen Tätigkeit.

Gottfried, ein leicht übergewichtiger Herr von 55 Jahren, litt sehr unter dem viel zu frühen Tod seiner schon mit 51 Jahren an Krebs verstorbenen Ehefrau, Marianne. „Hallo, Papa", begrüßte ihn Leonie freudestrahlend. „Hallo, Leonie. Wie war deine Woche in der Schule?", fragte Gottfried eher beiläufig, während er in einem großen Kunstbildband blätterte.

„Na ja, meine Zeit als Referendarin ist schon sehr aufregend. Schulrektor Strehlau hat mir den Auftrag erteilt, eine Präsentation zum Thema „Lernpsychologie in der Schule" anzufertigen. Dieses Thema interessiert mich schon seit längerer Zeit." Ohne den Blick von seinem Kunstbildband abzuwenden sagte Gottfried: „So, so. Ist das wieder so ein neumodischer Quatsch? Wir haben früher in der Schule einfach nur gelernt, und aus uns ist doch auch etwas geworden."

„Nein, Papa, das ist überhaupt kein neumodischer Quatsch. Es geht darum, dass die Kinder schon frühzeitig lernen sollen, wie sie ihr eigenes Lernen verbessern können. In unserer Welt, in der eine gute Bildung immer wichtiger geworden ist, sollten Kinder schon in der Grundschule lernen, wie sich möglichst gut und effektiv lernen lässt." „Na ja, wenn du meinst", murmelte Gottfried mürrisch in sich hinein.

„Aber Papa, das ist eigentlich gar nicht mein Problem." „Was hast du denn für ein Problem?" „Nun ja, im Lehrerkollegium gibt es einen sehr netten jungen Mann, Felix." „Na schön. Und wo ist das Problem?" „Wie soll ich es dir sagen, Papa? Ich habe mich wohl ein wenig in ihn verliebt." „Taugt er denn etwas? Kann er dich denn auch gut versorgen?" „Ach, Papa, du bist so schrecklich nüchtern. Mir geht es doch hier nicht um meine materielle Versorgung, sondern darum, dass ich Felix unglaublich nett finde." „Leonie, sei vorsichtig. Die meisten Kerle wollen die Mädels doch nur ins Bett kriegen. Anschließend lassen sie sie fast immer wie eine heiße Kartoffel fallen." „Papa, ich bin mir ganz sicher, dass Felix nicht so ist. Er ist sehr aufmerksam, ausgesprochen hilfsbereit und hat einen so liebevollen Blick."

„Leonie, mein Kind, du bist hoffnungslos romantisch", antwortete Gottfried in einem gelangweilten Tonfall. „Was ist schon schlimm daran, dass ich romantisch bin, Papa?" „Schlimm ist, dass dein Blick für die Realität offenbar getrübt ist. Wie du weißt, macht Liebe bekanntlich blind." „Papa, mir ist sehr wohl bewusst, dass dieser bekannte Spruch einen guten Schuss Wahrheit enthält. Schließlich lese ich Fachzeitschriften und Bücher aus den Bereichen Psychologie und Hirnforschung. Dennoch sollte die Romantik nicht völlig auf der Strecke bleiben. Meinst du nicht auch, Papa?"

„Ich kann dich nur warnen. Das Leben ist hart und ungerecht. Ich will doch nur dein Bestes, mein Kind." „Ja, ich weiß. Aber da gibt es noch ein Problem. Nele, eine richtig fiese Kollegin hat wohl einen Blick auf Felix geworfen. Ich bin mir sicher, dass sie Felix gar nicht wirklich liebt. Sie macht sich wohl nur an ihn heran, um eine weitere Trophäe in ihrer schon großen Männersammlung zu erobern."

„Dann ist sie sozusagen eine richtige Großwildjägerin" sagte Gottfried mit einem schmunzelnden Unterton. „Ja, so kann man es wohl sagen. Bei mir ist das aber total anders. Ich spüre tief in mir drin, dass Felix genau der richtige Mann für mein Leben sein wird. Rational kann ich das zwar nicht erklären, aber mein Bauchgefühl sagt mir ganz klar, dass wir füreinander bestimmt sind."

„Ach Leonie, Bauchgefühl, was soll das nun schon wieder bedeuten?" „Papa, hast du denn in deinen schlauen Büchern noch niemals davon gelesen, dass das Bauchgefühl äußerst wichtig für viele Entscheidungsfindungen ist?" „Nein, davon habe ich so noch nichts gelesen. Bestimmt ist das auch wieder so ein neumodischer Quatsch, den vor allem Psychologen so von sich geben.", antwortete Gottfried in einem erkennbar verächtlichen Tonfall. „Papa, bevor du vorschnell zu einem Thema etwas sagst, zu dem du offenbar bisher nichts weißt, wäre es doch besser, du informiertest dich erst einmal in der einschlägigen Literatur.", entgegnete Leonie, sichtlich enttäuscht. „Leonie, willst du deinem alten Vater sagen, was er zu tun und zu lassen hat?" „Ach, Papa, warum reagierst du denn so gereizt? Ich möchte dir doch nur sagen, dass das Bauchgefühl sehr wichtig ist.

Mein Bauchgefühl sagt mir jedenfalls ganz klar, dass ich Felix für mich gewinnen möchte." „Dann lass' dich nicht aufhalten, mein Kind. Du wirst schon sehen." „Meinst du denn, ob ich gegen diese dominante Nele überhaupt eine Chance habe?" „Na ja, wenn du dich immer wie ein schüchternes Mäuschen benimmst, wird das wohl kaum funktionieren.

Schon während der Schulzeit warst du doch immer sehr zurückhaltend. Deine Freundinnen waren viel lebenslustiger. Warum bist du nicht auch so?" Insbesondere die letzte Frage traf Leonie bis ins Mark. Schließlich hatte sie nicht absichtlich ein nur wenig ausgeprägtes Selbstbewusstsein. Vor allem ihr Vater war es doch, der entscheidend dazu beigetragen hatte, dass sie sich gegenüber anderen Menschen als minderwertig erlebte. Immer wieder musste sie sich schon früher schmerzliche Vergleiche anhören. Wie hätte sie da ein ausgeprägtes Selbstbewusstsein entwickeln können?

Hinein in diese traurige Grundstimmung kam ihr der Gedanke, dass Dr. Blautaler ihr bestimmt dabei helfen könnte, neues Selbstbewusstsein zu entwickeln. Traurig und ernüchtert verließ Leonie das Haus ihres Vaters. „Auf Wiedersehen, Papa." „Leonie, Kopf hoch. Mach's gut."

*

Am frühen Montagmorgen saß Leonie schon im Computerraum der Astrid Lindgren Grundschule, um dort für ihre Präsentation zu recherchieren. Heute begann ihr Unterricht in der 3b erst um 11 Uhr. Somit blieben ihr noch gute zwei Stunden Zeit für ihre Recherche. Im Gegensatz zu vielen anderen Grundschulen, war die Astrid Lindgren Grundschule computertechnisch sehr gut ausgestattet.

Ein schön eingerichteter, lichtdurchfluteter Computerraum mit insgesamt 15 Computerarbeitsplätzen bot optimale Bedingungen für ein effektives Lernen. Speziell für die Lehrkräfte standen drei eigens reservierte Computer zur Verfügung, die zudem alle passwortgeschützt waren.

Lediglich der IT-Administrator, Jonas Gerber, ein 34-jähriger Computerfreak – auch Nerd genannt – verfügte über sämtliche Zugriffsrechte. Nachdem Leonie an einem der Lehrer-PC Platz genommen hat, loggte sie sich mit ihrem Passwort in den Computer ein. Für jede Lehrkraft stand ein eigens dafür eingerichteter Dateiordner zur Verfügung, so dass ein geordnetes Arbeiten ermöglicht wurde.

Aus Datenschutzgründen wurden alle Dateiordner mit eigenen Passwörtern ausgestattet. Diese Passwörter waren nur der jeweiligen Lehrkraft sowie aus organisatorischen Gründen auch dem IT-Administrator, Jonas, bekannt.

„Hallo, einen schönen guten Morgen", ertönte es plötzlich im Computerraum, als gerade Jonas den Computerraum betrat. „Hallo, guten Morgen, Herr Gerber", antwortete Leonie zaghaft. „Nicht so förmlich, bitte. Leonie, wir können uns gern duzen. Ich heiße Jonas." „Einverstanden, Jonas. Ich heiße Leonie." „Ja, ich weiß. Lass' dich nicht stören bei deiner Arbeit. Ich muss hier noch einige Wartungsarbeiten an einigen Computern durchführen. Immer mal wieder gab es technische Probleme. Das war aber auch kein Wunder, denn schließlich wurden die Computer hier von vielen Leuten benutzt."

Jonas nahm Platz an einem der anderen Lehrer-PC, um sich dort als IT-Administrator einzuloggen. Währenddessen war Leonie schon wieder intensiv mit der Recherche für ihre Präsentation beschäftigt. Mit schüchterner Stimme fragte sie Jonas: „Darf ich dich mal kurz etwas fragen?" „Aber klar doch. Wie kann ich dir helfen?" „ Ich nehme an, dass du dich sehr gut mit Computern auskennst? Kannst du mir vielleicht kurz einmal zeigen, wie ich möglichst schnell die gewünschten Informationen im Internet für meine Präsentation finden kann?"

„Ja, kein Problem. Am einfachsten wird es sein, dass du die wichtigen Schlüsselbegriffe direkt in die Suchmaschine Google eingibst. Dort wirst du fast immer sehr schnell fündig werden." „Ja, Google ist mir natürlich schon aus meinem Studium her bekannt. Leider komme ich damit aber bisher nicht so wirklich gut zurecht." „Pass' auf, ich zeige dir die Vorgehensweise an einem konkreten Beispiel. Wonach genau suchst du denn, Leonie?" „Ich suche Material zum Thema „Lernpsychologie in der Schule"." „Ich verstehe. Schau' mal, dann trägst du die wichtigen Begriffe einfach hier in dieses Suchfeld ein, und schon bekommst du binnen kürzester Zeit eine große Auswahl hilfreicher Quellen angezeigt."

Erfreut über diese spontane Hilfe strahlte Leonie bis weit hinter beide Ohren. „Super, das funktioniert ja ganz einfach. Toll finde ich, dass ich die Suchbegriffe auch kombinieren kann." „Ja, genau das ist eine der vielen Stärken von Google. Meinst du, ob du jetzt alleine klar kommst, denn ich muss mich hier dringend um die Wartung einiger Computer kümmern?" „Ja, klar. Vielen Dank für deine schnelle Hilfe. Ich weiß jetzt Bescheid."

Beschwingt recherchierte Leonie im Internet, um dort hilfreiche Informationen für ihre Präsentation zu sammeln. Zwischenzeitlich musste sie immer wieder an Felix denken. Zeitweise fiel es ihr schwer, sich auf ihre Arbeit zu konzentrieren. In kurzen Tagträumen malte sie sich schon eine wunderbare Zukunft mit Felix aus; wäre da nicht Nele, der sie nicht über den Weg traute.

Binnen etwa einer Stunde hatte sie schon viel Material für ihre Präsentation gesammelt. Da ihr Unterricht in der 3b schon bald begann, speicherte Leonie das bisher gesammelte Material in ihrem Dateiordner auf dem Lehrer-PC. „Auf Wiedersehen, Jonas. Vielen Dank nochmals für deine Hilfe." „Gern geschehen, bis dann mal wieder", antwortete Jonas.

*

Als Leonie ins Lehrerzimmer kam um dort ihre Materialien für den Unterricht in der 3b zu holen, kam ihr gerade Nele entgegen. Erneut warf sie Leonie einen Blick zu, der von Missgunst und Arroganz geprägt war. „Na, auch schon hier, Leonie? Du bist wohl ganz schön spät dran heute, oder?" „Nein, Nele, ich bin nicht spät dran, sondern ich habe bis gerade eben intensiv an meiner Präsentation gearbeitet. Und stell' dir mal vor, Jonas hat mir sogar dabei geholfen. Ist das nicht richtig nett von ihm?"

„Wobei hat Jonas dir denn geholfen?" „Er hat mir gezeigt, wie ich wichtige Informationen für meine Präsentation mit Google im Internet finden kann." „Na, das weiß doch wohl heutzutage jedes Kind. Das ist doch nichts Besonderes", sagte Nele spöttisch. „Da übertreibst du aber, Nele. Nein, das, was Jonas mir gezeigt hat, weiß ganz bestimmt nicht jedes Kind. Und ich bin mir auch nicht sicher, ob du

das alles weißt?" „Was soll's? Das ist mir auch egal." Missmutig ging Nele den Gang entlang zu ihrer Klasse. Dabei drehte sie sich noch einmal zu Leonie um, und schickte ein freches Grinsen in deren Richtung. Nach dieser unerfreulichen Begegnung mit Nele freute sich Leonie um so mehr, dass sie im Lehrerzimmer auf Felix traf.

„Hallo, Leonie. Schön, dich zu sehen. Wo kommst du denn gerade her?" „Hallo, Felix. Ich bin sehr froh, dass du noch hier bist. Viel Zeit bleibt uns jetzt nicht mehr, bevor gleich die nächste Unterrichtsstunde beginnt." „Du wirkst irgendwie so aufgekratzt, Leonie. Was ist denn los?" „Ich habe heute Morgen im Computerraum eine längere Zeit an meiner Präsentation gearbeitet. Das ist ganz schön aufregend." „Ja, das glaube ich dir gern. Kommst du denn gut voran mit deiner Arbeit?" „Ja, alles in allem komme ich gut voran.

Jonas hat mir zu Beginn ein wenig geholfen. Er hat mir gezeigt, wie ich wichtige Begriffe kombinieren kann, um in Google die gewünschten Quellen zu finden. Das ist sehr hilfreich für mich gewesen, denn so genau hatte ich mich bisher nicht mit dieser Technik beschäftigt." „Prima, das freut mich sehr für dich, Leonie. Ich bin sicher, dass du eine richtig gute Präsentation vorbereiten wirst. Vor allem finde ich auch das Thema sehr interessant." „Ja, wirklich? Das freut mich sehr, denn mein Vater meinte, das sei wohl wieder so ein neumodischer Quatsch." „Lass' dich nicht beirren.

Wenn Menschen so dumm daher schwätzen, bedeutet das meistens nur, dass sie keine Ahnung haben. Manchmal steckt auch Neid und Missgunst dahinter." „Ja, das kann wohl so sein, Felix." „Neid, das ist ein gutes Stichwort. Ich habe den Eindruck, dass Nele irgendwie neidisch auf mich sein könnte. Sie benimmt sich mir gegenüber sehr merkwürdig. Immer wieder reagiert sie unfreundlich und aggressiv auf mich."

„Ja, das ist mir auch schon aufgefallen. Ich habe so eine Idee, woran das liegen könnte." „Lass' hören, das interessiert mich sehr." „Ich habe den Eindruck, dass sich Nele an mich heran machen möchte. Da ich aber überhaupt nicht an ihr interessiert bin, ärgert sie das wohl. Vermutlich hat sie auch mitbekommen, dass mein Verhältnis zu dir viel freundlicher ist. Das kann sie wohl nicht ertragen." „Ja, meinst du?" „Ja, ich denke, dass das ein wichtiger Grund für ihr unfreundliches Verhalten dir gegenüber sein könnte." „Sie hat doch gar keinen Grund neidisch auf mich zu sein. Wie sollte ich wohl mit ihr konkurrieren können? Sie ist eine selbstbewusste, sehr gut aussehende und aktive Frau. Ich dagegen bin sehr zurückhaltend, eher unauffällig und habe so gut wie gar kein Selbstbewusstsein."

Felix, der sichtlich erstaunt war, konnte diese Einschätzung so nicht teilen. „Leonie, ich glaube, da ist deine Wahrnehmung getrübt. Für mich ist Nele nicht selbstbewusst, sondern vielmehr zickig. Ich habe den Eindruck, dass sie im Grunde genommen sehr unglücklich ist, und dass sie sich das selbst nicht eingestehen kann. Von daher versucht sie betont selbstbewusst zu agieren, aber das wirkt auf mich überhaupt nicht glaubwürdig."

„Ja, wirklich, meinst du?" „Ja, genau das meine ich. Du dagegen, Leonie, bist eine sehr liebevolle, warmherzige Kollegin, mit der ich sehr viel lieber zusammenarbeite." Während Felix diese Worte sprach, hellten sich Leonies Gesichtszüge deutlich auf. Sie konnte sich nicht daran erinnern, wann zuletzt ein Mensch derart freundliche Worte über sie gefunden hatte. Sie spürte, dass ihr Gefühlsleben in Aufregung gekommen war.

Einerseits war da Felix, ein so wunderbarer Mann, den sie nur zu gern für sich gewinnen wollte. Andererseits waren da die quälenden Selbstzweifel, die immer wieder an ihr nagten. „Leonie, mach' dir bitte nicht so viele Gedanken. Du wirst deinen Weg finden. Ich bin ganz sicher, dass du alles gut geregelt bekommst." „Danke, Felix. Das tut sehr gut, das so aus deinem Mund zu hören. Du bist wirklich ein sehr lieber Mensch."

„Sag' mal, Leonie, wie kommt es denn, dass dein Selbstbewusstsein gestört zu sein scheint? Hast du schlechte Erfahrungen gemacht?" „Das ist eine sehr gute Frage, Felix. Ich vermute, es könnte damit zu tun haben, dass ich in meiner Familie nicht richtig gefördert worden bin. Mein Vater, den ich sehr liebe, ist ein sehr pragmatischer Mann. Für ihn zählen nur harte Fakten. Gefühle sind für ihn eher lästig. Während meiner Schulzeit hatte er mich immer wieder mit anderen Mädchen verglichen. Er warf mir oftmals vor, dass ich viel zu zurückhaltend sei, und dass ich mich doch auch so aktiv und fröhlich verhalten sollte, wie meine Freundinnen."

„Ich verstehe, das muss eine schwere Zeit für dich gewesen sein, Leonie." „Ja, das ist wahr. Leider war meine Mama schon früh an Krebs gestorben. Darüber bin ich sehr traurig gewesen." Ja, das kann ich sehr gut verstehen, Leonie." „Deshalb konnte ich auch nicht so fröhlich sein, wie viele meiner Freundinnen.

Mein Vater hatte das aber leider nie so richtig verstanden. Darüber war ich immer sehr traurig." „Wie ich sehe, hast du eine schwierige Kindheit und Jugendzeit durchlebt. Da ist es nur zu verständlich, dass du eher zurückhaltend bist. Das verstehe ich sehr gut, Leonie."

Leonie war ganz gerührt von Felix' so einfühlsamen Worten. Endlich ein Mensch, der sie wirklich zu verstehen schien. „So, jetzt muss ich mich schleunigst auf den Weg zur 3b machen, denn ich möchte nicht zu spät kommen. Vielen Dank dafür, dass du mir so aufmerksam zugehört hast, Felix. Das hat mir sehr gut getan. Bis nachher dann."

Mit einem Gefühl voller Dankbarkeit verließ Leonie das Lehrerzimmer. Auch bei Felix keimte ein Gefühl wachsender Sympathie für Leonie auf, von der er zunehmend fasziniert war. Ein greller Sonnenstrahl schien ins Zimmer.

*

Nach einem anstrengenden Tag in der Schule besuchte Felix seine liebe Mutter, Gabriele Schachtner. Die Zusammenkünfte von Felix und

Gabriele waren stets von einer besonders herzlichen Grundstimmung geprägt.

Gabriele, eine 53-jährige Kindergärtnerin, die vor zwei Jahren ihren geliebten Ehemann, Heinrich, durch einen tragischen Bauunfall verloren hatte, freute sich immer ganz besonders auf Felix' Besuche.

„Grüß' Dich, Mama. Wie war dein Tag?" „Sei gegrüßt mein lieber Sohn. Schön, dass du mich besuchst. Mein Tag war sehr kontrastreich. Heute Vormittag war der Tag im Kindergarten sehr lebhaft. Nun, wenn ich hier alleine zuhause bin, ist alles so gespenstisch ruhig."

„Ja, Mama, das kann ich gut verstehen. Vermutlich fühlst du dich manchmal auch einsam, oder?" „Ja, manchmal gibt es Tage, da wird mir immer wieder schmerzlich bewusst, wie sehr ich deinen Vater doch vermisse. Um so mehr freue ich mich immer, wenn du mich hier besuchst.

Aber, sag' mal, wie läuft es denn eigentlich bei dir in der Schule?" „Die Zeit in der Schule ist für mich sehr aufregend. Als Referendar gibt es noch viel Neues zu lernen. Der Umgang mit den Kindern ist oftmals eine große Herausforderung." „Wie meinst du das?" „Nun, ich meine, dass die Schule heutzutage oftmals Aufgaben übernehmen muss, die eigentlich in den Elternhäusern geleistet werden sollten. Viele Kinder sind schlecht erzogen. Das macht das Unterrichten manchmal sehr schwer, und manche Lehrerinnen und Lehrer werden sogar ernstlich krank."

„Ja, davon habe ich auch schon gehört. Das ist ein bedenklicher Trend. Lass' uns von etwas Schönerem erzählen. Gibt es denn auch erfreuliche Neuigkeiten aus der Schule zu berichten?" „Ja, das gibt es tatsächlich." „Jetzt hast du mich richtig neugierig gemacht."

„Stell' dir mal vor, im Kollegium gibt es eine Referendarin, die zeitgleich mit mir dort an der Schule angefangen hat. Sie heißt Leonie, und ist unglaublich nett. Schon als ich sie das erste Mal im Lehrerzimmer gesehen hatte, verspürte ich sogleich Schmetterlinge in meinem Bauch."

„Das ist ja sehr schön. Hast du ihr das denn auch so gesagt?" „Nein, natürlich nicht, denn ich wollte sie nicht überrumpeln." „Mein Sohn, Felix, wie immer bist du sehr taktvoll und rücksichtsvoll. Wenn du magst, dann erzähl' mir gern etwas mehr von Leonie. Das interessiert mich sehr." „Ja, sehr gern, Mama. Leonie ist eine natürliche Erscheinung, hat eine sportliche Figur, blaue Augen und eine sehr romantische Ader. Das habe ich sofort gespürt." „Schön, das freut mich für dich. Hast du denn ein Auge auf sie geworfen?" „Ehrlich gesagt, ja. Allerdings ist Leonie sehr schüchtern.

Sie hat mir davon erzählt, dass sie kein Selbstbewusstsein habe, und dass sie sich immer als minderwertig wahrnimmt." „Das ist aber sehr schade. Wie kommt das denn?" „Leonie meint, es liegt vor allem daran, dass ihr Vater immer nur Vergleiche mit ihren Freundinnen anstellt. Er wirft ihr vor, dass sie nicht so fröhlich und aktiv sei, wie ihre Freundinnen."

„Das finde ich sehr schade, dass Leonies Vater so etwas sagt. Bestimmt gibt es doch Gründe dafür, dass Leonie unter einem mangelnden Selbstbewusstsein leidet, oder?" „Ja, klar. Es liegt bestimmt daran, dass Leonies Vater viel zu nüchtern denkt und handelt. Irgendwie scheint es ihm bisher nicht gelungen zu sein, auch mal auf Leonies Gefühle zu achten. Das hat Leonie offenbar sehr verunsichert."

„Ja, das ist schon sehr traurig. Ich denke, du könntest Leonie dabei behilflich sein, neues Selbstbewusstsein zu entwickeln. Und, wer weiß, vielleicht werdet ihr sogar ein glückliches Paar?" „Nun aber mal langsam, Mama. Ich muss erst einmal feststellen, ob wir überhaupt zusammen passen? Da möchte ich nichts überstürzen." „Ja, das ist klar. Jedenfalls drücke ich euch beiden ganz fest die Daumen, dass ihr eine glückliche Beziehung aufbauen könnt. Das wäre doch sehr schön, nicht wahr?" „Ja, Mama, das wäre wirklich sehr schön. Mal sehen, wie sich die Dinge so entwickeln?" In diesem Moment goss Gabriele ihrem Sohn eine lecker duftende Tasse heißen Kakao ein. Felix trank liebend gern heißen Kakao. „Mmh, das riecht ja köstlich. Vielen Dank, Mama, für diesen leckeren Kakao. Da fühle ich mich immer sogleich unglaublich wohl. Kakao erzeugt in mir immer so eine friedliche Stimmung. Das ist ganz wunderbar."

„Das freut mich, Felix, dass du dich hier so wohl fühlst." Während Felix seinen heißen Kakao genoss, legte Gabriele eine CD mit Kuschelmusik in den CD-Spieler. „Ach, Felix, wenn ich diese CD höre, muss ich immer an deinen verstorbenen Vater denken. Sehr oft hatten wir diese schöne Musik hier gemeinsam gehört. Das war eine sehr schöne Zeit, die durch Papas viel zu frühen Tod jäh unterbrochen wurde. Wenn ich diese Musik höre, schwelge ich immer in schönen Erinnerungen."

„Ja, Mama, das ist sehr traurig, dass Papa durch einen Bauunfall ums Leben gekommen ist. Ich bin aber sicher, dass es ihm an dem Ort, wo er jetzt ist, sehr gut geht. Bestimmt freut er sich mit uns, wenn wir unser Leben nach besten Kräften zu meistern versuchen."

„Ja, da hast Du bestimmt recht, Felix. So wird es wohl sein." Gemeinsam verbrachten Felix und Gabriele noch zwei schöne Stunden in Gabrieles Wohnzimmer. „Mama, ich bin so froh, dass du mich dabei unterstützen möchtest, etwas Gutes für Leonie zu tun. Es ist ein gutes und schönes Gefühl, anderen Menschen helfen zu dürfen."

„Ja, Felix, so sehe ich das auch. Und ich bin so froh, dass du mich immer mal wieder hier besuchst, und mit mir auch über Papa sprichst. Schön, dass wir uns wechselseitig Kraft und Hoffnung schenken können. Dafür bin ich dir sehr dankbar, Felix." „Lass' uns noch ein wenig gemeinsam deine schöne CD genießen, bevor ich dann gleich nachhause muss.

Morgen wird wieder ein anstrengender Tag in der Schule werden." „Warum?" „Morgen hospitieren zwei Lehrkräfte und Schulrektor Strehlau in meinem Unterricht. Da muss ich fit sein, um einen guten Eindruck zu hinterlassen." „Dann wünsche ich dafür ganz viel Glück, mein Sohn. Ich bin sicher, dass du das gut schaffen wirst. Schließlich bist du mein Sohn, und der stellt sich solchen Herausforderungen mit Mut und Tatkraft."

„Ganz lieben Dank, Mama, für deine aufbauenden Worte. Eine so wunderbare Unterstützung hätte sich Leonie von ihrem Vater früher bestimmt auch sehr gewünscht." „Ja, das glaube ich auch." „Bis bald dann wieder, Mama." Nach einer herzlichen Umarmung verließ Felix die Wohnung seiner Mutter.

*

Am nächsten Tag saß Leonie wieder im Computerraum der Astrid Lindgren Grundschule, um dort ihre Präsentation fertigzustellen. Da sie bereits über genügend gut recherchiertes Material verfügte, war sie guter Hoffnung, dass sie ihre Präsentation relativ zügig fertigstellen konnte.

Mit dem weithin bekannten Präsentationsprogramm PowerPoint kannte sie sich gut aus. Das hatte sie schon während ihres Lehramtsstudiums oftmals erfolgreich benutzt. Frohen Mutes machte sie sich an ihre Arbeit.

Im Hinterkopf immer auch die Gedanken an Felix, für den sie von Tag zu Tag mehr Gefühle entwickelte. Es könnte alles so schön sein, wäre da nicht auch die missgünstige Nele. Kaum hatte Leonie diesen Gedanken zu Ende gedacht, betraten Nele und Jonas den Computerraum.

Offenbar hatten sie Leonie noch gar nicht bemerkt. „Jonas, hast du schon davon gehört, dass Leonie eine Präsentation für ihr Referendariat erstellen soll?", fragte Nele in einem betont missgünstigen Tonfall. „Ja, das ist mir wohl bekannt. Warum fragst du danach?" In diesem Moment räusperte sich Leonie, die sich gerade an einem frischen Minzbonbon verschluckt hatte. Erschreckt stockte Nele der Atem, und sie flüsterte Jonas mit einem hämischen Grinsen in ihren Augen zu: „Warte mal, Feindin hört mit." Jonas konnte sich zunächst keinen Reim auf diese merkwürdige

Aussage von Nele machen. Leicht unterwürfig schwieg er plötzlich. „Lass' uns mal nach draußen auf den Flur gehen, Jonas." Wie ein gehorsamer Dackel folgte Jonas Nele auf den Flur der Schule. Leonie, die diesen merkwürdigen Vorgang sehr wohl mitbekommen hatte, ließ sich nicht aus der Ruhe bringen.

Fleißig arbeitete sie weiter an der Fertigstellung Ihrer Präsentation. Nach knapp zwei Stunden hatte sie es geschafft. Voller Freude speicherte sie ihre gut gelungene Präsentation in ihrem dafür reservierten Dateiordner auf einem der Lehrer-PC. Gut gelaunt verließ sie den Computerraum, um sich nun im Lehrerzimmer auf die nächste Unterrichtsstunde vorzubereiten. Nele und Jonas, die mitbekommen hatten, dass Leonie den Computerraum verlassen hatte, betraten diesen erneut. „So, jetzt ist die Luft hier endlich rein, Jonas." „Was wolltest du mir denn so dringend mitteilen vorhin? Du klangst so geheimnisvoll." „Jonas, du bist doch ein ausgewiesener Computerexperte."

„Ja, warum fragst du, Nele?" „Könntest Du mir vielleicht dabei helfen, dass die Präsentation von Leonie, na, du weißt schon...", stammelte Nele vor sich hin. Irritiert sagte Jonas: „Nein, was soll ich schon wissen?" „Ich kann Leonie nicht ausstehen, und möchte ihr zu gern einen Denkzettel verpassen. Kannst du dafür sorgen, dass Leonies Präsentation ein Misserfolg für sie wird?" Jonas, ein typischer Nerd, dessen Welt nahezu ausschließlich nur aus Computern zu bestehen schien, war zunächst irritiert. „Warum sollte ich so etwas tun? Leonie hat mir doch nichts Böses getan." „Ja, schon klar. Aber ich könnte dir als Gegenleistung für deine Hilfe einen schönen Abend verschaffen. Du verstehst schon?" Jonas, der bisher stets Probleme damit hatte Frauen anzuflirten, wollte sich dieses verlockende Angebot nicht entgehen lassen.

„Was genau soll ich denn machen, Nele?" „Pass' auf! Du, als IT-Administrator hast doch bestimmt Zugriff auf alle hier gespeicherten Daten. Also auch auf Leonies Präsentation, die sie doch wohl auch hier gespeichert hat, oder?" „Ja, das ist richtig. Als Administrator habe ich Zugriff auf alle Passwörter, so dass ich im Prinzip auf alle Dateien problemlos zugreifen kann." „Na super. So habe ich mir das auch schon gedacht.

Dann dürfte es doch für dich auch kein Problem sein, dass du die Präsentation von Leonie sabotierst, oder?" „Nun ja, im Prinzip schon, aber..." „Kein Aber, denk' doch einfach an den schönen Abend, den wir dann zusammen verbringen könnten." Kurzentschlossen ließ sich Jonas auf dieses schändliche Angebot ein. Gemeinsam mit Nele begab er sich an einen der Lehrer-PC. Nachdem er sich dort eingeloggt hatte, schaute er zunächst in der eigens dafür angelegten Passwortdatei nach, wie das Passwort von Leonie lautete. Währenddessen schaute Nele ihm mit weit aufgerissenen Augen, die ihre ganze Boshaftigkeit aufblitzen ließen, über die Schulter.

In destruktiver Vorfreude sah sie schon den Moment kommen, bei dem Leonie sich dann total blamieren würde. „Hast du jetzt das Passwort von Leonie? Kommen wir jetzt an Leonies gespeicherte Präsentation heran?" „Ja, ich habe Leonies Passwort. Jetzt ist es nur noch eine Kleinigkeit, herauszufinden, wo genau sie ihre Präsentation gespeichert hat."

„Super, du bist mein Held, Jonas", tönte Nele laut hervor. „So, hier haben wir nun den Dateiordner mit Leonies Dokumenten. Und sieh' mal hier, das ist offenbar ihre Präsentation. Lass' uns da mal einen Blick rein werfen." „Oh ja, das machen wir." Schon nach kurzer Zeit zeigte sich, dass Leonie offenbar eine sehr gute Präsentation vorbereitet hatte, die wohl zu einer sehr guten Benotung führen könnte.

„So, Jonas, jetzt mal los. Lass' uns zunächst einmal möglichst viele Fehler in die Textfolien einbauen. Das wird dann bestimmt sehr peinlich werden für Leonie." „So richtig wohl ist mir bei dieser ganzen Aktion hier nicht, Nele." „Nun mach' schon weiter, bevor hier noch jemand in den Computerraum kommt, und merkt, was hier gespielt wird."

Willenlos sorgte Jonas dafür, dass viele Rechtschreibfehler und Grammatikfehler in die bereits fertige Präsentation eingebaut wurden." „Lass' uns auch noch die integrierten Videosequenzen verändern. Bestimmt wird es super peinlich für Leonie werden, wenn wir beispielsweise ein Video einbauen, das Lehrer verunglimpft. Das kommt bestimmt gar nicht gut an, wenn Leonie dann ihre Präsentation vor dem Kollegium vorführen wird. Na los, jetzt mach' schon". Binnen einer knappen halben Stunde hatten Nele und Jonas ihr schändliches Werk vollbracht.

Abschließend speicherte Jonas die so manipulierte Präsentation zurück in Leonies Dateiordner. „Du hast dir deine Belohnung verdient, Jonas." „Wenn du willst, dann komm' doch heute Abend um 21 Uhr einfach zu mir nachhause. Lass' dich mal überraschen, wie ich dich dort verwöhnen werde." Jonas, der ein derartig offensives Angebot noch niemals zuvor in seinem Leben erhalten hatte, sah dem Abend schon mit ein Mischung aus freudiger Anspannung und Unwohlsein entgegen. Zwischenzeitlich zog ein kräftiges Gewitter auf. Ein Zeichen des Himmels?

*

Tags darauf besuchte Leonie wieder Dr. Blautaler in dessen Praxis, um mit ihm die erstelle Liste zu besprechen. Obwohl sie sich bisher noch nicht vorstellen konnte, welchen Sinn eine solche Liste wohl haben könnte, betrat sie die Praxis von Dr. Blautaler.

Schon während sie noch an der Rezeption stand, kam Dr. Blautaler gerade aus seinem Besprechungszimmer. „Guten Tag, Leonie. Ich bin gleich für Sie da, muss nur noch eben ein Rezept für eine andere Patientin ausstellen. Bitte nehmen Sie schon mal in meinem Sprechzimmer Platz. Ich komme dann gleich direkt zu Ihnen, Leonie." „Ja, das mache ich sehr gern. Vielen Dank, Dr. Blautaler."

Dr. Blautaler kannte Leonie schon von klein auf. Von daher war es für ihn auch völlig normal, dass er Leonie mit ihrem Vornamen ansprach. „So, da bin ich auch schon. Wie ist es Ihnen denn in den letzten Tagen so ergangen?" „Ehrlich gesagt bin ich ganz schön aufgeregt. Es gibt so viele neue Eindrücke in der Schule, die auf mich einströmen."

„Ja, das kann ich mir gut vorstellen." Dr. Blautaler beobachtete, dass Leonie nervös an ihren Fingernägeln kaute, und zappelig auf ihrem Stuhl hin und her wackelte. Allerdings ließ er sich das nicht anmerken. Seine ruhige und verständnisvolle Art würde sicher dazu beitragen, dass sich Leonie schon bald etwas beruhigte. So hoffte Dr. Blautaler zumindest. „Leonie, ich nehme an, Sie haben die Liste mitgebracht?" „Ja, das habe ich. Wollen Sie sie jetzt sofort sehen, Dr. Blautaler?" „Ja, sehr gern.

Bitte erzählen Sie mir zunächst mal davon, wie das so für Sie gewesen ist, diese Liste zu erstellen? Vermutlich war es ein wenig ungewöhnlich für Sie, oder?" „Das stimmt. Zunächst wusste ich gar nicht, wo genau ich anfangen sollte." „Das ist nicht unüblich. So ergeht es vielen meiner Patientinnen, die ich psychologisch betreue."

„Vor allem ist es mir besonders schwer gefallen, die Spalte mit meinen Vorzügen zu füllen. Die andere Spalte mit den Dingen, die ich nicht an mir mag, ist sehr viel umfangreicher geworden." „Das überrascht mich nicht wirklich, denn bei Menschen, die unter einem gestörten Selbstwertgefühl leiden, ist das fast immer so."

„Ist das jetzt ein gutes oder ein schlechtes Zeichen, Dr. Blautaler?" „Das ist zunächst einmal lediglich ein Erfahrungswert, den ich hier in meiner Praxis immer wieder bestätige sehe. Bitte zeigen Sie mir einfach mal Ihre Liste, so dass wir dann gemeinsam überlegen können, was zu tun ist?"

„Ja, sehr gern. Hier, bitte sehr." „Wie Sie schon eben sagten, so fällt tatsächlich sofort auf, dass die Spalte mit den Dingen, die Sie nicht an sich mögen, viel größer ist als die Spalte mit den Eigenschaften, die Sie als positiv an sich erleben."

14

Gespannt saß Leonie auf ihrem Stuhl. Sie hoffte so sehr, dass Dr. Blautaler ihr dabei helfen konnte, neues Selbstbewusstsein zu entwickeln. Dadurch würden ihre Chancen bei Felix bestimmt deutlich ansteigen, so ihre Hoffnung. „Leonie, Sie schreiben hier beispielsweise, dass Sie es nicht mögen, so schüchtern zu sein." „Ja, stimmt. Das nervt mich ganz besonders. Sehr gern würde ich auch so aktiv und fröhlich agieren wie viele andere junge Frauen in meinem Alter. Leider gelingt mir das aber bisher überhaupt nicht. Das macht mich immer wieder sehr traurig." „Das kann ich gut verstehen, dass Sie das sehr traurig macht. Woran könnte es denn Ihrer Meinung nach liegen, dass Sie so schüchtern agieren?"

„Nun, wir sprachen ja kürzlich schon kurz darüber. Ich vermute, dass die Ursache für meine Schüchternheit schon in meiner Kindheit liegen könnte." „Wie meinen Sie das genau?"

„Na ja, wie ich Ihnen schon sagte, ist mein lieber Vater immer ein sehr pragmatisch denkender Mensch gewesen, der sich aber wenig für mein Seelenheil interessiert hat. Immer wieder hatte er mich mit anderen Mädchen verglichen. Er warf mir oftmals vor, dass ich nicht auch so fröhlich sei, und hat mich so gut wie nie auch mal gelobt."

„Leonie, wie ich höre, haben Sie selbst schon einen entscheidenden Schlüssel zur Lösung Ihres Problems gefunden." „Wie kann das denn wohl sein, Dr. Blautaler? Sie sind doch hier der Arzt."

„Leonie, ein guter Arzt, der Patientinnen auch psychologisch berät, sieht seine Aufgabe vor allem auch darin, die richtigen Fragen zu stellen. Die eigentliche Problemlösung liegt nahezu immer schon in den Patientinnen selbst. Sie wissen es eben nur zunächst nicht."

„Mmh, das hört sich ja sehr interessant an, Dr. Blautaler. Und was bedeutet das nun konkret für mich?" „Das bedeutet, dass Sie die Ursache für Ihr mangelndes Selbstbewusstsein im Grunde genommen schon ganz richtig erkannt haben. Soweit ich das richtig sehe, liegt es wohl vor allem daran, dass Ihr Vater Sie schon während Ihrer Kindheit viel zu selten gelobt hat. Ein solcher Mangel wirkt sich für die betreffenden Menschen dann oftmals im weiteren Leben unangenehm aus. Allerdings bedeutet das nicht, dass sich ein mangelndes Selbstbewusstsein nicht wieder deutlich verbessern ließe."

„Schön, das hört sich schon mal sehr gut an. Was kann ich denn nun konkret tun, um mein Selbstbewusstsein wieder zu stärken, Dr. Blautaler?" „Mein Rat an Sie ist, dass Sie ab sofort Ihre Vorzüge deutlich mehr bewusst wahrnehmen sollten. Es wird darauf ankommen, dass die Aspekte, die Sie bisher als negativ an sich wahrgenommen haben, von Ihren positiven Eigenschaften überlagert werden. Das funktioniert zwar leider nicht von heute auf morgen, aber entscheidend ist, dass Sie diesen Richtungswechsel konsequent anstreben. Dann werden Sie gute Chancen haben, dass sich Ihr Selbstbewusstsein in absehbarer Zeit spürbar verbessern wird. Da bin ich ganz sicher!"

„Dr. Blautaler, ich bin Ihnen ja so dankbar, dass Sie mir so viel Mut machen. Das freut mich sehr!" „Leonie, nennen Sie mir doch bitte mal ganz spontan eine Eigenschaft, die Sie ganz besonders an sich mögen." „Mmh, ja also, da muss ich erst einmal überlegen. Ich denke, dass ich vor allem sehr zuverlässig und hilfsbereit bin. Zählt das auch?"

„Aber sicher doch. Ja, natürlich. Genau das sind doch Eigenschaften, die sehr viel wertvoller und wichtiger sind, als beispielsweise modisch gestylt durch die Gegend zu laufen. Vermutlich trifft das auch auf Nele zu, die Sie neulich schon erwähnten?"

„Ja, das ist wahr. Nele sieht immer so aus, als käme sie gerade von einem Modelwettbewerb. Voller Stolz läuft sie immer durch die Flure unserer Schule. Sie fühlt sich offenbar als unwiderstehlich."

„Sehen Sie, Leonie. Genau das meine ich. Offenbar hat Nele ihre Prioritäten in einer Art und Weise gesetzt, die alles andere als gut sind, oder?" „Stimmt, das könnte so sein."

„Nein, das könnte nicht nur so sein, denn das ist wohl auch so. Oder macht Nele denn einen glücklichen Eindruck?"

„Wenn ich so genau darüber nachdenke, nein, Nele macht auf mich eher einen unglücklichen Eindruck. Irgendwie wirkt sie wie eine Getriebene, die ihr wahres Glück bisher noch nicht gefunden hat." „Das sehe ich auch so.

Und nun überlegen Sie bitte einmal ganz in Ruhe. Was ist wohl für ein glückliches, harmonisches Leben wichtiger: Modisch gestylt durch diese Welt zu gehen, oder doch wohl eher sich aktiv und konsequent um hilfsbedürftige Menschen zu kümmern? Welche Eigenschaft ist wohl die deutlich bessere? Überlegen Sie bitte mal, Leonie." Während Dr. Blautaler diese Worte spricht, wird Leonie sehr nachdenklich. „Ja, so habe ich das bisher noch gar nicht betrachtet. Dr. Blautaler, da haben Sie mir einen sehr wichtigen Tipp gegeben. Jetzt wird mir auch plötzlich klar, dass es aus der Sicht von Felix vermutlich viel wichtiger ist, dass ich liebenswert und hilfsbereit bin, als dass ich vor allem auf meinen modischen Style achte."

„Wie ich sehe, lernen Sie schnell, Leonie. Ganz genau, Sie haben einen wichtigen Aspekt verstanden. Darauf können wir nun sinnvoll aufbauen. Ich empfehle Ihnen nun, dass Sie ab sofort sehr viel mehr auf Ihre Vorzüge achten.

Bitte schreiben Sie sich zuhause einfach mal auf, wieso es aus Ihrer Sicht viel wertvoller ist, liebevoll und hilfsbereit zu sein. Beim Schreiben ordnen sich Ihre Gedanken leichter. Das wird Ihnen sehr dabei helfen, neues Selbstbewusstsein zu entwickeln." „Ja, Dr. Blautaler, das werde ich noch heute machen. Eine sehr gute Idee!" „Bevor wir unsere heutige Sitzung gleich beenden, habe ich noch einen ganz praktischen Tipp für Sie. Nehmen Sie sich insgesamt drei bis vier DIN-A4-Blätter. Darauf schreiben Sie bitte mit einem fetten Stift folgenden Text: „Ich bin liebenswert und selbstbewusst".

Diese Zettel kleben Sie dann an markante Stellen in Ihrer Wohnung, zu denen Sie mehrfach täglich hinschauen. Ein guter Ort ist beispielsweise der Spiegel in Ihrem Badezimmer. Das hat den Vorteil, dass Sie schon morgens nach dem Aufstehen mit dieser positiven Botschaft begrüßt werden.

Solche vermeintlich simplen Techniken aus der Trickkiste der Psychologen sind oftmals sehr viel hilfreicher, als so mancher denkt. Probieren Sie es bitte aus, und lassen Sie sich angenehm überraschen."

„Vielen Dank, Dr. Blautaler, für Ihre Geduld. Ihre Tipps halte ich schon jetzt für sehr nützlich. Ich bin sehr gespannt, wie das bei mir funktioniert?"

Mit einem beschwingten Gefühl neuer Hoffnung verließ Leonie die Praxis von Dr. Blautaler. „Auf Wiedersehen, Dr. Blautaler. Und nochmals herzlichen Dank für Ihre Unterstützung. Ich wünsche Ihnen noch einen schönen Tag." „Danke, das wünsche ich Ihnen auch. Bis zum nächsten Mal, Leonie."

*

Hochmotiviert machte sich Leonie noch am gleichen Abend an die Arbeit. Wie ihr Dr. Blautaler vorgeschlagen hatte, stellte sie sich insgesamt vier gut lesbare Zettel mit der Aufschrift „Ich bin liebenswert und selbstbewusst" her. Diese hing sie an gut sichtbaren Stellen in ihrer Wohnung auf.

Während sie die Zettel platzierte, stieg in ihr eine leichte Hoffnung auf. Bestimmt würde es ihr durch diesen hilfreichen Tipp von Dr. Blautaler gelingen, ihr gestörtes Selbstbewusstsein zu verbessern.

Schon in den nächsten Tagen der gleichen Woche konnte Leonie es morgens kaum erwarten, von einem freundlichen Zettel im Badezimmer begrüßt zu werden. Weitere Zettel hingen am Küchenschrank, am Fernseher sowie an der Wohnungstür. Das hatte Leonie extra so gemacht. Die Idee dabei war gewesen, dass sie ihre Wohnung jeweils gestärkt mit diesem Mut machenden Spruch verlassen konnte.

In den kommenden Tagen fiel es Leonie immer leichter, die regelmäßig mit spitzer Zunge vorgetragenen Angriffe von Nele abzuwehren. Sollte die Strategie von Dr. Blautaler tatsächlich so gut funktionieren?

Am Freitag, dem Tag ihrer mit Spannung erwarteten Präsentation, begegnete Leonie Nele kurz vor dem Lehrerzimmer. „Was ist denn mit dir heute los, Leonie? Du strahlst ja wie ein Putzeimer. Habe ich etwas verpasst?", zischte Nele zu Leonie. „Nein, wieso? Ich bin nur ein wenig aufgeregt wegen meiner Präsentation, die ich gleich hier vorführen werde." „Na, dann wünsche ich dir mal ein gutes Gelingen und ganz viel Glück", sagte Nele in ihrer heimtückischen Art. Obwohl Leonie diesen hämischen Unterton sehr wohl wahrgenommen hatte, fühlte sie sich durch die Strategie, die ihr Dr. Blautaler vorgeschlagen hatte, gestärkt.

Ohne näher auf Nele einzugehen, betrat Leonie das Lehrerzimmer. Momentan waren noch alle Plätze leer, so dass sie in aller Ruhe ihre Präsentation vorbereiten konnte. Guten Mutes beobachtete Leonie, wie das Lehrerkollegium nach und nach eintraf. Zum Schluss erschien auch Schulrektor Strehlau, der auf seinem Stuhl am Kopfende des großen Tisches Platz nahm.

Mit besonderer Freude nahm Leonie zur Kenntnis, dass Felix heute ein T-Shirt trug mit der Aufschrift „In der Ruhe liegt die Kraft." Leonie konnte sich des Eindrucks nicht erwehren, dass Felix dieses T-Shirt wohl eigens nur für sie angezogen haben könnte. „Schönen guten Tag, liebe Kolleginnen, liebe Kollegen. Wie Sie wissen, führe ich Ihnen heute meine Präsentation vor, die ich im Rahmen meines Referendariats angefertigt habe." Abgesehen von Nele, die auffällig vor sich hin grinste; nickten alle anderen Kolleginnen und Kollegen Leonie wohlwollend zu.

"Ich darf Ihnen zunächst die Begrüßungsfolie zeigen, die Ihnen das Thema kurz vorstellt." Kaum hatte Leonie diese Worte gesprochen, präsentierte sie die erste Folie über den Beamer. Voller Entsetzen stellte sie fest, dass schon in der Überschrift ein unschöner Rechtschreibfehler enthalten war.

Peinlich berührt schaute sie zum Boden. Auch Schulrektor Strehlau war offenbar sichtlich irritiert, meinte aber sogleich: „Leonie, das ist zwar unschön, kann aber ausnahmsweise schon mal passieren. Bitte setzen Sie Ihre Präsentation einfach fort." Glücklicherweise ließen sich die nächsten drei Folien problemlos vorführen. „Oh, nein. Nicht schon wieder" sagte Leonie ganz zaghaft vor sich hin. „Das darf doch einfach nicht wahr sein. Was ist denn nun schon wieder schief gegangen?"

Während vor allem Felix auf seinem Stuhl sichtlich mit Leonies Missgeschick mitlitt, wurde das Grinsen in Neles Gesicht breiter und breiter. Anstelle einer Videosequenz zum Thema Lernpsychologie, erschien plötzlich ein Video, bei dem Lehrer auf dümmliche Art und Weise verunglimpft werden."

Am liebsten wäre Leonie auf der Stelle im Boden versunken. Wie unglaublich peinlich war diese Situation für sie? „Liebe Kolleginnen, liebe Kollegen, mir ist absolut schleierhaft, wie so etwas passieren kann?" „Leonie, ich denke, dass wir Ihre Präsentation an dieser Stelle abbrechen", sagte Schulrektor Strehlau sichtlich verärgert. Ich hätte mir schon sehr gewünscht, dass Sie Ihre Präsentation sorgfältiger vorbereitet hätten. Das, was Sie uns hier gerade präsentiert haben, ist im Rahmen eines Referendariats leider unwürdig. Hiermit beende ich diese Vorführung. Ich wünsche Ihnen allen noch einen guten Tag."

Ohne Leonie noch eines Blickes zu würdigen, verließ Schulrektor Strehlau das Lehrerzimmer. Während die anderen Kolleginnen und Kollegen ebenfalls den Raum verließen, blieben lediglich Leonie und Felix wie versteinert an ihren Plätzen zurück. Eine mehrere Minuten währende Stille lag über dem Lehrerzimmer. Konnte es wirklich so sein, dass die zart aufkeimende Pflanze neuen Selbstbewusstseins bei Leonie so jäh zerstört worden war? Mit Tränen in den Augen schaute

Leonie auf zu Felix, der noch immer wie versteinert an seinem Platz saß.

„Felix, das ist wie ein Albtraum hier für mich. Wie konnte das passieren? Das geht doch nicht mit rechten Dingen zu." „Das denke ich auch, Leonie. Ich habe den schlimmen Verdacht, dass hier jemand Deine Präsentation sabotiert haben könnte. Und ich habe auch schon so eine leise Ahnung, wer diese Hinterhältigkeit begangen haben könnte."

Zwischenzeitlich ging Felix zu Leonie, um sie in dieser schlimmen Stunde zu trösten. Liebevoll legt er seinen Arm um ihre Schulter. „Leonie, ich bin sicher, dass sich diese schlimme Situation aufklären lassen wird. Es ist doch völlig klar, dass du unmöglich eine derart dilettantische Präsentation vorbereitet haben konntest. Bestimmt steckt Nele hinter dieser Boshaftigkeit. Vermutlich denkt sie, dass sie dich durch eine derart miese Aktion vor allen anderen diskreditieren kann? Aber ich bin sicher, dass ihr das nicht gelingen wird." „Meinst du wirklich, Felix?", fragte Leonie angsterfüllt. „Ja, Leonie, mach' dir jetzt bitte keine unnötigen Sorgen. Die Wahrheit kommt immer ans Licht. Manchmal dauert es zwar ein wenig länger, aber schlussendlich wird das Gute siegen. Da darfst du ganz sicher sein." „Wenn du meinst, dann kann ich nur hoffen, dass du mit deiner Vermutung recht behalten wirst." „Leonie, du wirst sehen, dass letztlich alles gut wird."

Ungläubig, und voller erneut aufkeimender Selbstzweifel verabschiedete sich Leonie von Felix, um den Heimweg anzutreten. Felix schenkte ihr noch einen liebevollen Blick, und ging auch seines Weges. Mit gesenktem Haupt machte sich Leonie spontan auf den Weg zu ihrem Vater. Schnellstmöglich wollte sie ihm von diesem schlimmen Termin erzählen.

*

Völlig aufgelöst kam Leonie kurze Zeit später bei Ihrem Vater, Gottfried, an. Offenbar war er auch erst gerade von seiner Arbeit nachhause gekommen, denn er trug seinen grauen Anzug.

Als Verwaltungsdirektor eines privaten Bildungsinstituts war es für ihn nicht unüblich, nüchtern aussehende Kleidung zu tragen. „Hallo, Papa. Schön, dass ich dich hier antreffe." „Was gibt es denn so Dringendes, dass du mich so spontan überfällst? Lass' uns erst mal in die Bibliothek gehen. Dann sehen wir weiter."

Dort angekommen konnte es Leonie kaum erwarten, ihrem Vater von der missglückten Präsentation zu berichten. Ob er ihr wohl etwas Aufmerksamkeit schenken würde? „Na, dann lass' mal hören, was es so immens Wichtiges gibt, dass du deinen Vater in seinem wohlverdienten Feierabend störst?"

Obwohl Leonie diesen wenig freundlichen Unterton deutlich wahrnahm, kam sie direkt zur Sache. „Papa, stell' dir bitte mal vor, irgend jemand hat wohl meine Präsentation manipuliert. Als ich diese heute vor dem versammelten Lehrerkollegium vorstellen wollte, ging wirklich alles schief."

„Was soll das heißen, es ging alles schief? Hattest du dich nicht richtig auf diesen Termin vorbereitet?" „Unsinn, Papa. Natürlich hatte ich mir vorbereitet. Sogar ganz besonders gut hatte ich mich vorbereitet.

Um so schrecklicher war es ja, als dann plötzlich alles wie verhext war." „Das musst du mir schon etwas genauer beschreiben. Was ist denn konkret so Schlimmes geschehen? Du bist ja völlig aufgekratzt und nervös."

„Na ja, zunächst einmal waren da plötzlich peinliche Rechtschreibfehler schon auf der ersten Folie. Dann wurde urplötzlich ein höchst peinliches Video gestartet, das sich in dümmlichster Art und Weise über Lehrer lustig machte. Am liebsten wäre ich auf der Stelle im Erdboden versunken. Das war so unfassbar peinlich für mich. Sogar Schulrektor Strehlau, zu dem ich ansonsten ein gutes Verhältnis habe, war tief entsetzt."

„Leonie, das sind doch bestimmt nur Hirngespinste, die du dir da jetzt ausdenkst. Wahrscheinlich hattest du deine Präsentation einfach nicht sorgfältig genug vorbereitet. Dann passiert so etwas schon mal."

„Ach, Papa, das glaubst du doch selbst nicht. Wäre es nur ein Rechtschreibfehler gewesen, könnte ich das vielleicht auch noch glauben. Doch spätestens die Situation mit einem völlig unsinnigen Video zeigt doch wohl klar, dass es sich nicht um einen Flüchtigkeitsfehler von mir gehandelt haben kann.

Felix meinte auch schon, dass da wohl Sabotage am Werk gewesen sein muss." „Was soll das schon groß bedeuten, dass Felix so etwas sagt? Bestimmt sucht er nur einen Grund, um deine Schusseligkeit zu entschuldigen." „Das finde ich sehr traurig, dass du so schlecht von Felix und mir denkst. Nein, ich könnte mir gut vorstellen, dass Felix mit seiner Vermutung richtig liegt. Er meinte, dass Nele ihre hinterhältigen Finger im Spiel gehabt haben könnte." „Warum sollte Nele denn so etwas tun? Ich glaube, du siehst mal wieder Gespenster, mein Kind." „Nein, das glaube ich nicht. Nele hat sich schon seit langer Zeit mir gegenüber sehr unfreundlich verhalten. Da würde es mich nicht überraschen, wenn sie für die vermutete Sabotage verantwortlich ist."

Während Leonie mit ihrem Vater sprach, lag eine eisige Atmosphäre in Gottfrieds Bibliothek, die fast mit den Händen greifbar erschien. „Mit solchen Anschuldigungen solltest du sehr vorsichtig sein, denn das kann schnell großen Ärger geben." „Das ist mir schon klar.

Aber mein Bauchgefühl sagt mir, dass Felix' Vermutung richtig ist. Bestimmt werden wir herausfinden, wer für meinen Albtraum verantwortlich ist." „Tu, was du nicht lassen kannst, mein Kind. Aber beschwer' dich dann hinterher nicht bei mir, wenn du dir ordentlich Probleme einhandelst."

„Ach, übrigens, Dr. Blautaler hilft mir dabei mein angeschlagenes Selbstbewusstsein aufzubauen. Ist das nicht toll?" „Na, da hat sich der liebe Herr Doktor aber eine äußerst schwierige Aufgabe vorgenommen.

Ich muss mich jetzt erst mal ausruhen. Auf Wiedersehen, Leonie." Leonie vermutete, dass sich Gottfried vor allem deshalb so abweisend verhielt, weil er noch immer den Tod seiner Ehefrau, Marianne, nicht verkraftet hatte. Zwar würde er das niemals so offen zugeben, aber es schien wohl so zu sein. „Ich wünsche dir einen geruhsamen Feierabend. Bis dann. Auf Wiedersehen, Papa."

*

Tags darauf ging Leonie mit gemischten Gefühlen zur Schule. Einerseits war sie sehr aufgeregt, denn diese missglückte Präsentation könnte einen guten Abschluss ihrer Referendarzeit gefährden.

Andererseits wusste sie, dass Felix sie bestimmt bei der Aufklärung der vermuteten Sabotage unterstützen würde. Besonders traurig war sie darüber, dass sich ihr Vater offenbar nicht wirklich für ihre seelische Not interessierte.

Zum Glück gibt es noch Dr. Blautaler, dem sie voll und ganz vertraute. Trotz des aktuellen Rückschlags hatte Leonie den Eindruck, dass Dr. Blautaler ihr dabei helfen würde, neues Selbstbewusstsein aufzubauen.

Erste kleinere Erfolge konnte sie ja an sich schon beobachten. Als sie gerade das Schulgebäude betrat, sah sie, dass Nele und Jonas im Computerraum verschwanden. Doch sie dachte sich zunächst nichts Böses dabei, und ging sofort ins Lehrerzimmer. Im Computerraum feierte Nele ihren vermeintlichen Triumph mit Jonas, der heute eher etwas verstört wirkte.

„Hallo, Jonas, mein Held. Das war ja wohl ein voller Erfolg. Ich bin begeistert, wie super mein Plan aufgegangen ist. Du hättest miterleben sollen, wie sich Leonie vor dem versammelten Kollegium maßlos blamiert hat."

„Ich weiß nicht, Nele, ob wir da nicht deutlich zu weit gegangen sind?", meinte Jonas, kleinlaut. „Ach, Blödsinn. Warum sollten wir denn zu weit gegangen sein? Dieses Mauerblümchen hatte doch mal einen Denkzettel verdient." „Wieso das denn? Was hat sie dir denn Böses angetan, Nele?" „Das will ich dir gern sagen. Leonie glaubt wohl, sie könnte mir Felix vor der Nase wegschnappen. Mit ihrer

19

naiven Art wickelt sie ihn um den Finger. Das gefällt mir nicht. Schließlich habe ich schon ein Auge auf Felix geworfen."

„Aber Nele, du kannst doch nicht erzwingen, dass Felix auch dich nett findet. Wahrscheinlich bist du überhaupt nicht sein Typ." „Das kann gar nicht sein. Alle Männer stehen auf mich. Warum also nicht auch Felix?"

„Ich weiß nicht, Nele. Vielleicht bist du da ein wenig zu überzeugt von Deinen Flirtfähigkeiten. Wenn Felix eben nicht auf dich steht, wirst du auch keine Chance bei ihm haben."

„Du hast ja keine Ahnung, Jonas. Als Computernerd kennst du dich sehr gut mit Computern aus. Von Frauen hast du aber keine Ahnung, mein Lieber." „Und wieso hast du dich dann kürzlich mit mir abends getroffen?"

„Na ja, ich hatte dir doch versprochen, dass ich dich für deine Hilfe belohnen wollte. Hat dir denn unser Abend nicht gefallen?" „Doch, das schon. Aber irgendwie werde ich den Eindruck nicht los, dass du die Männer immer nur als Spielball benutzt. Kann das so sein, Nele?"

„Komm' schon, Jonas. Jetzt lass' uns erst einmal auf unseren Triumph anstoßen. Ich habe uns hier eine Flasche Sekt mitgebracht. Da werden wir uns jetzt mal ein oder zwei Gläser genehmigen." „Bist du irre? Und was machen wir, wenn dann plötzlich jemand hier in den Computerraum kommt, und uns sieht, wie wir während der Dienstzeit Alkohol trinken?" „Nun hab' mal nicht so viel Angst. Was soll schon Schlimmes passieren? Sieh' doch mal auf die Uhr. Momentan ist in allen Klassen Unterrichtszeit, da wird schon keiner kommen."

Mit einem breiten und gemeinen Grinsen im Gesicht goss Nele die Sektgläser ein, die sie eigens für diesen Moment besorgt hatte. „Prost, Jonas. Ich trinke auf dich und deine Heldentat." Wortlos, und mit Fragezeichen im Gesicht nahm Jonas zwei Schluck Sekt aus seinem Glas.

Zunehmend keimten Zweifel in ihm auf, ob diese gemeine Sabotage Leonie gegenüber wohl rechtens gewesen sein mochte? „Ich muss jetzt los, Jonas. Mein Unterricht beginnt gleich. Bis dann." „Auf Wiedersehen, Nele".

*

Nach Unterrichtsschluss besuchte Felix seine Mutter, um ihr von Leonies aktueller Not zu berichten. Nur zu gern wollte er ihr helfen, diese schlimme Erfahrung mit der missglückten Präsentation vergessen zu können.

„Guten Tag, Mama." „Hallo, mein lieber Sohn. Schön, dich zu sehen, Felix", sagte Frau Schachtner, während sie ihren Sohn mit einer herzlichen Umarmung begrüßte. „Lass' uns erst einmal ins Wohnzimmer gehen. Bestimmt möchtest du mir einige Neuigkeiten berichten, oder?"

„Ja, so kann man es wohl sagen. Ich bin total aufgeregt, und brauche dringend deinen Rat, Mama." „Was ist denn so Schlimmes geschehen? Du wirkst ja völlig durcheinander, mein Sohn."

„Ich hatte dir schon von Leonie erzählt. Du weißt schon, die nette Referendarin in unserer Schule." „Ja, ich weiß. Und du hast dich wohl ein wenig in sie verguckt, stimmt's, Felix?" „Ja, das ist schon richtig.

Nun stell' dir mal bitte vor, Mama, es gibt wirklich sehr böse Menschen auf dieser Welt." „Ja, das stimmt. Aber was konkret meinst du denn damit?" „Leonie sollte doch vor wenigen Tagen ihre Präsentation vorführen. Das war für sie ein ganz besonders wichtiges Ereignis, denn die Note dieser Präsentation fließt mit ein in ihre Beurteilung als Referendarin.

Und nun war es so, dass diese Präsentation leider ein völliges Chaos wurde." „Wie meinst du das, Felix?" „Na ja, es sieht leider ganz so aus, dass irgendjemand Leonies Präsentation auf hinterhältige Art und Weise sabotiert haben könnte.

Als Leonie ihre Präsentation vor dem Lehrerkollegium vorführen wollte, wimmelte es nur so von Fehlern. Rechtschreibfehler, ungewollte Videosequenzen und einiges mehr führten dazu, dass diese Präsentation völlig missglückt war."

„Das muss schlimm für Leonie gewesen sein, oder?" „Ja, das darfst du laut sagen. Es war schrecklich. Sogar Schulrektor Strehlau, den Leonie so sehr schätzt, war sichtlich entsetzt. Leonie ist nun am Boden zerstört, denn sie hatte diese Präsentation mit sehr viel Engagement vorbereitet.

Ich halte es für völlig ausgeschlossen, dass Leonie eine derart miserable Arbeit angefertigt haben soll? Da muss Sabotage im Spiel sein." „Felix, ich kann mir lebhaft vorstellen, wie schlimm das nun für Leonie sein muss.

Bestimmt möchtest du ihr dabei helfen, die wahre Ursache für dieses Missgeschick ausfindig zu machen, oder?" „Ja, aber klar doch. Ich kann und werde es ganz bestimmt nicht zulassen, dass Leonie so gedemütigt wird. Was kann ich nur tun, um Leonie zu helfen?"

„Felix, du, als sehr guter Schachspieler, bist es bestimmt gewöhnt, logisch zu denken." „Ja, das glaube ich auch, Mama." „Wer könnte denn ein elementares Interesse daran haben, Leonie auf eine so schäbige Art und Weise schaden zu wollen? Bestimmt lässt sich die Ursache für die vermutete Sabotage im engsten Umfeld der Schule ausfindig machen. Meinst du nicht auch, Felix?"

„Ja, das könnte vielleicht so sein, Mama. Wie ich sehe, entwickelt du detektivische Qualitäten. Hast du womöglich schon viele Detektivgeschichten gelesen?", fragte Felix etwas schelmisch. „Nein, das habe ich nicht. Ich versuche nur logisch zu denken, Felix."

„Stimmt, ich glaube, du könntest recht haben mit deiner Vermutung." „Ich werde in den nächsten Tagen mal besonders darauf achten, ob mir bestimmte Dinge verdächtig vorkommen in der Schule. Ich hatte schließlich auch schon die Vermutung, dass Nele hinter diesem feigen und hinterhältigen Anschlag auf Leonies Präsentation stecken könnte."

Zwischenzeitlich reichte Gabriele ihrem Sohn wieder eine Tasse heißen Kakao, den er so sehr liebte. „Hier, bitte, trink' erst einmal einen Schluck leckeren Kakao. Es ist wichtig, dass du jetzt einen kühlen Kopf behältst. Bestimmt wird sich diese schlimme Situation aufklären lassen.

Das erinnert mich übrigens an eine ähnliche Situation, wie ich sie damals mit Papa erlebt hatte. Auch Dein Vater, Heinrich, hatte sich damals stets immer sehr um mich bemüht, wenn mir Unrecht widerfahren war.

Du hast viel von deinem Vater übernommen. Das freut mich sehr, Felix." „Das ist schön, das so aus deinem Mund zu hören. Bestimmt bist du auch immer wieder sehr traurig, dass Papa bei einem so schrecklichen Bauunfall ums Leben gekommen ist. Das muss sehr schwer für dich sein, Mama."

„Ja, Felix, das ist wahr. Ich vermisse deinen Vater sehr. Er war mir immer eine sehr wichtige Stütze in meinem Leben. Besonders schlimm finde ich auch, dass ich ihn niemals mehr etwas fragen kann. Dein Vater war ein wunderbarer Mann, der die Menschen und die Natur liebte. Für jeden um Hilfe suchenden Menschen hatte er stets immer einen guten Rat parat."

„Das kann ich sehr gut verstehen, Mama, dass du Papa so sehr vermisst. Hast du eigentlich jemals daran gedacht, dich neu zu verlieben?" „Nein, dieser Gedanke ist mir so noch nicht gekommen,. Zwar wäre ich sehr froh, wenn ich manchmal eine liebevolle Begleitung an meiner Seite hätte, aber neu verlieben, nein daran habe ich noch nicht gedacht."

„Vielen Dank, Mama, dass du mir so aufmerksam zugehört hast. Dein Rat bedeutet mir immer wieder sehr viel." „Den Dank darf ich gern auch an dich geben, Felix." Ich bin froh und dankbar, dass du ein so verständnisvoller und liebevoller Sohn bist. Das erlebe ich immer wieder als ein großes Geschenk des Himmels. Komm' gut heim. Bis bald dann wieder. Auf Wiedersehen."

Mit einer herzlichen Umarmung

verabschiedete sich Felix von seiner Mutter, der in diesem Moment ein kleine Träne über die Wange rollte. „Auf Wiedersehen, Mama. Pass' gut auf dich auf."

*

In den letzten Tagen schwirrten dermaßen vielen Gedanken in Leonies Kopf hin und her, dass ihr mitunter ganz schwindelig wurde. Die verpatzte Präsentation, die sie doch mit so viel Mühe und Engagement vorbereitet hatte, machte ihr schwer zu schaffen.

Auch die Tatsache, dass sich ihr Vater nicht wirklich für ihre Probleme interessierte, machte sie immer wieder sehr traurig. Andererseits war da Felix, der sie bestimmt tatkräftig dabei unterstützen würde, die gemeine Sabotage aufzuklären.

Es konnte und durfte einfach nicht sein, dass dieser Albtraum ihre wachsende Liebe zu Felix gefährden würde. Ihre Hoffnung richtete sich nun darauf, dass Dr. Blautaler ihr dabei helfen würde, neues Selbstbewusstsein zu erlangen.

Sehr wünschte sich Leonie, sie könnte aktiv und tatkräftig agieren, um sich gegen den vermuteten feigen Angriff von Nele zur Wehr setzen zu können. „Guten Tag, Leonie" begrüßte Dr. Blautaler sie, als sie seine Praxis zu dem vereinbarten Termin betrat. „Guten Tag, Dr. Blautaler."

„Nehmen Sie bitte noch einen kleinen Moment im Wartezimmer Platz. Die Sprechstundenhilfe wird Sie dann gleich zu mir ins Sprechzimmer bitten, Leonie." „Vielen Dank, Dr. Blautaler." Während Leonie im Wartezimmer saß, keimte in ihr neue Hoffnung auf, dass letztlich alles gut werden könnte. Dr. Blautaler würde ihr bestimmt mit gutem Rat beiseite stehen.

„Leonie Satori, bitte ins Wartezimmer eins" bat die Sprechstundenhilfe. „So, dann nehmen Sie bitte erst einmal Platz, Leonie. Wie geht es Ihnen denn aktuell? Zeigen sich schon erste Erfolge unserer neuen Strategie?" „Sie

meinen, Dr. Blautaler, ob ich schon versucht habe mehr auf meine Vorzüge zu achten?" „Ja, genau." „Nun ja, ich gebe mir große Mühe. Zeitweise habe ich den Eindruck, dass es mir gelingt, etwas selbstbewusster zu agieren.

Durch diese schlimme Geschichte mit der Präsentation bekomme ich dann aber doch immer wieder neue Selbstzweifel." „Ich verstehe, Leonie. Zum gegenwärtigen Zeitpunkt ist das nicht ungewöhnlich, dass Sie sich noch sehr unsicher fühlen. Schließlich ist das eine wirklich gemeine Sache, die Sie auszustehen haben. Hauptsache, Sie lassen sich nicht von Ihrem Kurs abbringen.

Wenn Sie konsequent an sich arbeiten, werden Sie erleben, dass sich Ihr Selbstbewusstsein Stück für Stück verbessern wird." „Wenn Sie das sagen, Dr. Blautaler, dann wird das wohl so sein." „Ja, ganz bestimmt wird es so sein. Sie dürfen Vertrauen in sich und Ihre Möglichkeiten entwickeln."

„Dr. Blautaler, ich bin Ihnen so dankbar für Ihre Mut machenden Worte. In solchen Momenten glaube ich, dass ich es tatsächlich schaffen könnte." „Sie werden das schaffen, da bin ich mir sicher.

Übrigens, mir kam da noch so eine Idee, wie ich Ihnen vielleicht helfen könnte." „Ach ja, wie das denn?" „Schulrektor Strehlau ist ein alter Schulfreund von mir. Wir hatten damals zusammen Abitur gemacht.

Das war eine schöne und aufregende Zeit. Er interessierte sich schon damals eher für gesellschaftsorientierte Fächer wie beispielsweise Sozialwissenschaften und Pädagogik, während ich mehr der naturwissenschaftliche Typ gewesen war. Zu meinen Lieblingsfächern gehörten damals Physik und Biologie. Somit konnten wir beide uns gut ergänzen.

Es war sehr schön und praktisch zugleich, dass wir uns wechselseitig bei der Vorbereitung unserer Klausuren helfen konnten. Eine schöne Zeit, an die ich immer wieder gern zurück denke." „Ja, das stelle ich mir auch als sehr schön vor, wenn man sich wechselseitig behilflich sein kann."

„Wissen Sie was, Leonie, ich werde meinen alten Schulfreund, Michael, einfach mal zu einem schönen Abend einladen. Dann könnte ich mich ihm unterhalten, und ihn bei dieser Gelegenheit konkret fragen, wie sich das mit Ihrer missglückten Präsentation verhält? Vielleicht gelingt es mir, ihn dazu zu bewegen, sich intensiv um eine Aufklärung zu bemühen."

„Das würden Sie für mich tun, Dr. Blautaler?", fragte Leonie mit einer Mischung aus Freude und Erstaunen. „Ja, gern sogar. Ich freue mich immer, wenn ich meinen Patientinnen und Patienten helfen kann. Dabei muss es sich nicht immer automatisch um eine medizinische Hilfe handeln. Sehr gern helfe ich auch in ganz praktischen Dingen.

Da ich Michael noch gut aus der Schulzeit kenne, wird er sich bestimmt darüber freuen, wenn wir uns mal wieder treffen könnten." „Das ist eine wunderbare Idee, Dr. Blautaler. Ich bin Ihnen ja so dankbar für Ihre wertvolle Hilfe. Ohne Ihre Hilfe wüsste ich gar nicht, wie ich dieses Problem alleine lösen sollte?"

„Keine Sorge, Leonie. Ich kümmere mich darum. Wie entwickelt sich eigentlich Ihre Beziehung mit Felix?" „Felix ist ein wunderbarer Mann. Ich spüre, dass er mich auch in dieser aktuellen Sache nach besten Kräften unterstützt. Er ist für mich ein wahres Diadem."

„Das freut mich sehr für Sie, das zu hören. Ich wünsche Ihnen weiterhin ganz viel Glück für Ihren weiteren Weg, Leonie." „Vielen Dank, Dr. Blautaler. Das ist sehr nett von Ihnen.

Schön, dass Sie sich immer wieder so für andere Menschen einsetzen. Ich muss jetzt los. Ihnen wünsche ich noch einen schönen Tag. Auf Wiedersehen, Dr. Blautaler." „Vielen Dank, Leonie, das wünsche ich Ihnen auch. Sie werden sehen, dass alles gut wird. Auf Wiedersehen, Leonie."

Mit neuer Hoffnung im Herzen verließ Leonie bei strahlendem Sonnenschein die Praxis von Dr. Blautaler. Mit der tatkräftigen Unterstützung von Dr. Blautaler, Felix und

Gabriele Schachtner würde sich wohl alles zum Guten wenden lassen.

Leicht beschwingt trat sie ihren Heimweg an. In diesem Moment musste sie an die Aufschrift auf Felix' T-Shirt denken: „In der Ruhe liegt die Kraft." Genau die gilt es nun zu bewahren. Das wusste auch Leonie jetzt.

*

Noch am gleichen Abend rief Dr. Blautaler seinen alten Schulfreund, Michael Strehlau, an. „Hallo, Michael. Hier spricht dein alter Schulfreund, Leon. Leon Blautaler, aus unserem damaligen Abiturjahrgang. Erinnerst du dich noch?"

„Aber sicher doch erinnere ich mich noch an dich. Wir hatten damals immer gemeinsam für die Klausuren gelernt. Du warst der Experte für die naturwissenschaftlichen Fächer, und mir fielen die gesellschaftswissenschaftlichen Fächer leicht."

„Ganz genau, so war es, Michael." „Das ist ein sehr überraschender Anruf. Gibt es einen bestimmten Grund, dass du dich nach einer so langen Zeit mal wieder bei mir meldest?" „Ja, Michael, den gibt es tatsächlich." „Wie kann ich dir denn helfen? Was ist passiert?"

„Das erzähle ich dir lieber in einem persönlichen Gespräch. Hast du eventuell Zeit heute Abend? Dann lade ich dich gern in das italienisches Restaurant „Francesco" ein. Dann erzähle ich dir gern, was genau passiert ist, und wir könnten zudem ein wenig über alte Zeiten plaudern. Wäre 20 Uhr für dich in Ordnung?" „Ja, einverstanden.

Ich freue mich schon sehr, dich mal wieder leibhaftig zu treffen. Gut, dann sehen wir uns nachher direkt im Restaurant. Bis gleich dann." „Prima, ich freue mich schon. Bis gleich dann im Restaurant, Michael."

Schon wenige Stunden später saßen Dr. Blautaler und Schulrektor Strehlau wie vereinbart im Restaurant „Francesco". Ganz bewusst wählte Dr. Blautaler einen Ecktisch am

23

Rande des sehr gemütlichen Restaurants. Dadurch war gewährleistet, dass sie sich in aller Ruhe frei unterhalten konnten.

„Guten Abend, Leon", begrüßte Schulrektor Strehlau seinen alten Schulfreund, Dr. Blautaler. „Grüß' dich, Michael. Vielen Dank, dass du so spontan Zeit für mich gefunden hast. Das freut mich sehr."

Nachdem die beiden ihre Bestellung aufgegeben hatten, kam Dr. Blautaler recht schnell zur Sache. „Also, Michael, der Grund für unser aktuelles Treffen ist folgender: Meine Patientin, Leonie Satori, ist bei dir an der Schule als Referendarin tätig."

„Ja, das stimmt. Und ich kann dir sagen, dass ich derzeit sehr enttäuscht von ihr bin." „Ich nehme an, wegen der missglückten Präsentation?" „Ja, ganz genau. Das war eine schiere Katastrophe, was Leonie da kürzlich vor dem versammelten Lehrerkollegium abgeliefert hatte."

„Ja, ich weiß. Leonie hat mir davon erzählt. Sie ist tief betrübt, und vermutet, dass irgendein missgünstiger Mensch ihre Präsentation manipuliert haben könnte. Nie und nimmer hätte sie eine derart schlechte Präsentation angefertigt."

„Ehrlich gesagt habe ich mich auch schon sehr gewundert. Grundsätzlich habe ich Leonie nämlich als eine sehr kompetente und zuverlässige Referendarin erlebt."

„Davon gehe ich auch aus, Michael. Um so erstaunlicher ist es doch, dass Leonie nun eine dermaßen miserable Präsentation vorbereitet haben sollte? Das passt doch irgendwie nicht zu dem ansonsten guten Eindruck, den auch du von ihr hast, oder?"

„Ja, da hast du vermutlich recht. Aber, was soll ich als Schulrektor machen? Ich muss das bewerten, was ich sehe. Und da muss ich leider feststellen, dass Leonies gezeigte Leistung sehr schlecht war."

„Michael, ich vermute, dass es da jemand im Lehrerkollegium geben könnte, der Leonie gegenüber missgünstig gesonnen sein könnte. Hast du vielleicht etwas beobachtet, was

in diese Richtung deuten könnte?"

„Jetzt, wo du es sagst, fällt mir ein, dass Nele während der Präsentation so hämisch gegrinst hatte. Zunächst hatte ich mir dabei nichts weiter gedacht. Doch jetzt, ja, es könnte tatsächlich so sein, dass Missgunst und Neid im Spiel sein könnten."

„Siehst du, Michael. Genau das meine ich. Bestimmt könnte es sinnvoll sein, dieser Spur mal etwas intensiver nachzugehen. Meinst du nicht auch?"

„Ja, vermutlich hast du recht, Leon. Ich werde in den nächsten Tagen mal Augen und Ohren aufhalten. Vielleicht ergeben sich dann neue Anhaltspunkte, die diesen Verdacht bestätigen?" „Das ist eine sehr gute Idee, Michael. Ja, mach' das so. Dann sehen wir weiter." Genau in diesem Moment servierte der Kellner das köstliche Essen.

Zwei duftende Pizzen sowie zwei Gläser köstlicher Weißwein schafften eine gemütliche Atmosphäre. „Guten Appetit, Michael. Lass' es dir gut schmecken. Und vielen Dank nochmals für deine Hilfe."

„Dafür musst du mir nicht danken, denn das ist doch selbstverständlich, dass ich dir helfe." „Wann warst du eigentlich das letzte Mal zum Generalcheck bei deinem Arzt, Michael?"

„Ehrlich gesagt habe ich schon seit vielen Jahren keine Arztpraxis mehr von innen gesehen." „In unserem Alter sollte man aber vorsichtig sein. Viele schlimme Krankheiten treten gehäuft in unserem Alter auf." „Ja, ich weiß. Vielleicht bin ich da wirklich etwas nachlässig, Leon."

„Das könnte wohl so sein, Michael. Weißt du was, komm' doch in den nächsten Tagen einfach mal zu mir in die Praxis. Dann könnte ich dich mal komplett durchchecken. Ich denke, dass das sehr hilfreich sein könnte."

Nach einigem Zögern stimmte Michael zu. „Einverstanden, ich lasse mir in den nächsten Tagen einen Termin bei deiner Sprechstundenhilfe geben." „Prima, das ist eine kluge Entscheidung von dir. So, und nun lass' uns mal hier das wunderbare Essen und den köstlichen Wein genießen."

Gemeinsam verbrachten Dr. Blautaler und Schulrektor Strehlau noch zwei schöne Stunden im Restaurant. Direkt nach seiner Heimkehr rief Dr. Blautaler Leonie an, um ihr davon zu berichten, dass sich nun auch Schulrektor Strehlau intensiv um diesen Fall kümmern werde. Voller Hoffnung schlief Leonie an diesem Abend ein.

*

Am nächsten Morgen begleitete Gottfried Satori seine Tochter, Leonie, ein Stück des Weges. Die Astrid Lindgren Grundschule lag auf dem Weg zu Gottfrieds Büro, das sich in einem stattlichen Gebäude eines privaten Bildungsträgers befindet.

„Papa, das finde ich total schön, dass wir heute mal ein Stück des Weges gemeinsam gehen können. Das gab es so schon lange nicht mehr."

„Ja, Leonie, da hast du recht." „Wie läuft denn eigentlich der Weiterbildungsmarkt, Papa? Spürt ihr auch etwas von der allgemeinen Krise?"

„Ja, das kannst du laut sagen, Leonie. Schon seit längerer Zeit ist es immer schwieriger geworden, neue Seminare und Weiterbildungsmaßnahmen anbieten zu können. Viele Finanzmittel, mit denen noch vor etwa zehn Jahren Weiterbildungsmaßnahmen unterstützt wurden, sind längst gestrichen worden. Das hat dazu geführt, dass immer mehr Bildungsinstitute Konkurs anmelden mussten."

„Oh, das stelle ich mir für alle Beteiligten schwierig vor. Was geschieht denn mit den Dozentinnen und Dozenten, die in solchen Maßnahmen unterrichten, Papa?"

„Das ist eine gute Frage, Leonie. Für die meisten bedeutet das, dass sie keine neuen Lehraufträge mehr bekommen. Die finanziellen Einbußen sind oftmals dramatisch." „Ja, das kann ich mir gut vorstellen. Vermutlich haben es Lehrkräfte an öffentlichen Schulen diesbezüglich leichter."

„Ob das so pauschal stimmt, wage ich mal zu bezweifeln. Ich denke, dass das Leben insgesamt sehr viel schwieriger geworden ist."

„Och, sieh' mal wer da kommt, Papa. Da kommt Frau Schachtner, die Mutter von Felix." „Hallo, Frau Schachtner. Darf ich Ihnen meinen Vater, Gottfried Satori, vorstellen?"

„Guten Tag, Herr Satori. Schön, dass wir uns auch mal kennenlernen. Leonie hat mir schon einiges von Ihnen erzählt." „So, so, ich hoffe doch nur Gutes", antwortete Gottfried Satori leicht irritiert.

„Papa, ich muss mich jetzt leider hier verabschieden, denn ich bin schon spät dran. Auf keinen Fall möchte ich zu spät zum Unterricht erscheinen. Das machte keinen guten Endruck. Auf Wiedersehen, Papa. Auf Wiedersehen, Frau Schachtner. Ich wünsche euch noch einen angenehmen Tag."

„Tja, so ist sie, meine Tochter. Kaum hier, und schon wieder verschwunden", sagte Gottfried leicht verlegen zu Frau Schachtner. „Herr Satori, ich finde es ganz prima, dass sich ihre Tochter so sehr für ihren Beruf engagiert. Vermutlich hat sie Ihnen auch von dem Missgeschick der Präsentation erzählt, nehme ich an?"

„Ja, wir sprachen kürzlich darüber. Das wird schon nicht so schlimm sein. Leonie ist viel zu sensibel in solchen Dingen, müssen Sie wissen."

„Na, ich weiß nicht, ob man das so sagen kann? Ich habe eher den Eindruck, dass Leonie sehr traurig über diesen Vorfall ist. Auch Felix, mein Sohn, hat mir davon erzählt, dass er sich um Leonie sorgt."

„Die Jugend heutzutage ist viel zu verweichlicht. Das war zu meiner Zeit völlig anders." „Wie meinen Sie das, Herr Satori?" „Na ja, wir haben nicht gleich aus jeder Mücke einen Elefanten gemacht.

Wir sind nicht sofort zum Arzt gelaufen, der uns dann mit so allerlei Psychokram zutextet." „Herr Satori, ich möchte Ihnen jetzt nicht zu nahetreten, aber könnte es sein, dass sie irgendwie sehr verbittert sind?"

Sichtlich angeschlagen hielt Gottfried plötzlich inne. Eine kleine Träne kullerte an seiner Wange herunter, die er jedoch schnell abzuwischen versuchte. Schließlich wollte er sich keine Blöße geben.

„Es ist kein Zeichen von Schwäche, weinen zu können. Ganz im Gegenteil. Was bedrückt sie denn so sehr, Herr Satori?", wollte Gabriele Schachtner wissen. Nach mehreren Momenten tiefen Schweigens brach es plötzlich zaghaft aus Gottfried hervor:

„Ach, wissen Sie, Frau Schachtner, vermutlich leide ich noch immer unter dem viel zu frühen Tod meiner Ehefrau, Marianne. Möglicherweise hat das zu meiner Verbitterung beigetragen."

„Das finde ich sehr gut, Herr Satori, dass Sie das jetzt so offen sagen. Ja, das könnte sicher ein entscheidender Grund sein." „In meinem Berufsleben darf ich mir keine Schwächen erlauben, wissen Sie?"

„Gefühle zu haben ist niemals eine Schwäche, Herr Satori. Das ist völlig natürlich." So, so, wenn Sie das so sehen wollen, Frau Schachtner." „Ja, so sehe ich das. Übrigens, auch ich habe meinen lieben Ehemann vor etwa zwei Jahren durch einen schlimmen Bauunfall verloren. Das war eine sehr schlimme Zeit für mich. Von einem auf den anderen Tag brach für mich eine Welt zusammen.

Glücklicherweise habe ich einen wunderbaren Sohn, Felix, der mich sehr unterstützt." „Das ist schön für Sie, Frau Schachtner." Ja, das ist es wirklich. Dafür bin ich sehr dankbar." „Leonie hat mir kürzlich davon erzählt, dass sie sich wohl in Ihren Sohn, Felix, verguckt habe."

„Ja, das ist mir bekannt. Das finde ich sehr schön, dass sich Leonie und Felix offenbar so gut verstehen. Offenbar fühlen sich die beiden zueinander hingezogen. Ist das nicht wunderbar?"

„Kann schon sein", antwortete Gottfried unsicher, der es schon längst nicht mehr gewöhnt war, sich mit solchen Themen zu beschäftigen. „Frau Satori, es war sehr schön,

Sie kennenzulernen. Jetzt muss ich aber schleunigst zur Arbeit, denn ich bin schon spät dran. Vielleicht haben Sie ja Interesse, dass wir uns demnächst mal wieder treffen. Ganz zwanglos, versteht sich. Was meinen Sie dazu?"

„Ja, das ist eine schöne Idee. Gern." „Was halten Sie von einem Besuch in der Kunsthalle? Da findet derzeit eine Ausstellung mit Werken von Claude Monet statt."

„Ja, sehr gern. Wir sehen uns. Auf Wiedersehen, Herr Satori. Hat mich sehr gefreut, Sie mal kennenzulernen." Danke. Ich wünsche Ihnen noch einen schönen Tag. Auf Wiedersehen und bis bald dann mal, Frau Schachtner."

*

Am nächsten Morgen, ein verregneter Tag, an dem die Wolken tief am Himmel hingen, traf Nele im Lehrerzimmer auf Felix, der dort seinen Unterricht vorbereitete.

„Hallo, Felix. Na, schon ausgeschlafen? Du siehst irgendwie übermüdet aus?", begrüßte Nele in ihrer süffisanten Art Felix. „Nein, Nele, ich bin nicht übermüdet. Vielmehr bin ich in Sorge um Leonie. Ihr geht es leider gar nicht gut."

„Na, das ist doch wohl auch klar. Nach einer derart schlechten Präsentation ging es mir auch nicht gut", antwortete Nele scheinheilig. Mittlerweile hatte sich das Lehrerzimmer gefüllt. Auch die anderen Kolleginnen und Kollegen waren noch mit letzten Vorbereitungen für den Unterricht beschäftigt, der in wenigen Minuten begann.

„Felix, diese Leonie taugt doch nichts. Das hast du doch jetzt wohl gesehen. Sie ist total ungeeignet für den Lehrerberuf. Sie schafft es nicht einmal, eine kleine Präsentation zu gestalten. Wie will sie denn da mit den Kindern im Unterricht zurechtkommen?" „Nele, ich denke, dass du jetzt ganz gewaltig übertreibst." „Ach was, komm' schon. Lass' uns heute nach dem Unterricht mal gemeinsam in die Stadt gehen. Dort könnten wir uns einen schönen Nachmittag machen. Was meinst du, Felix?"

„Nein danke, Nele. Ich habe kein Interesse daran, mit dir in die Stadt zu gehen, geschweige denn, sonst irgend etwas mit dir zu unternehmen." „Was haben wir nur mit Leonie für eine Versagerin hier in unserem Team", murmelte Nele vor sich hin.

Die anderen Kolleginnen und Kollegen registrierten Neles spitze Bemerkungen sehr wohl. „Selten habe ich bisher eine so unfähige Kollegin hier erlebt", fuhr Nele mit ihren spitzen Bemerkungen fort. „Vielleicht sollte Leonie besser in einem Kindergarten arbeiten, da wäre sie wohl besser aufgehoben, als hier an unserer Schule."

Nicht nur in Felix' Augen war zu erkennen, dass Neles spitze Bemerkungen keinen Anklang im Lehrerkollegium fanden. Spätestens durch Neles gemeine Seitenhiebe gegen Leonie vor dem versammelten Lehrerkollegium, sah sich Felix in seiner Vermutung bestätigt. Ja, es wird wohl so sein, dass Nele hinter diesem feigen und niederträchtigen Anschlag auf Leonies Präsentation steckt. Das galt es nun zu beweisen.

Ganz entgegen Neles finsterer Strategie, Felix durch ein solches Störmanöver für sich gewinnen zu können, entflammten Felix' Gefühle für Leonie immer mehr. Wie konnte Nele nur so gemein zu Leonie sein? Während der gesamten Zeit saß Leonie fast regungslos an ihrem Platz.

„Nele, schämst du dich eigentlich nicht? Wie kommst du dazu, derart gemeine Dinge hier über mich zu behaupten? Was bist du nur für ein Mensch?", fragte Leonie plötzlich in Neles Richtung? „Ach, Leonie, hier weiß doch jeder, dass du deine Präsentation völlig verhauen hast. Du bist schlichtweg ungeeignet für den Lehrerberuf. Sieh' das doch einfach mal ein."

„Weißt du was, Nele? Du tust mir sogar leid." Sichtlich irritiert über diese spontane Reaktion war Nele plötzlich sprachlos. Damit hatte sie nicht gerechnet, dass die vermeintlich so schüchterne Leonie ihr so etwas sagen würde. „Du musst sehr verunsichert sein, Nele, wenn du es nötig hast, mich hier so zu verunglimpfen.

Ein selbstbewusster Mensch hat es nicht nötig, andere Menschen auf eine so gemeine Art anzugreifen." Felix konnte sich in diesem Moment ein leichtes Grinsen nicht verkneifen. Mit großer Freude konnte er beobachten, dass Leonies Selbstbewusstsein offenbar gestärkt worden sein musste.

Noch vor wenigen Tagen wäre eine solche Reaktion aus Leonies Mund völlig undenkbar gewesen. Auch die anderen Kolleginnen und Kollegen beobachteten diesen Disput zwischen Leonie und Nele mit einer Mischung aus Anspannung und Erstaunen. Allmählich verließen die Kolleginnen und Kollegen das Lehrerzimmer.

Nur Felix und Leonie saßen noch an ihren Plätzen. „Alle Achtung, Leonie. Das war gerade eine starke Vorstellung. Wie du eben auf die Angriffe von Nele gekontert hattest, das war schon sehr beeindruckend. Was ist mit dir geschehen? Hast du irgendwelche Zauberpillen geschluckt?"

„Nein, Felix. Ich denke, es liegt vor allem daran, dass ich die guten Tipps von Dr. Blautaler mehr und mehr umsetzen kann. Ich spüre deutlich, dass ich auch Nele gegenüber selbstbewusster auftreten kann. Im Grunde genommen ist sie sogar bemitleidenswert."

„Das gefällt mir sehr gut, Leonie. Du bist auf einem guten Weg. Offenbar leistet Dr. Blautaler sehr gute Arbeit." „Ja, diesen Eindruck habe ich auch, Felix."

In diesem Moment ertönte der Schulgong. Schnell packten Leonie und Felix ihre vorbereiteten Unterrichtsmaterialien zusammen. Bevor sie das Lehrerzimmer verließen, schenken sie sich wechselseitig liebevolle Blicke. „Ich wünsche dir eine gute Unterrichtsstunde", sagte Felix, während er Leonie beim Verlassen des Lehrerzimmers zärtlich über die rechte Hand strich.

„Danke, Felix, das wünsche ich dir auch", antwortete Leonie, während sie Felix beim Herausgehen ebenso liebevoll über dessen Schulter streichelte. Während Leonie und Felix in entgegengesetzter Richtung über den Flur

27

gingen, schauten sie sich noch mehrfach um. Eine wunderbarer Zauber einer wachsenden Liebe lag über dem Flur. Draußen hörte man, dass der Regen immer stärker wurde.

*

Nach dem Ende der nächsten Unterrichtsstunde traf Felix auf dem Flur Schulrektor Strehlau. Ein Wink des Himmels? „Guten Tag, Herr Strehlau", grüßte Felix. „Guten Tag, Herr Schachtner. Wie war Ihre Unterrichtsstunde eben in der 4a gelaufen?"

„Vielen Dank, Herr Strehlau. Alles bestens. Da habe ich eine wirklich nette und lernwillige Klasse angetroffen, in der mir das Unterrichten großen Spaß macht." „Das freut mich sehr, das so von Ihnen zu hören."

„Sagen Sie, Herr Strehlau, darf ich Sie mal etwas fragen?" „Aber sicher doch. Was haben Sie denn auf dem Herzen? Gibt es Probleme?"

„Nun ja, ich mache mir schon große Sorgen um Leonie. Welche Konsequenzen wird es für sie haben, dass ihre Präsentation so missglückt war? Ist nun ihr Referendariat in Gefahr?"

„Nein, bitte machen Sie sich keine Sorgen. Nach einem Gespräch mit Dr. Blautaler vor wenigen Tagen, habe auch ich den starken Verdacht, dass da etwas nicht stimmen kann mit Leonies Präsentation."

„Wie meinen Sie das genau, Herr Strehlau?" „Na ja, ich schätze Leonie doch eher als sehr zuverlässig und gewissenhaft ein. Von daher ist es schon mehr als merkwürdig, dass sie eine dermaßen schlechte Präsentation vorbereitet haben soll? Auch ich habe da so meine Zweifel."

„Ja, Herr Strehlau, das sehe ich auch so. Bestimmt hat Nele ihre schmutzigen Finger im Spiel." „Haben Sie einen konkreten Verdacht?", fragte Schulrektor Strehlau sichtlich interessiert. „Ja, den habe ich allerdings. Schon seit geraumer Zeit fällt auf, dass Nele keine Gelegenheit auslässt, Leonie immer wieder gemein anzufeinden. Andauernd macht

sie Leonie gegenüber spitze und böse Bemerkungen. Das ist auch anderen Kolleginnen und Kollegen hier schon aufgefallen."

„Aha, ja, das habe ich zuweilen auch schon so beobachtet. Da könnten Sie recht haben, Herr Schachtner." „Außerdem habe ich beobachtet, dass Nele in der letzten Zeit auffällig häufig mit Herrn Gerber zusammen gekungelt hat. Mehrfach wurden sie auch zusammen im Computerraum gesehen."

„Das hört sich sehr interessant an. Halten Sie es denn für möglich, dass Nele und Jonas eine Intrige gegen Leonie geschmiedet haben könnten?" „Nun, das halte ich nicht nur für möglich, sondern sogar für recht wahrscheinlich, Herr Strehlau."

„Welche Indizien sprechen denn für eine solche Vermutung", wollte Schulrektor Strehlau von Felix wissen. „Sie müssen wissen, Nele versucht sich schon seit längerer Zeit an mich heranzumachen. Doch ich bin einfach nicht an Nele interessiert. Vielmehr habe ich mich in Leonie verliebt. Das hat Nele sicher mitbekommen, und versucht nun, einen Keil zwischen Leonie und mich zu treiben. Von daher hätte sie ganz sicher ein starkes Motiv, um gegen Leonie zu intrigieren."

„Ja, das klingt plausibel." „Herr Schachtner, ich werde sehen, was ich für Leonie tun kann. Sicher ist es sinnvoll, dass ich mir Nele und Jonas mal etwas genauer vorknöpfe. Auch mein Bauchgefühl sagt mir, dass Sie mit Ihrer Vermutung recht haben könnten, Herr Schachtner. Ich wünsche Ihnen noch einen angenehmen Tag."

„Vielen Dank für Ihre Unterstützung, Herr Strehlau. Mit Ihrer Hilfe wird sich diese für Leonie so unerfreuliche und traurige Situation bestimmt bald aufklären lassen."

Schon kurze Zeit später bestellte Schulrektor Strehlau Nele Neid und Jonas Gerber in sein Zimmer. Nele und Jonas, die wohl schon ahnten, dass sich da eine für sie unangenehme Situation anbahnen könnte, betraten zunächst in einer vermeintlich selbstsicheren Art das Zimmer von Schulrektor

Strehlau.

„Guten Tag, Frau Neid. Guten Tag, Herr Gerber. Bitte nehmen Sie Platz." „Guten Tag, Herr Strehlau", ertönte es im Gleichklang aus Neles und Jonas Mund. „Vielleicht ahnen Sie schon, warum ich Sie beide zu mir bestellt habe?", fragte Schulrektor Strehlau.

„Nein, keine Ahnung", konterte Nele sogleich in einem forschen Tonfall. „Und Sie, Herr Gerber, haben Sie vielleicht eine Idee?" „Nein, sollte ich denn?", fragte Jonas mit leicht zittriger Stimme. „Nun, dann will ich es Ihnen gern verraten. Es gibt Anhaltspunkte dafür, dass womöglich Sie etwas mit der missglückten Präsentation von Frau Leonie Satori zu tun haben könnten."

„Wie kommen Sie denn auf eine derart absurde Idee, Herr Strehlau?", fragte Nele voller Entrüstung zurück. „Absurd ist eine solche Vermutung keineswegs, Frau Neid. Wie mir Felix berichtet hat, soll es wohl so sein, dass Sie schon seit längerer Zeit immer wieder in einer sehr unfreundlichen Art und Weise mit Leonie kommunizieren.

Das wird übrigens auch von anderen Kolleginnen und Kollegen bestätigt." Während Schulrektor Strehlau mit Nele sprach, versank Jonas immer tiefer in seinem Stuhl. „Und Sie, Herr Gerber, sind Sie auch der Meinung, dass die Vorwürfe gegen Frau Neid absurd sind? Möchten Sie vielleicht etwas dazu sagen?"

Mit einem scharfen Blick beäugte Nele den sichtlich nervösen Jonas, so als wollte sie ihm sagen, dass er bloß dicht halten sollte. „Nein, Herr Strehlau, ich glaube nicht, dass Nele etwas damit zu tun hat, dass Leonies Präsentation so schlecht gewesen ist."

Noch während Jonas das sagte, spürte er einen bösen Schmerz in seinem Bauch. Ein Zeichen seines schlechten Gewissens?

„Wer immer auch dafür verantwortlich ist, dass Leonies Präsentation womöglich sabotiert worden sein könnte, wird bestraft werden. Seien Sie sicher, dass ich den Dingen auf den Grund gehen werde. Sollte sich der Verdacht bestätigen, dass Sie beide oder einer von Ihnen für eine feige Sabotage verantwortlich gewesen sein könnte, hätte das empfindliche Konsequenzen. Das verspreche ich Ihnen.

Sie dürfen jetzt erst einmal gehen. Auf Wiedersehen." Trotzig und dennoch in Sorge verließen Nele und Jonas das Zimmer von Schulrektor Strehlau. „Ich fürchte, Jonas, dass er Verdacht geschöpft hat. Wir sollten uns etwas einfallen lassen, Jonas." „Ja, das fürchte ich auch, Nele."

In diesem Moment entlud sich ein schweres Gewitter über der Astrid Lindgren Grundschule.

*

Zum Ende einer erneut turbulenten Woche trafen sich Leonie und Felix in einem schönen Eiscafé. Schon lange hatten sie geplant, fern ab vom Alltagsstress eine schöne Zeit gemeinsam zu verbringen. In der letzten Zeit hatte es viele Momente gegeben, die unzweifelhaft andeuteten, dass sich zwischen Leonie und Felix eine schöne Liebesbeziehung anbahnte.

Die liebevollen Blicke, die sie sich immer wieder schenkten, das zärtliche Berühren von Leonies Hand sowie das behutsame Berühren von Felix' Schulter waren alles deutliche Signale gewesen.

„Hallo, Leonie. Schön, dass wir uns hier treffen können", begrüßte Felix freudig erregt Leonie. „Hallo, Felix, ja, das ist sehr schön, dass wir uns endlich auch mal außerhalb der Schule treffen können.

Diesen Moment habe ich mir schon seit langer Zeit herbei gesehnt, Felix. Nur du und ich, endlich mal ohne all' die anderen Leute aus der Schule." „Offen gesagt bin ich auch sehr froh, Leonie. Die letzten Tage und Wochen in der Schule waren sicher alles andere als entspannt für dich, oder?"

„Ja, das darfst du laut sagen. Noch immer ist für mich unverständlich, dass Nele sich mir gegenüber immer so gemein verhält. Was habe ich ihr denn schon Schlimmes angetan, außer der Tatsache, dass wir beide uns so gut verstehen?"

„Nele wird ganz einfach nur eifersüchtig auf dich sein. Wie heißt es doch so schön: „Eifersucht ist eine Leidenschaft, die mit Eifer sucht, und Leiden schafft." „Ein sehr kluger Spruch, Felix. Woher hast du denn diese Lebensweisheit?" „Leonie, das hatte ich schon vor langer Zeit mal in einem Buch voller Lebensweisheiten gelesen."

„Ach so. Ich finde es ganz toll, dass du so belesen bist, Felix. Du bist nicht nur unglaublich sympathisch, sondern auch sehr klug." „Leonie, du machst mich ein wenig verlegen mit deinen vielen Komplimenten. Ich versuche einfach nur möglichst menschlich zu agieren. Menschen, wie beispielsweise auch Nele, finde ich ganz schrecklich. Im Grunde genommen ist sie eine bedauernswerte Person, wenn sie es nötig hat, dich so mies zu behandeln."

„Ja, das ist wirklich sehr traurig. Meinst du denn, ob sich das noch alles aufklären lassen wird mit meiner misslungenen Präsentation?" „Ja, Leonie, da bin ich ganz sicher. Sieh' mal, du hast viele Menschen deines Vertrauens auf deiner Seite. Allen voran Dr. Blautaler, der offenbar gute Arbeit leistet.

Dann ist da auch Schulrektor Strehlau, bei dem ich den Eindruck habe, dass er sich auch aktiv für dich einsetzen wird. Und nicht zu vergessen auch ich, sozusagen dein guter Geist im Hintergrund."

„Felix, das ist total lieb von dir, dass du das so sagst. Mit dir an meiner Seite kann eigentlich gar nichts schiefgehen. Schon damals, als ich dich das erste Mal im Lehrerzimmer gesehen hatte, schlug mein Herz bis zum Hals. Spontan wusste ich, dass du der richtige Mann für mich sein würdest.

Und nun sitze ich hier gemeinsam mit dir in diesem wunderschönen Eiscafé. Das ist traumhaft. Meinst du nicht auch, Felix?" In diesem Moment wurden zwei große Eisschalen serviert. Leonies Eisschale war zudem mit einer üppigen Portion Sahne bestückt.

Ein traumhafter Zauber voller Harmonie und wechselseitigen Vertrauens lag wie ein frischer Morgentau über Leonie und Felix. Leonie vermochte ihr Glück kaum zu fassen, und auch Felix fühlte sich erkennbar sehr wohl in Leonies Gegenwart. Minutenlang schauten sich Leonie und Felix wortlos an. Leonie war ganz fasziniert von Felix' wunderschönen blauen Augen und seiner sportlichen Erscheinung. Auch Felix war deutlich anzusehen, dass er von Leonies natürlicher Schönheit und ihrer liebevollen Umgangsart begeistert war.

„So, jetzt sollten wir unser Eis aber mal schleunigst probieren, bevor es uns hier schmilzt, Felix." „Stimmt, Leonie, lass' uns mal kosten, wie das Eis schmeckt."

Nachdem Leonie den ersten Löffel mit einer großen Portion Sahne belegt hatte, reichte sie Felix den Löffel entgegen. „Komm', probier' bitte mal hier von meiner Sahne. Die schmeckt bestimmt ganz köstlich, Felix."

Zunächst etwas zögerlich, dann aber mit einem liebevollen Blick beugte sich Felix zu Leonie über den Tisch. „Mmh, köstlich. Das schmeckt himmlisch gut, Leonie.", sagte Felix, während er lustvoll den Löffel ableckte.

Als sich Leonies und Felix' Blicke trafen, spürte man förmlich ein Knistern in der Luft. Offensichtlich hatte Amors Pfeil mal wieder getroffen. Genussvoll schleckten Leonie und Felix ihre köstlichen Eisbecher aus.

„Felix, ich bin überglücklich, hier mit dir diese wunderbare Zeit verbringen zu dürfen. Du bist für mich wie ein Geschenk des Himmels." „Ja, die Zeit mit dir hier ist ganz wunderbar, Leonie. Auch bin sehr froh, dass sich unsere Wege auf so bezaubernde Art und Weise gekreuzt haben."

„Mit dir an meiner Seite, Felix, bin ich ganz sicher, dass alles gut wird. Du gibst mir neue Kraft. Das fühlt sich unglaublich gut an." Als plötzlich die Kellnerin am Tisch erschien, stellten Leonie und Felix erstaunt fest, dass sie offenbar die Zeit völlig aus den Augen verloren hatten.

Freundlich machte die Kellnerin

darauf aufmerksam, dass das Eiscafé in wenigen Minuten schließen würde. „Felix, ich danke dir von ganzem Herzen für diesen wunderbaren Tag.

Du bist der Mann meiner Träume. Ich liebe dich so sehr", hauchte Leonie Felix entgegen, während sie ihn in diesem Moment ganz zärtlich auf den Mund küsste."

„Leonie, auch ich danke dir für dieses wunderschöne Treffen. Auch ich bin so glücklich, dass du in mein Leben getreten bist. Dem Himmel sei dank für diese glückliche Fügung", antwortete Felix mit geschlossenen Augen, während er von Leonies lang andauerndem Kuss fasziniert war. „Ich liebe dich auch, Leonie. Du bist die Frau, die ich mir schon immer gewünscht habe."

*

Nichts Gutes ahnend, trafen sich Nele und Jonas am kommenden Tag im Computerraum der Astrid Lindgren Grundschule. „Hallo, Jonas, ich denke, wir haben nun ein echtes Problem.

Schulrektor Strehlau hat wohl klar Verdacht geschöpft. Wir sollten schleunigst dafür sorgen, dass unsere Spuren verwischt werden."

„Ja, das denke ich auch. Irgendwie ist die ganze Sache wohl aus dem Ruder gelaufen. Was glaubst du was passiert, wenn rauskommt, dass wir hinter diesem Anschlag auf Leonies Präsentation stecken? Dann wird es richtig ungemütlich für uns werden, Nele."

„Jonas, du bist doch hier der IT-Experte. Lass' dir etwas einfallen." Ach so, Nele, du bist doch diejenige, die das alles hier zu verantworten hat. Es war doch deine Idee, Leonies Präsentation zu sabotieren. Und nun soll ich sozusagen für dich die Kohlen aus dem Feuer holen, nicht wahr?"

„Jetzt stell' dich mal nicht so an", antwortete Nele zickig. „Schließlich warst du es doch, Jonas, der all' die Manipulationen durchgeführt hat." „Meinst du nicht, dass du jetzt sehr unfair bist, Nele? Ich habe das doch nur getan, weil du mich darum gebeten hattest."

„Kennst du nicht den Spruch – Mitgefangen, mitgehangen?" „Sprüche helfen uns jetzt hier nicht weiter. Wir müssen einen Weg finden, unsere Spuren zu verwischen.

Falls Schulrektor Strehlau mitbekommt, dass wir diese Sabotage durchgeführt haben, dann werden wir wohl die längste Zeit hier an dieser Schule gewesen sein."

„Nun mach' dir mal nicht gleich in die Hose vor lauter Angst. Starte lieber mal den Computer, und sorge dafür, dass die Manipulationen an Leonies Präsentation nicht mehr zurückverfolgt werden können."

„Na gut, aber mir ist nicht wohl bei dieser ganzen Sache." Verunsichert startete Jonas einen der Lehrer-PC, von dem aus nur er als IT-Administrator Zugriff auf alle Bereiche des Lehrerkollegiums Zugriff hatte.

Routiniert loggte er sich in den Bereich ein, der für Leonie reserviert ist. Schon Sekunden später erschien Leonies Präsentation auf dem Bildschirm. „Super, wie du das machst, Jonas. So, und jetzt musst du die durchgeführten Manipulationen nur noch rückgängig machen. Anschließend wird niemand merken, dass hier etwas nicht mit rechten Dingen zugegangen sein könnte."

„Nein, das ist keine gute Idee, Nele. Wenn ich jetzt hier damit beginne alle Manipulationen einzeln zu bearbeiten, dauerte das viele Stunden. Das können wir nicht riskieren."

Während Nele und Jonas in ihre finsteren Machenschaften vertieft waren, bemerken sie gar nicht, dass Schulrektor Strehlau ganz leise und unauffällig den Computerraum betreten hatte. Schon ahnend, dass hier etwas im Gange sein könnte, verhielt er sich zunächst ganz ruhig. Er wurde Zeuge, wie Nele und Jonas ihre gemeine Sabotage zu vertuschen versuchten.

„Nele, du musst wissen, ich habe natürlich die Original-Präsentation in einem separaten Ordner auf dem Computer gesichert. Von daher müssen wir einfach nur die manipulierte Version löschen, und diese gegen

31

das Original austauschen."

„So einfach geht das? Bist du sicher, dass das so funktioniert?" „Ja, klar doch. Als IT-Administrator werde ich dann anschließend die Logdatei löschen, so dass niemand merken wird, dass wir diese Manipulation durchgeführt haben." „Du bist echt genial, Jonas. Dann hätten wir das Ziel erreicht. Leonie hat sich mit ihrer Präsentation total blamiert, und keiner wird je mitbekommen, wie das alles abgelaufen ist. Super!"

„Jetzt sei mal leise. Ich habe kein gutes Gefühl bei dieser Sache, Nele." „Los jetzt, nun mach' schon weiter." In dem Moment als Jonas gerade dabei war die manipulierte Version löschen zu wollen, tauchte plötzlich Schulrektor Strehlau wie aus dem Nichts hinter Nele und Jonas auf.

„Das hätten Sie beide sicher nicht gedacht, mich hier anzutreffen, nicht wahr?" Wie versteinert sanken Nele und Jonas in ihren Stühlen in sich zusammen. „Bestimmt können Sie mir erklären, was Sie beide hier gerade machen?", fragte Schulrektor Strehlau mit strenger Stimme.

„Jonas wollte mir nur zeigen, wie man Dateien möglichst optimal auf einem Computer verwalten kann, Herr Strehlau." „Ersparen Sie sich ihre Lügen, Frau Neid. Ich habe mit eigenen Ohren schon seit einigen Minuten ganz genau mitbekommen, was sich hier abspielt."

„Herr Strehlau, da müssen Sie wohl etwas falsch verstanden haben." „Frau Neid, Ihr Verhalten ist nicht nur feige, sondern Sie reagieren auch ausgesprochen dreist. Es hat keinen Sinn, zu leugnen.

Und Sie, Herr Gerber, was sagen Sie zu dieser Aktion hier?" „Ja, Herr Strehlau, Sie haben schon völlig recht. Nele wollte, dass ich die durchgeführten Manipulationen verwische, damit kein weiterer Verdacht geschöpft werden könnte.

Ich bedauere sehr, dass ich mich auf dieses schändliche Spiel eingelassen hatte." „Du bist ein echter Feigling, Jonas", sagte Nele erbost. „Frau Neid, Sie sehen doch, dass es

keinen Zweck mehr hat. Die Sachlage ist völlig klar.

Ich erwarte Sie und Herrn Gerber in fünf Minuten in meinem Zimmer." Wortlos verließ Schulrektor Strehlau den Computerraum. Während er über den Flur zu seinem Zimmer ging, hörte er im Hintergrund, wie Nele laut zeternd im Computerraum auf Jonas einredete. „Da siehst du, was du angerichtet hast, du Dilettant. Ich hätte gleich wissen müssen, dass du ein unfähiger Computernerd bist."

„Nele, nun zeigst du dein wahres Gesicht. Nicht ich war es, der Leonies Präsentation manipulieren wollte, sondern doch wohl eher du ganz allein. Ich war lediglich so dumm, um mich von dir für dieses schändliche Spiel einwickeln zu lassen."

Noch immer laut keifend und mit einem furchterregenden Blick in ihren grünen Augen, gingen Nele und Jonas zum Zimmer von Schulrektor Strehlau. „Setzen Sie sich", sagt Herr Strehlau kurz und knapp. Ich denke, dass wir uns über den Sachverhalt nicht mehr länger unterhalten müssen. Denn der dürfte wohl sonnenklar sein. Eine derart feige Aktion, die Sie beide hier gegen Frau Satori durchgeführt hatten, kann und werde ich hier an meiner Schule unter keinen Umständen dulden."

„Aber das war doch gar nicht so böse gemeint...", versuchte Nele entschuldigend zu entgegnen. „Das glauben Sie doch wohl selbst nicht, Frau Neid. Eine solche Aktion setzt eine gehörige Portion Boshaftigkeit und Niederträchtigkeit voraus. Zudem ist unbestreitbar, dass Sie nicht im Affekt gehandelt hatten, sondern vielmehr sehr planmäßig. Das bedeutet, dass Sie klar vorsätzlich gehandelt haben."

Spätestens in diesem Moment wurde auch Nele schmerzlich bewusst, dass sie ihr schändliches Spiel wohl klar verloren hatte. Jonas saß wortlos und mit rotem Kopf auf seinem Stuhl. Längst war ihm klar geworden, dass er nur als nützlicher Idiot für Nele gehandelt hatte.

„Um es kurz zu machen", begann

Schulrektor Strehlau seinen Satz, während er schon von seinem Platz aufstand, „Nele, Sie werden mit sofortiger Wirkung fristlos gekündigt. Eine Lehrkraft wie Sie, Frau Neid, die derart hinterhältig und boshaft gegen Kolleginnen oder Kollegen in unserem Lehrerkollegium vorgeht, kann und möchte ich nicht länger an meiner Schule beschäftigen. Ihre Kündigung wird Ihnen in diesen Tagen auf dem Postweg zugestellt.

Sie, Herr Gerber, sollten sich schämen, dass Sie diese miese Sabotage durch Ihr Handeln aktiv unterstützt hatten. Da Sie sich aber erkennbar einsichtig zeigen, und auch klar erkennen lassen, dass Sie Ihr Fehlverhalten ehrlich bereuen, werde ich es bei einer Abmahnung belassen." „Verlassen Sie nun beide mein Zimmer. Ich bin tief enttäuscht, vor allem von Ihnen, Frau Neid."

*

Zum Ende der Woche hin besuchte Leonie wieder Ihren Vater, Gottfried. Zu diesem Zeitpunkt wusste sie noch nicht, dass Schulrektor Strehlau die Übeltäter, Nele und Jonas, auf frischer Tat ertappt hatte.

Dennoch war sie inzwischen guten Mutes, dass sich die Dinge letztlich zum Guten für sie wenden würden. Schließlich durfte sie davon ausgehen, wichtige, ihr wohlgesonnene Menschen an ihrer Seite zu wissen. Dr. Blautaler, der ihr dabei half, neues Selbstbewusstsein zu entwickeln, hatte bisher schon erkennbar gute Arbeit geleistet. Wie sonst hätte sie so entschlossen Nele gegenüber auftreten können.

Daran hatte sicher auch Dr. Blautaler einen entscheidenden Anteil gehabt. Ganz besonders glücklich war sie darüber, in Felix einen so liebevollen, klugen und verständnisvollen Mann gefunden zu haben. Noch vor wenigen Wochen hätte sie es nicht für möglich gehalten, dass ihr so viel Glück begegnen könnte.

Auch Schulrektor Strehlau würde sicher seinen Teil dazu beitragen, dass sich die Geschehnisse rund um den Tag ihrer missglückten Präsentation aufklären würden.

„Hallo, Papa", begrüßte Leonie ihren Vater freudestrahlend. „Hallo, Leonie, du hast ja heute so auffallend gute Laune. Was ist mit dir geschehen, mein Kind?", fragte Gottfried erstaunt.

„Papa, ich habe den Eindruck, dass sich alles zum Guten wenden wird. Es gibt so viele liebe Menschen, die mich unterstützen. Darüber bin ich total froh. Kannst du das verstehen, Papa?"

„Ja, Leonie. Das kann ich gut verstehen. Inzwischen ist mir auch klar geworden, dass du eine sehr schwere Zeit durchmachen musstest. Außerdem tut es mir sehr leid, dass ich mich dir gegenüber in der letzten Zeit nicht besonders freundlich verhalten hatte, Leonie."

„Es tut so gut, Papa, dass du das jetzt so sagst. Ich spüre, dass du irgendwie milder im Umgang geworden bist. Was ist mit dir geschehen? Hast du dich womöglich auch neu verliebt?"

„Nein, so kann man das nicht sagen", antwortete Gottfried mit einem Schmunzeln. „Was ist es dann, was dich so verändert erscheinen lässt?" „Vielleicht hängt es damit zusammen, dass ich kürzlich ein schönes Gespräch mit Felix' Mutter, Frau Schachtner, hatte. Zu Beginn warst du ja auch dabei, wenn du dich erinnerst, Leonie."

„Ja, ich weiß. „Offenbar müsst ihr beiden Euch spontan gut verstanden haben, wenn ein einziges Gespräch eine solche Wandlung bewirken kann, oder?" „Ja, wir hatten tatsächlich ein gutes Gespräch. Frau Schachtner hatte mir verdeutlicht, dass ich mich in meinem Schmerz wohl zu sehr eingeigelt hatte. Darüber hatte ich leider Menschen, die ich doch liebe, vernachlässigt.

Vor allem du, Leonie, hast sicher oftmals unter meiner abweisenden Art gelitten. Das bedauere ich sehr." „Papa, du musst jetzt nicht zu streng mit dir selbst sein. Wichtig ist vor allem, dass du eingesehen hast, dass dein Verhalten mitunter schmerzlich für mich gewesen war.

Ich freue mich so sehr, dass wir nun bestimmt wieder eine gute Basis miteinander finden, und dass sich unser Verhältnis wieder deutlich verbessern kann."

In diesem Moment nahm Gottfried Leonie in seine Arme, drückte sie ganz fest, und gab ihr einen liebevollen Kuss auf die Wange. „Leonie, mein Kind, kannst du mir bitte verzeihen?", flüsterte Gottfried in Leonies Ohr, die den Tränen nahe war.

„Papa, ja, ich verzeihe dir voll und ganz. Lass' uns jetzt etwas Schönes planen." Nach einer scheinbar nicht enden wollenden Umarmung machte Gottfried einen wunderbaren Vorschlag. „Leonie, was hältst du davon, wenn wir Felix und dessen Mutter hier zu mir hin einladen. Dann könnten wir einen gemeinsamen Nachmittag bei Kaffee und Kuchen verbringen, und uns besser kennen lernen. Was meinst du dazu?"

„Ja, Papa, das ist eine wundervolle Idee. Und weißt du was, spontane Ideen sind oft die besten. Wie wäre es, wenn wir die beiden sofort für den heutigen Nachmittag einladen? Vielleicht haben wir Glück, und die beiden haben noch nichts weiter geplant."   „Ja, Leonie, so machen wir es. Du besorgst am besten mal sofort ein Tablett mit den schönsten Kuchensorten, die du finden kannst. Ich werde in der Zwischenzeit bei Frau Schachtner anrufen, und die Einladung aussprechen."

„Meinst du nicht, es wäre besser, erst den Telefonruf zu tätigen, bevor ich größere Mengen Kuchen einkaufe?" „Stimmt, da hast du völlig recht, Leonie. Gut, dann drück' uns mal die Daumen, dass meine Einladung von Erfolg gekrönt sein wird."

Sogleich griff Gottfried zu seinem Handy, um Frau Schachtner anzurufen. Leicht freudig erregt wählte er ihre Rufnummer, die sie ihm kürzlich schon bei ihrem Treffen vor der Kunsthalle gegeben hatte.

„Hallo, hier spricht Frau Schachtner.

Wer ist dort, bitte?", tönte es aus dem Handy. „Guten Tag, Frau Schachtner. Hier spricht Herr Satori, der Vater von Leonie. Sie wissen schon, wir hatten uns kürzlich vor der Kunsthalle getroffen."

„Ja, ich weiß. Wie geht es Ihnen, Herr Satori?" „Meine Tochter, Leonie, ist gerade bei mir. Spontan hatten wir die Idee, Sie und Felix für den heutigen Nachmittag auf einen schönen Kaffee einzuladen. Hätten Sie eventuell Zeit? Dann könnten wir uns etwas besser kennen lernen, und einen schönen Nachmittag gemeinsam hier verbringen. Was meinen Sie, Frau Schachtner?"

„Das ist jetzt sehr zwar sehr kurzfristig für mich, doch ebenso spontan gefällt mir Ihre Idee richtig gut, Herr Satori. Bitte warten Sie einen kleinen Moment. Ich werde eben auf der anderen Leitung meinen Sohn anrufen, und fragen, ob er heute Nachmittag Zeit für ein solches Treffen hat?"

Während Frau Schachtner versuchte Felix telefonisch zu erreichen, stieg sowohl bei Leonie als auch bei Gottfried die Stimmung sichtlich an. Schon seit sehr langer Zeit hatte es keine so entspannte Atmosphäre mehr zwischen Leonie und ihrem Vater gegeben.

„Herr Satori, hören Sie bitte", klang es plötzlich aus Gottfrieds Handy, „ich habe Felix gefragt. Ja, er hätte heute Nachmittag Zeit für Ihre Einladung. Außerdem soll ich Ihnen von meinem Sohn ausrichten, dass er sich sehr auf dieses Treffen mit Ihnen und Ihrer Tochter freut."

„Wunderbar, Frau Schachtner. Das freut mich sehr, dass Sie beide meiner Einladung so spontan nachkommen werden. Auch meine Tochter Leonie, die hier neben mir sitzt, strahlt bis hinter beide Ohren. Bestimmt werden wir einen schönen Nachmittag hier verbringen."

„Ja, das glaube ich auch, Herr Satori." „Wann genau sollen wir denn zu Ihnen kommen?" „Wäre Ihnen 16 Uhr recht, Frau Schachtner?"

„Ja, das ist eine sehr gute Zeit für einen gemütlichen Kaffee. Bis nachher dann.

Wir freuen uns schon sehr!" „Die Freude ist ganz auf unserer Seite, Frau Schachtner.

Vielen Dank für Ihre spontane Zusage. Bis nachher dann. Auf Wiedersehen." „Auf Wiedersehen, und liebe Grüße auch an Leonie." Liebevoll und in freudiger Erregung richteten Leonie und Gottfried in der Bibliothek einen zauberhaften Kaffeetisch her.

Bei der Gestaltung des Kaffeetischs wurde deutlich, dass Gottfried einen ausgeprägten Hang zur Kunst hatte. Die Anordnung der Gedecke sowie die wunderschönen Accessoires konnten nur von kunstvoller Hand angerichtet worden sein.

Pünktlich um 16 Uhr erschienen Frau Schachtner und Felix in Gottfrieds Haus. Gemeinsam verbrachten sie einen wunderbaren, harmonischen und lebhaften Nachmittag bei duftendem Kaffee und köstlichem Kuchen.

Recht schnell stellte sich eine wohltuende Atmosphäre ein, in der alle entspannt und freundlich miteinander kommunizierten. „Herzlich willkommen in meinem Haus, Frau Schachtner. Herzlich willkommen, Felix. Ich freue mich sehr, dass Sie beide meiner Einladung so spontan nachgekommen sind."

„Vielen Dank, Herr Satori. Wir freuen uns auch sehr, dass wir in so schöner Runde zusammen sein können", sagte Frau Schachtner freundlich.

Während Leonie köstliche Kuchenstücke verteilte, warf sie Felix sehnsuchtsvolle Blick zu, die dieser auch sogleich erwiderte. „Leonie, gibt es denn schon gute Neuigkeiten hinsichtlich Ihrer Präsentation? Ich könnte mir gut vorstellen, dass das eine sehr schwierige Zeit sein muss", sagte Frau Schachtner besorgt.

„Etwas Konkretes weiß ich bisher leider noch nicht. Aber Schulrektor Strehlau hat versprochen, dass er sich intensiv um Aufklärung bemühen wird. Ich vertraue ihm, und hoffe sehr, dass alles gut wird."

„Das hoffen wir sicher alle", ergänzte Gottfried. „Ich finde es ganz wunderbar, dass sich Leonie und Felix so gut verstehen. Da fühle ich mich gleich an meinen lieben Mann, Heinrich, erinnert. Leider ist er viel zu früh gestorben. Wir hatten eine so harmonische Ehe geführt", sagte Frau Schachtner mit leiser Stimme.

„Ja, mir geht es ähnlich", antwortete Gottfried. Auch ich muss immer wieder an meine liebe Ehefrau denken, die vor zwei Jahren auf so grausame Weise an Krebs gestorben ist.

Seit dieser Zeit habe ich mich hier ziemlich zurückgezogen. Erst durch meine Tochter, Leonie, ist mir bewusst geworden, dass ich durch meine abweisende Haltung viele Menschen ungewollt verschreckt hatte."

„Sie haben eine ganz wunderbare Tochter, Herr Satori. Felix hatte mir schon sehr viel von ihr erzählt. Ich hoffe sehr, dass Leonie und Felix auch einmal eine so glückliche Beziehung führen dürfen, wie das meinem verstorbenen Mann und mir gegönnt war", sagte Frau Schachtner mit einem liebevollen Blick in die Runde.

„Danke, Mama, das ist sehr lieb von dir, dass du das so sagst", antwortete Felix voller Freude. Noch bis spät in den Abend hinein verbrachten die vier einen harmonischen Tag. Eine Atmosphäre voller Friedlichkeit, Freude und Hoffnung lag über Gottfrieds Haus.

*

Wie bereits kürzlich vereinbart, besuchte Schulrektor Strehlau seinen alten Schulfreund, Dr. Blautaler, in dessen Praxis. Einerseits wollte er sich dort einem längst überfälligen Generalcheck unterziehen.

Andererseits brannte er schon darauf, Dr. Blautaler von der Aufklärung der gemeinen Sabotage berichten zu können. In gewohnt lockerer Kleidung betrat Schulrektor Strehlau die Praxis von Dr. Blautaler.

„Einen schönen guten Tag, die Damen. Mein Name ist, Michael Strehlau. Ich habe heute einen Termin zum Generalcheck bei Dr. Blautaler." „Ein kleinen Moment bitte, Herr

Strehlau. Darf ich bitte Ihre Versicherungskarte haben?", fragte die hübsche Sprechstundenhilfe von Dr. Blautaler. „Ja, hier bitte." „Vielen Dank.

Nehmen Sie bitte noch einen Moment im Wartezimmer Platz. Dr. Blautaler wird sie dann gleich aufrufen." An diesem Tag war es ungewöhnlich ruhig in der Praxis. Fast konnte man den Eindruck gewinnen, Dr. Blautaler habe den Tag nahezu ausschließlich für Schulrektor Strehlau reserviert.

„Hallo, Michael", rief Dr. Blautaler schon aus einigen Metern Entfernung. „Schön, dass du hier bist. Ich habe auch schon soweit alles für deine Untersuchung vorbereitet. Bevor du gleich in mein Zimmer kommst, nimmt dir meine Sprechstundenhilfe zunächst etwas Blut ab. Anschließend kannst du dann gern sofort zu mir rüber kommen. Einverstanden?"

„Ja, prima. Dann werde ich mich jetzt zum Blut absaugen in die vertrauensvollen Hände deiner reizenden Sprechstundenhilfe begeben", sagte Schulrektor Strehlau mit einem schelmischen Blick.

Kurze Zeit später saßen sich Dr. Blautaler und Schulrektor Strehlau im Arztzimmer gegenüber. „Michael, bist du etwa nervös wegen der bevorstehenden Untersuchung?" „Nein, ganz bestimmt nicht. Ich weiß doch, dass ich bei dir in den besten Händen bin." „Wie kommt es denn, dass du auf mich einen so aufgekratzten Eindruck machst, Michael?" „Das liegt wohl daran, dass ich dir eine Nachricht überbringe, die deine Patientin, Leonie Satori, sehr freuen wird."

„Ich ahne schon, was du mir jetzt sagen möchtest, Michael. Vermutlich gibt es Neuigkeiten hinsichtlich der Aufklärung der vermuteten Sabotage?"

„Du bist wohl nicht nur ein sehr guter Arzt, sondern auch noch Hellseher", antwortete Michael etwas spitzbübisch. „Schön wär's. Nein, als Hellseher habe ich mich bisher noch nicht betätigt. Ich habe lediglich logisch kombiniert."

„Verstehe. Nun gut, ja, es gibt tatsächlich gute Neuigkeiten in dieser Sache. Vor wenigen Tagen konnte ich ein Gespräch belauschen, das Nele Neid und Jonas Gerber im Computerraum unserer Schule führten. Offenbar fühlten sich die beiden sehr sicher, und hatten in ihrem schändlichen Eifer nicht mitbekommen, dass ich mich auch im Raum befand."

„Was genau ist denn geschehen", fragte Dr. Blautaler schon ganz ungeduldig. „Nun, ich konnte mit eigenen Augen sehen, dass Nele und Jonas gerade dabei waren, die Spuren ihrer gemeinen Sabotage verwischen zu wollen. Du musst wissen, Herr Gerber ist der IT-Administrator unserer Schule. Er kennt sich bestens mit Computern aus.

Offenbar war er gerade damit beschäftigt, verdächtige Spuren von dem PC zu beseitigen, an dem Leonie wohl ihre Präsentation angefertigt hatte." „Das ist ja ganz schön hinterhältig", sagte Dr. Blautaler voller Entsetzen."

„Ja, so muss man es wohl nennen. Wie sich dann herausgestellt hat, ist jedoch Nele die treibende Kraft hinter dieser gemeinen Sabotage gewesen. Offenbar wollte sie Leonie aus niederen Beweggründen diskreditieren. Jonas war in diesem schändlichen Spiel nur ein nützlicher Trottel, der sich von Nele hatte um den Finger wickeln lassen.

Es war für mich interessant, zu beobachten, dass Nele binnen weniger Sekunden ihren Tonfall Jonas gegenüber wechselte. Ab dem Moment, als sie merkte, dass sie mit ihrer schändlichen Intrige aufgeflogen war, schimpfte sie wie wild auf Jonas ein." „Wenn ich das jetzt richtig verstehe, Michael, bedeutet das doch, dass Leonie nun voll und ganz rehabilitiert wird?" „Ja, selbstverständlich. Vor allem bedaure ich sehr, dass ich nicht selbst schon zu einem sehr viel früheren Zeitpunkt Verdacht geschöpft hatte. Da mussten erst so kluge Leute wie du und Felix Satori kommen, um mir die Augen zu öffnen", sagte Michael etwas kleinlaut.

„Nun gräm' dich nicht weiter damit, Michael. Das hätte mir in einer vergleichbaren Situation auch so passieren können", versuchte Dr. Blautaler Schulrektor Strehlau zu trösten.

„Hast du denn Leonie diese für sie so erfreuliche Nachricht schon überbracht, Michael?"

„Nein, bisher noch nicht. Möchtest du das nicht lieber machen? Schließlich ist sie deine Patientin, und du kennst sie doch schon so unglaublich lange."

„Einverstanden, ich kann Leonie diese wunderbare Nachricht gern überbringen. Jetzt müssen wir uns hier aber erst einmal um deinen Generalcheck kümmern. Wie du weißt, ist eine solche Untersuchung vor allem auch in unserem Alter ganz besonders wichtig, mein lieber Freund."

„Ja, du hast ja so recht" antwortete Michael zustimmend. „Michael, während du nun zunächst 10 Minuten hier auf dem Fahrrad strampelst, werde ich sofort Leonie anrufen, um ihr die frohe Botschaft zu überbringen."

„Einverstanden, das ist eine sehr gute Idee." Ein wenig unbeholfen bestieg Michael das Fahrrad. Im gleichen Moment erschien die Sprechstundenhilfe, die ihn mit so allerlei Kabeln bestückte, so dass Dr. Blautaler anschließend aussagekräftige Messdaten zur Verfügung hatte.

„Bis gleich dann, Michael", rief Dr. Blautaler, der sich in diesem Moment in ein Nachbarzimmer zurückzog.

„Hallo, Frau Satori, hier spricht Dr. Blautaler." „Oh, hallo, Dr. Blautaler. Welch' schöne Überraschung. Gibt es einen bestimmten Grund für Ihren unerwarteten Anruf?"

„Ja, das kann man wohl sagen. Wo treffe ich Sie denn gerade an?" „Ich bin gerade dabei meinen Unterricht für den morgigen Tag vorzubereiten. Nun bin ich aber sehr neugierig, was Sie mir zu sagen haben, Dr. Blautaler?"

Leonie spürte in diesem Moment, dass sich ihr Herzschlag beschleunigte. „Herr Strehlau ist gerade hier bei mir in der Praxis."

„Sie meinen, Schulrektor Strehlau?", fragte Leonie ganz überrascht. „Ganz genau. Ihr Chef, Schulrektor Strehlau ist hier bei mir." „Hoffentlich ist er nicht krank?", fragte Leonie ganz besorgt. „Nein, das glaube ich eher nicht. Vielmehr hat er mir gerade etwas erzählt, was sie

sehr erfreuen wird." „Bitte spannen Sie mich nicht länger auf die Folter, lieber Dr. Blautaler. Was genau ist denn passiert?"

„Also gut, kurz und knapp. Schulrektor Strehlau hat mir gerade davon berichtet, dass sich die höchst unerfreulichen Begleitumstände Ihrer Präsentation mittlerweile aufgeklärt haben. Die Verdachtsmomente, die auch schon Felix geäußert hatte, haben sich nun klar bestätigt. Tatsächlich steckte Nele hinter diesem feigen Anschlag. Unterstützt wurde sie wohl von dem IT-Administrator."

„Sie meinen, dass Jonas bei dieser Intrige mitgemacht hatte?", fragt Leonie völlig entgeistert, „Ja, so sieht es wohl leider aus. Schulrektor Strehlau hatte beide auf frischer Tat ertappt, als sie gerade dabei waren, verdächtige Spuren zu beseitigen. Alles Weitere wird Ihnen dann wohl noch Ihr Chef persönlich mitteilen. Ich wollte Ihnen vorab nur schon mal diese erfreuliche Mitteilung machen, damit dieser Albtraum endlich ein gutes Ende für Sie hat."

„Ganz lieben Dank, Dr. Blautaler. Das ist eine ganz wunderbare Neuigkeit, die ich sofort Felix und meinem Vater erzählen muss. Bis bald dann mal. Auf Wiedersehen, Dr. Blautaler." „Auf Wiedersehen, Leonie. Ich wünsche Ihnen noch einen schönen Tag. „Danke, den werde ich jetzt bestimmt haben." Als Dr. Blautaler zurück in sein Arztzimmer kam, stieg Michael gerade schweißtriefend und völlig außer Atem vom Fahrrad.

„Puh, das war extrem anstrengend. Ich fürchte, dass ich wohl etwas für meine Kondition tun muss?" „Ja, es sieht ganz danach aus, Michael", antwortete Dr. Blautaler.

„Wisch' dir bitte erst einmal den Schweiß ab. Anschließend werden wir dann das Untersuchungsergebnis besprechen." „Ja, geht klar", sagte Michael ganz folgsam. „Nun erzähl' schon. Wie hat Leonie denn reagiert, als du ihr eben die tolle Nachricht übermittelt hattest?", wollte Michael zu gern wissen.

„Du wirst es dir schon denken können. Sie ist natürlich völlig aus dem Häuschen. Damit hatte sie nun so schnell wohl nicht gerechnet, dass dieser schlimme Albtraum mit ihrer Präsentation nun aufgeklärt werden konnte. Ich denke, sie ist jetzt außerordentlich froh. Außerdem vermute ich, dass sich nun ihr Selbstbewusstsein weiter festigen wird. Das freut mich sehr für sie."

„Ja, das ist wirklich eine sehr schöne Nachricht. Auch ich freue ich mich sehr für Leonie, denn nun habe ich auch die Möglichkeit, sie nach ihrem Referendariat an meiner Schule als feste Lehrkraft zu engagieren."

„Die genaue Auswertung deiner weiteren Untersuchungsergebnisse kann ich dir bei unserem nächsten Termin mitteilen. Lass' dir bitte von meiner Sprechstundenhilfe einen neuen Termin für Ende der nächsten Woche geben. Bis dahin liegen dann auch alle Laborergebnisse vor, Michael."

„Ja, vielen Dank. So machen wir es. Ich wünsche dir noch einen guten Tag, und danke dir nochmals ausdrücklich für deine tatkräftige Unterstützung. Du bist nicht nur ein sehr guter Arzt, sondern auch ein wunderbarer Freund. Auf Wiedersehen, Leon."   „Auf Wiedersehen, Michael. Pass' gut auf dich auf." Erleichtert verließ Schulrektor Strehlau die Praxis von Dr. Blautaler.

*

Kurz nachdem Dr. Blautaler Leonie die frohe Botschaft mitgeteilt hatte, rief Leonie bei Felix an. Im Moment vermochte sie ihr Glück noch gar nicht richtig zu fassen. Endlich hatte dieser Albtraum nun ein glückliches Ende für sie gefunden.

„Hallo, Felix. Ich habe eine richtig gute Nachricht", sagte Leonie voll freudiger Erregung. „Hallo, Leonie. Du klingst so fröhlich. Was ist geschehen?"

„Stell' dir vor, gerade eben rief mich Dr. Blautaler an, um mir mitzuteilen, dass sich alles rund um meine Präsentation aufgeklärt hat."

„Das ist eine ganz wunderbare Neuigkeit. Wie konnte denn alles aufgeklärt werden? Hat sich unser Verdacht, dass womöglich Nele Drahtzieherin gewesen ist, bestätigt?"

„Ja, so ist es. Schulrektor Strehlau hatte Nele und Jonas auf frischer Tat dabei erwischt, wie die beiden versuchten, verdächtige Spuren zu beseitigen. Genaueres dazu weiß ich noch nicht. Das werde ich wohl bald direkt von Schulrektor Strehlau persönlich erfahren."

„Das freut mich sehr für dich, Leonie, dass sich nun endlich alles aufgeklärt hat. Nun kannst du endlich wieder entspannter zur Schule gehen. Vor allem finde ich es wunderschön, dass wir beide uns nun mehr auf unsere Beziehung konzentrieren können."

„Ja, Felix, darüber freue ich mich auch sehr. Endlich wird mein Kopf frei sein können für die schönen Dinge des Lebens. Wollen wir uns gleich ganz spontan in unserem Lieblingseiscafé treffen, um diese wunderbare Nachricht zu feiern, Felix?"

„Nichts lieber als das, Leonie. Ich könnte in gut einer Stunde zum Eiscafé kommen. Zuvor werde ich noch schnell ein Bad nehmen, das ich mir gerade schon vorbereitet habe. Bis gleich dann. Ich freue mich riesig, dich gleich zu sehen."

„Und ich erst, Felix. Mir hüpft mein Herz bis zum Hals. Bis gleich dann." Eine gute Stunde später begrüßte Leonie Felix vor dem Eiscafé mit einer herzlichen Umarmung.

„Felix, du, mein treuer Begleiter in schwieriger Zeit, ich bin so glücklich, dass du an meiner Seite bist." Eng umschlungen betraten Leonie und Felix ihr Lieblingseiscafé.

„Sieh' mal, Leonie. Unser Stammplatz dahinten in der Ecke ist wieder frei. Sollen wir dort Platz nehmen?" „Ja, sehr gern. Das fühlt sich dann sehr heimisch an. So, als sei dieser Platz eigens nur für uns reserviert", sagte Leonie mit schmachtendem Blick.

„Was darf ich für dich bestellen, Leonie?" „Für mich bitte einen Krokantbecher mit Sahne." „Und ich bestell' mir einen Kiwibecher. Zur Feier des Tages heute auch mit Sahne." „Wollen wir vorab einen Sekt trinken?

Der prickelt immer so schön", sagte Leonie ganz keck.

„Ja, das ist eine schöne Idee." Während Leonie und Felix voller Genuss ihre Eisbecher leerten, beobachteten sie auf der Straße eine Frau mit einem kleinen Kind. Sehnsuchtsvoll schaute Leonie zu Felix herüber.

„Ein sehr schöner Anblick, meinst du nicht auch, Leonie?" „Ja, ein sehr friedliches Bild. Darf ich dich mal etwas sehr Persönliches fragen, Felix?"

„Klar darfst du das. Was möchtest du denn von mir wissen?" „Möchtest du auch eigene Kinder haben?" Felix, der schon geahnt hatte, dass Leonie diese Frage stellen würde, antwortete ganz entspannt:

„Ja, Leonie, das möchte ich sehr gern. Wichtig wäre allerdings, dass ich dazu die richtige Frau an meiner Seite brauche. Und, weißt du was, Leonie? Ich denke, dass ich genau die schon gefunden habe."

Mit einer Mischung aus Entzückung und Überraschung antwortete Leonie: „Kenne ich diese Frau vielleicht schon?" „Leonie, du beliebst zu scherzen, wie mir scheint. Die Frau meiner Träume sitzt mir hier gerade direkt gegenüber. Wir wissen beide schon längst, dass wir füreinander bestimmt sind, oder?"

„Felix, du ahnst nicht, wie glücklich Du mich machst. Ja, schon ab dem ersten Moment, als wir uns im Lehrerzimmer gesehen hatten, wusste ich, dass du der Mann für mein Leben sein würdest. Deine freundliche, ruhige und zuverlässige Art hatte mich von Anbeginn an fasziniert."

„Leonie, als ich dich zum ersten Mal gesehen hatte, konnte ich kaum mehr noch an etwas anderes denken. Das ging sogar soweit, dass du des nachts in meinen Träumen auftauchtest. Als dann der Tag mit deiner missglückten Präsentation kam, hatte es mir fast mein Herz zerrissen. Ich fand es ganz schrecklich, dass du so unter dieser gemeinen Intrige leiden musstest. Um so froher bin ich jetzt, dass dieser Albtraum endlich ein gutes Ende gefunden hat."

Nachdem Leonie und Felix einen Schluck des prickelnden Sekts getrunken hatten, beugte sich Leonie über den Tisch. Sie umfasste Felix' Kopf, und gibt ihm einen leidenschaftlichen Kuss. In diesem Moment vergaßen Leonie und Felix die Welt um sich herum. Es störte sie auch nicht, dass andere Leute im Eiscafé sie zaghaft beobachteten. Sollten doch auch andere Menschen sehen, wie schön es ist, wenn sich zwei Menschen lieben.

„Leonie, was hältst Du davon, wenn wir unser wunderbares Beisammensein an einen anderen, ruhigeren Ort verlegen. Wir könnten zu mir nachhause gehen. Dort sind wir ungestört."

„Ja, das ist eine sehr gute Idee, Felix." Gesagt, getan. Als sie einige Zeit später in Felix' Wohnung ankamen, machte es sich Leonie auf dem großen Kuschelsofa bequem. Felix legte eine Kuschelrock-CD ein, und zündete eine grüne Duftkerze an. Nachdem auch Felix auf dem gemütlichen Kuschelsofa Platz genommen hatte, schmiegte sich Leonie immer enger an Felix heran. Zärtlich legte Felix seine Arme um Leonies Oberkörper. Verträumt schauten sich Leonie und Felix in die Augen. Bei leiser Kuschelrockmusik sowie dem sehr angenehmen Duft der schönen Kerze genossen Leonie und Felix ihr Liebesglück.

„Felix, küss' mich jetzt bitte", hauchte Leonie. Sanft beugte sich Felix zu Leonie. Ganz zärtlich berührten seine Lippen zunächst Leonies Stirn, um dann langsam zu ihrem roten Mund zu wandern. Eine knisternde Atmosphäre voll zärtlicher Erotik lag im Raum. „Leonie, könntest du dir vorstellen, dass wir beide heiraten?" „Felix, das ist die wundervollste Frage, die ich jemals gehört habe. Ja, liebend gern. Du bist der Mann meiner Träume. Ich wäre überglücklich, deine Frau sein zu dürfen."

Während Felix mit einer Hand das Licht herunter dimmte, nahmen Leonie und Felix immer mehr eine horizontale Position auf dem weichen Kuschelsofa ein. Begleitet von zauberhaften Klängen der Kuschelrock-CD küssten sich Leonie und Felix immer leidenschaftlicher. Sie genossen ihr Liebesglück, und verbrachten eine wundervolle Nacht zusammen.

Diese Liebesnacht sollte der Beginn einer gemeinsamen Zukunft werden, auf die sich Leonie und Felix von Herzen freuten. Noch lange nachdem die Musik verklungen war, und auch die Duftkerze erloschen war, lagen Leonie und Felix eng umschlungen auf dem Kuschelsofa, bevor sie dann endlich glücklich und vereint einschlafen konnten.

*

Am nächsten Tag wachte Leonie in Felix' Armen auf. Noch immer hing der wohlige Geruch der grünen Duftkerze in der Luft.

„Guten Morgen, Felix. Hast Du gut geschlafen, mein Liebling?" Felix, noch ganz schlaftrunken und versunken im Zauber der Nacht räkelte sich auf dem Kuschelsofa.

„Einen wunderschönen guten Morgen, Leonie. Du, der Engel meiner Träume, wie fühlst du dich?"

„Wie im Himmel. Bitte zwick' mich mal in meinen Arm, damit ich weiß, dass ich nicht träume." Zärtlich küsste Felix Leonie auf ihren Mund, die eine solche Begrüßung am frühen Morgen sichtlich genoss."

„Sag' mal, Felix, wie spät ist es eigentlich?" „Kurz vor sieben Uhr, mein Engel. Es bleibt noch ein wenig Zeit für ein kleines Frühstück. Ich werde kurz duschen. Anschließend besorge ich uns frische Brötchen beim Bäcker. In der Zwischenzeit kannst du dich auch schon mal für den Tag vorbereiten.

Zum Glück beginnt unser Unterricht heute erst zur dritten Stunde. Das ist doch eine glückliche Fügung, meinst du nicht auch, Leonie?"

„Ja, somit haben wir wirklich noch etwas Zeit für unser erstes gemeinsames Frühstück. Das ist ganz wunderbar. Geh' schon mal unter die Dusche. Währenddessen kann ich für uns schon mal frischen Kaffee kochen."

„Einverstanden, ich beeile mich."

Kurze Zeit später hörte Leonie das Prasseln des Wassers aus der Dusche. Ob sie wohl mal einen kleinen Blick riskieren sollte? Aufgeregt und neugierig zugleich ging Leonie auf leisen Sohlen in Richtung Dusche. Durch das Milchglas sah sie die Silhouette von Felix. Beim Anblick der sportlichen, leicht muskulösen Statur malte sie sich schon aus, wie wunderbar das Leben mit Felix an ihrer Seite wohl werden könnte. Schnell und etwas verlegen wandte sie ihren Blick schnell wieder ab, und deckte den Frühstückstisch. Dabei verspürte sie eine kribbelnde Erregung in ihrem ganzen Körper. Hoffentlich würde Felix das nicht merken, denn das wäre ihr zum gegenwärtigen Zeitpunkt schon etwas peinlich gewesen.

„Leonie, könntest du mir bitte ein Badetuch anreichen", rief Felix aus der Dusche. „Ja, einen kleinen Moment bitte, mein Liebling."

Ohne durch den engen Spalt der Duschkabinentür zu schauen, reichte sie ihm ein flauschiges Badetuch an. „Hier, bitte. Der Kaffee ist auch gleich fertig."

„Danke, ich bin auch gleich soweit. Muss nur noch schnell die Brötchen holen. Das wird aber ganz schnell gehen, denn der Bäcker ist nur knapp 100 Meter von hier entfernt."

Nachdem auch Leonie sich geduscht und angezogen hatte, saßen Leonie und Felix nun am Frühstückstisch. „Mmh, das duftet herrlich", sagte Leonie voller Begeisterung. „Und dann erst dieser wunderbare Kaffeeduft", antwortete Felix.

„Offenbar sind wir ein richtig gutes Team. Deine frischen Brötchen, und mein leckerer Kaffee bilden eine gute Grundlage für ein schönes Frühstück, mein Liebling."

„Ja, das stimmt. Hier, nimm' dir bitte schon mal ein frisches Brötchen. Die sind sogar noch warm, da sie erst vor wenigen Minuten aus dem Backofen geholt wurden."

„Vielen Dank, Felix. Bitte gib mir mal deine Kaffeetasse, damit ich dir etwas von dem duftenden Kaffee eingießen kann." „Hier, bitte." Noch vor wenigen Wochen hatten sich Leonie und Felix nicht träumen lassen, dass das

Schicksal es so gut mit ihnen meinen würde.

In einer Atmosphäre voller Vertrauen, Harmonie, Glückseligkeit und Liebe genossen Leonie und Felix dieses wundervolle Frühstück. Etwa eine Stunde später machten sie sich gemeinsam auf den Weg zur Schule.

„Felix, mit dir an meiner Seite fühlt sich das Leben sofort unglaublich viel besser und beschwingter an. Was meinst du, wie blöd Nele gleich schauen wird, wenn sie sieht, dass wir nun ein glückliches Paar sind?"

„Ja, auf das dumme Gesicht bin ich auch schon sehr gespannt", entgegnete Felix verschmitzt. Hand in Hand und mit sehnsuchtsvollen Blicken betraten Leonie und Felix das Lehrerzimmer. Tatsächlich trafen sie dort auf Nele, die dort wie versteinert auf ihrem Stuhl saß.

„Hallo, Nele. Was machst du denn da? Es sieht gar nicht danach aus, dass du gerade deinen Unterricht vorbereitest", fragte Felix. In diesem Moment betrat Schulrektor Strehlau das Lehrerzimmer.

„Guten Morgen, meine Damen, meine Herren. Felix, sie vermuten schon ganz richtig. Frau Neid bereitet nicht ihren Unterricht vor, sondern sie ist wohl gerade dabei ihre persönlichen Sachen einzupacken."

Erstaunt schauten sich Leonie und Felix an. „Persönliche Sachen einpacken?", fragte Leonie etwas ungläubig zurück. „Ganz genau. Frau Neid wird unsere Schule mit sofortiger Wirkung verlassen. Wie Sie schon von Dr. Blautaler erfahren haben, konnte ich Frau Neid und Herrn Gerber auf frischer Tat dabei ertappen, wie sie gerade dabei waren, verdächtige Spuren der gemeinen Sabotage beseitigen zu wollen. Dabei stellte sich heraus, dass Frau Neid Ihre Präsentation aus niederen Beweggründen sabotiert hatte. Da ihr die technischen Fertigkeiten zur Ausführung einer solchen Manipulation fehlten, hatte sie unseren IT-Administrator, Jonas Gerber, für ihren hinterhältigen Angriff auf Sie, Leonie, eingespannt. Herr Gerber war offenbar so naiv und skrupellos, sich auf diese unfaire Attacke einzulassen."

„Siehst du, Leonie, ich hab's ja gleich geahnt, dass Nele hinter dieser feigen Attacke steckt", sagte Felix. Inzwischen waren auch alle anderen Kolleginnen und Kollegen im Lehrerzimmer erschienen.

„Darf ich kurz um Ihre Aufmerksamkeit bitten, meine Damen, meine Herren", sagte Schulrektor Strehlau in einem ernsten Tonfall. „Ich darf Ihnen heute mitteilen, dass es einen feigen und schändlichen Angriff auf die Präsentation unserer Referendarin, Frau Satori, gegeben hatte. Frau Neid, die hier gerade dabei ist ihre persönlichen Sachen zu packen, ist ursächlich für die missglückte Präsentation verantwortlich. Gemeinsam mit Herrn Gerber hatte sie Frau Satoris Präsentation sabotiert. Die persönlichen Beweggründe, die Frau Neid zu einer derart niederträchtigen Tat verleitet hatten, möchte ich hier und jetzt nicht weiter thematisieren. Nur so viel kann ich Ihnen sagen: Frau Neid wurde von mir fristlos gekündigt. Kolleginnen oder Kollegen, die sich so unkollegial verhalten, kann und möchte ich an dieser Schule nicht beschäftigen. Um es kurz zu machen: Leonie, hiermit verkünde ich offiziell, dass Sie natürlich voll und ganz rehabilitiert sind. Zudem möchte ich mich bei Ihnen ausdrücklich dafür entschuldigen, dass ich nicht schon viel früher gemerkt hatte, dass da etwas nicht stimmen konnte. Ich hätte es eigentlich besser wissen sollen. Darf ich Sie freundlichst darum bitten, dass Sie Ihre Präsentation morgen nochmals hier vorführen? Ich bin sicher, dass nun alles gut verlaufen wird, nachdem nun die gemeine Sabotage endgültig aufgeklärt werden konnte."

„Herzlich gern, Herr Strehlau. Ich freue mich sehr, diese neue Chance zu bekommen. Einverstanden, ich werde meine Präsentation dann für morgen nochmals vorbereiten. Vielen Dank, Herr Strehlau."

„Dafür müssen Sie sich nun wirklich nicht bedanken, denn das ist das Mindeste, was ich für Sie tun kann, Frau Satori. Schließlich waren Sie völlig unschuldig an dieser ganzen

41

Misere. Gut, ich darf ich Sie alle bitten, sich morgen um 14 Uhr hier im Lehrerzimmer einzufinden. Ich freue mich schon sehr auf Ihre Präsentation, Leonie."

Leonie vermochte ihr doppeltes Glück kaum zu fassen. Da hatte sie nun eine wunderbare Liebesnacht mit Felix verbracht, und nun auch noch das. Volle Rehabilitation vor dem versammelten Kollegium, ein wunderbares Gefühl, das Leonie in Hochstimmung versetzte.

Am nächsten Tag führte Leonie ihre Präsentation erneut im Lehrerzimmer vor. Mit einem strahlenden Gesicht und einem erkennbar gestiegenen Selbstbewusstsein verging die Zeit wie im Fluge. Ein Blick in das Gesicht von Schulrektor Strehlau sowie die wohlwollenden Blick aus dem Kollegium, vermittelten Leonie ein wunderbares Gefühl.

Nach etwa 30 Minuten beendete Leonie ihre Präsentation, die von lautem Beifall begleitet wurde. „Das war eine grandiose Leistung, Leonie", lobte Schulrektor Strehlau.

„Vielen Dank an Sie, Herr Strehlau, und vielen Dank an alle lieben Kolleginnen und Kollegen, die mich hier so wohlwollend unterstützt haben. Ein ganz besonderer Dank gilt meinem wunderbaren Freund, Felix. Auch ihm habe ich es zu verdanken, dass sich dieser für mich schlimme Albtraum in pures Glück hat verwandeln können. Heute ist wahrlich ein wunderbarer Tag für mich. Ganz herzlichen Dank", sagte Leonie freudig erregt, die ihr Glück kaum in Worte fassen konnte.

Am Abend des gleichen Tages genossen Leonie und Felix noch weit bis in die Nacht hinein ihr neu gewonnenes Glück. Bei Kerzenschein, wunderschöner Musik und einem köstlichen Essen verbrachten die beiden viele Stunden gemeinsamen Glücks.

Völlig übermüdet und überglücklich zugleich, schliefen Leonie und Felix eng umschlungen auf Felix' Kuschelsofa ein. Ein heller Vollmond wachte über das junge Liebesglück, und schenkte ihnen wunderschöne Träume.

*

Am nächsten Morgen rief Leonie bei Ihrem Vater an, um ihm die sehr erfreulichen Neuigkeiten mitzuteilen.

„Hallo, Papa. Ich hoffe, du hast gut geschlafen?" „Guten Morgen, Leonie. Schön, dass du dich bei mir meldest. Wie geht es dir denn aktuell? Gibt es schon gute Neuigkeiten im Zusammenhang mit deiner Präsentation?"

Sehr erfreut über diese empathische Anteilnahme an ihrer Befindlichkeit, die sie schon seit sehr langer Zeit nicht mehr bei Gottfried erlebt hatte, sagte Leonie: „Ja, Papa. Es gibt tatsächlich sehr gute Neuigkeiten. Und das sogar direkt im Doppelpack."

„Das hört sich sehr gut an, Leonie. Was ist denn so Schönes geschehen? Deine übersprühend gute Laune ist ja förmlich schon hier durch das Telefon greifbar, mein Kind."

„Also, ich möchte dich auch gar nicht länger auf die Folter spannen, Papa. Endlich hat der Albtraum um meine zunächst missglückte Präsentation ein glückliches Ende gefunden. Schulrektor Strehlau hatte Nele und Jonas auf frischer Tat dabei ertappt, wie sie gerade verdächtige Spuren ihrer gemeinen Sabotage vertuschen wollten. Felix' ursprünglicher Verdacht, dass Nele hinter diesem gemeinen Anschlag stecken könnte, hat sich nun klar bewahrheitet. Zur Strafe hat Schulrektor Strehlau Nele fristlos gekündigt. Doch damit noch nicht genug, Papa."

„Was denn noch, Leonie?" „Schulrektor Strehlau gab mir die Möglichkeit, meine Präsentation erneut vorzuführen. Was soll ich Dir sagen? Das war ein voller Erfolg und ein unbeschreiblich gutes Gefühl. Meine Kolleginnen und Kollegen sowie Schulrektor Strehlau schenkten mir anschließend einen lang anhaltenden Beifall. Ich kann dir gar nicht sagen, wie unglaublich gut mir das getan hat."

„Doch, Leonie, das kann ich sogar sehr gut verstehen. Ich freue mich so sehr für dich, dass sich dieses für dich so schlimme Ereignis nun endlich zu deinen Gunsten aufgeklärt hat."

Leonie war völlig gerührt, ob so viel Wohlwollen seitens ihres Vaters. Wie lange hatte sie sich einen solchen Moment herbei gesehnt? Und nun, war ein solcher Moment endlich Realität geworden.

„Du sprachst von einem Doppelpack, Leonie? Was ist denn ansonsten so Erfreuliches geschehen, dass du hier vor lauter Freude fast überläufst?"

„Vielleicht ahnst du es schon, Papa?", fragt Leonie. „Felix?", fragte Gottfried etwas zögernd zurück. „Ja, ganz genau. Felix und ich sind jetzt ein Paar. Schon seit längerer Zeit fühlen wir beide uns zueinander hingezogen. Leider konnten wir unsere sich anbahnende Liebe aber bisher nicht wirklich genießen. Die Sorge um meine zunächst verpatzte Präsentation und die hinterhältige Nele ließen kaum Raum für Felix und mich. Das hat sich nun gründlich geändert. Endlich können Felix und ich unsere junge Liebe in vollen Zügen genießen. Vermutlich wirst du nicht überrascht sein, Papa., dass wir auch bald heiraten möchten?"

„Leonie, mein Kind, ich kann dir gar nicht sagen, wie sehr ich mich für dich und Felix freue. Auf mich macht Felix einen sehr soliden Eindruck. Ich denke, dass du eine sehr gute Wahl getroffen hast. Für euren gemeinsamen Weg wünsche ich euch alles Glück dieser Welt, Leonie", sagte Gottfried mit Tränen in seinen Augen. „Herzlichen Dank, Papa. Das ist so schön, dass du das so sagst." Auf dem Couchtisch hatte Leonie kürzlich einen Prospekt einer Kunstausstellung des Malers, Claude Monet gesehen. „Hast du vor, diese Kunstausstellung zu besuchen, Papa", fragte Leonie ganz interessiert. „Ja, das möchte ich sehr gern. Könntest du dir vorstellen, ob Felix' Mutter mich vielleicht zu dieser Ausstellung begleiten möchte? Dann könnte ich sie ein wenig besser kennen lernen. Zumal sie ja wohl bald deine Schwiegermutter sein wird?", sagte Gottfried mit einem schelmischen Blick.

„Papa, das ist eine sehr gute Idee. Ja, ich denke, dass dich Frau Schachtner sehr gern zu dieser Ausstellung begleiten wird. Wie du weißt, ist sie oftmals auch sehr einsam, und wird sich über einen solchen Vorschlag bestimmt sehr freuen. Ruf' sie doch einfach mal sofort an."

„Ja, Leonie, ich glaube, dass du recht hast. Das könnte eine gute Idee sein." Wie Leonie bereits schon richtig vermutet hatte, war die Freude sehr groß.

Tags darauf trafen sich Gottfried und Gabriele wie vereinbart vor der Kunsthalle. Gemeinsam verbrachten sie einen kurzweiligen und entspannten Tag. Gottfried war ganz stolz, dass er Gabriele interessantes Hintergrundwissen zu vielen Bildern vermitteln durfte. Gabriele genoss es, in Gottfried einen so gebildeten und feinen Mann bei sich zu haben.

„Wie Sie vermutlich schon von Felix erfahren haben, planen unsere Kinder wohl schon bald ihre Hochzeit" fragte Gottfried die ganz in ein Bild von Monet vertiefte Gabriele.

„Was? Wie bitte? Entschuldigung, Herr Satori. Ich war gerade total in Gedanken vertieft. Was meinten Sie gerade?" „Ich meinte, ob Sie schon wissen, dass unsere Kinder bald heiraten möchten?"

„Nein, das weiß ich noch nicht, aber ich würde mich sehr für die beiden freuen. Sie passen bestimmt ganz gut zueinander, meinen Sie nicht auch, Herr Satori?"

„Ich schlage vor, dass wir das Sie gegen ein Du austauschen. Einverstanden?", fragte Gottfried ganz bescheiden. „Ja, da haben Sie, oh, Entschuldigung, da hast du wohl recht. Schließlich werden wir wohl schon bald eine große Familie sein."

„Ja, Gottfried, darauf freue ich mich schon sehr." „Diese Freude teile ich gern mit dir, Gabriele."

Vergnügt verbrachten Gottfried und Gabriele noch einige Zeit in der Kunstausstellung. Im Gespräch, das zunehmend vertrautere Züge annahm, erzählten sich beide von ihren verstorbenen Partnern. Schnell zeigte sich, dass ein solcher Gedankenaustausch sowohl Gabriele, als auch Gottfried sehr gut taten. Schon viel zu lange hatten sie sich beide in ihrer Welt abgekapselt. Wie würden wohl Leonie und Felix reagieren, wenn sie erfahren, dass sich auch ihre Eltern so gut verstehen?

„Darf ich dich noch auf ein Glas Wein zu mir einladen, Gabriele? Ich habe vor wenigen Tagen eine neue Lieferung köstlichen Rotweins bekommen. Trinkst du gern Rotwein?"

„Ja, sogar sehr gern. Früher, als mein verstorbener Ehemann noch lebte, saßen wir oftmals gemeinsam vor dem Kamin, und tranken leckeren Rotwein. Das waren immer sehr schöne Momente, Gottfried."

„Das kann ich mir gut vorstellen, Gabriele." Zusammen verbrachten die beiden einen entspannten Abend in Gottfrieds Haus. Köstlicher Rotwein begleitete gute und intensive Gespräche, die Gottfried und Gabriele miteinander führten. Plötzlich klingelte das Telefon.

„Hallo, hier spricht Gottfried Satori. Wer spricht da?" „Papa, schön deine Stimme zu hören. Ich wollte nur kurz fragen, wie euer Besuch in der Kunstausstellung war?"

„Leonie, das war ein sehr schöner Termin. Übrigens, Felix' Mutter ist gerade noch bei mir. Wir unterhalten uns nett, und genießen einen köstlichen Rotwein."

„Oh, das freut mich sehr für euch. Dann möchte ich euch auch gar nicht länger stören. Ich wünsche euch noch einen schönen Abend. Bitte richte auch liebe Grüße an Frau Schachtner aus. Gute Nacht, Papa." „Vielen Dank, Leonie, das mache ich gern. Schlaf' gut."

*

Nach dieser so glücklichen Wendung wollte es sich Leonie nicht nehmen lassen, sich ausdrücklich bei Dr. Blautaler für dessen erfolgreiche Hilfe zu bedanken. Er war es gewesen, der einen maßgeblichen Anteil an Leonies gestiegenem Selbstbewusstsein hatte. Durch seine Hilfe wurde der Kontakt zu Schulrektor Strehlau hergestellt, der sich dann besonders für sie engagiert hatte. Und überhaupt stand Dr. Blautaler für sie immer mit Rat und Tat zur Seite. Mit einem dicken Blumenstrauß in ihren Händen betrat Leonie die Praxis von Dr. Blautaler.

„Einen schönen guten Tag, Frau Satori. Ich wusste gar nicht, dass Sie heute einen Termin hier bei uns in der Praxis haben?", fragte die Sprechstundenhilfe etwas irritiert.

„Da haben Sie schon völlig recht. Heute komme ich sozusagen mal außer der Reihe." „Ich nehme an, Sie möchten Dr. Blautaler sprechen?" „Ja, wenn das möglich wäre?" „Nehmen Sie bitte einen kleinen Moment im Wartezimmer Platz. Ich werde mal eben nachfragen, ob er gleich für Sie Zeit hat, Frau Satori." „Vielen Dank."

„Da haben Sie einen guten Zeitpunkt abgepasst, denn Dr. Blautaler hatte soeben seinen letzten Termin. Er erwartet Sie schon in seinem Arztzimmer."

„Guten Tag, Dr. Blautaler. Bitte entschuldigen Sie, dass ich hier so ohne Voranmeldung einfach auftauche. Aber ich möchte mich unbedingt bei Ihnen für Ihre so wundervolle Unterstützung bedanken. Hier, bitte schön, dieser Blumenstrauß ist für Sie, als Anerkennung für Ihre große Hilfe."

„Herzlichen Dank, das ist wahrlich eine sehr schöne Überraschung, über die ich mich sehr freue." „Ohne Ihre Hilfe hätte ich das alles niemals so gut geschafft. Ihre psychologischen Tipps waren für mich sehr wertvoll. Schon nach kurzer Zeit spürte ich, dass sich mein bis dahin angeschlagenes Selbstbewusstsein von Tag zu Tag verbesserte. Außerdem war Ihre Kontaktaufnahme zu Schulrektor Strehlau enorm hilfreich für mich. Nachdem Sie mit ihm gesprochen hatten, engagierte er sich ganz besonders für mich."

„Das freut mich sehr, das von Ihnen zu hören, Leonie." „Und es gibt noch eine weitere sehr erfreuliche Neuigkeit, Dr. Blautaler."

„Bitte, lassen Sie mich raten. Sie und Felix?", fragte Dr. Blautaler ganz zaghaft. „Ja, Volltreffer! Felix und ich sind jetzt ein Paar. Wir schmieden schon Heiratspläne. Ist das nicht wunderbar?" „Ja, das ist sehr schön. Ich freue mich für Sie und Felix, dass Sie nun Ihren gemeinsamen Lebensweg planen können. Wissen denn Ihre Eltern schon Bescheid?"

„Ja, mein Papa ist begeistert, und Felix' Mutter, die ich sowieso unglaublich nett finde, freut sich ebenfalls sehr." „Das Leben kann so schön sein. Dass ich ein klein wenig zu Ihrer Freude beitragen durfte, das macht mich sehr glücklich", sagte Dr. Blautaler in einem betont demütigen Tonfall.

„Dr. Blautaler, ich denke, dass Sie gerade doch etwas untertreiben. Sie haben mir nicht nur ein klein wenig geholfen, sondern ganz besonders viel. Dafür werde ich Ihnen mein Leben lang sehr dankbar sein."

„Wissen Sie denn schon, wo Sie die Hochzeit feiern möchten?" „Nein, darüber haben wir uns noch keine konkreten Gedanken gemacht. Das werden wir aber sicher in Kürze zusammen mit meinen Eltern besprechen. Eines weiß ich schon jetzt, dass es eine ganz wunderschöne Hochzeitsfeier werden soll."

„Da bin ich ganz sicher, dass Sie und Felix eine schöne Hochzeit feiern dürfen. Ich wünsche Ihnen beiden alles erdenklich Gute und Liebe für Ihren gemeinsamen Lebensweg, Leonie."

„Ganz lieben Dank Dr. Blautaler. Ich muss jetzt los, denn ich treffe mich gleich mit Felix. Auf Wiedersehen, und einen schönen Feierabend."

„Auf Wiedersehen, Leonie. Ich wünsche Ihnen auch einen schönen Abend."

*

Schon früh am nächsten Morgen rief Leonie bei Felix an. „Einen wunderschönen guten Morgen, mein Liebster. Ich hoffe, du hast gut geschlafen, Felix?"

„Ja, meine Süße. Ich habe wunderbar geschlafen, und weißt du, was besonders schön gewesen ist?", fragte Felix. „Ich hatte einen wunderschönen Traum, in dem wir beide wir an einem weißen Sandstrand unter Palmen lagen. Wir hatten einen grandiosen Blick auf das grünlich schimmernde Meer, und es wehte ein leichter, warmer Wind."

„Das ist ja sehr romantisch, Felix. Ob das wohl ein Zeichen gewesen ist, dass wir unsere Hochzeitsreise an einem schönen Strand verbringen sollen?"

„Ich denke, es ist vor allem ein Zeichen dafür, wie glücklich du mich machst, Leonie. Noch nie in meinem Leben habe ich mich so unglaublich wohl gefühlt, wie jetzt mit dir."

„Mir geht es auch so, mein Liebster. Du hast die Sonne in mein Leben gebracht." In diesem Moment klingelte es auf Felix' Festnetzleitung.

„Einen kleinen Moment bitte, Leonie. Hier klingelt es gerade auf der anderen Leitung. Ich will mal sehen, wer da anruft?" „Guten Morgen, Mama", hörte Leonie Felix sagen. „Ich telefoniere gerade mit Leonie auf dem Handy." „Das ist schön. Ich möchte auch gar nicht lange stören. Ich wollte nur fragen, ob du und Leonie vielleicht heute Abend zu mir kommen möchtet? Dann könnten wir gemeinsam Eure Hochzeit planen. Wie wäre das? Vielleicht so gegen 19 Uhr?"

„Moment, Mama, ich frag' mal eben Leonie, ob ihr das so recht ist?" Da musste Leonie nicht lange überlegen. „Mama, ja, Leonie und ich kommen sehr gern heute Abend bei dir vorbei. Alles Weitere können wir dann in Ruhe vor Ort besprechen. Leonie meint, du solltest bitte auch ihren Vater für heute Abend einladen. Dann könnten wir gemeinsam unsere Hochzeit planen."

„Felix, das ist eine schöne Idee. Einverstanden. Dann sehen wir uns also heute Abend so gegen 19 Uhr bei mir. Ich wünsche euch einen schönen Tag."

„Danke, Mama, das wünschen wir dir auch. Bis heute Abend dann." Leonie und Felix konnten es an diesem Tag kaum erwarten, dass es endlich Abend werden würde. Es fiel ihnen an diesem Tag schwer, ihre Gedanken auf den Unterricht in der Schule zu konzentrieren. Zu groß war die Vorfreude auf den Abend. Pünktlich um 19 Uhr erschienen Leonie und Felix bei

Felix' Mutter. „Guten Abend, ihr zwei Hübschen. Ihr habt euch ja richtig fein angezogen. Kommt bitte erst einmal herein. Ich habe für uns im Wohnzimmer einen kleinen Snack vorbereitet", begrüßte Gabriele ihren Sohn und deren zukünftige Ehefrau, Leonie.

„Dein Vater´, Leonie, wird sicher auch gleich hier eintreffen." Hand in Hand, begleitet von verliebten Blicken, nahmen Leonie und Felix auf der Couch Platz.

„Felix, bitte sei so lieb, und gieß' schon mal den Sekt für uns ein." Während Felix die Sektgläser füllte, traf auch Gottfried ein.

„Prima, jetzt sind wir vollzählig", sagte Gabriele. „Lasst unsere unsere Gläser erheben, um auf das junge Glück anzustoßen. Ihr werdet ein wunderschönes Paar abgeben. Auf ein langes und glückliches Leben voller Liebe, Frohsinn und Frieden. Prost!" Nachdem es sich alle gemütlich gemacht hatten, fragte Gottfried: „Leonie und Felix, habt Ihr schon eine konkrete Vorstellung davon, wo und wie Ihr eure Hochzeit gern feiern möchtet?"

„Darüber haben wir bisher noch nicht so wirklich nachgedacht, Papa. Bisher sind wir von unserem Glück erst einmal dermaßen überwältigt, dass wir noch nichts Konkretes geplant haben", sagte Leonie.

„Ich hätte da vielleicht eine schöne Idee", sagte Felix. „Leonie, wie wäre es, wenn wir unsere Hochzeit in unserem Lieblingseiscafé feierten? Das ist für uns ein besonderer Ort, an dem wir schon viele fröhliche Stunden unserer Zweisamkeit verbracht haben."

„Nun, das ist zwar auf den ersten Blick ein etwas ungewöhnlicher Ort", sagte Gabriele, „aber warum eigentlich nicht? Schließlich ist es vor allem wichtig, dass ein Ort gewählt wird, der für euch von Bedeutung ist." „Was hältst Du von diesem Vorschlag, Leonie", möchte Gottfried wissen.

„Papa, ja, das ist ein sehr schönen Vorschlag, der mir ausgesprochen gut gefällt. So können wir es machen. Einverstanden." „Bietet diese Lokalität denn genügend Platz für eure Gäste?", wollte Gabriele wissen.

„Mama, ich gehe davon aus, dass wir unsere Hochzeit eher in einem kleineren Kreis feiern. Von daher dürfte das kein Problem sein", sagte Felix.

„Seid ihr denn überhaupt sicher, ob es grundsätzlich möglich ist, dort eine Hochzeit feiern zu können", fragte Gottfried. „Das lässt sich leicht herausfinden. Ich werde dort anrufen, und konkret fragen, ob wir diese Lokalität für Eure Hochzeit komplett reservieren lassen könnten? Felix, bitte gib mir mal mein Handy. Ich kümmere mich sofort darum", sagte Gabriele voller Entschlossenheit.

„Guten Abend, mein Name ist Gabriele Schachtner. Bitte gestatten Sie eine Frage. Besteht die Möglichkeit, dass wir eine Komplettreservierung in Ihrem Eiscafé für eine Hochzeitsfeier vornehmen lassen könnten? Einen konkreten Termin kann ich Ihnen zwar noch nicht nennen, aber es geht zunächst einmal um die Frage, ob das grundsätzlich bei Ihnen möglich wäre?"

„Ja, das ist sehr gern möglich. Hauptsache, Sie gewähren uns eine Vorlaufzeit von mindestens 14 Tagen. Dann wäre das überhaupt kein Problem."

„Ich danke Ihnen zunächst für diese Informationen. Sobald wir genauere Planungsdaten haben, melden wir uns dann bei Ihnen. Auf Wiedersehen."

„Das ging ja erfreulich geschmeidig", sagte Gottfried. „Lasst uns am besten jetzt eine Gästeliste zusammenstellen, damit wir optimal planen können. Um die organisatorischen Details müsst ihr beiden Turteltauben euch nicht kümmern", sagte Gabriele, „darum kümmern wir uns schon, nicht wahr, Gottfried", sagte Gabriele.

„Ja, selbstverständlich" antwortete Gottfried bestätigend. „Herzlichen Dank, Papa. Ganz lieben Dank, Frau Schachtner", sagte Leonie.

„Leonie, ich schlage vor, dass auch wir uns ab sofort duzen. Schließlich sind wir doch schon so gut wie eine Familie. Einverstanden?", fragte Gabriele.

„Ja, sehr gern, Gabriele. Ich freue mich so sehr, in dir eine so liebevolle Schwiegermutter zu bekommen. Vielen Dank für all' deine Unterstützung" antwortete Leonie voller Dankbarkeit und Freude.

Nachdem die Formalitäten besprochen worden waren, verbrachten, Leonie, Felix, Gabriele und Gottfried noch einen langen, schönen Abend zusammen.

„Ach, übrigens, bevor ich es vergesse", sagte Gabriele, „dein Vater, Leonie, und ich verstehen uns auch immer besser. Als wir neulich die schöne Kunstausstellung besucht hatten, sprachen wir auch darüber, dass wir beide auch wieder mehr am Leben teilhaben sollten."

„Ja, das stimmt", pflichtete Gottfried sogleich bei. „Deine Mutter, Felix, und ich haben festgestellt, dass wir teils gemeinsame Interessen haben. Ich denke, dass wir uns nun auch häufiger treffen werden. Stimmt's, Gabriele?"

„Ja, so wird es wohl sein", antwortete Gabriele. „Das freut mich sehr für Euch", sagte Leonie freudestrahlend. Ich denke, dass das für euch beide gut sein wird, ein wenig aus der Isolation herauszutreten", sagte Leonie.

Ein Abend voller Zufriedenheit, Harmonie und Liebe neigte sich seinem Ende entgegen. Gabriele und Gottfried freuten sich von Herzen darüber, ihren Kindern bei der Hochzeitsplanung behilflich sein zu dürfen.

Leonie und Felix zogen sich gegen Mitternacht in Felix' Zimmer zurück. Dort verbrachten sie erneut eine Liebesnacht voller Zärtlichkeit und Glückseligkeit. Nur die am Himmel funkelnden Sterne schauten zu, und bewachten das junge Liebesglück.

*

In den folgenden Tagen waren Gabriele und Gottfried mit der Organisation der Hochzeitsfeierlichkeiten beschäftigt. Erfreulicherweise gestaltete sich die Zusammenarbeit mit den Inhabern des Eiscafés als völlig problemlos. Auf den ersten Blick konnte es ein wenig merkwürdig wirken, eine Hochzeitsfeier in einem Eiscafè stattfinden zu lassen. Entscheidend war jedoch die Idee, dass es vor allem für Leonie und Felix ein wunderschöner Tag werden sollte. Der Hochzeitstermin wurde für einen Samstag in drei Wochen festgelegt. Während dieser Zeit galt es noch einiges an organisatorischen Dingen vorzubereiten. Und dann endlich war es soweit. Leonie, die ein blütenweißes Kleid trug, und Felix, der einen schicken dunkelblauen Anzug trug, versammelten sich mit den anderen Gästen vor ihrem Lieblingseiscafé.

„Leonie, du siehst bezaubernd aus. Wie ein Engel", sagte Felix. „Ja, ein wunderschönes Paar", bestätigte Gabriele kopfnickend.

In Gottfrieds Augen glänzten einige Freudentränen. „Ich wünsche Ihnen beiden alles Glück dieser Welt, Leonie und Felix", sagte Dr. Blautaler, der auch zu den Hochzeitsgästen zählte. Es war Leonies ausdrücklicher Wunsch gewesen, auch Dr. Blautaler einzuladen. Schließlich hatte er einen maßgeblichen Anteil daran, dass sich alles so erfreulich entwickelt hatte.

„Herzlichen Dank, Dr. Blautaler. Ohne Ihre wunderbare Unterstützung stünde ich jetzt nicht hier", sagte Leonie.

„Herzlichen Glückwunsch zu Ihrer Hochzeit, Leonie und Felix", sagte Schulrektor Strehlau freudestrahlend. „Das freut uns sehr, dass Sie unserer Einladung gefolgt sind, Herr Strehlau", sagte Felix. „Auch Sie haben sich um Leonies Wohl verdient gemacht. Dafür sind wir Ihnen sehr dankbar."

„Ich freue mich für Sie und Leonie, dass ich ein wenig zu Ihrem Glück beitragen durfte." „Lasst uns jetzt reingehen. Es ist alles für eine schöne Hochzeitsfeier vorbereitet", sagte Gottfried. Gemeinsam mit allen Hochzeitsgästen betraten Leonie und Felix das festlich geschmückte Eiscafé. Überwältigt von so vielen Eindrücken schmiegte sich Leonie ganz fest an Felix an. Der glücklichste Moment ihres Lebens, den sie sich schon so lange herbei gesehnt hatte, war nun Wirklichkeit geworden.

„Liebes Brautpaar, liebe Hochzeitsgäste", hob Gottfried an. „Lasst uns die Gläser erheben auf dieses junge Glück. Mögen ewige Liebe, Gesundheit, Frohsinn und Frieden Leonie und Felix auf ihrem gemeinsamen Lebensweg begleiten. Das wünschen wir euch von Herzen. Und nun Prost, Ihr Lieben."

„Ist das nicht wunderschön, zu sehen, wie sich das Glück der Liebe über Leonie und Felix gelegt hat?", fragte Gabriele ganz ergriffen?

„Ja, ich bin auch ganz gerührt, Gabriele", antwortete Gottfried. „Wie ich weiß, haben Sie, Herr Dr. Blautaler, und Sie, Herr Strehlau, meine Tochter sehr tatkräftig unterstützt. Dafür danke ich Ihnen von Herzen. Leonie hatte mir oft von Ihnen erzählt", sagte Gottfried.

Bis weit in den nächsten Morgen hinein feierten Leonie und Felix mit ihren Hochzeitsgästen eine wunderschöne und fröhliche Feier.

„Wir werden uns jetzt zurückziehen. Herzlichen Dank an euch alle für diese wundervolle Hochzeitsfeier", sagten Leonie und Felix. „Alles Liebe und Gute für euch", klang es wie im Chor von den Hochzeitsgästen.

In zauberhafter Glückseligkeit und in Vorfreude auf ihre bevorstehende Hochzeitsreise, verließen Leonie und Felix ihr Lieblingseiscafé.

E N D E

Echte Liebe überwindet alle Hindernisse
Miriam findet ihr großes Glück in dem Buchhändler Lukas

Es war nicht ungewöhnlich, dass Miriam Buchner ihre Eltern schon zum zweiten Mal binnen einer Woche besuchte. Sie pflegte ein ebenso herzliches wie intensives Verhältnis zu ihren Eltern. Aufgewachsen in einer behüteten Umgebung, die geprägt gewesen war von Fürsorge und behutsamer Anregung, konnte Miriam ihren eigenen Weg ins Leben finden. Dieser so sonnige Tag passte ganz wunderbar zu den Neuigkeiten, die Miriam ihren Eltern heute mitteilen wollte.

Nach ihrem Pädagogikstudium hatte sie zunächst keine geeignete Anstellung gefunden, so dass sie zusätzlich eine Ausbildung zur Erzieherin absolvierte. „Guten Tag, Mama", begrüßte Miriam ihre Mutter, Monika Buchner, mit einer herzlichen Umarmung. „Sei gegrüßt, mein liebes Kind", antwortete Monika, während sie Miriam einen liebevollen Kuss auf die Wange gab. „Was führt dich so früh am Morgen schon zu uns? Ist etwas passiert?" „Ja, es ist tatsächlich etwas passiert. Allerdings etwas sehr Erfreuliches, Mama", sagte Miriam freudestrahlend. „Dann lass' uns erst einmal ins Wohnzimmer gehen. Papa hat gerade den Frühstückstisch gedeckt. Vielleicht magst du zusammen mit uns frühstücken?"

„Ja, sehr gern, Mama." Miriams Vater, Thomas Buchner, der als Direktor am städtischen Leibniz-Gymnasium arbeitete, war gerade noch in die Tageszeitung vertieft. „Sieh' mal, wer uns schon so früh am Morgen besucht", sagte Monika sichtlich erfreut.

„Oh, einen schönen guten Morgen, Miriam. Das freut mich sehr, dich zu sehen. Wie kommt es, dass du schon zu so früher Stunde hier erscheinst?" „Ach, Papa, ich muss euch unbedingt eine sehr erfreuliche Neuigkeit mitteilen."

„Komm' bitte setz' dich erst einmal hier zu uns an den Frühstückstisch. Du bist ja völlig aufgeregt", sagte Thomas, der zuvor ein herrlich anzuschauendes Frühstück vorbereitet hatte. Es fehlte an nichts. Duftender Kaffee, knusprige Brötchen, köstliche Croissants, leckere Marmeladen, Butter, Müsli, Obst und einiges mehr.

Für Miriam war diese Situation keineswegs außergewöhnlich. Schon immer hatten ihre Eltern großen Wert darauf gelegt, kultiviert gemeinsam zu frühstücken. Monika und Thomas, beide im schulischen Bereich tätig, hatten schon immer auch viel Freude an einer ästhetischen Gestaltung ihres Alltags. Gemeinsames Frühstücken sowie gemeinsames Essen im Allgemeinen, wurde im Hause Buchner schon seit jeher gepflegt. Neben den kulinarischen Genüssen schätzten Monika und Thomas vor allem die Möglichkeit zum Gedankenaustausch während der gemeinsamen Essenszeiten. Dabei wurden zumeist sowohl tagesaktuelle Themen, als auch persönliche Themen stets achtsam besprochen.

„Miriam, nun spann' uns bitte nicht mehr länger auf die Folter. Was genau gibt es denn so Erfreuliches zu berichten?" wollte Monika wissen. „Wie ihr wisst, habe ich ja kürzlich meine Zusatzausbildung zur Erzieherin erfolgreich abgeschlossen. Und nun, ihr werdet es kaum für möglich halten, ist schon meine erste Bewerbung ein voller Erfolg geworden. Gestern erhielt ich per Post die Zusage, dass ich in Kürze meine Festanstellung im Kindergarten „Wilde Racker" antreten kann. Ist das nicht ganz wunderbar?"

„Herzlichen Glückwunsch, Miriam. Ja, das ist ein großer Grund zur Freude" sagte Monika freudestrahlend. „Ich freue mich sehr für dich, mein Kind, dass es dir gelungen ist, so unerwartet schnell schon eine Festanstellung zu bekommen. In der heutigen Zeit ist das leider nicht mehr selbstverständlich", sagte Thomas in seiner bekanntermaßen ruhigen Art. „Für viele Menschen ist es schon längst so, dass sie auch nach sehr vielen Bewerbungen noch immer keine ordentliche Arbeitsstelle mehr finden. Da darfst du dich nun sehr glücklich schätzen, dass deine Bemühungen offenbar so schnell zum Ziel geführt haben, Miriam", sagte Monika. „Ja, Mama, ich weiß. Ich bin so froh, dass ich nun eine Chance bekomme, meine Fähigkeiten für die Erziehung und den Lernerfolg von Kindern einbringen zu dürfen.

Nachdem ich zunächst nach meinem Pädagogikstudium keine geeignete Stelle gefunden hatte, die meiner Qualifikation entspricht, war ich sehr betrübt. Nun weiß ich, dass es eine gute Entscheidung gewesen war, eine Zusatzausbildung zur Erzieherin zu absolvieren. Schon seit längerer Zeit fällt auf, dass dieses Berufsbild immer häufiger nachgefragt wird."

„Das ist wohl wahr, Miriam", bestätigte Thomas. Monika, die als Grundschullehrerin tätig war, fügte bestätigend hinzu: „Ja, es fällt schon seit einiger Zeit auf, dass der Bedarf an Erzieherinnen und Erziehern sehr viel größer zu sein scheint, als das vorhandene Angebot. Vermutlich liegt es auch daran, dass die Schulen heutzutage sehr viel mehr Erziehungsaufgaben übernehmen müssen, die bis dahin vor allem in den Elternhäusern geleistet wurden.

Viele Lehrerinnen und Lehrer vereinigen schon längst viele Berufe in nur einer Person. Neben der Hauptaufgabe, Wissen zu vermitteln, müssen Lehrerinnen und Lehrer sich häufig auch als Erzieher, Konfliktberater, Psychologen und Seelsorger betätigen. Oftmals führt das dann dazu, dass sich Lehrerinnen und Lehrer überfordert fühlen." „Ja, das kann ich ausdrücklich bestätigen", pflichtet Thomas bei. „In meiner Funktion als Direktor eines Gymnasiums werde ich regelmäßig mit den Sorgen und Nöten von Lehrkräften konfrontiert. Es ist auf jeden Fall ein gesamtgesellschaftliches Problem, das auch nur gemeinsam gelöst werden kann."

„Ja, ich weiß. Während meiner Ausbildung zur Erzieherin habe ich mich intensiv mit dieser Thematik auseinandergesetzt, Papa. Um nun einen möglichst optimalen Start im Kindergarten zu haben, werde ich mir in den nächsten Tagen noch einige Fachbücher besorgen. Ich habe schon im Internet recherchiert, so dass ich eine ziemlich genaue Vorstellung davon habe, welche Bücher ich mir noch besorgen möchte. Bis zu meinem ersten Arbeitstag im Kindergarten habe ich noch ein wenig Zeit. Von daher werde ich sicher noch das eine oder andere Fachbuch studieren können."

„Darf ich dir einen kleinen Tipp geben, Miriam?", fragte Monika. „In der Fußgängerpassage neben dem Rathaus gibt es eine gut sortierte Buchhandlung. Einige meiner Kolleginnen haben schon häufiger dort Fachliteratur gekauft. Außerdem soll die Beratung dort ganz besonders gut sein. Der Inhaber ist ein junger Mann, der sich wohl sehr fachkundig und sehr engagiert um seine Kundschaft kümmert. Vielleicht magst du einfach mal dort hingehen?"

„Ja, das ist eine sehr gute Idee, Mama. Das werde ich gern machen. Die Auswahl im Internet ist zwar geradezu erschlagend groß, doch eine gute, persönliche Beratung ist sehr viel wert." „Ja, das möchte ich ausdrücklich bestätigen", ergänzte Thomas. „So schön und bequem das Kaufen im Internet auch sein mag, so sehr dürfen wir nicht vergessen, dass solche Online-Käufe viele kleinere Geschäfte in den Ruin treiben. Ich denke, wir alle sollten achtsamer miteinander umgehen. Das oftmals zu hörende Motto „Immer billiger kaufen" wird langfristig dazu führen, dass mehr und mehr Fachgeschäfte Konkurs anmelden müssen."

„Da hast du völlig recht, Papa. Das sehe ich auch so." „So, nun lasst uns mal hier unser Frühstück genießen, bevor der Kaffee kalt wird", sagte Monika mit einem freundlichen Lachen. „Ja, guten Appetit allerseits. Wir wünschen dir von Herzen alles Gute für deine erste Arbeitsstelle, Miriam", sagte Thomas, während er Miriam eine heiße Tasse duftenden Kaffees eingoss.

Zufrieden und in einer entspannten Atmosphäre genossen Miriam und ihre Eltern das wunderbare Frühstück. Die Sonne schickte ihre hellen Strahlen durch das große Wohnzimmerfenster.

*

Schon zwei Tage später ging Miriam in den Buchladen, den ihr ihre Mutter empfohlen hatte. Nur wenige Meter neben dem Rathaus lag dieser schon von der äußeren Erscheinung her anheimelnd anmutende Buchladen. Miriam war spontan sehr angetan von der sehr geschmackvollen Dekoration des Schaufensters. Liebevoll waren dort sowohl einige der aktuellen Bestseller, als auch schöne Bildbände arrangiert.

Neugierig und hoffnungsfroh betrat Miriam den Buchladen. Eine wohlklingende Türbimmel kündigte ihr Kommen an. „Einen schönen guten Tag, junge Frau. Was darf ich für Sie tun?" fragte sogleich der freundlich erscheinende Buchhändler, Lukas Gillen. Freundlich, jedoch nicht aufdringlich ging Lukas auf Miriam zu. „Guten Tag. Ich komme auf Empfehlung meiner Mutter, die mir erzählte, dass einige ihrer Kolleginnen schon häufiger hier Bücher gekauft hätten." „Das freut mich sehr, dass Sie auf Empfehlung kommen. Dann werde ich mich bemühen, auch Ihnen kompetent und freundlich zu helfen." „Vielen Dank, das weiß ich sehr zu schätzen. Meine Mutter meinte, vor allem die persönliche Beratung hier bei Ihnen sei ganz besonders gut", sagte Miriam mit einem Lächeln.

„Das ist sehr erfreulich. Vielen Dank für diese freundliche Rückmeldung. Sie müssen wissen, ich, als kleiner Einzelunternehmer muss mich vor allem gegen die immer häufiger auftretenden Online-Versandhäuser durchsetzen. Das ist inzwischen zu einem schwierigen Geschäft geworden, das viele Buchläden nicht mehr überleben."

„Ja, das ist sicher ein bedenklicher Trend, der sich da seit geraumer Zeit abzeichnet. Viele Menschen vergessen vor lauter Gier, dass es auf die Dauer für unsere Gesellschaft sehr schädlich sein wird, wenn nur noch wenige Monopolisten fast alles nur noch unter sich aufteilen. Mehr und mehr kleinere Geschäfte müssen aufgeben, da sie einem oftmals gnadenlosen Preisdruck nicht mehr standhalten können", sagt Miriam verständnisvoll.

„Es freut mich sehr, dass Sie das so sehen. Eine derart achtsame Lebenseinstellung findet man heutzutage leider nur noch selten", antwortete Lukas, sichtlich gerührt. Obwohl Miriam erst seit wenigen Minuten in Lukas' Buchladen war, empfand sie spontan eine sehr wohltuende Sympathie für Lukas. Schon die ersten Sätze ihrer Kommunikation führten auch bei Lukas dazu, dass er in Miriam eine besondere Begegnung sah.

Selten hatte er bisher Menschen getroffen, die spontan so verständnisvoll agierten. „Was genau suchen Sie denn? Haben Sie schon eine konkrete Vorstellung, welches Buch Sie kaufen möchten?" fragte Lukas sehr aufmerksam. „Nun, ich habe mich vorab bereits im Internet umgesehen, um eine gewisse Vorauswahl zu treffen. In wenigen Tagen beginne ich meine erste Arbeitsstelle in einem Kindergarten."

„Das ist sehr schön. Dann sind sie demnach Kindergärtnerin?" fragte Lukas sichtlich interessiert. „Ich werde dort als Erzieherin arbeiten. Ursprünglich hatte ich Pädagogik auf Lehramt studiert. Leider konnte ich aber keine geeignete Festanstellung finden, so dass ich mich dazu entschlossen hatte, eine Zusatzausbildung zur Erzieherin zu machen."

„Alle Achtung, das finde ich sehr beachtlich. Das war vermutlich zunächst sehr frustrierend, keine geeignete Festanstellung zu finden, oder?" hakte Lukas sogleich nach. „Ja, das war keine schöne Zeit. Meine Eltern, die beide im schulischen Umfeld tätig sind, hatten mir dann dazu geraten, eine Zusatzausbildung zur Erzieherin zu machen. Das tat ich dann auch, und bin nun sehr froh, dass ich schon bei meiner ersten Bewerbung eine Zusage bekommen habe."

„Herzlichen Glückwunsch, das freut mich sehr für Sie", sagte Lukas, während er Miriam vorsichtig die Hand schüttelte. „Ich habe mir hier einen Zettel vorbereitet, auf dem ich einige Fachbücher notiert habe, die ich mir

51

vorab gern einmal etwas genauer anschauen möchte. Um möglichst gut vorbereitet zu sein, möchte ich mich in den kommenden Tagen noch zu einigen speziellen Themen schlau machen, die im Kindergartenalltag von Bedeutung sind. Wenn Sie bitte mal hier schauen möchten?" sagte Miriam, während sie Lukas ihren handgeschriebenen Merkzettel überreichte.

„Ja, vielen Dank. Mal schauen. Also, die ersten beiden Buchtitel, die Sie hier notiert haben, sind vorrätig hier im Laden. Den dritten Titel aus dem Fachbereich Lernpsychologie könnte ich Ihnen binnen eines Tages bestellen bzw. per Post zusenden."

„Ja, einverstanden. Darf ich mir die ersten beiden Bücher hier schon einmal ansehen?" „Sehr gern, bitte folgen Sie mir zu dem Regal an der hinteren Bücherwand. Dort stehen alle Bücher zu den Themen Lernen, Erziehung und Psychologie. Nehmen Sie sich so viel Zeit, wie Sie möchten. Darf ich Ihnen zwischenzeitlich eine Tasse Kaffee anbieten?"

„Wie ich sehe, hatte mir meine Mutter nicht zu viel versprochen. Nicht nur die fachliche Beratung ist hier sehr gut, sondern auch die menschliche Betreuung. In Ihrem Buchladen fühle ich mich sogleich sehr wohl."

„Prima, ein solches Kompliment nehme ich gern und dankbar an. Während Miriam damit befasst war einen Blick in die Bücher zu werfen, servierte Lukas eine köstlich duftende Tasse Kaffee an einem kleinen Lesetisch. „Bitte, nehmen Sie hier an diesem kleinen Lesetisch Platz. Dann können Sie in aller Ruhe die gewünschten Bücher anschauen, und zugleich eine Tasse Kaffee genießen."

„Vielen Dank, das ist sehr freundlich von Ihnen." In diesem Moment kam eine weitere Kundin in den Buchladen. Aufmerksam beobachtete Miriam, dass Lukas offenbar grundsätzlich sehr behutsam und unaufdringlich agierte. Während sie in ihren Büchern blätterte, hörte sie, dass Lukas auch diese weitere Kundin sehr engagiert beriet.

Sie war ganz angetan davon, mit welcher Gelassenheit Lukas seine Geschäfte

führte. Ein spontanes Gefühl von Schmetterlingen in ihrem Bauch stellte sich ein. So etwas in dieser Art hatte Miriam bis zu diesem Zeitpunkt noch nicht erlebt.

Um noch möglichst lange in der Buchhandlung verweilen zu können, trank sie ihren Kaffee bewusst sehr langsam. Zu gern wollte sie die wunderbare Atmosphäre in Lukas' Buchladen noch ein wenig länger genießen.

„Darf ich Ihnen noch eine weitere Tasse Kaffee anbieten", fragte Lukas, der offenbar beobachtet hatte, dass Miriam sich schon unverhältnismäßig lange an der ersten Tasse Kaffee festhielt. „Nein, vielen Dank. Ich bin hier soweit jetzt fertig. Bitte packen Sie mir diese ersten beiden Bücher ein. Den dritten Titel möchte ich dann gern bei Ihnen bestellen, so dass Sie ihn mir dann bitte per Post zuschicken können." „Ja, sehr gern. Bitte kommen Sie mit mir zur Kasse. Dort können wir dann alles Weitere erledigen."

Leicht verunsichert, Lukas könnte womöglich gemerkt haben, dass sie ihn spontan sehr sympathisch findet, folgte sie ihm zur Kasse. „So, bitte schön. Dann bekomme ich bitte 49 € von Ihnen. Möchten Sie bar oder mit Karte bezahlen?" „Ich bezahle lieber in bar, denn das virtuelle Geld ist mir irgendwie unheimlich", sagte Miriam. „Das kann ich gut nachvollziehen", bestätigte Lukas. Darf ich mir dann bitte noch Ihre Adresse notieren, damit ich Ihnen das dritte Buch zuschicken kann?" „Ja, selbstverständlich. Hier, bitte sehr." „Vielen Dank." „Ich werde Sie auf jeden Fall weiterempfehlen.

Vielen Dank für Ihre sehr gute Beratung sowie auch für den leckeren Kaffee". „Ich danke Ihnen für Ihren freundlichen Besuch. Auf Wiedersehen." Beschwingt verließ Miriam den Buchladen von Lukas. Auf Ihrem Heimweg ließ sie das schöne Gefühl ihres dortigen Aufenthaltes bewusst nachklingen.

*

In den nächsten Tagen beschäftigte sich Miriam

intensiv mit den zwei Fachbüchern, die sie in Lukas' Buchhandlung gekauft hatte. Nicht zuletzt aus ihrem Pädagogikstudium wusste sie, wie enorm wichtig eine gute Vorbereitung ist.

Ihr erst kürzlich erworbener Abschluss zur Erzieherin sollte ihr fortan die Möglichkeit geben, beruflich richtig durchstarten zu können. Voller Elan und Freude verschlang sie die neuen Fachbücher förmlich. Offenbar lag es in ihrer Familie, viel und intensiv zu lesen. Schon von Kindesbeinen an konnte sie auch bei ihren Eltern beobachten, wie diese oftmals stundenlang in ihren Büchern versunken waren.

Nun war es endlich soweit. Miriams erster Arbeitstag im Kindergarten war gekommen. Freundlich wurde sie von der Kindergartenleiterin, Frau Claudia Maas, begrüßt. Claudia, eine 41-jährige, mittelschlanke und menschlich zugewandte Frau, machte Miriam zunächst mit den Räumlichkeiten vertraut.

„Herzlich Willkommen, Sie sind vermutlich Frau Miriam Buchner, die heute hier ihren ersten Arbeitstag hat?" fragte Frau Maas. „Ja, schönen guten Tag, Frau Maas. Mein Name ist Miriam Buchner. Ich danke Ihnen für diesen freundlichen Empfang." „Bitte legen Sie erst einmal ihre Tasche und ihre Jacke ab,und folgen Sie mir in unserer Aufenthaltsraum. Dort zeige ich Ihnen Ihren Platz sowie Ihren Schrank, den Sie für Ihre privaten Gegenstände verwenden dürfen."

„Ja, danke. Sehr gern." Nachdem Frau Maas Miriam mit den Räumlichkeiten vertraut gemacht hatte, gingen sie gemeinsam in den großen Spielraum, in dem schon ihre zukünftige Kollegin, Pia Hasseler, damit beschäftigt war, zwei sich streitende Kinder zu beruhigen. „Ich darf Ihnen unsere neue Mitarbeiterin, Frau Miriam Buchner, vorstellen.

Frau Buchner wird ab sofort unser Team verstärken. Darauf freue ich mich schon sehr", sagte Frau Maas zu der auf dem Boden sitzenden Pia. „Wenn Sie nichts dagegen haben, Frau Buchner, dann duzen wir uns hier im Team alle untereinander. Das schafft eine vertrautere

Atmosphäre", sagte Frau Maas. „Einverstanden, ich heiße Miriam", sagte Miriam zu Pia, während sie ihr freundlich ihre rechte Hand entgegenstreckte.

Ohne den Handschlag zu erwidern, schaute Pia nur kurz auf, und entgegnete ein eher gelangweiltes „Hallo, Miriam." „Ich darf Sie nun für eine Weile allein lassen, da ich noch einige wichtige Büroarbeiten zu erledigen habe", sagte Frau Maas, und verließ anschließend das große Spielzimmer. Ohne in diesem Moment schon eine klare Ursache benennen zu können, spürte Miriam plötzlich ein ungutes Gefühl in der Magengegend.

„So, so, du wirst also nun unser Team verstärken, Miriam", sagte Pia in einem wenig freundlichen Unterton. „Ja, ich freue mich sehr auf diese Arbeit. Du musst wissen, es ist meine erste Festanstellung. Deshalb bin ich wohl auch ein wenig aufgeregt", sagte Miriam zu der noch immer gelangweilt wirkenden Pia.

„Ich nehme an, du bist demnach auch Erzieherin von Beruf", fragte Pia, während sie Miriam misstrauisch beäugte. „Ja, ich bin auch Erzieherin von Beruf." „Was heißt denn hier „auch"?" fragte Pia in einem schnippischen Ton zurück?

„Nun, zunächst hatte ich Pädagogik auf Lehramt studiert. Leider bekam ich aber keine geeignete Festanstellung, so dass ich mich dann dazu entschlossen hatte, zusätzlich eine Ausbildung zur Erzieherin zu machen."

„Ach du liebe Güte, dann bist du also Akademikerin?" „Ja, ist das ein Problem für Dich, Pia?" „Blödsinn! Dann bist du sicher eine von denen, die sich als etwas Besseres fühlen?" raunzte Pia Miriam unfreundlich an.

„Warum sollte ich mich als etwas Besseres fühlen, Pia? Offenbar hast Du irgendwie schlechte Erfahrungen mit Akademikerinnen gemacht, dass du mich hier ohne Grund so unfreundlich behandelst?" sagte Miriam traurig berührt.

„Menschen aus dem akademischen Umfeld sind total überheblich. Immer meinen sie, sie wüssten alles besser. Das nervt mich total." „Pia, ich denke, dass du da deutlich übertreibst. Meinst du nicht auch?" „Keineswegs, Leute, die studiert haben, verhalten sich uns normalen Menschen gegenüber sehr arrogant."

„Ich denke nicht, dass du das so verallgemeinern solltest. Menschen sind sehr unterschiedlich. Manche sind so, andere sind so. Da solltest du schon bitte einen etwas differenzierteren Blick auf die Menschen richten."

„Wenn ich dieses geschwollene Gerede schon höre", entrüstete sich Pia. „einen differenzierteren Blick auf die Menschen richten. Hilfe, da wird mir sofort ganz schlecht." „Ich nehme an, dass du in deinem bisherigen Leben wohl sehr schlechte Erfahrungen mit Menschen aus dem akademischen Umfeld gemacht haben musst. Anders kann ich es mir nicht erklären, dass du mir gegenüber so feindselig auftrittst. Vor allem auch deshalb, weil du mich doch bisher noch gar nicht wirklich kennst."

„Solche Leute muss ich auch gar nicht erst näher kennen, um zu wissen, dass ich sie nicht mag." „Pia, das finde ich sehr schade, dass du so schlecht von den Menschen denkst. Ich hoffe sehr, dass ich dich in der nächsten Zeit vom Gegenteil überzeugen darf."

„Gib dir keine Mühe, das klappt ohnehin nicht." „Welchen beruflichen Weg hast du denn genommen, Pia?" „Ich habe eine solide Ausbildung zur Erzieherin gemacht. Zusätzliche Theorie, die sowieso überflüssig ist, brauche ich hier nicht. Das ist doch alles nur akademisches Geschwätz."

„Wie ich sehe, bist du leider sehr verhärtet in deinem Denken. Vor allem schadest du dir dadurch selbst." „Willst du mir jetzt sagen, was ich zu tun und zu lassen habe, Miriam? Schließlich arbeite ich hier schon seit langer Zeit in diesem Kindergarten. Da brauche ich keine guten Ratschläge von einer wie dir, die offenbar glaubt, hier nun alles mit ihrem akademischen Wissen umkrempeln zu wollen."

„Pia, ich möchte dir keineswegs sagen, was du zu tun und zu lassen hast. Warum sollte ich das wohl auch tun? Schließlich möchte ich doch hier nur friedlich und engagiert meine Arbeit als Erzieherin leisten. Nicht mehr, und nicht weniger." „Ach was, das sagst du jetzt. Ich wette, dass du bestimmt schon denkst, dass ich dir hier nicht das Wasser reichen kann. Schließlich bin ich ja nur Erzieherin. Im Gegensatz zu dir, denn du hast ja schließlich einen akademischen Abschluss in der Tasche."

„Ich hoffe sehr, dass es uns gemeinsam gelingt, herauszufinden, woher deine pauschale Abneigung gegenüber akademisch gebildeten Menschen wohl kommen mag. Jedenfalls stelle ich fest, dass du sehr verbittert bist, Pia."

„Jetzt texte mich hier nicht länger voll mit deinen Weisheiten. Stell' dir mal vor, auch ich, als Erzieherin, die nur eine gewöhnliche Berufsausbildung vorzuweisen hat, ist nicht total blöd. Übermorgen gehe ich noch in die schöne Buchhandlung am Rathaus. Dort kaufe ich mir ein Buch, das ich dort vorbestellt habe. Da staunst du, oder?"

„Keineswegs, das ist doch schön für dich. Übrigens, in dieser Buchhandlung war ich kürzlich auch. Sie ist sehr ansprechend, und auch die Beratung dort ist erstklassig." „Ja, ja, ich verstehe. Gib's zu, du hast es wohl eher auf den Inhaber, Lukas Gillen, abgesehen? Sozusagen ein akademisches Täuschungsmanöver?"

Ohne erneut auf Pias unfreundliche Unterstellung zu antworten, widmete sich Miriam wieder der Kindergartenleiterin, Claudia, die soeben den Raum betrat. „Ich hoffe, Sie beide haben sich schon ein wenig miteinander bekannt machen können?" fragte Claudia. „Ehrlich gesagt verlief unsere erste Begegnung eher sehr unterkühlt.

Offenbar hat Pia ernsthafte Probleme mit mir, da ich neben meiner Ausbildung zur Erzieherin auch eine akademische Ausbildung abgeschlossen habe." „Stimmt das, Pia? Haben Sie grundsätzlich eine Abneigung gegenüber Akademikerinnen und Akademikern? Das ist mir bisher so noch nicht aufgefallen", fragte Claudia die nun sichtlich irritierte Pia. „Nein, da muss

Miriam wohl eben etwas völlig falsch verstanden haben", sagte Pia in einem entschuldigenden Tonfall.

Miriam, die nur zu genau wusste, dass sie Pia sehr wohl richtig verstanden hatte, ließ sich an dieser Stelle auf keine weitere Diskussion ein. Nachdem der erste Arbeitstag aufgrund der unfreundlichen Begegnung mit Pia für Miriam leider wenig schön verlaufen war, verbrachte sie den Abend allein in ihrem Appartement. Obwohl sie voller Freude und Engagement in den Kindergarten gegangen war, hatte Pia ihr schon am ersten Arbeitstag gründlich die Laune verdorben. Miriam wusste, dass es wohl eine schwierige Zeit dort würde mit einer Kollegin, die sich so offensichtlich ablehnend ihr gegenüber verhielt. Mehrfach musste sie an diesem Abend an eine Aussage ihres Vaters denken, der oft zu sagen pflegte: „Neid ist eine besondere Form von Anerkennung. Menschen, die neidisch auf andere Menschen reagieren, zeigen damit nahezu immer, dass sie ein gestörtes Selbstwertgefühl haben. Menschen, die selbstbewusst sind, haben es nicht nötig, neidisch auf andere Menschen zu sein. Vielmehr werden sie ihnen den Erfolg gönnen." Ja, so war es wohl.

Bei beruhigender Musik sowie einem köstlichen Glas Rotwein ließ Miriam ihren ersten Arbeitstag ausklingen. Leider wachte sie in der Nacht mehrfach auf, weil es für sie so traurig und unverständlich war, dass sich ihre neue Kollegin, Pia, dermaßen unfreundlich ihr gegenüber verhalten hatte. Ablehnungen dieser Art, waren für Miriam eine gänzlich neue Erfahrung, bei der sie erst lernen musste, konstruktiv damit umzugehen.

*

Pia kannte Lukas aus ihrer gemeinsam Schulzeit in der Realschule. Schon damals hatte sie ein Auge auf Lukas geworfen, der zwei Klassen über ihr gewesen war. Während der Pausenzeiten traf sie ihn oftmals auf dem Schulhof, um in seiner Nähe sein zu können. Doch schon damals zeigte Lukas kein Interesse an Pia, da sich ihre Interessen nicht mit den seinigen deckten.

„Hallo, Lukas", sagte Pia, als sie die Buchhandlung betrat. „Schön, dass es gerade so leer hier in deinem Buchladen ist. Dann können wir uns ein wenig unterhalten." „Hallo, Pia, was gibt es denn so Wichtiges, dass du es mir unbedingt hier und jetzt erzählen möchtest?" fragte Lukas erstaunt.

„Ach, stell' dir mal vor, seit heute haben wir eine neue Mitarbeiterin bei uns im Kindergarten. Das ist vielleicht eine eingebildete Zicke." „Wie kommst du darauf? Was hat sie denn Schlimmes getan? Um wen handelt es sich denn?" „Du kennst sie sogar, denn sie hatte mir erzählt, dass sie auch schon hier bei dir im Buchladen gewesen war. Sie heißt Miriam Buchner."

„Lass' mich mal einen Moment überlegen", sagte Lukas nachdenklich, während er sich am Kopf kratzte. „Ja, stimmt, die kenne ich auch. Diese junge Frau war vor wenigen Tagen hier bei mir im Buchladen, um sich einige Fachbücher zu kaufen."

„Da siehst du schon. Fachbücher, so, so. Ich sag's ja.", sagte Pia sogleich in einem missgünstigen Ton. „Das verstehe ich nicht, Pia. Wo ist das Problem?" „Ach, diese Zicke glaubt wohl, dass sie etwas Besseres ist, weil sie auch studiert hat. Solche Leute finde ich schrecklich."

„Deinen Eindruck kann ich so nicht teilen, Pia. Auf mich machte Miriam Buchner einen ausgesprochen sympathischen Eindruck. Ich habe sie keineswegs als eingebildet oder zickig erlebt." „Da musst du wohl unter einer Wahrnehmungsstörung leiden, Lukas. Sie ist Akademikerin." „Ja, und? Was soll das bedeuten?"

„Das bedeutet, dass sie überheblich und total eingebildet ist." „Du meinst also allen Ernstes, dass Miriam überheblich und eingebildet sei, weil sie Akademikerin ist?" fragte Lukas ungläubig. „Ja, klar doch." „Pia, ich denke, dass du dich eher von deinen Vorurteilen leiten lässt. Du kannst doch nicht pauschal sagen, dass alle Menschen, die eine akademische Ausbildung haben, eingebildet und arrogant sind. Das halte ich für falsch."

„Wenn ich schon höre, wie geschwollen Miriam spricht. Neulich meinte sie zu mir, ich solle die Dinge differenzierter betrachten. Wie hört sich das denn an?" „Kann es sein, Pia, dass du ein Problem damit hast, selbst keine akademische Ausbildung zu haben? Ich habe den Eindruck, dass du irgendwie neidisch auf Miriam bist."

„Blödsinn! Warum sollte ich denn neidisch auf diese eingebildete Zicke sein? Hast du vergessen, wie schön unsere Zeit an der Realschule war?" „Nein, das habe ich nicht vergessen. Warum fragst du jetzt danach, Pia?" „Na, ich denke, wir beide gäben ein schönes Paar ab. Oder, sag bloß, du hast ein Auge auf Miriam geworfen?"

„Erstens hatte ich dir schon damals gesagt, dass ich keine Beziehung zu dir möchte. Unsere Interessen sind viel zu unterschiedlich. Und zweitens ist es doch wohl meine Angelegenheit, ob ich Miriam sympathisch finde. Meinst du nicht auch?"

„Lukas, du verleugnest offenbar deine Herkunft. Überleg' doch mal. Du kommst aus einer Arbeiterfamilie. Dein Vater ist Kraftfahrer, und deine Mutter ist nur Hausfrau. Was willst du denn dann mit so einer akademischen Zicke? Die passt doch gar nicht zu dir.", entrüstete sich Pia.

„Pia, nun hör' mir mal bitte genau zu. Es ist keine Schande, aus einer Arbeiterfamilie zu kommen. Meine Eltern sind fleißige und kluge Leute. Auch dann, wenn sie keine akademische Ausbildung haben. Außerdem gefällt es mir nicht, dass du Miriam als akademische Zicke bezeichnest."

„Du wirst schon sehen, wohin das führt. Kennst du nicht den Spruch „Schuster, bleib' bei deinen Leisten"?" fragte Pia, begleitet von einem missgünstigen Blick? „Doch, selbstverständlich kenne ich diesen Spruch. Allerdings vermag ich nicht zu erkennen, wo genau nun das Problem sein soll?"

„Lukas, das bedeutet, dass du wohl besser mal darüber nachdenken solltest, dass Miriam einfach nicht zu dir passt. Du hast doch auch nur eine gewöhnliche Ausbildung zum Buchhändler gemacht, oder?" „Ja, ich habe eine Ausbildung zum Buchhändler gemacht. Völlig richtig. Was ist daran falsch?" „Daran ist nichts falsch, doch du solltest dir dann auch eine Partnerin suchen, die ebenfalls nur eine gewöhnliche Ausbildung hat."

„Pia, ich finde es nicht gut, dass du so geringschätzig über Menschen sprichst, die eine gewöhnliche Ausbildung absolviert haben. Ich habe die Ausbildung zum Buchhändler deshalb gemacht, weil ich Bücher liebe. Wozu hätte ich denn dann noch studieren sollen? Nur um sagen zu können, dass ich dann auch einen akademischen Abschluss habe?"

„Du verstehst mich einfach nicht, Lukas", sagte Pia sichtlich genervt. „Ja, das mag wohl so sein. Ganz genau, ich verstehe dich nicht, Pia. Ich habe den Eindruck, dass du ein gestörtes Selbstwertgefühl hast. Vielleicht solltest du mal herausfinden, woher deine Neidgefühle rühren?"

„Unsinn, das ist doch nur psychologisches Geschwätz." „Das sehe ich klar anders, Pia. Du wirkst auf mich sehr verbittert. Damit schadest du nicht nur anderen Menschen, sondern vor allem auch dir selbst." „Gib' mir jetzt einfach mein vorbestelltes Buch. Ich habe keine Lust mehr auf dieses dumme Gerede."

Wutschnaubend verließ Pia die Buchhandlung. Obwohl Lukas Pias Einstellung akademisch gebildeten Menschen gegenüber nicht teilte, hatte das Gespräch mit Pia die Saat des Zweifels in ihm entfacht. Sollte er sich näher auf Miriam einlassen?

*

Die nächsten Tage im Kindergarten waren für Miriam alles andere als angenehm. Immer wieder stichelte Pia mit spitzen Bemerkungen gegen sie, so dass eine höchst unangenehme Atmosphäre entstand. Das hatte sich Miriam ganz anders vorgestellt. So sehr hatte sie sich auf ihre erste Festanstellung dort gefreut, und nun das?

„Guten Morgen, Claudia", begrüßte Miriam die Kindergartenleiterin, als sie in den Aufenthaltsraum kam. „Guten Morgen, Miriam. Ich hoffe, du wirst dich hier bei uns wohl fühlen." „Das hoffe ich auch, Claudia, wenngleich die ersten Begegnungen hier mit Pia nicht wirklich freundlich waren", sagte Miriam zweifelnd. „Du wirst sehen, Miriam, das wird sich schon noch einspielen in der nächsten Zeit", beschwichtigte Claudia. „Das wäre schon sehr schön, denn ich habe mich so sehr darauf gefreut, hier meine erste Festanstellung antreten zu dürfen."

„Miriam, um dich zunächst mit allen Teilbereichen vertraut zu machen, übernimmst du in den folgenden zwei Wochen bitte das Vorlesen. In dem Bücherschrank dort findest du eine große Auswahl schöner Kinderbücher, aus denen du frei wählen darfst." „Vielen Dank. Ich werde mir gleich einmal einige Bücher aussuchen, die für die Kinder geeignet sind." „Bitte achte darauf, sehr sorgsam mit diesen Büchern umzugehen. Der Etat, den wir seitens der Stadtverwaltung für unsere Bücher bekommen, wurde in den letzten Jahren immer mehr eingeschränkt", mahnte Claudia. „Das ist für mich selbstverständlich, dass ich sorgsam mit den Büchern umgehen werde. Schließlich bin ich schon in meinem Elternhaus mit sehr vielen Büchern aufgewachsen. Ich weiß, wie wertvoll Bücher sind, und pflege grundsätzlich einen achtsamen Umgang damit", antwortete Miriam wie selbstverständlich.

Pia, die ebenfalls am Tisch saß, warf Miriam erneut einen missgünstigen Blick zu. „Da haben wir's schon wieder. Miriam ist also in einem Elternhaus aufgewachsen, in dem es viele Bücher gegeben hat. Deswegen ist sie nun unser kleines Superhirn hier, oder?" zischte Pia mitten in den Raum. „Pia, ich darf dich ausdrücklich darum bitten, deine spitzen Bemerkungen gegenüber unserer neuen Kollegin zu zügeln", maßregelte Claudia die sichtlich aufgebrachte Pia.

„Ja, schon klar", entgegnete Pia in einer Art und Weise, die klar erkennen ließ, dass für sie gar nichts klar war. Während Miriam geeignete Kinderbücher auswählte, verließ Claudia den Aufenthaltsraum. Pia schlürfte lustlos an ihrem Kaffee, und beäugte Miriam mit ihrem durchdringenden Blick. „Na, dann kannst du ja jetzt mal zeigen, was du kannst", sagte Pia. Um die unfreundliche Grundstimmung nicht weiter anzuheizen, überhörte Miriam diese spitze Bemerkung, und widmete sich ganz ihrer Bücherauswahl. Nachdem sie mehrere Bücher ausgewählt hatte, legte sie diese in ihr Fach im Aufenthaltsraum. Anschließend ging sie noch kurz zur Toilette, bevor sie dann den Kindern aus den Büchern vorlesen wollte.

Nachdem auch die anderen Kolleginnen den Aufenthaltsraum verlassen hatten, schoss Pia eine gemeine Idee in ihren Kopf. Irgendwie musste sie erreichen, Miriam in ein schlechtes Licht zu setzen. Mit ihrer noch halbvollen Tasse Kaffee ging sie zu Miriams Fach, um dort ein Buch absichtlich mit Kaffee zu übergießen. Schnell schloss sie den Buchdeckel, und legte das Buch wieder zurück ins Fach.

„Dann wünsche ich dir viel Spaß beim Vorlesen", sagte Pia scheinheilig, als Miriam wieder zurück in den Aufenthaltsraum kam, um die Bücher abzuholen. „Danke", antwortete Miriam, sichtlich irritiert ob dieser vermeintlichen Freundlichkeit.

„Hallo, liebe Kinder. Ich heiße Miriam, und freue mich sehr, heute für euch vorlesen zu dürfen", empfing Miriam die Kinder der Spielgruppe. „Oh je, was ist das denn?" rief Miriam voller Schreck, als sie einen großen Kaffeefleck im Innenteil eines Buches entdeckte. „Wie konnte ich nur so unachtsam sein?" sagte Miriam zu sich selbst. „Das wird bestimmt unangenehmen Ärger mit Claudia geben. So ein Pech, dass ich ausgerechnet schon jetzt so ein Missgeschick melden muss."

In ihrer großen Aufregung fiel Miriam zunächst nicht auf, dass der Kaffeefleck noch warm gewesen war. Da sie selbst zuvor gar keinen Kaffee getrunken hatte, konnte sie es gar nicht gewesen sein, die den Kaffee verschüttet hatte. Doch das war ihr in diesem Moment nicht wirklich bewusst. Sichtlich erregt las sie den Kindern aus den mitgebrachten Kinderbüchern vor. Obwohl die Kinder erkennbar viel Freude daran hatten, wie lebhaft Miriam die Geschichten vorlas, konnte sie diese Zeit nicht richtig genießen. Zu groß war ihre Sorge um die begangene Peinlichkeit.

„Das war total schön. Du kannst richtig gut Geschichten erzählen. Wann liest du uns wieder etwas vor?" ertönte es aus vielen Kindermündern. „Liebe Kinder, ich wünsche euch noch viel Freude heute. Ich muss jetzt erst einmal zu Claudia gehen, um ihr von meinem Missgeschick zu berichten. Bestimmt wird sie sehr böse sein, dass ich so schusselig gewesen bin", verabschiedete sich Miriam mit besorgtem Blick.

„Claudia, ich muss dir etwas beichten", betrat Miriam kleinlaut das Zimmer von Claudia. „Was ist denn Schlimmes geschehen, Miriam? Du bist ja kreidebleich im Gesicht", antwortete Claudia in einem beruhigenden Tonfall. „Obwohl du vorhin noch ausdrücklich erklärt hast, dass wir besonders pfleglich mit den Büchern umgehen sollen, ist mir nun ein schlimmes Missgeschick geschehen. Offenbar habe ich versehentlich Kaffee über eines der Bücher gekippt. Nun sind mehrere Seiten beschädigt. Ich schäme mich so sehr." „Mmh, das ist allerdings sehr ärgerlich. Wie konnte das denn passieren? Hast du nicht richtig aufgepasst?" fragte Claudia in einem schon deutlich strengeren Tonfall.

„Ich weiß auch nicht so recht. Irgendwie ist mir das alles unerklärlich", antwortete Miriam mit gesenktem Blick. In diesem Moment betrat Pia den Raum, die zuvor an der Tür gelauscht hatte. Fadenscheinig fragte sie: „Claudia, hast du eventuell meinen Kugelschreiber gesehen? Ich kann ihn nicht finden." „Nein, deinen Kugelschreiber habe ich nicht gesehen. Momentan muss ich mich auch hier mit wichtigeren Dingen beschäftigen.

Miriam hat eines unserer Kinderbücher mit Kaffee beschmutzt. Nun muss ich sehen, ob ich den Schaden von der Stadtverwaltung ersetzt bekomme. Ansonsten wird Miriam wohl den Schaden ersetzen müssen", sagte Claudia mit rot anlaufendem Kopf.

„Ich hab's ja gleich gesagt. Miriam ist völlig ungeeignet für diesen Job hier. Sie ist noch zu dumm um ordentlich mit den Materialien umzugehen", ergänzte Pia in einem giftigen Tonfall. Miriam saß in diesem Moment völlig sprachlos auf ihrem Stuhl. Wie konnte Pia nur so gehässig zu ihr sein? „Pia, ich habe dir schon mehrfach gesagt, dass du dich mit deinen gemeinen Bemerkungen Miriam gegenüber zurückhalten sollst. Außerdem ist es nicht dein Problem, dich um das beschädigte Buch zu kümmern. Geh' jetzt am besten."

Wortlos verließ Pia Claudias Zimmer. „Ich muss schon sagen, Miriam, dass ich sehr enttäuscht von dir bin. Etwas mehr Sorgfalt im Umgang mit so wertvollen Materialien hätte ich mir schon von dir gewünscht. Bis morgen dann", verabschiedete Claudia die zu diesem Zeitpunkt niedergeschlagene Miriam. „Ein gelungener Start sieht wohl anders aus", dachte Miriam auf dem Heimweg. Tief betrübt über so viel Missgunst und Unfreundlichkeit, verbrachte sie einen ebenso traurigen wie sehr nachdenklichen Abend in ihrem Appartement.

*

Nach einer schlimmen Nacht, in der Pias fortgesetzte Gehässigkeiten in Miriams Albträumen auftauchten, wachte Miriam am nächsten Morgen schweißgebadet auf. Ihr war klar, dass es so nicht weitergehen konnte. Kurzentschlossen suchte sie die Praxis von Dr. Blautaler auf, den sie schon aus ihrer Kindheit kannte. Früher war sie häufiger zusammen mit ihrer Mutter, Monika Buchner, bei Dr. Blautaler gewesen, um sich dort wegen einiger Kinderkrankheiten behandeln zu lassen.

Aufgeregt und tief traurig betrat sie die Praxis von Dr. Blautaler. „Guten Tag, mein

Name ist Miriam Buchner. Ich möchte gern Herrn Dr. Blautaler sprechen. Ist das eventuell kurzfristig möglich", fragte Miriam die freundliche Sprechstundenhilfe am Empfang. „Da haben Sie großes Glück, Frau Buchner. Gerade eben hat eine andere Patientin ihren Termin kurzfristig absagen müssen. Dr. Blautaler hat also aktuell sicher etwas Zeit für Sie.

Bitte nehmen Sie noch einen kleinen Moment im Wartezimmer Platz. Dr. Blautaler wird Sie dann gleich in sein Sprechzimmer bitten." „Vielen Dank, da bin ich sehr froh, dass Dr. Blautaler so kurzfristig Zeit für mich hat." Sichtlich aufgewühlt nahm Miriam im Wartezimmer Platz. Schon kurze Zeit später erschien Dr. Blautaler in der Tür.

„Guten Tag, Frau Buchner. Ich habe Sie schon lange nicht mehr hier gesehen. Was führt Sie denn zu mir?" „Guten Tag, Herr Dr. Blautaler. Ich bin so froh, dass ich Sie kurzfristig sprechen darf. Sie dürfen gern Miriam zu mir sagen. Schließlich kennen Sie mich noch aus meiner Kinderzeit." „Einverstanden, wenn Sie das so möchten, Miriam", antwortete Dr. Blautaler mit einem freundlichen Lächeln.

„Bitte folgen Sie mir in mein Sprechzimmer. Dann werde ich sehen, wie ich Ihnen helfen kann, Miriam." Erwartungsfroh folgte Miriam Dr. Blautaler in sein Sprechzimmer. „Was ist denn Schlimmes geschehen, Miriam? Haben Sie gesundheitliche Beschwerden? Wie kann ich Ihnen helfen?"

„Nein, gesundheitliche Beschwerden würde ich das so nicht nennen." „Was ist dann das Problem, Miriam? Sie wirken extrem nervös und verunsichert. Bitte beruhigen Sie sich erst einmal." Vertrauensvoll legte Dr. Blautaler seine rechte Hand auf Miriams rechte Schulter, die sich recht schnell beruhigte. „Also, eigentlich sollte ich allen Grund zur Freude haben. Kürzlich habe ich meine erste Festanstellung im Kindergarten „Wilde Racker" angetreten." „Da höre ich sofort ein Aber heraus?" antwortete Dr. Blautaler, der in seiner einfühlsamen Art sogleich merkte, dass da etwas nicht stimmte. „Ja, leider gestaltet sich die Situation in diesem

Kindergarten gar nicht erfreulich."

„Sind die Kinder nicht nett zu Ihnen, Miriam?" „Nein, das ist es nicht. Die Kinder sind sogar sehr lieb zu mir." „Was ist es dann, was Ihnen Sorgen bereitet?" hakte Dr. Blautaler sofort nach. „Nun, es gibt dort eine Kollegin, Pia Hassler. Diese Kollegin behandelt mich von Anbeginn an extrem unfreundlich. Außerdem lässt sie keine Gelegenheit aus, mich vor den anderen Kolleginnen schlecht zu machen."

„Das ist allerdings keine schöne Situation, Miriam." „Das kann man wohl laut sagen. Ich bin fix und fertig." „Ja, das ist nicht zu übersehen. Haben Sie eine Idee, warum Pia Ihnen gegenüber so feindselig agiert? Gab es einen Streit?" „Nein, Streit gab es nicht.

Ich habe eher den Eindruck, dass Pia massive Probleme damit hat, dass ich Akademikerin bin. Im Gegensatz zu ihr, die auch Erzieherin ist, hatte ich zuvor auch ein Pädagogikstudium absolviert." „Und das ist für Pia ein Problem", fragte Dr. Blautaler. „Ja, so sieht es wohl aus. In vielen Äußerungen spricht sie immer wieder abfällig und missgünstig über Menschen, die einen akademischen Abschluss haben. Sie schert alle AkademikerInnen über einen Kamm. Das finde ich sehr schade."

„Miriam, da haben Sie völlig recht. Ein solches Verhalten ist ebenso dumm wie inakzeptabel." „Warum ist Pia nur so gemein zu mir? Ich habe ihr doch nichts Böses angetan", fragte Miriam mit weit aufgerissenen Augen. „Schon klar. Natürlich haben Sie Pia nichts Böses angetan, doch offenbar sieht Pia das völlig anders. Für Pia ist es schon eine Kränkung, dass Sie über einen akademischen Abschluss verfügen, wogegen Pia wohl nur eine normale Berufsausbildung absolviert hatte. Das kann sie nicht ertragen, und deshalb wird sie sich Ihnen gegenüber so gemein verhalten."

„Das ist doch völlig krank, oder?" fragte Miriam den ruhig und gelassen bleibenden Dr. Blautaler. „Ja, da haben Sie schon ganz recht. In einer gewissen Weise ist das ein krankhaftes Verhalten, das Pia Ihnen gegenüber zeigt. Entscheidend ist in solchen Fällen, herauszufinden, welche auslösenden Ursachen es in Pias Biografie gibt, die ein solches Fehlverhalten erklären könnten?" erläuterte Dr. Blautaler.

„Das hört sich schön aber, aber ich bin die Leidtragende, oder?" „Ja, Sie sind offenbar in dieser Situation ins Visier von Pia geraten, doch es hätte auch jede andere Person sein können, die Eigenschaften zeigt, mit denen Pia nicht klar kommt." „Sie wollen damit sagen, dass es ursächlich gar nicht an mir, als Person liegt?" fragte Miriam zweifelnd zurück.

„Ganz genau. Pias Unmut richtet sich vermutlich eher gegen den Tatbestand, dass Sie, Miriam, Akademikerin sind, und sie selbst einen in ihren Augen minderwertigen Berufsabschluss hat." „Das ist doch krank, oder?" „Ja, wie ich schon sagte, ein solches Verhalten ist in gewisser Weise krank. Offenbar bezieht Pia ihr Selbstwertgefühl vor allem aus Formalitäten. Sie scheint nicht dazu in der Lage zu sein, die Menschen hinter deren Berufsbezeichnungen zu erkennen. Sehr wahrscheinlich wird sie neidisch auf Sie sein, Miriam, dass Sie etwas vorzuweisen haben, was sie selbst nicht hat. Wenn man genauer nachforscht, würde man sicher früher oder später herausfinden, dass ein derart verqueres Denken schon in ihrer Kernfamilie angelegt wurde. Das schlimme und ganz sicher auch gemeine Fehlverhalten ist nur die Konsequenz dessen, was Pia in ihrem bisherigen Leben widerfahren ist."

„Wenn ich das so betrachte, könnte ich ja fast sogar Mitleid mit Pia bekommen, Dr. Blautaler." „Wie ich sehe, verstehen Sie sehr schnell. Ja, im Grunde genommen sind solche Menschen, die neidisch auf andere Menschen reagieren, bemitleidenswerte Gestalten. Nahezu immer ist ein mangelndes Selbstwertgefühl ursächlich für ein missgünstiges Verhalten verantwortlich." „Demnach muss ich mir also die Gemeinheiten von Pia gefallen lassen?" fragte Miriam voller Entrüstung. „Nein, keineswegs. Das müssen und sollen Sie auf keinen Fall. Wichtig ist nur, dass wir uns stets darum bemühen, auslösende Ursachen für Fehlverhalten zu erkennen. Das gilt in allen Lebenslagen. Andererseits ist ebenso wichtig, dass Pia hier klar in ihre Schranken verwiesen wird. Kollegiales Mobbing, wie wir es heutzutage leider sehr oft beobachten, ist auf keinen Fall zu akzeptieren. Da muss konsequent gehandelt werden."

„Was soll ich denn nun konkret machen, Dr. Blautaler?" „Ich schlage vor, dass sie zunächst einmal sorgsam beobachten, wie sich die Situation mit Pia in den nächsten Tagen entwickelt. Sollte sich die Lage verschlimmern, werden wir weitere Maßnahmen einleiten. Vielleicht geben Sie Pia noch eine Chance, zu erkennen, dass Sie nicht eine kühl und arrogant agierende Akademikerin sind, sondern vielmehr eine liebevolle und engagierte Kollegin, die einzig zum Ziel hat, eine gute Arbeit als Erzieherin leisten zu wollen."

„Einverstanden, Dr. Blautaler. Ich werde es versuchen. Haben Sie vielen Dank für Ihre Hilfe, die mir sehr viel bedeutet. Auf Wiedersehen, Dr. Blautaler." „Auf Wiedersehen, Miriam."

*

Wie schon so oft zuvor, so besuchte Lukas auch am Wochenende wieder seine Eltern. Lukas' Mutter, Sabine Gillen, und deren Ehemann, Wolfgang Gillen, hatten es durch ihre fleißige Arbeit zu bescheidenem Wohlstand gebracht. Sie bewohnten ein gemütliches Reihenhaus nebst kleinem Garten. Das war besonders für Sabine von großer Bedeutung, denn sie liebte die Gartenarbeit.

„Hallo, mein lieber Sohn", rief Sabine schon aus einiger Entfernung, „schön, dass du uns wieder besuchst." „Hallo, Mama. Wie ich sehe, bist du schon so früh am Morgen wieder fleißig im Garten beschäftigt." „Ja, ich habe hier eben noch ein wenig das Unkraut gezupft. Geh' schon mal ins Haus. Ich weiß nicht, ob Papa schon aufgestanden ist, denn er hatte eine anstrengende Spätschicht."

Wolfgang arbeitete schon seit vielen

Jahren als Kraftfahrer bei einer Spedition. Er war ein leicht übergewichtiger, humorvoller und zuverlässiger Mann. Als Lukas das Haus betrat, kam ihm schon der Duft frischer Brötchen entgegen, die sich im Ofen befanden. Aus dem Wohnzimmer hörte Lukas beeindruckende Klänge der Psychedelic Rockgruppe, Pink Floyd. Das war ein sicheres Signal dafür, dass Wolfgang offenbar schon aufgestanden war. Wolfgang war ein großer Fan von Pink Floyd gewesen, der schon viele Livekonzerte besucht hatte.

„Guten Morgen, mein Sohn", begrüßte Wolfgang ihn im Morgenmantel. Schön, dass du uns besuchst. Wir können gleich gemeinsam frühstücken. Mama hat schon alles soweit vorbereitet. Wenn du magst, dann schau' schon mal in die Tageszeitung. Ich geh' nur noch schnell unter die Dusche." Kurze Zeit später saßen Lukas, Sabine und Wolfgang einträchtig am Frühstückstisch zusammen.

„Was gibt es denn Neues zu berichten? Wie laufen deine Geschäfte im Buchladen, Lukas?" wollte Sabine wissen. „Na ja,, insgesamt ist es ein hartes Geschäft geworden, Mama. Durch die vielen Online-Versandhäuser haben es kleinere Buchhandlungen zunehmend schwerer, sich auf dem Buchmarkt zu behaupten."

„Ja, das ist ein Trend, der sich in vielen Bereichen beobachten lässt", pflichtete Wolfgang bei. „Als kleiner Buchhändler muss ich immer wieder versuchen einen besonderen Kundenservice zu bieten. In diesem Bereich habe ich vielleicht noch einen kleinen Vorteil gegenüber den riesigen Online-Versandhäusern."

„Wir sind sehr stolz auf dich, Lukas, dass du deinen Buchladen mit so viel persönlichem Engagement betreibst", sagte Sabine wohlwollend. „Doch ich möchte gar nicht klagen, denn es passieren durchaus auch sehr schöne Dinge, Mama."

„Jetzt sind wir aber neugierig geworden. Was kannst du uns denn Schönes berichten?" fragte Wolfgang, der in diesem Moment kraftvoll in sein Marmeladenbrötchen

biss. „Vor wenigen Tagen kam eine junge Frau zu mir in den Buchladen. Sie wollte sich informieren, welche Fachliteratur es für Erzieherinnen gibt?"

„Aha, ich nehme an, du konntest sie gut beraten?" fragte Sabine interessiert. „Ja, ich denke schon. Diese junge Frau hatte kürzlich ihre Ausbildung zur Erzieherin abgeschlossen, und wollte sich nun optimal auf ihre erste Festanstellung in einem Kindergarten vorbereiten."

„Demnach muss es sich um eine sehr engagierte junge Frau handeln", sagte Wolfgang. „Ja, diesen Eindruck hatte ich auch. Irgendwie war mir diese junge Frau sofort sehr sympathisch. Sie hatte eine so freundliche und feinfühlige Art, die mir sofort aufgefallen war."

„Das klingt ein wenig so, als hättest du dich ein wenig in sie verguckt", sagte Sabine etwas schelmisch. „Um ehrlich zu sein, ja, so ist es. Ihr müsst wissen, in meinen Buchladen kommen sehr unterschiedliche Leute, so dass ich im Laufe der Zeit meine Menschenkenntnis verbessern konnte.

Bei dieser jungen Frau, sie heißt übrigens Miriam, spüre ich, dass sie ein ganz besonderer Mensch ist. Sie erzählte mir davon, dass sie zuvor auch ein Pädagogikstudium abgeschlossen habe, dann jedoch keine geeignete Festanstellung als Lehrerin gefunden habe."

„Das muss sehr frustrierend für diese junge Frau gewesen sein, nehme ich an", sagte Sabine verständnisvoll. „Ja, das vermute ich auch, Mama. Allerdings wirkt Miriam sehr engagiert, und ich bin sicher, dass sie nun in ihrem Beruf als Erzieherin gute und wertvolle Arbeit leisten wird."

„So schön das alles auf den ersten Blick aussieht, so gebe ich zu bedenken mein Sohn, dass eine Beziehung zwischen einer Akademikerin und womöglich dir problematisch sein könnte", warnte Wolfgang.

„Du meinst, weil ich keine akademische Ausbildung habe?" fragte Lukas irritiert. „Nun, ich will nicht sagen, dass es grundsätzlich unmöglich ist, aber ich weiß aus Erzählungen, dass solche Beziehungen oftmals schwierig sind. Unsere Eltern hatten uns früher immer gesagt, dass wir nach Möglichkeit eine Beziehung auf gleicher Ebene eingehen sollten", gab Sabine zu bedenken.

„Ach, Mama, sollte es nicht besser so sein, dass vor allem die Liebe darüber entscheidet, wer sich an wen bindet? Eine Garantie für ein Gelingen einer Beziehung gibt es doch niemals, oder?" „Ja, Lukas, da hast du grundsätzlich recht. Es ist mehr unsere Sorge, du könntest dich womöglich an eine Frau binden, deren Lebensumfeld sich zu deutlich von deiner Herkunft unterscheidet."

„Mama, ich weiß eure Sorge sehr zu schätzen, aber habt Vertrauen, dass ich einen gut Weg wählen werde." „Ja, selbstverständlich vertrauen wir auf dein gutes Gespür, Lukas", sagte Wolfgang, der sich in diesem Moment eine weitere Tasse duftenden Kaffees eingoss.

„Nun erzählt ihr aber doch mal, was es Neues von euch zu berichten gibt." „Bei uns geht alles seinen gewohnten Gang. Papa muss in der letzten Zeit viele Überstunden machen. Auch im Speditionsbetrieb weht schon längst ein rauer Wind. Das Berufsleben wird immer härter. Wer nicht mithalten kann, wird entlassen."

„Ja, diesen Trend sehe ich auch mit wachsender Sorge, Mama. Zu diesem Thema habe ich auch schon einige Bücher gelesen. Eine Gesellschaft, in der fast alles nur noch einem destruktiven Mammon untergeordnet wird, ist auf einem unheilvollen Weg. Wir müssen darauf achten, dass nicht eine verschwindend kleine Gruppe geldgieriger Menschen eine übergroße Mehrheit des Volkes systematisch in die Armut treibt." „Ja, da hast du völlig recht, Lukas", pflichtete Wolfgang bei. „Und du, Mama, wie geht es dir momentan?" „Lukas, ich bin glücklich und zufrieden, hier mit deinem Vater in unserer kleinen Welt leben zu dürfen. Ich arbeite sehr gern im Garten, und auch meine Leidenschaft für's Kochen ist ungebrochen. Weißt du was, Lukas? Wenn du magst, dann komm' doch einfach morgen zum Mittagessen.

Ich werde dann einen köstlichen Sauerbraten mit Klößen vorbereiten, das ist doch dein Lieblingsgericht."

„Vielen Dank, Mama. Ja, ich komme morgen Mittag sehr gern hier vorbei. Darauf freue ich mich schon sehr. „Die Freude ist ganz auf unserer Seite, Lukas", sagte Wolfgang. Noch lange saßen Lukas und seine Eltern gemütlich zusammen am Frühstückstisch. Während Lukas von der Begegnung mit Miriam berichtete hatte, spürte er ein wohltuendes Kribbeln in der Magengegend. Etwas in ihm signalisierte ihm, dass die kürzliche Begegnung mit Miriam eine ganz besondere gewesen war. Innerlich fühlte er eine zwiespältige Spannung. Einerseits empfand er spontan eine besondere Sympathie für Miriam. Andererseits waren da die Zweifel seiner Eltern und von Pia, ob eine Beziehung zu Miriam wohl von Erfolg gekrönt sein könnte? Die Zukunft würde es zeigen.

*

Am darauf folgenden Montag ging Miriam erneut zu Lukas in die Buchhandlung, um ihm von der aktuellen Situation im Kindergarten zu berichten. „Hallo, Herr Gillen", begrüßte Miriam den hier der Theke stehenden Lukas.

„Guten Tag, Frau Buchner. Warum so förmlich? Ich denke, wir sollten uns duzen. Was meinen Sie?" „Einverstanden, ich heiße Miriam." Schön, Miriam, und ich heiße Lukas. Es freut mich, dich wieder hier bei mir in meiner Buchhandlung begrüßen zu dürfen. Was kann ich für dich tun?" Lukas spürte sofort, dass Miriam etwas auf ihrem Herzen hatte, das sie unbedingt loswerden wolle. Deshalb hakte er vorsichtig nach.

„Miriam, ich habe den Eindruck, dass es dir gar nicht gut geht. Du wirkst irgendwie so angespannt. Kann ich dir eventuell helfen?" „Ja, da hast du wohl recht. Es stimmt, ich bin sehr angespannt. Ich möchte dich aber hier nicht mit meinen Problemen belasten, Lukas." „Das geht schon in Ordnung. Was ist denn Schlimmes geschehen? Irgendwie habe ich da schon so eine leise Ahnung, aber erzähl' bitte einfach mal, was passiert ist."

„Nun, wie du schon weißt, hatte ich kürzlich meine erste Festanstellung im Kindergarten bekommen." Ja, ich weiß. Gibt es dort Probleme, Miriam?" fragte Lukas ganz behutsam. „Ja, leider gibt es dort empfindliche Probleme. Allerdings nicht etwa mit den Kindern, denn die sind unglaublich nett zu mir.

Vielmehr gibt es dort eine Kollegin, Pia, die offenbar vom ersten Tag an etwas gegen mich hat. Sie ist schrecklich unfreundlich zu mir, und ich habe auch den Eindruck, dass sie mich bewusst mobbt." „Das hört sich schlimm an. Wieso denkst du, dass Pia dich mobbt?"

„Na ja, vor wenigen Tagen sollte ich mir einige Kinderbücher aussuchen, die ich dann den Kindern vorlesen sollte. Nachdem ich die Bücher ausgewählt hatte, legte ich sie noch kurz in mein Fach im Aufenthaltsraum. Wenige Minuten später kam ich dann zurück, um diese Bücher mit zu den Kindern zu nehmen. Als ich dann das erste Buch aufschlug, traute ich meinen Augen nicht. Ein hässlicher großer Kaffeefleck hatte dieses so schöne Buch beschmutzt und massiv beschädigt."

„Oh, das muss sehr ärgerlich gewesen sein, oder?" „Allerdings, ja, das war total peinlich für mich. Vor allem auch deshalb, weil die Kindergartenleiterin noch kurz zuvor darauf aufmerksam gemacht hatte, pfleglich mit diesen wertvollen Büchern umzugehen."

„Ich verstehe", antwortete Lukas verständnisvoll. „Aber du hast doch wohl kaum absichtlich Kaffee über das Buch gegossen?" „Nein, natürlich nicht. Im Nachhinein fiel mir dann ein, dass ich zuvor gar keinen Kaffee getrunken hatte. Das war insofern sehr merkwürdig, weil sich dieser unschöne Kaffeefleck noch lauwarm anfühlte.

Vermutlich wird wohl jemand anderes dieses Missgeschick verursacht haben." „Und nun glaubst du, dass Pia dafür verantwortlich sein könnte?" „Nun, als ich in den Aufenthaltsraum zurückgekommen war, saß nur noch Pia dort am Tisch. Von daher liegt zumindest der Verdacht nahe, dass sie etwas mit dieser gemeinen Sabotage zu tun haben können, meinst du nicht auch?" „Ich weiß nicht, Miriam. Meinst du nicht, dass du dir da etwas konstruierst?" „Nein, das denke ich nicht, denn schließlich passte das zu dem auch ansonsten so fiesen Verhalten von Pia mir gegenüber."

„Ja, da könntest du vielleicht recht haben, Miriam." Allmählich begann Lukas zu begreifen, dass Pia wohl eine falsche Schlange war, die Miriam gezielt mobben könnte." Wenn ich so darüber nachdenke, Miriam, dann glaube ich, dass Pia ein massives Problem mit dir hat."

„Das denke ich auch, Lukas. Immer wieder feindet sie mich an, weil ich auch eine akademische Ausbildung habe, während sie nur eine normale Berufsausbildung zur Erzieherin vorweisen kann. Allerdings musst du wissen, Lukas, dass ich noch niemals überheblich gegenüber Pia gewesen bin. Von daher finde ich es auch sehr traurig, dass Pia mich so schlecht behandelt."

„Das kann ich gut nachvollziehen, Miriam. Vermutlich durchlebst du dort eine schwierige Zeit im Kindergarten, oder?" „Ja, das muss ich leider bestätigen. Vor lauter Kummer kann ich oftmals nachts schon nicht mehr richtig schlafen. Morgens gehe ich dann immer mit weichen Knien in den Kindergarten, weil ich neue Attacken gegen mich befürchte."

„Das finde ich ganz schrecklich, Miriam." „Womöglich gibt es noch ein zweites Problem mit Pia." „Welches denn, Lukas?" fragte Miriam ganz neugierig. „Na ja, ich kenne Pia schon aus unserer Schulzeit. Sie war damals zwei Klassen unter mir, hatte aber schon damals wohl ein Auge auf mich geworfen. Allerdings war und bin ich nicht an Pia interessiert. Unsere Interessen sind viel zu unterschiedlich, als dass ich mir eine Beziehung mit ihr vorstellen könnte. Vermutlich hat sie mitbekommen, dass ich dich sehr sympathisch finde. Das kann sie wohl nicht ertragen."

„Lukas, da könntest du den Nagel auf den Kopf getroffen haben. Diese Mischung aus Neid und Eifersucht ist fast immer eine

63

explosive Kombination, die immer wieder viel Leid unter den Menschen verursacht."

„Da sagst du etwas, Miriam. Stimmt, Neid und Eifersucht sind starke Triebfedern, die nicht selten schlimme Probleme verursachen können." „Schließlich kann man doch nicht pauschal sagen, dass alle akademisch gebildeten Menschen arrogant sind? Meine Eltern sind auch beide akademisch gebildet. Doch in unserer Familie habe ich noch nie erlebt, dass wir uns arrogant anderen Menschen gegenüber verhalten hätten. Eher das Gegenteil ist der Fall.

Mein Vater pflegte stets zu sagen: „Arroganz ist die Distanz zwischen innerer Leere und äußerer Bedeutungslosigkeit." „Mmh, das hört sich ja schon fast philosophisch an, Miriam" antwortete Lukas leicht schmunzelnd. „Ja, mag sein. Im Kern bedeutet diese Lebensweisheit doch nur, dass Menschen, die arrogant reagieren, im Grunde genommen bemitleidenswerte Kreaturen sind.

Menschen, die ihr Selbstbewusstsein nur daraus ziehen, sich über andere Menschen zu erheben, sind eigentlich ausgesprochen dumm. Ein wahrhaft kluger Mensch wird niemals arrogant auftreten." „Ja, meinst du, Miriam? Wie kommst du darauf?" fragte Lukas etwas zweifelnd.

„Da fällt mir sofort ein sehr kluger Spruch von Isaac Newton ein, der sagte: „Was wir wissen, ist ein Tropfen. Was wir nicht wissen, ist ein Ozean." „Stimmt, da hat der schlaue Mann wohl recht", stimmte Lukas sofort zu. „Ich denke, die Menschen sollten grundsätzlich sehr viel bescheidener und demütiger miteinander umgehen. Dann könnte diese Erde ein sehr viel friedlicherer und schönerer Ort sein."

„Miriam, du bist nicht nur sehr sympathisch, sondern auch ausgesprochen klug. Das gefällt mir sehr gut", sagte Lukas mit einem Ausdruck deutlicher Bestätigung in seinen Augen. „Lukas, was hältst du davon, wenn wir uns bald mal zum Essen verabreden. Dann könnten wir uns besser kennenlernen.

Darf ich dich aus Anlass meiner ersten Festanstellung zu meinem Lieblingschinesen einladen? Die Atmosphäre dort ist ganz wunderbar, und dort könnten wir uns in aller Ruhe unterhalten." „Einverstanden, das ist eine sehr schöne Idee, Miriam. Ich freue mich schon sehr auf das Treffen mit dir." „Lukas, ich danke dir für deinen spontanen Entschluss, meine Einladung zum Essen anzunehmen.

Welch' ein wunderbarer Tag doch heute ist", frohlockte Miriam in sichtlich aufgehellter Stimmung. „Darf ich dich so gegen 19 Uhr abholen, Miriam? Dann könnten wir mit meinem Auto zu dem von dir vorgeschlagenen Restaurant fahren." „Ja, sehr gern, Lukas. Bis heute Abend dann. Auf Wiedersehen." „Bis nachher dann, Miriam. Auf Wiedersehen."

*

Wie vereinbart, erschien Lukas um 19 Uhr bei Miriams Appartement, um sie zum Abendessen abzuholen. Miriam hatte schon voller Spannung am Fenster auf Lukas gewartet. Wie würde er wohl angezogen sein? Wie würde dieser Abend wohl verlaufen? Fragen über Fragen gingen Miriam durch ihren Kopf.

Lukas entstieg einem grünen, gepflegt aussehenden Opel Astra. Als ob Lukas es geahnt hätte, dass ausgerechnet Grün Miriams Lieblingsfarbe gewesen war? Aufgeregt und voller Erwartung öffnete Miriam die Wohnungstür.

„Guten Abend, Lukas. Herzlich willkommen. Du hast dich ja richtig schick gemacht. Wow!" „Guten Abend, Miriam. Na, du siehst noch viel bezaubernder aus", sagte Lukas, der Miriams sehr geschmackvolle Kleidung bewunderte. Miriam trug eine weiße Bluse unter eine hellgrüne Weste. Zudem kam ihre sportliche Figur in einer eng anliegenden, schwarzen Jeans voll zur Geltung.

Lukas trug einen schicken Anzug, der hervorragend zu seiner grünen Krawatte passte. „Wenn du magst, können wir gern sofort losfahren. Ich bin soweit fertig hier, Lukas." „Ja, prima, lass' uns einen schönen Abend miteinander verbringen, Miriam."

Lukas war offenbar ein echter Gentleman, denn er hielt Miriam die Autotür auf, und half ihr freundlich beim Einsteigen. „Vielen Dank, Lukas. Du bist wohl noch von der alten Schule? Das sieht man leider selten, dass ein junger Mann einer jungen Frau noch die Tür beim Auto aufhält. Alle Achtung, das finde ich echt gut", sagte Miriam voller Anerkennung.

Nach einer knappen halben Stunde Fahrzeit erreichten sie das von Miriam ausgesuchte Chinesische Restaurant „Lotusblüte". Die Inneneinrichtung war äußerst geschmackvoll in einem für solche Restaurants typischen Rot gehalten. Ein dicker Teppich sorgte dafür, dass der Geräuschpegel angenehm niedrig war. „Wollen wir hier diesen schönen Tisch in der Ecke, direkt neben dem Aquarium nehmen?" schlug Miriam vor. „Ja, sehr gern. Ich denke, hier finden wir ein schönes Plätzchen für unseren ersten gemeinsamen Abend."

Wie es in vielen chinesischen Restaurants üblich ist, hatten sie kaum Platz genommen, da erschien auch schon der Kellner mit zwei kleinen Gläsern Pflaumenwein. „Hiel, bitteschön. Dalf ich Ihnen schon die Kalte blingen?" fragte der überengagierte Kellner in gebrochenem Deutsch.

Miriam und Lukas konnten sich ein herzliches Schmunzeln nicht verkneifen. Das hörte sich einfach zu witzig an, wie dieser Kellner sprach. „Auf einen wunderbaren Abend, Lukas", erhob Miriam ihr Glas. „Herzlichen Dank für deine Einladung, Miriam. Zum Wohl."

Ungewöhnlich schnell stellte sich eine sehr vertraute Atmosphäre zwischen Miriam und Lukas ein. Es war, als kennten sie sich schon seit ewigen Zeiten. Schon nach wenigen Minuten wurde das köstlich duftende Essen serviert.

Miriam hatte sich eine Portion Bami-Goreng bestellt, und Lukas freute sich auf eine große Portion Ente süß-sauer. „Ich wünsche dir einen guten Appetit, Lukas", sagte Miriam, während sie ihm einen zarten und verheißungsvollen Blick zuwarf.

„Vielen Dank nochmals, Miriam, für deine schöne Einladung. Ich wünsche dir auch einen guten Appetit, Miriam." Während Miriam und Lukas die Köstlichkeiten genossen, wechselten sie immer wieder zärtliche Blicke. Es war offensichtlich, dass zwischen Miriam und Lukas mehr als nur Sympathie bestand.

„Hast du eigentlich deinen Eltern schon von mir erzählt?" wollte Miriam wissen. „Ja, wir sprachen kürzlich darüber. Und, wie haben deine Eltern reagiert?" „Nun ja, ich denke, dass sie momentan etwas skeptisch sind. Allerdings nicht in dem Sinne, dass sie etwas gegen dich haben könnten, sondern mehr aus einer diffusen Sorge heraus."

„Wie meinst du das genau, Lukas?" „Meine Eltern haben möglicherweise Bedenken, dass eine Beziehung zwischen einer Akademikerin und einem Mann, der nur eine gewöhnliche Berufsausbildung hat, schwierig werden könnte."

„Ach so, ich verstehe. Allerdings bin ich mir sicher, wenn mich deine Eltern erst einmal kennengelernt haben, werden sie bestimmt merken, dass ich völlig normal bin." „Ja, ich weiß, Miriam. Mir ist das schon klar. Wir sollten alles bewusst langsam angehen lassen, oder?"

„Ja, so sehe ich das auch, Lukas." Obwohl sich dieser Abend so wunderbar gestaltete, konnte Miriam diese Zeit nicht wirklich genießen. Immer wieder drängten sich ihr schmerzliche und sehr unangenehme Gedanken auf, die sich aus der schlimmen Situation im Kindergarten ergaben. Es war, als sei Pia wie ein Geist mit am Tisch, der ihr immer wieder schmerzliche Stiche ins Herz versetzte.

„Miriam, kann es sein, dass du gerade an etwas anderes denkst?" fragte Lukas in seiner aufmerksamen Art. „Du bist ein sehr guter Beobachter, Lukas. Ja, ehrlich gesagt bin ich in großer Sorge, dass sich die Lage mit Pia im Kindergarten immer weiter verschlimmern wird. Schon jetzt kann ich oftmals nachts nichts mehr richtig schlafen. Morgens am Frühstückstisch bekomme ich auch kaum mehr einen Bissen herunter."

„Das hört schon irgendwie bedrohlich an, Miriam. Bekommst du denn fachliche Unterstützung? Hast du einen guten Arzt, an den du dich vertrauensvoll wenden könntest?" fragte Lukas sichtlich besorgt.

„Ja, einen guten Arzt habe ich zum Glück. Ich war kürzlich schon in der Praxis von Dr. Blautaler, um mit ihm die schwierige Lage zu besprechen. Kennst du den vielleicht auch, Lukas?" „Ich war zwar bisher noch nicht persönlich dort, aber ich habe schon viel Gutes über ihn gehört. Er muss wohl ein besonders guter Arzt sein, nehme ich an?"

„Ja, das kann ich auf jeden Fall bestätigen", sagte Miriam. „Dr. Blautaler ist einerseits fachlich sehr kompetent, und zudem auch menschlich ausgesprochen angenehm. Wenn du mal gesundheitliche Probleme bekommst, kann ich ihn dir nur wärmstens empfehlen, Lukas." „Das werde ich mir merken, Miriam." „Wollen wir uns noch ein zweites Glas Wein bestellen?" fragte Miriam etwas zögerlich. „Grundsätzlich sehr gern, aber da ich nachher noch Auto fahren muss, nehme ich jetzt lieber ein Tonic Water. Das sollte dich aber nicht davon abhalten, dass du dir gern noch ein zweites Glas bestellt, Miriam." „Gut, so machen wir es." Nach einem wunderbaren Abend voller Harmonie und wechselseitigem Verständnis, fuhr Lukas die leicht angeheiterte Miriam zurück zu ihrem Appartement. „Miriam, ich danke dir sehr für diesen wunderschönen Abend, und wünsche dir eine gute Nachtruhe. Hoffentlich kannst du nach unserem Abend etwas besser schlafen, als in den vergangenen Tagen."

„Lukas, sag' jetzt bitte nichts", hauchte Miriam, während sie Lukas einen ersten vorsichtigen Kuss auf die linke Wange gab. In diesem Moment fühlte sich einfach alles richtig an. Lukas würde der Mann ihres Lebens werden, das spürte Miriam tief in ihrem Inneren.

Auch Lukas war offenbar wie verzaubert von Miriams Gegenwart, denn er schloss beide Augen, als Miriam ihn zärtlich auf die Wange küsste. Ein wunderbarer Abend ging seinem Ende entgegen. Noch lange winkte Miriam dem davon fahrenden Lukas hinterher. Irgendwie mochte sie ihren Blick nicht von Lukas abwenden.

Auch in der folgenden Nacht konnte Miriam kaum ein Auge schließen. Einerseits ließ sie voller Freude den wunderbaren Abend mit Lukas Revue passieren. Andererseits nagten schlimme Zweifel an ihr, wie sich wohl die unerfreuliche und sehr belastende Situation mit Pia weiterentwickeln würde. Begleitet von einem hell erleuchteten Vollmond fiel Miriam immer wieder nur in einen leichten Dämmerschlaf.

*

Am nächsten Morgen wachte Miriam ziemlich desorientiert auf. Da sie auch in der vergangenen Nacht keinen erholsamen Schlaf gefunden hatte, fühlte sie sich dementsprechend erschöpft. So konnte es nicht weitergehen.

Kurzentschlossen meldete sie sich für dem heutigen Tag krank bei der Kindergartenleiterin. „Guten Morgen, Claudia. Ich fühle mich heute gar nicht gut, so dass ich zunächst einmal zum Arzt gehe."

„Guten Morgen, Miriam. Das tut mir leid, dass es dir nicht gut geht. Einverstanden, dann weiß ich Bescheid. Ich wünsche dir eine gute Besserung."

„Danke dir, Claudia. Ich denke, dass ich wohl morgen wieder zur Arbeit kommen kann. Bis bald dann." Auf dem Weg zur Praxis von Dr. Blautaler spürte Miriam immer wieder dieses unangenehme Gefühl einer inneren Zerrissenheit. Eigentlich hätte sie allen Grund zur Freude. Ihre Festanstellung und die sich anbahnende Beziehung zu Lukas waren im Grunde genommen sehr erfreulich. Leider konnte sie das alles aber nicht wirklich genießen.

Die permanenten Anfeindungen durch Pia im Kindergarten hatten schon jetzt dazu geführt, dass sie sich von Tag zu Tag schlechter fühlte. „Guten Morgen, besteht eventuell die

Möglichkeit, dass ich Dr. Blautaler kurzfristig sprechen könnte? Ich habe zwar keinen Termin für den heutigen Tag, aber es ist dringend", fragte Miriam die freundliche Sprechstundenhilfe am Empfang.

„Einen Moment bitte, Frau Buchner, ich werde mal eben nachschauen, wie der Terminkalender von Dr. Blautaler am heutigen Vormittag ausschaut?" „Vielen Dank, es ist wirklich dringend." „Da haben Sie großes Glück, allerdings müssten Sie etwa eine halbe Stunde warten, Zuvor hat Herr Dr. Blautaler noch eine andere Patientin. Danach gibt es eine Terminlücke, die ich gern für Sie reservieren kann, Frau Buchner."

„Ja, sehr gern." „Bitte nehmen Sie noch im Wartezimmer Platz. Dr. Blautaler wird Sie dann nachher in sein Sprechzimmer bitten."

Endlich war es soweit, und Dr. Blautaler rief Miriam zu sich in sein Sprechzimmer. „Guten Morgen, Miriam. Da Sie außerplanmäßig zu mir kommen, nehme ich an, dass es einen akuten Grund gibt?"

„Zunächst einmal vielen Dank, Dr. Blautaler, dass Sie so kurzfristig Zeit für mich haben. Mir geht es leider gar nicht gut. Das fortgesetzte Mobbing von Pia macht mir schwer zu schaffen." „Wie hat sich die Situation denn in der letzten Zeit konkret entwickelt, Miriam?" „Es ist offensichtlich, dass Pia keine Gelegenheit auslässt, mich vor den anderen Kolleginnen und vor der Kindergartenleiterin in ein schlechtes Licht zu rücken. Das macht mich total fertig."

„Das kann ich mir gut vorstellen, dass das sehr unangenehm für Sie sein muss, Miriam. Was genau macht Pia denn Schlimmes?"

„Neulich beispielsweise gab es eine Situation, die mir sehr verdächtig vorkam. Es sieht ganz so aus, als ob Pia in meiner Abwesenheit absichtlich heißen Kaffee über ein wertvolles Kinderbuch geschüttet hatte. Als ich dann kurze Zeit später daraus vorlesen wollte, entdeckte ich dieses Malheur. Das war unglaublich peinlich für mich.

Claudia dachte, ich sei nicht pfleglich mit den Büchern umgegangen. Im Nachhinein fiel mir dann ein, dass ich kurz zuvor gar keinen Kaffee getrunken hatte. Da Pia ganz allein im Aufenthaltsraum war, konnte eigentlich nur sie für diese gemeine Sabotage verantwortlich gewesen sein."

„Ich verstehe, ja, dieser Verdacht drängt sich auf. Es sieht ganz danach aus, dass Pia Ihnen gegenüber starke Hassgefühle hat. Anders ist ein solches Verhalten kaum zu erklären."

„Verstehen Sie, Dr. Blautaler, und nun habe ich zunehmend Angst, dass dieses gemeine Mobbing bald dazu führen könnte, dass ich meine Festanstellung verliere. Ich kann nachts nicht mehr richtig schlafen, leide unter Appetitlosigkeit am frühen Morgen und gehe jeden Tag schon mit einem unguten Gefühl in den Kindergarten. Und das, obwohl mir die Arbeit mit den Kindern eigentlich sehr viel Freude macht. Das kann so auf die Dauer nicht gut sein, oder?"

„Ja, da haben Sie vollkommen recht, Miriam. Ich schlage vor, dass sie solche Vorfälle noch für eine gewisse Zeit sorgsam dokumentieren. Somit hätten wir eine Beweisgrundlage, die wir dann verwenden könnten, um Pia in die Schranken zu weisen."

„Es gibt aber auch schöne Neuigkeiten, Dr. Blautaler." „Das freut mich für Sie. Was gibt es denn Schönes zu berichten?" „Es sieht ganz danach aus, als ob ein junger Mann in mein Leben getreten ist. Mit dem Buchhändler, Lukas Gillen, den ich vor einiger Zeit kennengelernt hatte, verstehe ich mich sehr gut. Wir waren sogar schon zusammen ausgegangen, und hatten einen ganz wundervollen Abend."

„Das hört sich sehr schön an, Miriam. Ich wünsche Ihnen ganz viel Glück!" „Vielen Dank, Dr. Blautaler. Lukas ist ein wunderbarer Mann. Er ist sehr verständnisvoll, sehr achtsam und ausgesprochen belesen."

„Davon gehe ich aus, Miriam, dass Lukas sehr belesen ist. Als Buchhändler ist das vermutlich nicht ungewöhnlich, oder?" fragte

Dr. Blautaler etwas keck. „Stimmt, als Buchhändler ist es naheliegend, dass man selbst auch gern liest. Und wissen Sie was, Dr. Blautaler, Lukas kennt Pia auch."

„Wie kann das sein?" „Lukas erzählte mir davon, dass er Pia schon aus seiner gemeinsamen Schulzeit mit Pia kennt. Obwohl sie zwei Klassen unter ihm war, hatte sie wohl schon damals ein Auge auf ihn geworfen." So, so, das erklärt so einiges", meinte Dr. Blautaler. „Ja, schon klar. Doch Lukas wollte schon damals nichts von Pia, und das hat sie wohl bis zum heutigen Tag nicht akzeptieren können."

„So wird es wohl sein. Das erklärt auch, warum sie sich Ihnen gegenüber so gemein verhält. Es ist klar, dass hier vor allem sehr viel Eifersucht im Spiel ist. Und nun versucht Pia offenbar fadenscheinige Gründe dafür zu finden, um eine Beziehung zwischen Ihnen und Lukas zu verhindern."

„Ja, so sehe ich das auch, Dr. Blautaler. Ist das nicht völlig irre?" „Im Grunde genommen ja. Allerdings sind Neid und Eifersucht starke Triebfedern, die Menschen immer wieder zu schlimmen Handlungen treiben können."

„Wer wüsste das besser als ich? Schließlich bekomme ich seit einiger Zeit Pias Hass zu spüren." „Das ist leider wahr, Miriam. Wichtig ist, dass Sie möglichst besonnen mit dieser Situation umgehen. Je besser es Ihnen gelingt, sich gegen solche Mobbingaktionen immun zu zeigen, umso eher dürfte der Spuk vorbei sein."

„Das sagt sich so leicht, Dr. Blautaler." „Ja, ich weiß. Lassen Sie es uns so machen, wie besprochen. Bitte beobachten Sie in der nächsten Zeit sorgsam, wie sich Pia Ihnen gegenüber verhält. Zudem sollten Sie bitte alle Vorfälle möglichst genau dokumentieren, damit wir dann entsprechende Beweise vorlegen können. Ich bin sicher, dass wir dieses für Sie so belastende Problem lösen können, Miriam."

„Wenn Sie meinen, Dr. Blautaler? Ich vertraue Ihnen voll und ganz. Übrigens, ich habe Sie auch schon an Lukas weiterempfohlen."

„Vielen Dank, das freut mich sehr, Miriam." „Herzlichen Dank, Dr. Blautaler, für Ihre so wertvolle Unterstützung. Es ist ein gutes Gefühl, Sie an meiner Seite zu wissen. Ich wünsche Ihnen noch einen angenehmen Tag. Bis bald dann wieder. Auf Wiedersehen, Dr. Blautaler."

„Vielen Dank, Miriam. Ich wünsche Ihnen auch einen guten Tag, und hoffe sehr für Sie, dass sich Lage im Kindergarten perspektivisch gut für Sie entwickeln wird. Wir schaffen das, ganz bestimmt", sagte Dr. Blautaler in einem Mut machenden Tonfall, begleitet von einem nach oben zeigenden Daumen. Ein wenig erleichtert verließ Miriam die Praxis von Dr. Blautaler.

*

Am nächsten Morgen beobachtete Miriam eine Situation im Kindergarten, die keinen Zweifel daran ließ, dass Pia sie systematisch mobbte. Durch einen Türspalt konnte sie hören, wie Pia die Kinder gegen sie aufzuwiegeln versuchte.

„Liebe Kinder, ich möchte euch ein Geheimnis verraten. Die neue Kollegin, Miriam, hat absichtlich heißen Kaffee über ein wunderbares Kinderbuch geschüttet. Stellt euch das mal vor. Miriam hatte das nur deshalb gemacht, weil sie keine Lust hatte, euch daraus vorzulesen. Das ist doch richtig gemein, oder?"

Miriam wollte ihren Ohren nicht trauen, als sie diese Gemeinheiten von Pia mitanhören musste. Das war schier unfassbar.

„Bestimmt wollt ihr doch auch, dass Miriam dafür bestraft wird, oder?" fragte Pia in ihrer scheinheiligen Art. Es war klar, dass die Kinder mit einer solchen Intrige völlig überfordert waren. Das wusste natürlich auch Pia, deren einziges Motiv darin bestand, die Kinder für ihre hinterhältige Intrige zu missbrauchen.

„Wir machen es so, liebe Kinder: Sobald Miriam euch beim nächsten Mal wieder etwas vorlesen möchte, fangt ihr einfach alle laut an zu weinen. Wenn ihr dann von Claudia gefragt werdet, was denn los sei, sagt ihr einfach, dass Miriam nicht gut vorlesen kann. Sagt, dass ihr Angst vor Miriam habt, weil sie immer so unheimlich vorliest."

Es war nicht wirklich überraschend, dass die kleinen Kinder Pias Hinterhältigkeit nicht richtig einschätzen konnten. „Zur Belohnung schenke ich euch dann ganz viel leckere Schokolade. Ihr dürft aber auf gar keinen Fall verraten, dass ich mit euch darüber gesprochen habe. Das muss unser Geheimnis bleiben. Einverstanden?" sprach Pia in einem beschwörenden Ton auf die kleinen Kinder ein.

Am liebsten hätte Miriam laut zu weinen begonnen. Das war einfach ungeheuerlich, in welch' schändlicher Art und Weise Pia die Kinder gegen sie aufzuhetzen versuchte. In diesem Moment musste sie an die Worte von Dr. Blautaler denken. Obwohl es ihr sehr schwerfiel, Ruhe und Gelassenheit zu bewahren, ließ sie sich nichts anmerken, als Pia in den Aufenthaltsraum kaum.

„Guten Morgen, Pia." „Hallo, Miriam, ich wünsche dir einen wunderschönen Tag" säuselte Pia in einem auffällig geheuchelten Tonfall. Miriam, die wusste, was sich da gerade abgespielt hatte, blieb gelassen.

„Vielen Dank, Pia, das wünsche ich Dir auch". Als Miriam in den Spielraum kam, traf sie auf sichtlich verstörte Kinder. Wie üblich, las sie den Kindern eine neue Geschichte vor. Und tatsächlich, das ausgelegte Gift von Pia zeigte offenbar seine Wirkung.

Wie aus dem Nichts begannen die Kinder plötzlich zu weinen. Erst ganz leise, dann immer lauter. Am liebsten wäre Miriam im Erdboden versunken. Obwohl sie die Ursache für diese schlimme Situation mitbekommen hatte, war es dennoch schier unerträglich für sie.

Das Weinen der Kinder wurde immer lauter und lauter. Plötzlich kam Claudia in den Raum. „Was ist denn hier los?" fragte sie überrascht. „Miriam, was haben Sie denn mit den Kindern gemacht?"

„Claudia, ich habe den Kindern nur etwas vorgelesen." „Und deswegen weinen nun die Kinder wie verrückt? Das kann doch gar

nicht sein." „Claudia, es gibt da etwas, das du unbedingt wissen solltest. Aber das erzähle ich dir nur unter vier Augen." „Einverstanden, dann komm' bitte mal in mein Zimmer. Da bin ich aber jetzt sehr gespannt." Nachdem Miriam in Claudias Zimmer Platz genommen hatte, begann sie mit zittriger Stimme zu erzählen. „Claudia, ich weißt gar nicht so recht, wie ich anfangen soll. Das, was ich dir jetzt sage, klingt einfach ungeheuerlich." „Das hört sich ja sehr dramatisch an, Miriam. Was ist denn passiert?" „Vorhin konnte ich beobachten, dass Pia die Kinder gegen mich aufgehetzt hatte. Pia hat die Kinder manipuliert."

„Was soll das konkret bedeuten, Miriam? Manipuliert? Wie meinst du das?" „Na ja, Pia hatte den Kindern gesagt, ich hätte neulich absichtlich heißen Kaffee über ein Kinderbuch gekippt, weil ich keine Lust zum Vorlesen gehabt hätte. Dafür sollte ich nun bestraft werden."

„Bestraft werden, wie das denn?" „Pia hat den Kindern Schokolade dafür versprochen, wenn sie bei mir grundlos anfangen zu weinen. Offenbar wollte Pia, dass ich dann unsicher werde." „Also ehrlich, Miriam, das hört sich ungeheuerlich an. Das kann ich kaum glauben. Du willst mir also allen Ernstes erklären, dass Pia die Kinder gegen dich aufgewiegelt hat?"

„Ja, leider ist es so. Hätte ich es zuvor nicht mit eigenen Ohren gehört, könnte ich es vermutlich auch kaum glauben. Aber genau so ist es, Claudia."

„Also wirklich, Miriam, das muss ich jetzt erst einmal verarbeiten. So etwas habe ich während meiner langen Zeit als Kindergartenleiterin noch niemals erlebt. Ich bin entsetzt!" sagte Claudia, sichtlich aufgeregt. „Claudia, ich bin auch total entsetzt, dass Pia dermaßen gemein gegen mich intrigiert. Schließlich ist es nicht das erste Mal, dass Pia mich mobbt. Wie du weißt, Claudia, war schon die Geschichte mit dem vergossenen Kaffee höchst suspekt. Offenbar handelt Pia mit System."

„Miriam, ich werde der Sache

nachgehen. Falls das tatsächlich so stimmt, wie du es mir hier erzählst, werde ich das unter keinen Umständen dulden." Kurze Zeit später rief Claudia die hinterhältige Pia zu sich in ihr Zimmer. „Pia, mir ist eben etwas zu Ohren gekommen, was schier unglaublich klingt. Ich möchte gar nicht lange um den heißen Brei herum reden. Stimmt es, dass du die Kinder gegen Miriam aufgewiegelt hast? Stimmt es, dass du den Kindern Schokolade dafür versprochen hattest, dass sie grundlos weinen sollen, sobald Miriam ihnen vorliest?"

„Das ist ja völlig absurd, Claudia. Warum sollte ich so etwas tun? Die spinnt doch nur" konterte Pia ganz trotzig. „Also, ich denke nicht, dass sich Miriam eine solche Geschichte nur ausgedacht hat. Kann es nicht eher so sein, dass du nun schon wieder gegen Miriam intrigierst? Schließlich wäre es nicht das erste Mal, Pia."

„Was kann ich denn dafür, wenn Miriam so unfähig ist? Offenbar hat sie eine blühende Phantasie, wenn sie sich solche verrückten Unterstellungen ausdenkt", legte Pia erneut trotzig nach. Offenbar fühlte sie sich ihrer Sache sehr sicher, obwohl es dafür wahrlich keinen Grund gab.

„Wie dem auch sei. Ich werde der Sache nachgehen, Pia. Sollte sich herausstellen, dass du Miriam tatsächlich mobbst, wird das empfindliche Konsequenzen für dich haben. Das verspreche ich dir. Geh' jetzt bitte."

Trotzig verließ Pia das Zimmer von Claudia. Dennoch machte sie nicht den Eindruck, als sei sie sich irgendeiner Schuld bewusst. Offenbar hatten Neid und Eifersucht ihre Selbstwahrnehmung empfindlich getrübt.

Den Rest des Arbeitstages plagte sich Miriam zunehmend mit psychosomatischen Beschwerden herum. Starke Kopfschmerzen, Übelkeit sowie ein allgemeines Unwohlsein führten dazu, dass Miriam sich nur noch danach sehnte, schnell in ihr Appartement zu gelangen. Dort angekommen, kochte sie sich eine große Kanne Beruhigungstee. Da sie total erschöpft war, legte sie sich nur noch mit ihrer Kuscheldecke auf die Couch.

Wie konnte ein Mensch nur so gemein und hinterhältig sein? Die schlimmen Ereignisse mit Pia überlagerten ihre Freude darüber, dass sie kürzlich Lukas kennengelernt hatte. Das war schon ein nur schwer zu ertragendes Kontrastprogramm.

Dennoch hegte Miriam die leise Hoffnung, dass es mit der tatkräftigen Hilfe von Dr. Blautaler gelingen könnte, diesen Albtraum zu einem guten Ende zu führen. Begleitet von einem einsetzenden Starkregen schlief Miriam auf ihrer Couch ein. Erneut wurde es eine unruhige Nacht, in der sie keinen erholsamen Schlaf finden konnte. Die Sorgen waren übermächtig.

*

Völlig gerädert wachte Miriam am nächsten Morgen auf. Wie schon in den Tagen zuvor verspürte sie ein unangenehmes Gefühl in der Magengegend bei dem Gedanken, dass Pia sie auch heute wieder mobben könnte.

Einziger Lichtblick an diesem Tag war, dass sie am Spätnachmittag wieder als ehrenamtliche Vorleserin in der Stadtbücherei tätig werden konnte. Diese schöne Aussicht half ihr durch den Tag, der leider erneut geprägt war von Pias gemeinen Mobbingaktionen.

Endlich war es geschafft. Am Spätnachmittag traf Miriam in der Stadtbücherei ein. Dort wurde sie schon von einem Kreis gespannt wartender Kinder empfangen.

„Hallo, liebe Kinder", begrüßte sie die zehn Kinder, die schon artig auf ihren kleinen Stühlen Platz genommen hatten. Schön, dass ihr so zahlreich erschienen seid." „Guten Tag, Frau Buchner", begrüßte sie die Leiterin der Stadtbücherei. Wir freuen uns sehr, dass Sie den Kindern wieder vorlesen werden. Dafür danken wir Ihnen sehr. Möchten Sie vielleicht gern noch ein Glas Wasser vorab?"

„Ja, sehr gern. Vielen Dank." Für Miriam war es in dieser Zeit ein Segen, dass sie regelmäßig in der Stadtbücherei vorlesen durfte.

Diese stets so friedliche, freundliche und achtsame Atmosphäre, die in der Stadtbücherei herrschte, war ein wertvoller Kontrast zu den schlimmen Erlebnissen, die Miriam derzeit tagsüber zu beklagen hatte.

Hier konnte sie in eine Welt voller Harmonie und Freude eintauchen. Das ließ sie zumindest für eine kurze Zeit den Schmerz und den Ärger vergessen, der sich den Tag über in ihr aufgebaut hatte.

Gespannt lauschten die Kinder Miriams Erzählungen. Mittendrin sah Miriam plötzlich, dass Lukas in der Bücherei erschien. Für einen kurzen Moment war sie leicht irritiert, setzte dann jedoch ihre Lesung konsequent fort.

Aus der Ferne konnte Miriam beobachten, dass Lukas an einem Lesetisch Platz genommen hatte. Offenbar hatte die Leiterin der Stadtbücherei mitbekommen, dass Miriam mehrfach auffällige Blicke zu Lukas geworfen hatte.

„Kennen Sie diese Dame?" fragte sie den am Lesetisch sitzenden Lukas. „Ja, das ist Miriam, Miriam Buchner. Eine bezaubernde junge Frau, die ich neulich in meinem Buchladen kennengelernt habe."

„Das kann ich bestätigen. Ja, Frau Buchner ist mit Gold nicht aufzuwiegen. Schon seit einiger Zeit engagiert sie sich hier ehrenamtlich als Vorleserin für unsere jungen Zuhörerinnen und Zuhörer."

„Das wusste ich bisher noch nicht, dass Frau Buchner auch als Vorleserin tätig ist. Das finde ich sehr gut, denn es ist wichtig, dass schon kleine Kinder möglichst frühzeitig mit Büchern in Kontakt kommen."

„Da möchte ich Ihnen ausdrücklich beipflichten", antwortete die Leiterin der Stadtbücherei. Heutzutage wissen viele Kinder gar nicht mehr wie ein Buch aussieht. Oftmals sieht man sie nur noch mit Smartphones oder Tablets durch die Gegend laufen. Die Lesekultur wird in vielen Familien gar nicht mehr gepflegt. Das ist ein bedenklicher Trend, meinen Sie nicht auch?" „Ja, das sehe ich auch so. Es ist sicher nichts dagegen zu sagen, dass

heranwachsende Kinder mit neuen Medien vertraut gemacht werden. Allerdings fehlt oftmals eine sinnvolle Anleitung der Eltern. Oft werden Kinder sich selbst überlassen. Das führt nicht selten zu Überforderungen, da die Kinder aus verständlichen Gründen noch nicht einschätzen können, was wirklich gut für sie ist", antwortete Lukas sehr engagiert.

„Da haben Sie völlig recht. Umso froher sind wir hier, dass es noch Menschen wie Miriam gibt, die sich sogar ehrenamtlich dafür engagieren, dass Kinder ans Lesen herangeführt werden." „Das kann ich gut nachvollziehen", nickte Lukas bestätigend.

„Frau Buchner gibt sich ganz besonders viel Mühe. Immer wieder wählt sie zuvor die Bücher sehr sorgsam aus. Dabei achtet sie vor allem auch darauf, dass die Bücher einen pädagogischen Wert für die Kinder haben. Das halten auch wir hier in der Bücherei für sehr wichtig."

„Vermutlich achtet Frau Buchner deshalb so sehr auf pädagogisch wertvolle Inhalte, da sie selbst ein Pädagogikstudium absolviert hat", sagte Lukas. „Ja, das kann wohl so sein. Wir sind auf jeden Fall sehr froh, dass sich Frau Buchner hier so für unsere Kinder engagiert."

Inzwischen hatte Miriam ihre Vorlesestunde beendet. Noch einige Zeit danach war sie von vielen Kindern umstellt, die kräftig Beifall spendeten. Das war Balsam für Miriams Seele.

„Hallo, Lukas", was machst du denn hier? Dich hatte ich hier nicht erwartet", sagte Miriam, als sie zu Lukas an den Lesetisch kam. „Das war wohl ein glücklicher Zufall, dass ich ausgerechnet am heutigen Tag hierher gekommen bin."

„Lukas, wie du vielleicht weißt, gibt es doch gar keinen Zufall." „Wieso das denn nicht?" fragte Lukas erstaunt. „Ohne jetzt hier in wissenschaftliche Details gehen zu wollen, kann ich dazu sagen, dass die meisten Menschen den Begriff Zufall völlig falsch verwenden.

Im Grunde genommen wird damit nur

ausgedrückt, dass sich Menschen nicht erklären können, warum bestimmte Dinge so geschehen, wie sie passieren. Letztlich gibt es aber immer auslösende Ursachen. Insofern gibt es gar keinen Zufall."

„Das klingt ja interessant. Offenbar bist du nicht nur eine sehr gute Pädagogin, sondern du scheinst dich wohl auch noch in anderen Bereichen gut auszukennen", sagte Lukas voller Anerkennung.

„Lukas, ich versuche nur, den Dingen auf den Grund zu gehen. Sehr viele Missverständnisse entstehen vor allem dadurch, dass viele Menschen die Sprache viel zu ungenau und gedankenlos verwenden."

„Ja, da könntest du wohl recht haben. Eben erzählte mir die Leiterin der Stadtbücherei, dass du dich schon seit längerer Zeit als ehrenamtliche Vorleserin betätigst. Das finde ich ganz prima!"

„Ja, ich mache das hier schon seit längerer Zeit. Vor allem engagiere ich mich aus voller Überzeugung, denn es ist sehr wichtig, dass Kinder schon frühzeitig mit dem Medium Buch in Kontakt kommen. Leider wird vielen kleinen Kindern heutzutage in so manchen Familien nicht mehr vorgelesen. Das finde ich sehr schade, und außerdem ist das auch nicht gut."

„Du bist wirklich sehr beeindruckend, Miriam. Was hältst du davon, wenn wir uns auf eine Tasse Kaffee zusammensetzen?" „Ja, sehr gern. Wollen wir in das schöne Café in der Fußgängerpassage gehen?" „Das ist eine schöne Idee, Lukas".

Es dauerte nicht lange, und Miriam wurde erneut von den belastenden Situationen im Kindergarten eingeholt. So schön noch gerade eben die Vorlesestunde in der Stadtbücherei gewesen war, so übermächtig wirkte das fortgesetzte Mobbing von Pia in Miriams Alltag hin.

„Miriam, das tut mir so sehr leid, dass die Situation im Kindergarten so unerfreulich für dich ist. Es ist nicht zu übersehen, dass es dir gar nicht gut geht. Hast du denn mal wieder einen Termin bei Dr. Blautaler?"

„Ja, zum Glück habe ich morgen wieder einen Termin bei ihm. Dann werde ich ihm davon berichten, wie sich die Dinge rund um Pias Mobbingaktionen gegen mich entwickeln.

Ich hoffe sehr, dass Dr. Blautaler mir helfen kann, denn ich leider sehr unter diesem täglichen Kampf." „Das kann ich sehr gut verstehen, Miriam. Wenn dieser Dr. Blautaler wirklich so gut ist, wie du ihn mir neulich beschrieben hast, dann wird er dir bestimmt helfen können. Da bin ich mir ganz sicher."

„Meinst du wirklich, Lukas? Wenn du das sagst, dann will ich das gerne glauben". Nachdem Miriam und Lukas ihren Kaffee getrunken hatten, verabschiedeten sie sich mit einem zärtlichen Kuss und einer herzlichen Umarmung. Ob wohl noch alles gut werden würde?

*

Nachdem auch die nächsten Tage im Kindergarten immer wieder von gemeinen und hinterhältigen Mobbingattacken geprägt waren, verschlechterte sich Miriams Befindlichkeit merklich.

Täglich hatte sie mit schlimmen Kopfschmerzen, heftigen Magenschmerzen sowie Angstgefühlen zu kämpfen. Sie war nur noch ein Schatten ihrer selbst. Ob dieser Albtraum wohl jemals ein Ende nehmen würde?

Zum Glück hatte Miriam noch vor dem bevorstehenden Wochenende wieder einen Termin mit Dr. Blautaler vereinbart. „Hallo, Miriam", begrüßte Dr. Blautaler sie schon im Empfangsbereich seiner Praxis. „Bitte kommen Sie direkt mit mir ins Sprechzimmer. Dort können wir uns in aller Ruhe unterhalten."

„Vielen Dank, Dr. Blautaler", antwortete Miriam mit zittriger Stimme. „Wie ich sehe, hat sich die Lage wohl leider eher noch verschlechtert, oder?" „Ja, das lässt sich nicht ernsthaft leugnen. Lange halte ich diese Spannungen mit Pia nicht mehr aus."

„Demnach gab es also in der Zwischenzeit weitere Mobbingaktionen gegen Sie?" „Leider ja, Dr. Blautaler. Kürzlich hatte Pia nun versucht die Kinder gegen mich aufzuhetzen. Auf billige und hinterhältige Art und Weise hatte sie die Kinder missbraucht, indem sie ihnen Schokolade versprach, wenn sie ihr übles Spiel gegen mich mitspielten. Ist das nicht grausam, Dr. Blautaler?"

„Das ist nicht nur grausam, sondern zeigt längst klar den Charakter einer Straftat. So, wie Sie es mir hier schon einige Male beschrieben haben, kann man sicher nicht mehr von einem bedauerlichen Einzelfall sprechen. Es ist offensichtlich, dass Pia hier zielgerichtet und unablässig gegen Sie intrigiert. Da sollten wir auf jeden Fall etwas gegen unternehmen, Miriam."

„Das denke ich auch, Dr. Blautaler. In welch' kranker Welt leben wir hier eigentlich, dass sich Menschen derart schlecht und niederträchtig behandeln?" „Ja, das ist eine sehr gute Frage. Ich denke, dass es vor allem ein gesellschaftliches Problem ist. Mobbing entsteht zumeist in einem Umfeld, in dem auch die Führung schwach ist. Selbstbewusste Chefinnen oder Chefs werden schon erste Anzeichen von Mobbing konsequent und mit aller gebotenen Konsequenz verhindern. Leider scheint das in dem Kindergarten, in dem Sie derzeit arbeiten, nicht der Fall zu sein", sagte Dr. Blautaler mit einem Runzeln auf seiner Stirn.

„Gibt es denn neben diesen unerfreulichen Dingen auch Schönes in Ihrem Leben, Miriam? Sozusagen einen Ausgleich zu den schlimmen Erlebnissen der Arbeitstage?" „Ja, zum Glück gibt es die auf jeden Fall.

Meine Beziehung zu Lukas hat sich weiterhin sehr gut entwickelt. Wir sind uns in der letzten Zeit schon deutlich näher gekommen. Es gibt viele gemeinsame Interessen. Kürzlich kam Lukas sogar zufällig in die Stadtbücherei, als ich dort wieder als ehrenamtliche Vorleserin für die kleinen Kinder im Einsatz war."

„Oh, das wusste ich bisher noch nicht, dass Sie sich auch in diesem Bereich engagieren, Miriam." „Das mache ich schon seit einiger Zeit. Ich finde es sehr wichtig, dass Kinder frühzeitig ans Lesen herangeführt werden."

„Da stimme ich Ihnen zu, Miriam. Ganz besonders freut es mich für Sie, dass sich Ihre Beziehung zu Lukas offenbar so gut zu entwickeln scheint. Bestimmt können Sie daraus neue Kräfte schöpfen, so dass sie die schlimmen Ereignisse im Kindergarten ein wenig besser verarbeiten können, oder?"

„Einerseits stimmt das, ja, natürlich bin ich sehr froh, in Lukas einen so wunderbaren und verständnisvollen Freund zu haben. Andererseits belasten mich die täglichen Attacken so stark, dass ich unser neues Glück kaum richtig genießen kann."

„Das ist nur zu verständlich, Miriam. Ich bin mir sicher, dass sich alles zum Guten für Sie wenden wird. Zunächst rate ich Ihnen dazu, weiter konsequent mögliche Mobbingattacken zu dokumentieren. Dann könnte ich mich demnächst einmal aktiv in den Lösungsprozess einschalten.

Soweit ich das bisher verstehe, bekomme Sie seitens der Kindergartenleiterin nicht die nötige Unterstützung. Sollte sich das auch in der nächsten Zeit nicht ändern, kümmere ich mich persönlich darum. Ich könnte dann beispielsweise das persönliche Gespräch zu Claudia Maas suchen."

„Das würden Sie tatsächlich für mich machen, Dr. Blautaler?" fragte Miriam ebenso überrascht wie erfreut. „Ja, das werde ich gern machen. Schließlich liegen mir meine Patientinnen und Patienten am Herzen. Ich freue mich sehr, wenn ich nicht nur medizinisch helfen kann, sondern im Bedarfsfall auch schon mal ein wenig darüber hinaus."

„Dr. Blautaler, was würde ich nur ohne Sie machen? Sie sind so klug und so besonnen. Mit Ihrer Hilfe kann letztlich nur alles gut werden."

„Miriam, bitte nicht so viel Lob. Ich mache doch nur meine Arbeit", antwortete Dr. Blautaler ganz bescheiden. „Meinen Sie denn nicht, dass Pia mir Lukas nicht doch noch abspenstig machen könnte? Schließlich kennt sie Lukas schon seit der Schulzeit." „Nein, das glaube ich nicht, dass sich Lukas von Pia um den Finger wickeln lassen wird. Dazu ist er bestimmt viel zu klug." „Ich bin mir da nicht so ganz sicher. Dieses fortgesetzte schlechte Reden über mich und meine akademische Herkunft könnte vielleicht wie ein schleichendes Gift wirken, meinen Sie nicht auch, Dr. Blautaler?" fragte Miriam besorgt.

„Grundsätzlich haben Sie schon ganz recht, Miriam. Ja, die Sprache hat eine große Macht. Im Guten, wie im Schlechten." Sehen Sie, genau das meine ich doch." „In diesem konkreten Fall denke ich allerdings, dass Pias Attacken gegen Sie viel zu durchsichtig sind. Lukas wird bestimmt längst gemerkt haben, dass Pias Motive alles andere als ehrenwert sind. Da würde ich mir an Ihrer Stelle jetzt keine unnötigen Sorgen machen."

„Ja, meinen Sie wirklich, Dr. Blautaler" fragte Miriam etwas unsicher. „Ja, das meine ich wirklich. Falls Lukas tatsächlich so einfältig sein sollte, auf derart plumpe Methoden reinzufallen, hätte er eine so wunderbare Frau wie Sie gar nicht verdient, Miriam. Bitte seien Sie unbesorgt. Es wird alles gut werden."

„Dann will ich darauf vertrauen, dass Sie mit Ihrer Einschätzung der Lage recht behalten werden, Dr. Blautaler", sagte Miriam mit einem leichten Gefühl hoffnungsfroher Erleichterung. „Bitte lassen Sie sich von meiner Sprechstundenhilfe einen neuen Termin geben. Wir bleiben am Ball. Gemeinsam werden wir das Problem schon gut lösen. Ganz bestimmt. Am besten gönnen Sie sich nun einen möglichst entspannten Abend. Lassen Sie sich ein heißes Bad ein, legen Sie Ihre Lieblingsmusik auf, und genießen Sie einen schönen Tee."

„Ja, so werde ich es wohl machen, Dr. Blautaler. Vielen Dank für Ihre tatkräftige Unterstützung und für Ihre immer wieder Mut machenden Worte. Die wirken oftmals sogar besser als so manche Tabletten."

„Da sagen Sie etwas sehr Wahres.

Leider vergessen manche Ärzte, wie enorm wichtig auch das persönliche Gespräch mit den Patientinnen und Patienten ist. Viel zu oft werden voreilig Tabletten verordnet, obwohl manche Menschen zunächst wohl eher eine persönliche Ansprache benötigten."

„Wie recht Sie ja haben, Dr. Blautaler. Das habe ich auch schon oft gehört, dass viele Leute die menschliche Zuwendung der Ärzte vermissen. So, jetzt muss ich aber wirklich los. Auf Wiedersehen, Dr. Blautaler." „Auf Wiedersehen, Miriam, und alles Gute. Bis zum nächsten Mal dann."

Noch am selben Abend befolgte Miriam die guten Ratschläge von Dr. Blautaler. Nachdem sie zunächst ein wohltuendes Entspannungsbad genommen hatte, setzte sie sich eine Kanne Früchtetee auf. Während sie auf der Couch lag, genoss sie ihre Lieblingsmusik, eine CD von Barbara Streisand, und schlief dabei ein.

*

Kurz vor dem Feierabend des nächsten Arbeitstages im Kindergarten konnte es sich Pia nicht verkneifen, erneut gegen Miriam zu sticheln. „Rate mal, wo ich jetzt gleich hin gehe, Miriam?" fragte Pia in einem provozierenden Tonfall. „Woher soll ich das wissen, Pia? Vielleicht gehst du noch etwas einkaufen?" „Nein ich gehe gleich zu Lukas in die Buchhandlung."

„So, schön für dich. Holst du dort ein Buch ab, oder was machst du dort?" „Nein, das Lesen überlasse ich lieber dir, du akademischer Intelligenzbolzen", giftete Pia in Richtung Miriam. „Ich habe da eine viel bessere Idee.

Ich werde Lukas einladen, und ihn fragen, ob er gemeinsam mit mir das Formel-1-Rennen am nächsten Wochenende anschauen möchte? Dann könnten wir es uns so richtig gemütlich machen. Ist das nicht toll, Miriam?" legte Pia in einem ironischen Tonfall nach.

Es war völlig klar, dass Pias einzige Motivation darin zu sehen war, Miriam eifersüchtig machen zu wollen. Doch Miriam reagierte zunächst sehr gelassen. „Wenn du meinst, dass das eine gute Idee ist? Ich glaube nicht, dass Lukas sich für Formel-1-Rennen interessiert."

„Ha, ha, das wollen wir doch erst mal sehen" grinste Pia Miriam frech ins Gesicht. Sehr wohl wusste sie, dass eine solche Kontaktaufnahme zu Lukas Miriam schwer treffen würde.

„Dann wünsche ich dir einen schönen Feierabend mit all' deinen schlauen Büchern, Miriam. Pass' auf, dass du dich nicht an den vielen Buchstaben verschluckst."

„Tu, was du nicht lassen kannst. Ich glaube nicht, dass Lukas so dumm sein wird, deine hinterhältige Einladung anzunehmen. Du weißt doch genauso gut wie ich, dass du mich damit nur ärgern möchtest. Du tust mir wirklich leid. Du bist doch echt krank im Kopf."

Mit einem breiten Grinsen im Gesicht verließ Pia den Kindergarten, um sich auf den Weg zu Lukas' Buchhandlung zu machen. „Guten Abend, Lukas. Da staunst du, nicht wahr? Mit mir hättest du jetzt bestimmt nicht gerechnet, oder?" fragte Pia ganz keck, als sie Lukas' Buchladen betrat.

„Nein, mit dir hätte ich nun wirklich nicht gerechnet. Möchtest du ein neues Buch kaufen?" „Ach was, das überlasse ich mal lieber der so gebildeten Miriam." „Höre ich da einen neidischen Unterton bei dir heraus, Pia? Warum sprichst du immer so schlecht von Miriam? Das finde ich gar nicht gut."

„Vergiss' Miriam, ich bin nicht wegen Miriam hier", antwortete Pia in einem sehr zickigen Ton. „Weswegen bist du dann zu mir gekommen?" „Ich dachte, es könnte eine gute Idee sein, an unsere gute, alte Zeit anzuknüpfen. Du weißt schon, ich meine unsere gemeinsame Schulzeit."

„Da muss ich dich wohl enttäuschen, Pia. Ich habe unsere gemeinsame Schulzeit keineswegs als gut in Erinnerung. Vielmehr erinnere ich mich noch sehr gut daran, dass du mir schon damals immer auf die Pelle rücken

wolltest. Doch schon damals hatte ich dir klar zu verstehen gegeben, dass ich nicht an dir interessiert bin. Daran hat sich bis heute nichts geändert, Pia."

„Das glaubst du doch selbst nicht, Lukas. Pass' auf, wir machen es so: Ich lade dich am kommenden Wochenende zu mir zum Formel-1-Rennen ein. Das wird bestimmt sehr schön werden", legte Pia nach.

„Pia, ich denke, daraus wird wohl nichts. Irgendwie bist du total ignorant. Wenn ich sage, dass ich nicht an dir interessiert bin, dann meine ich das auch so. Außerdem schaue ich mir einen solchen Blödsinn schon gar nicht an. Weder alleine, und erst recht nicht mit dir zusammen."

„Wieso bezeichnest du ein Formel-1-Rennen denn als Blödsinn?" hakte Pia nach. „Das kann ich dir gern erklären, Pia. Welchen ernsthaften Sinn sollte es denn haben, dass bei solchen Formel-1-Rennen gigantische Materialwerte binnen kürzester Zeit vernichtet werden? Welchen Sinn sollte es haben, sich anzuschauen, wie einige Leute stundenlang im Kreis umher fahren? Das spricht mich überhaupt nicht an. Das ist für mich pure Zeitverschwendung."

„Mein Gott, du bist aber spießig! Ich wusste gar nicht, dass du so eine Spaßbremse bist, Lukas." „Das hat für mich nichts mit Spaß zu tun. Für mein Verständnis ist das schlichtweg Schwachsinn", sagte Lukas zunehmend energischer.

„Außerdem haben solche Formel-1-Rennen auch noch eine andere, schlimme Nebenwirkung." „Ach ja, welche denn, Herr Doktor?" antwortete Pia in einem immer unfreundlicheren Tonfall. „Erstens bin ich kein Doktor, und zweitens ist es wohl so, dass sich viele Möchtegern-Rennfahrer dazu verführen lassen, auch normale Straßen wie Rennstrecken zu behandeln. Das ist sehr gefährlich, meinst du nicht auch?"

„Blödsinn! Soll doch jeder fahren, wie er will. Wir leben doch hier nicht im Knast, oder?" „Pia, wie ich sehe, bist du an einer ernsthaften Diskussion gar nicht interessiert. Ein Land, das offensichtlich akzeptiert, dass jährlich mehrere Tausend Menschen unnötig im Straßenverkehr ums Leben kommen, ist im Kern krank."

„Wieso das denn?" „Ganz einfach. Aus der Unfallstatistik ist klar ersichtlich, dass weit über 90 Prozent aller tödlichen Unfälle durch rücksichtsloses Verhalten von Verkehrschaoten verursacht werden. Das ist auf gar keinen Fall akzeptabel. Es ist allerdings offensichtlich, dass führende Politiker diesen Irrsinn wissentlich in Kauf nehmen. Überleg' doch bitte mal, warum sie das wohl machen?"

„Du wirst es mir bestimmt gleich verraten, du Schlaumeier" konterte Pia in einem zickigen Tonfall. „Es sind vor allem Lobbyinteressen, die verhindern, dass Verkehrschaoten endlich in ihre Schranken verwiesen werden. Das ist schändlich, und es wird höchste Zeit, dass sich mehr Menschen gegen diesen Irrsinn zur Wehr setzen!" „Lukas, du spinnst doch total. Das sind doch alles nur Gedanken von Verschwörungstheoretikern. Was ist denn jetzt? Kommst du also nun am Wochenende zu mir, um gemeinsam das Formel-1-Rennen anzuschauen?"

Nach einer längeren Pause ungläubigen Staunens, sagte Lukas: „Irgendwie habe ich den Eindruck, dass du mir überhaupt nicht zuhörst. Ich habe dir doch gerade klar und deutlich gesagt, dass ich mir einen solchen Blödsinn nicht anschaue. Außerdem habe ich erst recht kein Interesse daran dich zu besuchen. Deine Motive sind mehr als durchsichtig. Gib dir keine Mühe mehr, ich will nichts von dir. Lass' mich bitte ab sofort ganz einfach in Ruhe. Alles klar?"

„Du bist echt ein Langweiler, Lukas. Dann geh' doch zu deiner ach so gebildeten Miriam. Du wirst schon sehen, wie öde das sein wird."

„Spätestens jetzt zeigst du dein wahres Gesicht, Pia. Gerade eben noch wolltest du mich zu dir einladen, und nun beleidigst du mich? Das passt überhaupt nicht zusammen, meinst du nicht auch?"

„Was soll man schon von einem jungen Mann erwarten, der Spaß daran hat, Bücher zu lesen? Ein richtiger Mann liest doch keine Bücher. Ein richtiger Kerl schaut sich natürlich auch ein Formel-1-Rennen an. Du bist ein totales Weichei, Lukas."

„Pia, ich denke, wir beenden unser Gespräch an dieser Stelle. Ich habe nicht die Absicht, mich hier länger von dir beleidigen zu lassen. Offenbar ist deine Gedankenwelt sehr weit von meiner entfernt. Wenn du dir einen Macho suchen möchtest, bist du bei mir ganz sicher an der falschen Adresse. Ich hoffe sehr, dass du das nun endlich verstanden hast. Im Grunde genommen tust du mir wirklich leid. Du solltest dein Verhältnis zu Männern und zu den Menschen im Allgemeinen einmal sehr gründlich überdenken, Pia. Geh' jetzt bitte, ich möchte dich hier nicht mehr länger ertragen müssen.

Wutentbrannt und laut schimpfend verließ Pia Lukas' Buchladen. Draußen zog ein kräftiges Gewitter auf.

*

Nach dieser sehr unschönen Begegnung mit Pia war es an der Zeit, positive Akzente zu setzen. Lukas dachte, es sei an der Zeit, dass seine Eltern auch Miriams Eltern kennenlernen sollten.

Ein persönliches Treffen sollte dazu führen, dass mögliche Bedenken ausgeräumt würden können. Obwohl er zwar anfangs auch Bedenken hatte, eine Beziehung mit einer Akademikerin einzugehen, war sich Lukas inzwischen sicher, dass Miriam die richtige Frau für ihn sein würde.

Spontan griff er zum Telefonhörer, um seine Eltern anzurufen. „Guten Abend, Mama." „Hallo, mein lieber Sohn. Du bist noch im Buchladen? Es ist doch schon so spät?" fragte Sabine. „Ja, Mama, ich bin noch hier im Buchladen. Gerade eben hatte ich hier noch eine sehr unerfreuliche Begegnung mit Pia."

„Was wollte die denn von Dir? Hast du denn mit der überhaupt noch etwas zu tun?" „Nein, ganz sicher nicht, Mama. Und schon erst recht nicht, nachdem sie mich hier eben massiv beleidigt hatte. Erst wollte sie mich einladen, und als ich ihr erklärte, dass ich nichts von ihr wolle, hatte sie mich wüst beschimpft." „Das ist wirklich sehr unschön, Lukas." „Aber das ist nicht der Grund meines Anrufs, Mama. Was haltet ihr davon, Miriams Familie am Wochenende zu euch einzuladen? Dann könntet ihr euch besser kennenlernen. Ich denke, das wäre eine sehr gute Gelegenheit, mögliche Vorbehalte abzubauen."

„Ja, das ist eine richtig gute Idee, mein Sohn. Ich bin sicher, dass Papa diese Idee auch gut finden wird." „Mama, das freut mich sehr, dass wir uns dann am Wochenende mal treffen können." „Nun wird es also richtig ernst mit deiner Beziehung zu Miriam, oder?"

„Ja, so ist es. Wir haben uns ineinander verliebt, und ich bin sicher, dass Miriam die richtige Frau für mich sein wird, Mama." „Das freut mich sehr für euch, Lukas. Einverstanden, ich kümmere mich um die Einladung. Wir sehen uns dann am Samstagabend, sagen wir so gegen 19 Uhr."

„Herzlichen Dank, Mama. Miriam wird sich sehr freuen, wenn ich ihr von eurer Einladung erzählen werde. Wie vereinbart kümmerte sich Sabine um die Einladung für das bevorstehende Wochenende.

Pünktlich um 19 Uhr empfing Wolfgang Miriam und deren Eltern. „Herzlich willkommen in unserem Heim. Schön, dass Sie unsere Einladung angenommen haben. Bitte folgen Sie mir schon mal ins Wohnzimmer. Meine Frau wird sicher auch gleich kommen.

Ein wunderbarer Duft köstlichen Essens strömte ihnen entgegen, als sie das Wohnzimmer betraten. Sabine, eine sehr gute und leidenschaftliche Köchin, hatte ein herrliches Essen vorbereitet. Zudem war das Wohnzimmer festlich geschmückt. „Vielen Dank für Ihre Einladung", sagte Monika Buchner, als Sabine in diesem Moment das Wohnzimmer betrat. Sie haben sich ja sehr viel Arbeit gemacht, Frau Gillen." „Das habe ich sehr gern getan, Frau Buchner. Schließlich ist es ja ein besonderer Abend."

„Wenn Sie alle einverstanden sind, können wir uns gern duzen. So, wie es aussieht, werden wir wohl ohnehin schon bald eine Familie sein", sagte Wolfgang in seiner humorvollen Art. Selbstverständlich hatte keiner der Anwesenden etwas dagegen einzuwänden, so dass schnell eine vertraute Atmosphäre entstanden war. Während sich Miriam und Lukas zunächst noch sehr zurückhielten, entwickelte sich schnell eine heitere Stimmung zwischen Miriams und Lukas Eltern. Sollte es tatsächlich zuvor noch Bedenken gegeben haben, dass es möglicherweise Probleme aufgrund unterschiedlicher Herkunftsfamilien hätte geben können, wurden diese Vorbehalte schnell ausgeräumt.

„Thomas, bist du auch Musikliebhaber?" wollte Wolfgang wissen. „Ja, sehr sogar. Ich höre vorzugsweise gern Klassische Musik, bin aber auch für gute Rockmusik zu begeistern", antwortete Thomas.

„Das hört sich gut an, denn ich bin ein großer Fan der Rockgruppe Pink Floyd. Kennst du die vielleicht auch, Thomas?" „Oh ja, aber sicher doch. Monika und ich hatten vor längerer Zeit sogar mal ein Livekonzert besucht. Das war ein gigantisches Erlebnis, Wolfgang."

„Das Essen schmeckt vorzüglich, Sabine", lobte Monika die Gastgeberin. „Ich habe schon lange nicht mehr so lecker gegessen. Man spürt, dass du mit viel Leidenschaft und Liebe kochst, Sabine." „Ja, das mache ich. Kochen ist meine Leidenschaft. Und was machst du beruflich, Monika?"

„Ich arbeite als Grundschullehrerin, denn ich liebe es, Kindern etwas beibringen zu dürfen." „Das ist bestimmt ein sehr anstrengender Beruf, oder?" „Ja, anstrengend ist es oftmals schon, aber es macht mit viel Freude."

Zwischenzeitlich warfen sich Miriam

und Lukas immer wieder liebevolle Blicke zu. Unter der Tischkante hielten sie etwas verschämt ihre Hände. „Wie ich sehe, spielt hier auch jemand Schach?" fragte Thomas angenehm überrascht, als er ein schönes Schachbrett nebst Figuren in der Ecke sah.

„Sagen wir mal so, Thomas, es ist eher so, dass vor allem Sabine mal versucht hatte, Schach zu lernen. Leider ist es aber bisher bei dem Versuch geblieben", sagte Wolfgang.

„Das lässt sich ändern, Wolfgang. Falls Sabine wirklich Lust dazu hat, könnte sie gern mal zu mir ins Schachtraining kommen. Ich biete an unserem Gymnasium schon seit längerer Zeit ein regelmäßiges Schachtraining an. Sowohl Anfänger, als auch Fortgeschrittene sind stets willkommen."

„Dann spielst du vermutlich sehr gut Schach, oder?" „Nun ja, ich gebe mir zumindest viel Mühe. Mich fasziniert das Schach schon seit meiner Kindheit. Außerdem spiele ich schon seit etwa 30 Jahren Turnierschach im Schachverein, Wolfgang."

„Alle Achtung, dann verfügst du sicher über sehr viel Erfahrung, Thomas?" „Für meine Bedürfnisse reicht es auf jeden Fall. Außerdem macht es mir auch viel Freude, andere Menschen für dieses sehr intelligente Spiel zu begeistern."

„Sabine, hast du das gerade mitbekommen? Thomas leitet ein Schachtraining in seinem Gymnasium. Du wolltest doch schon immer mal richtig Schach lernen. Magst du vielleicht mal an diesem Schachtraining teilnehmen?" fragte Wolfgang seine Frau, die gerade intensiv in ein Gespräch mit Miriams Mutter vertieft war. „Ja, sehr gern! Das ist eine wunderbare Idee, Thomas. Wann darf ich denn zum Schachtraining zu dir kommen?" fragte Sabine, die erkennbar interessiert war. „Sabine, wir trainieren immer Donnerstagabends um 20 Uhr in der Aula des Gymnasiums. Wenn du magst, dann komm' gern einfach mal unverbindlich vorbei. Ich könnte mir gut vorstellen, dass du dich in unserer Runde wohlfühlen wirst, Sabine", sagte Thomas sehr erfreut.

„Ja, das mache ich sehr gern. Ich bin schon sehr gespannt, wie ich mich dann beim Schachtraining anstellen werde?" sagte Sabine etwas schüchtern.

Der schöne Abend verging wie im Fluge. Mit großer Freude beobachteten Miriam und Lukas, dass sich ihre Eltern offenbar richtig gut verstanden. Weit nach Mitternacht verabschiedeten sich Familie Gillen und Familie Buchner mit herzlichen Umarmungen.

„Vielen Dank für eure schöne Einladung, Sabine und Wolfgang. Es war sehr schön hier bei euch", sagten Monika und Thomas, als sie frohgelaunt das kleine Reihenhaus verließen.

„Wir danken euch, dass ihr unsere Einladung spontan angenommen habt. Kommt gut nachhause, und eine gute Nacht", verabschiedeten sich Sabine und Wolfgang.

„Und wir werden noch einen kleinen Nachtspaziergang machen", sagte Lukas, der in die freudestrahlenden Augen von Miriam blickte. „Ja, macht das, ihr zwei Turteltauben", sagte Sabine. Ein milder Wind zog durch die Straßen, als Miriam und Lukas eng umschlungen durch die Nacht gingen.

*

„Das war wirklich ein sehr schöner Abend, Lukas", sagte Miriam, als sie sich auf den Heimweg zu ihrem Appartement machten. „Ja, ich fand es auch richtig schön und harmonisch", gestand Lukas. „Ich hätte zunächst nicht gedacht, dass sich unsere Eltern so gut verstehen würden. Irgendwie gab es überhaupt keine Berührungsängste, Miriam."

„Siehst du, Lukas, das war doch ein klarer Beweis dafür, dass meine Eltern als Akademiker völlig normal sind, oder?" „Stimmt, das muss ich auf jeden Fall zugeben. Ich bin sehr froh, dass ich mich von Pias gemeinen Unterstellungen nicht habe aufhetzen lassen. Deine Eltern sind total nett, und ich mag sie sehr."

„Das freut mich, Lukas. Mir sind deine

Eltern ebenfalls sehr sympathisch. Ich finde es echt prima, dass deine Mutter nun am Schachtraining meines Vaters teilnehmen wird. Das wird sicher dazu beitragen, dass sich unsere Familien noch besser verstehen werden." Mit einer intensiven Umarmung und einen sehnsuchtsvollen Kuss verabschiedete Lukas die vor Freude und Glückseligkeit fast übersprühende Miriam. „Schlaf' gut, und träum' etwas Schönes, Miriam." „Du auch, Lukas, und komm' gut heim. Gute Nacht."

Wie geplant, ging Sabine am Donnerstagabend zum Schachtraining zu Miriams Vater. Dort wurde sie schon am Eingang der großen Aula des Gymnasiums freundlich empfangen. „Guten Abend, Sabine. Schön, dass du den Weg hierher gefunden hast."

„Guten Abend, Thomas, ich bin schon ein wenig aufgeregt. Hoffentlich stelle ich mich nicht zu dumm an beim Schachtraining", sagte Sabine leicht besorgt. „Keine Sorge, ich bin sicher, du wirst hier viel Freude haben. Alle Leute hier sind sehr nett."

„Na ja, wenn du meinst, Thomas", antwortete Sabine zögerlich. „Du musst wissen, Schachspieler sind schon eine besondere Art Leute. Zuweilen werden sie von anderen Menschen als etwas wunderlich wahrgenommen." „Warum das denn, Thomas?" „Ich denke, es liegt vor allem daran, dass Schachspieler oftmals eher introvertierte Menschen sind, die weniger Wert auf Äußerlichkeiten legen."

„Ach so, ich verstehe. Das finde ich sogar sympathisch. Für mich ist es auch sehr viel wichtiger, ob Menschen einen guten Charakter haben, und ob sie herzlich agieren. Äußerlichkeiten sind für mich auch eher nur zweitrangig, Thomas."

„Sabine, dann bist du hier genau richtig. Bitte folge mir jetzt in die Aula, dann kann ich dich dort mit den anderen Leuten bekannt machen." „Ja, sehr gern."

Als Sabine und Thomas in die Aula kamen, waren dort etwa zehn Tische mit ebenso vielen Schachbrettern aufgebaut. Einige Leute waren tief in ihre Schachbücher vertieft, während andere in Windeseile die Figuren über die Schachbretter bewegten.

„Das sieht ja beeindruckend aus, Thomas. Die Figuren bewegen sich ja wie ein geölter Blitz", sagte Sabine, sichtlich amüsiert. „Das hast du sehr gut beobachtet. Diese spezielle Variante heißt deswegen auch Blitzschach. Bei dieser Spielform bekommt jeder Schachspieler nur genau fünf Minuten Bedenkzeit für die gesamte Partie."

„Sozusagen etwas für echte Schnelldenker, oder?" „Ja, ganz genau. So lustig das vielleicht auch auf den ersten Blick aussehen mag, so sinnvoll ist das Blitzschach im Rahmen des Schachtrainings, Sabine." „Wie meinst du das, Thomas?"

„Beim Blitzschach geht es vor allem darum, unter Zeitdruck entscheiden zu müssen. Komplexe Situationen müssen dabei innerhalb nur weniger Sekunden richtig beurteilt werden." „Ich verstehe, das ist fast wie im richtigen Leben, oder?"

„Wie ich sehe, verstehst du sehr schnell, Sabine. Ja, so ist es. Schach ist sehr viel mehr als nur ein Spiel. Beim Schach lassen sich viele Dinge lernen, die du auch in anderen Situationen gut gebrauchen kannst." „Welche denn zum Beispiel?"

„Nun, ich denke da an Geduld, Ausdauer, Gelassenheit, analytisches Denken sowie auch Fairness." „Das hört sich schon jetzt alles sehr interessant an, Thomas."

„Liebe Schachfreundinnen, liebe Schachfreunde", begrüßte Thomas die Anwesenden. „Ich darf euch heute Abend eine neue Teilnehmerin bei unserem Schachtraining vorstellen. Frau Sabine Gillen. So, wie es ausschaut, ist sie die Mutter meiner zukünftigen Schwiegertochter."

„Hallo, schönen guten Abend", klang es aus vielen Kehlen gleichzeitig. „Herzlich willkommen in unserer Runde, Sabine." „Guten Abend an alle, und vielen Dank für den sehr freundlichen Empfang."

„Sabine, ich darf dich bitten, hier an

diesem Tisch Platz zu nehmen", sagte Thomas in seiner ruhigen und freundlichen Art. Da saß sie nun, mitten im Kreis so viel schlauer Menschen. Schon in diesen ersten Minuten spürte Sabine, dass hier eine ganz besondere Atmosphäre herrschte, in der sie sich spontan sehr wohl fühlte. Während die meisten der anwesenden Schachspieler damit beschäftigt waren, leichtere Trainingsaufgaben zu lösen, kümmerte sich Thomas an diesem Abend ganz besonders um Sabine. Schließlich war sie neu in dieser Runde, und musste sich erst einmal ein wenig orientieren.

Behutsam und geduldig machte Thomas sie mit den wichtigsten Grundregeln des Schachs vertraut. „Thomas, du bist ein sehr guter Lehrer. Du hast ein besonderes Talent, verständlich erklären zu können. Das kann noch lange nicht jeder", lobte Sabine.

„Vielen Dank, Sabine, für deine anerkennende Worte, die ich sehr zu schätzen weiß." „Ich erinnere mich noch gut an meine eigene Schulzeit. Leider gab es dort so einige Lehrer, die überhaupt nicht gut erklären konnten."

„Ja, das ist leider oftmals ein Problem. Ein Lehramtsstudium absolviert zu haben, bedeutet nicht automatisch ein guter Lehrer zu sein. An den Universitäten wird zwar viel theoretisches Fachwissen vermittelt, aber das allein macht noch keinen guten Lehrer aus."

„Da stimme ich dir voll und ganz zu, Thomas." „Um ein guter Lehrer zu sein, muss man vor allem ein guter Pädagoge sein. Und das ist sehr viel mehr, als nur gespeichertes Fachwissen abrufen zu können."

„Wie recht du ja hast, Thomas." „Für den Lehrerberuf sollte man sich im wahrsten Sinne des Wortes berufen fühlen. Leider merken manche Lehrkräfte erst viel zu spät, dass sie für den Lehrerberuf eigentlich ungeeignet sind. Die Leidtragenden sind dann fast immer die Schülerinnen und Schüler."

„Was kann ich konkret tun, um mich auf das nächste Schachtraining hier vorzubereiten, Thomas?" „Das gefällt mir sehr, dass du so engagiert fragst, Sabine. Ich schreibe dir gern einen Buchtitel auf, der für einen guten Einstieg ins Schach sehr geeignet ist. Vielleicht magst du dir dieses Schachbuch bei Lukas im Buchladen mal anschauen?"

„Ja, das mache ich sehr gern, Thomas. Darf ich dir etwas sehr Persönliches anvertrauen?" fragte Sabine ganz zaghaft. „Ja, klar doch. Was hast du denn auf dem Herzen?" „Ach, Thomas, ich bin so froh, dass sich nicht nur unsere Kinder offenbar so gut verstehen, sondern auch wir, als deren Eltern. Ehrlich gesagt hatten vor allem Wolfgang und ich zunächst Bedenken, ob wir mit akademisch gebildeten Menschen zurecht kommen würden. Und nun sehe ich, dass wir uns sehr gut verstehen. Darüber bin ich sehr froh, Thomas."

„Prima, Sabine, ich teile deine Freude voll und ganz. Du und dein Ehemann, ihr wart uns vom ersten Augenblick an sehr sympathisch." Ein schöner und anregender Abend neigte sich seinem Ende entgegen. „Gute Nacht, Sabine, und schöne Grüße auch an Wolfgang. Bis zum nächsten Mal." „Vielen Dank, Thomas. Ich wünsche dir auch eine gute Nacht, und richte bitte auch schöne Grüße an Monika aus." „Geht klar, mache ich", verabschiedete sich Thomas.

*

Es hätte alles so schön sein können, war es aber nicht. Einerseits war Miriam überglücklich, dass sich ihre Beziehung zu Lukas so gut entwickelte. Auch die Tatsache, dass offenbar ihre und Lukas' Eltern so gut miteinander auskamen, hätte ein Grund zur Freude sein können.

Andererseits wurde diese Freude empfindlich durch die fortwährenden Mobbingattacken von Pia gestört. So konnte und durfte es auf keinen Fall weitergehen. Zum Glück hatte sie in Dr. Blautaler einen starken und verlässlichen Verbündeten, dem sie voll und ganz vertraute.

„Schönen guten Tag, Frau Buchner", empfing sie die Sprechstundenhilfe von Dr.

Blautaler. „Wenn Sie mögen, können Sie gern sofort ins Sprechzimmer durchgehen. Dr. Blautaler erwartet Sie schon." „Vielen Dank." Heute war es ungewöhnlich ruhig in der Praxis von Dr. Blautaler.

„Guten Tag, Miriam. Kommen Sie bitte herein, und nehmen Sie bitte Platz", begrüßte Dr. Blautaler die sichtlich aufgeregte Miriam. „Wenn ich mir Sie so anschaue, Miriam, dann habe ich den Eindruck, dass Sie stark abgenommen haben? Und das, obwohl Sie ohnehin schon schlank sind", sagte Dr. Blautaler besorgt.

„Ja, das ist leider wahr. Die permanente Aufregung, die ich im Kindergarten erlebe, macht mich total fertig, Dr. Blautaler." „Ja, ich weiß, Miriam. Wir sprachen schon darüber. Wie haben sich die Dinge denn aktuell entwickelt? Gibt es irgendwelche Anzeichen, aus denen sich ableiten lässt, dass es dort besser werden könnte?" „Nein, ganz im Gegenteil. Es vergeht kein Tag, an dem mich Pia nicht immer wieder mobbt. Stets denkt sie sich neue Gemeinheiten aus. Mir ist absolut rätselhaft, woher sie andauernd ihre fiesen Ideen nimmt? So böse kann ein einzelner Mensch doch gar nicht sein, oder?"

„Doch, Miriam, leider entwickeln derart gestörte Menschen nicht selten enorme Kräfte. Offenbar ist Pia von dem Wunsch besessen, Sie zu demütigen."

„Ja, so wird es wohl sein, Dr. Blautaler. Doch allmählich bin ich an einem Punkt angekommen, der mir zunehmend ernstlich Sorgen macht. Es gibt kaum mehr eine Nacht, in der ich noch gut schlafen kann und Appetit habe ich auch keinen mehr."

„Das ist allerdings sehr bedenklich. Dagegen sollten wir unbedingt schnellstmöglich etwas unternehmen, bevor Sie völlig zusammenbrechen, Miriam." „Das ist mir schon klar, dass etwas geschehen muss, aber was?" fragte Miriam ratlos.

„Nun, ich denke, dass wir vor allem die auslösende Ursache beseitigen müssen. In diesem konkreten Fall scheint es offensichtlich so zu sein, dass die mobbende Pia ursächlich für Ihr Unwohlsein verantwortlich ist."

„Ja, natürlich ist Pia verantwortlich", stimmte Miriam sogleich zu. „Bedenklich ist, dass die Kindergartenleiterin, Frau Claudia Maas, bisher nicht eingegriffen hat. Ihr müsste doch längst klar geworden sein, dass Pia immer wieder gegen Sie mobbt, Miriam." „Ja, das finde ich auch. Normalerweise gehört es doch zum Aufgabenbereich von Vorgesetzten, sich darum zu kümmern, dass Mobbing keine Chance haben sollte. Offenbar ist Frau Maas bisher die Tragweite des Problems noch nicht bewusst, oder sie ist schlichtweg unfähig, konkret etwas gegen diesen inakzeptablen Missstand zu unternehmen", sagte Dr. Blautaler mit zunehmend erregter Stimme.

„Stimmt, ich bin sehr enttäuscht, dass mich Claudia nicht angemessen unterstützt. Das ist so nicht in Ordnung, und das sollte schnellstmöglich geändert werden. Lange halte ich das nämlich so nicht mehr aus."

„Das ist völlig klar, Miriam. Wissen Sie was, Miriam, ich werde nachher Frau Maas anrufen, und sie um einen Gesprächstermin bitten. Ich denke, dass wir die schlimme und belastende Situation in einem persönlichen Gespräch klären können. Je nachdem, wie Frau Maas dann reagiert, könnte ich ihr auch klarmachen, dass sie sich sogar strafbar macht, wenn sie nichts gegen das fortgesetzte Mobbing von Pia unternimmt. Möglicherweise braucht sie mal einen Menschen, der ihr die Augen öffnet?"

„Das würden Sie wirklich für mich tun, Dr. Blautaler?" fragte Miriam mit Tränen in ihren Augen. „Ja, selbstverständlich werde ich das für Sie tun. Zu meiner ärztlichen Fürsorgepflicht gehört nach meinem Verständnis nicht nur die medizinische Versorgung, sondern auch das seelische Wohl. In Ihrem Fall ist völlig klar, dass Sie vor allem eine seelische Unterstützung brauchen, um diese schlimme Zeit heil überstehen zu können."

„Ich bin Ihnen ja so dankbar, Dr. Blautaler. Sie sind ein wunderbarer Arzt." „Machen Sie sich bitte keine unnötigen Sorgen, ich kümmere mich schnellstmöglich um einen Gesprächstermin mit Frau Maas. Danach sehen wir dann weiter." Um die sichtlich angeschlagene Miriam in eine bessere Stimmung zu versetzen, wechselte Dr. Blautaler spontan das Thema.

„Sagen Sie, Miriam, wie entwickelt sich denn Ihre Beziehung zu Lukas? Ich hoffe doch sehr, dass sich alles nach Ihren Wünschen entwickelt?" Sofort hellte sich Miriams Gesichtsausdruck deutlich auf. „Ja, mit Lukas ist alles ganz wunderbar. Ich bin so froh, dass ich ihn an meiner Seite habe. Er ist so einfühlsam, verständnisvoll und sehr klug."

„Das freut mich sehr für Sie, Miriam", sagte Dr. Blautaler voller Wohlwollen. „Was mich ganz besonders freut ist die Tatsache, dass sich auch unsere Eltern so gut verstehen." „Gab es denn diesbezüglich irgendwelche Bedenken im Vorfeld?"

„Nun, Sie müssen wissen, dass Lukas' Eltern zunächst diffuse Ängste davor hatten, sich mit Akademikern auszutauschen. Lukas' Eltern sind keine Akademiker, und sie fürchteten zunächst, dass sie meinen Eltern nicht das Wasser reichen könnten. Sie verstehen, Dr. Blautaler?"

„Ja und nein zugleich, Miriam. Ja, psychologisch betrachtet kann ich solche grundsätzlichen Bedenken zwar verstehen. Nein, ich verstehe es insofern nicht, da sich doch der Wert eines Menschen nicht nach seinem beruflichen Abschluss richtet."

„Da gebe ich Ihnen vollkommen recht, Dr. Blautaler. So sehe ich das auch. Zum Glück hat sich aber recht schnell gezeigt, dass die Sorgen von Lukas' Eltern unbegründet sind. Ich sehe das so, dass Lukas' Eltern vorab diffuse Bedenken hatten, ihr Sohn könnte sich mit einer Akademikerin einlassen, der er womöglich geistig nicht gewachsen sein könnte. Das ist natürlich völliger Unsinn, denn Lukas ist ein sehr intelligenter und gebildeter Mann, von dem ich noch sehr viel lernen kann."

„Ich finde es jedenfalls sehr gut, dass sich ihre Eltern und Lukas' Eltern recht schnell kennengelernt haben. Mögliche Ängste oder Vorurteile lassen sich am besten in persönlichen Begegnungen abbauen."

„Stimmt, das ist auch meine Meinung. Zu Beginn hatte ich noch große Sorgen, dass es Pia gelingen könnte, Lukas davon zu überzeugen, dass ich als Akademikerin ungeeignet für ihn sei. Glücklicherweise hat Lukas aber sehr schnell gemerkt, dass ich so gar nicht dem Klischee einer Akademikerin entspreche, wie es Pia in ihrer verzerrten Wahrnehmung beschrieben hatte." „Das spricht klar für Lukas' Intelligenz, dass er nicht auf Pias plumpe und gemeine Unterstellungen hereingefallen ist, Miriam. So, meine nächste Patientin wartet. Wie gesagt, ich werde kurzfristig einen Termin mit Frau Maas vereinbaren, um Klarheit in die für Sie unerträgliche Mobbingsituation zu bringen. Einen schönen Tag noch. Auf Wiedersehen, Miriam."

„Vielen Dank nochmals, und Ihnen auch noch einen schönen Tag. Auf Wiedersehen, Dr. Blautaler." Mit neuem Mut verließ Miriam die Praxis von Dr. Blautaler. Einige Sonnenstrahlen blinzelten sachte durch die aufgelockerten Wolken.

*

Sofort am nächsten Vormittag rief Dr. Blautaler bei der Kindergartenleiterin, Claudia Maas an. Sehr gern wollte er Miriam im Kampf gegen die gemeinen Mobbingattacken unterstützen.

„Hallo, guten Tag Frau Maas, hier spricht Dr. Blautaler. Bitte entschuldigen Sie die Störung, aber ich habe ein sehr wichtiges Anliegen, bei dem ich Sie um Hilfe bitten möchte."

„Guten Tag, Herr Dr. Blautaler. Um was genau geht es denn? Wie kann ich Ihnen helfen?" fragte Claudia irritiert. „Ihre Mitarbeiterin, Frau Miriam Buchner, ist meine Patientin. Ich wende mich an Sie, Frau Maas, weil Sie entscheidend dabei helfen könnten, eine für Miriam zunehmend unerträgliche Situation zu klären."

„Ach, jetzt verstehe ich, Herr Dr. Blautaler. Sie meinen vermutlich die kleineren Reibereien zwischen Miriam Buchner und Pia Hassler?" „Nun, so kann man das wohl kaum sagen. Ich spreche hier nicht von kleineren Reibereien, sondern vielmehr von fortgesetztem, strafbaren Mobbing. Offenbar leidet Miriam schon seit geraumer Zeit unter den täglichen Mobbingattacken ihrer Kollegin, Pia. Das kann und darf so nicht weitergehen, Frau Maas."

„Mmh, das ist mir bisher noch gar nicht so bewusst geworden, dass Miriam dermaßen große Probleme mit Pia hat. Ich habe wohl mitbekommen, dass sich die beiden Damen nicht besonders mögen, aber, dass es so schlimm sein soll?", entschuldigte sich Claudia.

„Wie dem auch sei, so darf es auf jeden Fall unter keinen Umständen weitergehen, Frau Maas. Wäre es vielleicht möglich, dass ich Sie heute in der Mittagspause zu einem persönlichen Gespräch im Kindergarten besuchen dürfte? Dann könnten wir die weitere Vorgehensweise gemeinsam abstimmen. Was meinen Sie, Frau Maas?"

„Einverstanden, Herr Dr. Blautaler. Könnten Sie eventuell so gegen 12 Uhr in mein Büro im Kindergarten kommen? Dann haben wir Mittagspause im Kindergarten, und ich hätte etwas Zeit für ein persönliches Gespräch mit Ihnen."

„Ja, sehr gern, Frau Maas. Das trifft sich gut, denn um diese Zeit mache ich auch in meiner Praxis Mittagspause. Vielen Dank für Ihre spontane Bereitschaft zu einem klärenden Gespräch. Bis nachher dann. Auf Wiedersehen, Frau Maas." „Auf Wiedersehen, Herr Dr. Blautaler. Ich erwarte Sie dann nachher so gegen 12 Uhr bei mir im Büro.

Der Vormittag verlief insgesamt ruhig in der Praxis von Dr. Blautaler. Von daher konnte er sich schon um halb zwölf auf den Weg zu Frau Maas machen. Wie würde das Gespräch wohl verlaufen? Wie würde Frau Maas reagieren? Das waren Fragen, die sich Dr. Blautaler auf seinem Weg zum Kindergarten stellte.

Als er gerade den Kindergarten betreten wollte, kam ihm Miriam entgegen, die sich auf den Weg in ihre Mittagspause machte. „Hallo, Miriam, ich habe jetzt ein Gespräch mit Frau Maas." „Das ist ja ganz wunderbar, Dr. Blautaler. Hoffentlich wird sich nun bald alles aufklären lassen", sagte Miriam voller Anspannung.

„Seien Sie ganz unbesorgt, Miriam. Die Sachlage scheint ja klar zu sein. Von daher bin ich sicher, dass ich Frau Maas davon überzeugen kann, Sie zukünftig besser zu schützen. Ich muss jetzt ins Büro von Frau Maas. Sobald ich Genaueres weiß, werde ich Sie informieren. Auf Wiedersehen, Miriam." „Herzlichen Dank, Dr. Blautaler. Bis bald dann."

„Guten Tag, Frau Maas. Mein Name ist Dr. Blautaler. Wir hatten vorhin miteinander telefoniert. Es geht um meine Patientin, Frau Miriam Buchner." „Ja, ich weiß. Bitte kommen Sie herein, Herr Dr. Blautaler. Darf ich Ihnen einen Kaffee anbieten?"

„Ja, sehr gern. Vielen Dank, Frau Maas." „Sie klangen vorhin sehr aufgeregt am Telefon, Herr Dr. Blautaler. Wie kann ich Ihnen denn konkret helfen?" „Nun, wie ich schon sagte, geht es konkret darum, dass Miriam Buchner offenbar nahezu täglich von ihrer Kollegin, Frau Pia Hassler, gemobbt wird. Frau Buchner leidet schon seit einiger Zeit sehr unter dieser Situation. Außerdem zeigt sie zunehmend psychosomatische Symptome.. Sie kann nachts nichts mehr schlafen., leidet unter Appetitlosigkeit und fühlt sich insgesamt immer schlechter."

„Das tut mir sehr leid für Miriam. Wie kann ich ihr denn helfen?" „Frau Maas, ich denke, dass es in Ihrer Fürsorgepflicht liegt, dafür zu sorgen, dass das Mobbing gegen Miriam unverzüglich unterbunden wird." „Was genau meinen Sie denn mit Mobbing, Herr Dr. Blautaler?" fragte Claudia verlegen.

„Miriam hat mir beispielsweise von einigen Vorfällen berichtet, die keinen Zweifel daran lassen, dass Pia sie hier immer wieder in einer boshaften Art und Weise mobbt. Neulich hatte sie ihr wohl heißen Kaffee über ein wertvolles Kinderbuch gekippt, in der Hoffnung, dass Miriam dann Ärger bekommen würde. An einem anderen Tag hatte Pia die Kinder gegen Miriam aufgewiegelt, sie sollten alle grundlos anfangen zu weinen, sobald Miriam mit dem Vorlesen beginnt.

Fälle solcher und ähnlicher Art gab es in den letzten Wochen zuhauf. Von daher lässt sich auch nicht mehr von kleineren Reibereien sprechen. Nein, das ist handfestes Mobbing, und das dürfen Sie unter keinen Umständen länger dulden, Frau Maas." „Jetzt, wo Sie mir das so konkret erzählen, bin ich auch sehr betroffen. Ich bedaure sehr, dass ich bisher so unachtsam reagiert habe. Sie haben völlig recht, Herr Dr. Blautaler, das muss schleunigst aufgeklärt werden" antwortete Claudia, sichtlich betrübt.

In diesem Moment klopfte es an der Tür. Als ob der Himmel ein Einsehen gehabt hätte, stand plötzlich Pia in der Tür, um sich aus der Mittagspause zurückzumelden.

„Oh, Entschuldigung, ich wollte nicht stören", stammelte Pia mit zittriger Stimme, die wohl schon ahnte, dass ein Donnerwetter im Anmarsch war. „Kommen Sie bitte ruhig mal herein, Pia. Wir sprechen hier sowieso gerade über Sie", sagte Claudia mit fester Stimme.

„Über mich?" fragte Pia völlig erstaunt. „Ja, ganz genau, über Sie. Darf ich Ihnen Herrn Dr. Blautaler vorstellen? Herr Dr. Blautaler ist der Arzt von Miriam."

„Hallo, Herr Dr. Blautaler." „Guten Tag, Frau Hassler." „Pia, ich möchte gar nicht lange um den heißen Brei herum reden. Es gibt wohl eine Fülle begründeter Verdachtsmomente, dass Sie Miriam schon seit längerer Zeit mobben. Verstehen Sie, wovon ich spreche?" fragte Claudia streng.

„So ein Blödsinn! Mobbing? Ich? Nein, das kann gar nicht sein", leugnete Pia zunächst dreist. „Bitte geben Sie sich keine Mühe, Pia. Ich denke, wir alle hier wissen, dass Sie Pia nicht leiden können. Von Anbeginn an

hatten Sie sich sehr unfreundlich Miriam gegenüber verhalten. Das können Sie nicht ernsthaft leugnen. Ich frage Sie also ganz konkret: Waren Sie es, die beispielsweise neulich absichtlich den Kaffee über das wertvolle Kinderbuch gekippt hatte? Waren Sie es, die neulich die Kinder gegen Miriam aufgewiegelt hatte? Ich warne Sie, Pia, sagen Sie jetzt die Wahrheit!"

Schnell merkte Pia, dass es keinen Sinn hatte, zu leugnen. Kleinlaut antwortete sie: „Ja, ich gebe es ja zu. Ja, ich habe Miriam gemobbt, weil ich es nicht ertragen konnte, dass sie sich so gut mit Lukas versteht.

„Und Sie glauben allen Ernstes, das sei eine Rechtfertigung dafür, Miriam dermaßen gemein zu mobben, Pia?" fragte Claudia entsetzt.

„Nein, natürlich nicht. Das war sehr dumm und gemein von mir, Claudia." „Das kann man wohl sagen, Pia. Wir sprechen uns noch. Bitte gehen Sie jetzt." Wortlos und mit gesenktem Kopf verließ Pia das Büro von Claudia.

„Wer hätte das gedacht, dass sich die Situation so schnell aufklären lässt, Dr. Blautaler?" „Ja, das ging erstaunlich schnell. Ich denke, alles Weitere werden Sie nun hier intern klären, Frau Maas. Vielen Dank für Ihre Unterstützung. Da wird sich Miriam bestimmt sehr freuen, dass sich nun alles zum Guten wenden kann. Ich wünsche Ihnen noch einen schönen Tag. Auf Wiedersehen, Frau Maas."

„Auf Wiedersehen, Herr Dr. Blautaler, und vielen Dank nochmals, dass Sie mir die Augen geöffnet haben. Offenbar war ich völlig blind für das, was sich hier in meinem Kindergarten abgespielt hatte. Vermutlich hätte es nicht mehr lange gedauert, und Miriam hätte gegen mich Strafanzeige gestellt?" sagte Claudia erleichtert.

„Ja, das hätte tatsächlich passieren können. Schließlich handelt es sich beim Mobbing nicht um ein Kavaliersdelikt, sondern um eine Straftat, die dann auch entsprechend geahndet wird. Nun hat sich ja zum Glück alles aufgeklärt, Frau Maas." Erleichtert verließ Dr. Blautaler das Büro von Claudia. Nach Dienstschluss rief Claudia die plötzlich sehr kleinlaute Pia zu sich ins Büro. „Pia, da der Sachverhalt klar ist, bleibt mir gar nichts anderes übrig, als Sie für das schändliche Mobbing gegenüber Miriam zu bestrafen. Ich halte Ihnen zugute, dass Sie recht schnell gestanden haben. Ich erteile Ihnen hiermit eine strenge Abmahnung. Zudem möchte ich, dass Sie mit sofortiger Wirkung zwei Wochen dem Kindergarten fern bleiben. Nehmen Sie sich ab sofort Urlaub, und nutzen Sie die Zeit, um über ihr gemeines und inakzeptables Verhalten nachzudenken. Von einer Kündigung werde ich zunächst Abstand nehmen. Sollten mir nach Ihrer Rückkehr erneut Klagen zu Ohren kommen, dass Sie gegen Miriam mobben, werde ich eine dann fristlose Kündigung aussprechen. Gehen Sie jetzt!"

Noch am selben Abend rief Dr. Blautaler bei Miriam an, um ihr die erfreuliche Nachricht zu überbringen, dass der Albtraum nun wohl endgültig beendet war. Zum ersten Mal nach langer Zeit konnte Miriam endlich wieder einen tiefen und erholsamen Schlaf genießen. Einmal mehr hatte sich Dr. Blautaler als wunderbarer Arzt herausgestellt.

*

Es war ein schöner Samstagmorgen, als Lukas seine Eltern besuchte, die gerade am Frühstückstisch saßen. „Guten Morgen, mein Sohn", begrüßte ihn Sabine voller Freude. „Schön, dass du uns wieder besuchst." „Hallo, Lukas, nimm' bitte Platz. Es sind genügend leckere Brötchen hier, so dass du mit uns frühstücken kannst", sagte Wolfgang der gerade lecker duftenden Kaffee eingoss.

„Ja, das mache ich gern, denn ich habe noch nicht gefrühstückt heute morgen. Wie war eure Woche? Was gibt es Neues zu berichten?" „Wie so oft, so musste ich auch in dieser Woche einige Überstunden in der Spedition machen. Das ist ganz schön anstrengend, vor allem wenn

man bedenkt, dass ich nicht mehr der Jüngste bin, mein Sohn".

„Ja, das glaube ich dir gern, Papa. Wir leben schon in einer komischen Welt. Auf der einen Seite gibt es Menschen, die teils sehr viel mehr arbeiten müssen, als sie vertragen. Auf der anderen Seite gibt es eine immer größer werdende Anzahl derer, die gar keine bezahlte Arbeit mehr finden. Das ist doch irgendwie verrückt, oder?"

„So kann man es wohl sagen, Lukas. Aber wir wollen nicht klagen, sondern vielmehr dankbar für all das Gute sein, das wir haben."

„Diese Lebenseinstellung finde ich sehr gut Papa. Und wie schaut es bei dir aus, Mama? Wie war deine Woche?" „Lukas, am Donnerstagabend war ich bei Miriams Vater zum Schachtraining. Und ich kann dir sagen, dass es mir sehr viel Freude gemacht hat." „Prima, das freut mich sehr für dich, Mama." „Thomas ist ein kluger und humorvoller Mann, der es versteht, anderen Menschen etwas beizubringen." „Deine Mutter hat mir schon von Thomas vorgeschwärmt, wie toll er das Schachtraining leitet. Da könnte ich fast ein wenig eifersüchtig werden", sagte Wolfgang in einem scherzhaften Ton.

„Nein, wirklich, Miriams Vater ist alles andere als ein eingebildeter Akademiker. Vielmehr ist er sehr verständnisvoll, und er verfügt auch über eine gute Portion Humor. Ich bin sehr froh, dass ich ihn auch mal in dieser Rolle erleben durfte", sagte Sabine begeistert.

„Papa, wenn es dir jetzt noch gelingt, Monika und Thomas von deiner Leidenschaft zur Gruppe Pink Floyd zu überzeugen, dann wird es wohl nicht mehr lange dauern, bis wir hier gemeinsam gigantische Konzerte hören werden", sagte Lukas mit wachsender Begeisterung.

„Mal sehen, vielleicht ergibt sich eine solche Gelegenheit tatsächlich. Das wäre eine tolle Sache." „Was hast du denn beim Schachtraining gelernt, Mama?"

„Thomas hatte mir an diesem ersten Abend zunächst einmal die Grundlagen des

Schachspiels erläutert. Bevor ich mit dem Spielen beginnen kann, muss ich erst einmal die vielen Figuren und deren Gangarten studieren. Im Grunde genommen sind die Spielregeln beim Schach gar nicht so schwierig. Die Schwierigkeit ergibt sich eher aus der enormen Komplexität dieses Spiels.

Einer Legende nach soll es wohl mehr unterschiedliche Schachpartien geben, als Sandkörner auf der Erde. Thomas kann das sicher auch mathematisch erklären, aber das ist mir zu kompliziert. Er hat mir jedoch ein Schachbuch empfohlen, das ich mir kaufen könnte.

Schau' mal bitte hier, Lukas, ich habe den Titel notiert. Hast du dieses Buch bei dir im Buchladen?" „Lass' mal bitte sehen, mmh, nein, dieses Buch habe ich zwar nicht direkt vorrätig, aber ich könnte es dir binnen eines Tages bestellen. Soll ich das für dich machen, Mama?"

„Ja, sehr gern. Bitte bestell' dieses Buch für mich. Ich kann es dir gern vorab auch schon bezahlen, dann haben wir das sofort erledigt." „Das hat keine Eile, Mama." „Übrigens, ich finde Miriam auch sehr sympathisch, Lukas. Ich denke, ihr zwei werdet bestimmt ein glückliches Paar. Miriam wirkt auf mich sehr natürlich, und kein bisschen arrogant.

Da muss ich wohl meine Vorurteile Akademikern gegenüber endgültig abbauen. Sowohl Miriam, als auch ihre Eltern gefallen mir sehr gut. Mein Sohn, ich bin sehr stolz auf dich, dass du eine so tolle Freundin an deiner Seite hast. Was meinst du dazu, Sabine?" „Ja, das sehe ich auch. Wir wünschen dir und Miriam alles Gute für euren weiteren Weg." „Mama, was habt ihr denn Schönes fürs Wochenende geplant?" „Wir werden zunächst ein wenig im Haushalt aufräumen. Heute Nachmittag machen wir dann einen schönen Spaziergang, und für den heutigen Abend bereite ich uns ein köstliches Nudelgericht zu. Du weißt schon, das mag dein Vater so sehr. Und was steht auf deinem Wochenendplan, Lukas? Triffst du dich noch mit Miriam?"

„Vermutlich ja, Mama. Ich werde Miriam gleich mal anrufen, um zu fragen, was sie so am Wochenende unternehmen möchte? Vielleicht gehen wir ins Kino, vielleicht machen wir uns aber auch einfach einen gemütlichen Abend daheim?"

„Bitte richte ihr schöne Grüße von uns aus, wenn du sie siehst", sagte Wolfgang, der sich gerade ein frisches Buttercroissant mit Marmelade bestrichen hatte. „Ja, das mache ich gern, Papa. Ich wünsche euch ein schönes Wochenende, und für heute Abend einen guten Appetit."

„Das wird nicht besonders schwerfallen, denn deine Mutter ist eine hervorragende Köchin, Lukas." „Ja, das weiß ich doch." „Bis bald dann wieder. Auf Wiedersehen, Mama und Papa." Gestärkt durch das köstliche Frühstück, machte sich Lukas auf den Weg zu Miriam. Ob sie wohl schon Pläne für die Freizeitgestaltung an diesem Wochenende haben würde? Lukas war sehr froh, dass ihn seine Eltern so herzlich und engagiert bei seinen Bemühungen um Miriam unterstützen. Froh gelaunt kam er bei Miriam an, die ihm schon vom Fenster aus fröhlich entgegen winkte.

*

Mit einer herzlichen Umarmung empfing Miriam den gut gelaunten Lukas in ihrem Appartement. „Hallo, Lukas, schön dass du hier bist." „Hallo, mein Schatz, ich freue mich so sehr, dich zu sehen. Hast du schon Pläne fürs Wochenende?" „Nein, bisher habe ich noch nichts Besonders vor, Lukas. Doch das können wir ändern, was meinst du?" „Ja, wir könnten beispielsweise ins Kino gehen. Da läuft zurzeit ein interessanter Dokumentarfilm über das Leben der Pinguine. Interessiert dich so etwas vielleicht, Miriam?"

„Mit dir zusammen könnte ich mir sogar zwei Stunden lang nur das Testbild anschauen. Du versüßt mir jeden Moment, Lukas. Einverstanden, lass' uns ins Kino gehen. Heute Abend lassen wir uns dann eine leckere Pizza vom Pizzaservice zu mir ins Appartement liefern. Dazu könnten wir einen gut gekühlten Riesling verkösten. Was hältst du davon?" „Das ist eine ganz wunderbare Idee. Gut, dann lass' uns zunächst ins Kino gehen. Es wird bestimmt ein wunderbarer Tag für uns."

Eng umschlungen machten sich Miriam und Lukas auf ihren Weg zum Kino. Dort verbrachten sie einen sehr harmonischen Nachmittag, begleitet von leckerem Eiskonfekt, das während der Filmvorführung angereicht worden war. Es folgte ein kleiner Stadtbummel, bei dem Miriam und Lukas auffällig oft vor verschiedenen Reisebüros stehen blieben. Lukas, der sehr naturverbunden war, liebäugelte schon mit einer Reise nach Norwegen. Er malte sich aus, wie es wohl wäre, wenn er zusammen mit Miriam eine schöne Zeit an den Fjorden verbringen dürfte.

Miriam vermochte ihr Glück kaum zu fassen. Ihre Augen ruhten unablässig auf Lukas' gütigem Blick. Längst wusste sie, dass sie ihr Leben nur mit Lukas verbringen wollte. Wieder zurück in Miriams Appartement angekommen, machten es sich Miriam und Lukas gemütlich. Miriam legte eine Kuschelrock-CD ein, und Lukas zündete eine grüne Duftkerze an.

Binnen weniger Minuten war der Raum in einen wohligen und sehr angenehmen Apfelduft gehüllt. „Lukas, bitte küss' mich jetzt", sagte Miriam, während sie ganz langsam zu Lukas auf die Couch niedersank.

„Miriam, du Frau meiner Träume, dich hat der Himmel geschickt. Ich bin so froh, dass du in mein Leben getreten bist. Ich kann mir ein Leben ohne dich schon gar nicht mehr vorstellen." „Mir geht es ebenso, Lukas. Irgendwie habe ich das Gefühl, dass wir uns schon seit einer Ewigkeit kennen. In deiner Nähe fühle ich mich so geborgen."

„Wollen wir uns jetzt mal etwas Leckeres beim Pizzaservice bestellen. So allmählich bekomme ich nämlich Hunger, Lukas." „Ja, sehr gern. Mein Magen knurrt auch schon. Gibt es eine bestimmte Pizza, die du mir vielleicht empfehlen kannst, Miriam?" „Also, ich mag besonders gern die Hawaii-Pizza. Falls du lieber etwas Kräftigeres bevorzugst, könnte ich dir die Calzone empfehlen. Am besten schmeckt sie, wenn du sie mit viel Knoblauch bestellst."

„Ich vertraue dir voll und ganz, Miriam. Dann bestellen wir gern eine Hawaii-Pizza und eine Calzone. Ich lade dich selbstverständlich dazu ein." „Vielen Dank, Lukas." „Stört es dich denn nicht, wenn ich auch Knoblauch esse, Miriam?" „Nein, keineswegs. Du bist so süß, da wird mich doch ein bisschen Knoblauch nicht davon abhalten können, an dir zu knabbern", sagte Miriam ganz neckisch.

Gesagt, getan. Etwa eine halbe Stunde später wurden die köstlich duftenden Pizzen angeliefert. „Bleib' du ruhig auf der Couch liegen, ich geh' schon zur Tür", sagte Lukas. „16 € bitte", hörte Miriam den Pizzafahrer an der Tür sagen. „Machen Sie bitte 20 €, stimmt so", antwortete Lukas großzügig.

„Du bist aber sehr großzügig, Lukas." „Ich denke, es ist wichtig, auch andere Menschen am eigenen Glück teilhaben zu lassen. Meinst du nicht auch, Miriam?" „Ja, da hast du vollkommen recht. Einmal mehr bin ich total begeistert von deiner Lebenseinstellung. Du bist große Klasse!"

„Nun wünsche ich dir einen guten Appetit. Fang' gern schon mal an, ich hole noch ganz schnell den Wein für uns." „Mmh, köstlich", hörte Miriam Lukas genussvoll sagen. „Das war ein großartiger Tipp von dir. Die Calzone schmeckt absolut köstlich." „Das freut mich sehr, wenn es dir so gut schmeckt." „Auf unser Wohl", sagte Miriam, während sie ihr Weinglas erhob. „Sehr zum Wohl, mein Schatz. Ich liebe dich, Miriam." „Und ich liebe dich, Lukas."

Minutenlang verharrten ihre Blicke aufeinander. Es war, als bliebe die Zeit für einen Moment stehen. Stunden voller Zärtlichkeit, schöne Musik, belebender Kerzenduft und köstlicher Wein ergaben eine himmlische Stimmung.

„Lukas, magst du heute hier bei mir übernachten? Es ist schon so spät, und dann müsstest du nicht mehr nachhause gehen. Was meinst du dazu?"

„Miriam, du ahnst nicht, wie glücklich du mich mit dieser Frage machst. Ja, sehr gern bleibe ich heute Nacht hier bei dir. Am besten bleibe ich direkt hier auf der Couch liegen, denn ich bin sehr müde."

„Ich hätte da eine viel bessere Idee, Lukas. Nebenan habe ich ein schönes Bett. Da ist genug Platz für uns beide. Außerdem liegt es sich darin sicher sehr viel bequemer als hier auf der Couch."

„Wenn du meinst, dann nehme ich dein verlockendes Angebot sehr gern an." „Du kannst schon mal unter die Dusche gehen. In der Zwischenzeit werde ich hier noch ein klein wenig aufräumen, Lukas."

Nachdem sich Miriam und Lukas zur Nachtruhe bereit gemacht hatten, lagen sie zwar sehr müde, aber überglücklich zusammen in Miriams flauschigem Bett.

Noch bis weit in die Nacht hinein ließen sie diesen wunderbaren Abend nachklingen. Miriam und Lukas erlebten ihre erste Liebesnacht, die unbeschreiblich schön wurde. Endlich schliefen sie selig und voller Zufriedenheit Arm in Arm ein.

Am folgenden Morgen, ein herrlicher Sonntag, wurden sie von dem Krähen eines Hahnes geweckt, der wohl verschlafen hatte. Ein Blick auf die Uhr zeigte, dass es schon etwa neun Uhr war. Doch das war an diesem Tag egal. Schließlich wollten Miriam und Lukas nach dieser traumhaften Nacht einen ebenso schönen Sonntag erleben.

„Einen wunderschönen guten Morgen, mein Schatz", begrüßte Miriam den sich noch im Halbschlaf befindlichen Lukas. „Meine geliebte Miriam, du bist die Erfüllung meiner Träume. Hast du gut geschlafen?" „Ja, ich kann mich nicht daran erinnern, jemals so gut geschlafen zu haben, wie in der vergangenen Nacht, Lukas. Das wird wohl an dir liegen", scherzte Miriam.

Kurze Zeit später saßen Miriam und Lukas an einem reichhaltig gedeckten Frühstückstisch. Miriam hatte stets größere Vorräte eingelagert, so dass es für sie nicht schwierig war, ein schönes Frühstück auf den Tisch zu zaubern.

„Miriam, ich danke dir für diese wundervolle Nacht. Mein Herz springt vor Freude. Könntest du dir vorstellen, dass wir beide heiraten?" Obwohl sich Miriam diese Frage innerlich schon sehr gewünscht hatte, war sie in diesem Moment dennoch zunächst überrascht.

„Heiraten? Meinst du wirklich, Lukas? Du möchtest mich heiraten?" „Ja, ganz sicher. Bist du jetzt überrascht, Miriam?" „Nein, nicht wirklich. Nur hatte ich so früh am Morgen noch nicht mit solch' einer Frage gerechnet."

„Was heißt das nun konkret?" „Lukas, das heißt, ja, nichts lieber als das. Ja, ich möchte deine Frau werden, und für immer nur an deiner Seite bleiben."

„Ich glaube, ich träume", sagte Lukas wie in Trance. „Ja, ja, mein Schatz! Ich bin so glücklich mit dir, Miriam. Du bist für mich ein Geschenk des Himmels."

Ein Sonntag voller Glückseligkeit und Harmonie begleitete die unbeschreibliche Freude von Miriam und Lukas. Das Leben konnte ja so schön sein.

*

Mit frischem Mut und voller Freude ging Miriam zu Beginn der neuen Woche in den Kindergarten. Urplötzlich hatte sich ein völlig neues Lebensgefühl voller Leichtigkeit und Zuversicht eingestellt.

„Einen wunderschönen guten Morgen, Claudia", begrüßte Miriam die Kindergartenleiterin. „Hallo, Miriam, schön dich zu sehen. Wie war dein Wochenende?" wollte Claudia wissen.

„Mein Wochenende war ganz wunderbar", sagte Miriam freudestrahlend. „Lukas und ich konnten zum ersten Mal so richtig unsere junge Liebe genießen. Endlich ist der Druck von mir abgefallen, und ich bin überglücklich." „Das freut mich sehr für dich, Miriam. Offen gesagt schäme ich mich sehr, denn viel zu lange habe ich nicht gemerkt, wie sehr du unter Pias Mobbingattacken gelitten hattest. Das tut mir sehr leid. Kannst du mir vielleicht verzeihen, Miriam?" fragte Claudia ganz kleinlaut.

„Ja, das ist leider wahr, dass ich sehr unter den andauernden Anfeindungen von Pia zu leiden hatte. Ich konnte nachts nicht mehr schlafen, hatte keinen Appetit mehr, und mir ging es ausgesprochen schlecht." „Zum Glück hat Dr. Blautaler mir gerade noch rechtzeitig die Augen geöffnet. Das ist wirklich ein wunderbarer Arzt, den man unbedingt weiterempfehlen sollte. Er ist nicht nur fachlich kompetent, sondern er strahlt auch menschliche Wärme aus. In seiner Nähe fühlt man sich sofort wohl, nicht wahr?"

„Ja, das kann ich ausdrücklich bestätigen. Ich bin sehr froh und dankbar dafür, dass mir Dr. Blautaler durch diese so schlimme Zeit geholfen hatte. Ohne ihn wäre das sicher nicht so gut ausgegangen, Claudia." „Ja, das fürchte ich auch.

„Was passiert jetzt eigentlich mit Pia?" „Ich habe Pia eine strenge Abmahnung ausgesprochen. Zudem habe ich ihr gesagt, dass sie zunächst einige Zeit in den Urlaub gehen soll. Einerseits, um hier zunächst wieder etwas Ruhe und Ordnung in unseren laufenden Betrieb zu bekommen. Andererseits aber auch, damit sie die Gelegenheit bekommt über ihre Missetaten nachzudenken." „Das halte ich für eine gute und kluge Lösung, Claudia." „Immerhin hatte Pia das Mobbing sofort zugegeben, als sie merkte, dass Leugnen zwecklos gewesen wäre. Die Indizien waren schlichtweg zu erdrückend." „Im Grunde genommen tut sie mir sogar ein wenig leid. Dr. Blautaler sagte mal zu mir, dass es grundsätzlich sehr wichtig ist, auslösende Ursachen für Fehlverhalten zu verstehen. Viele Menschen würden immer sogleich nur bestrafen wollen. Das sei aber zumeist keine echte Lösung. Wichtig sei es, zu verstehen, warum Menschen so handeln, wie sie handeln. Für jedes Verhalten gäbe es auslösende Gründe, und genau die gälte es herauszufinden."

„Miriam, das ist ein sehr kluger Denkansatz. Ich finde es sehr großherzig von dir, dass du trotz des erlittenen Schmerzes dennoch Mitgefühl für Pia empfindest." „Ich denke, dass alle Menschen sehr viel verständnisvoller miteinander umgehen sollten. Nur zu oft verhalten sich Menschen aggressiv. Doch damit löst man keine Probleme, sondern schafft immer wieder nur neue Probleme."

„Ja, da hast du wohl recht, Miriam." Der Tag im Kindergarten war für Miriam wunderbar. Nachdem endlich diese große Last von ihren Schultern genommen war, konnte sie sich voll und ganz ihren Aufgaben als Erzieherin widmen. Der Umgang mit den Kindern machte ihr fortan sehr viel Freude, und sie war froh, durchgehalten zu haben.

Nach Dienstschluss ging sie in die Praxis von Dr. Blautaler, um ihm von den aktuellen Heiratsplänen zu berichten. „Guten Tag, Dr. Blautaler. Ich habe zwar keinen Termin heute, aber vielleicht darf ich Ihnen dennoch einige Neuigkeiten berichten?", fragte Miriam, als sie Dr. Blautaler am Empfang in der Praxis traf.

„Ja, das ist gern möglich, allerdings müssten Sie bitte noch einen Moment im Wartezimmer Platz nehmen. Ich rufe sie gleich in mein Sprechzimmer, nachdem die letzte Patientin für den heutigen Tag soweit fertig sein wird."

„Vielen Dank, Dr. Blautaler." Schon nach kurzer Zeit rief Dr. Blautaler Miriam in sein Sprechzimmer. „Bitte nehmen Sie Platz, Miriam. Darf ich Ihnen ein Glas Wasser anbieten?" „Ja, sehr gern. Vielen Dank."

„Da Sie außerplanmäßig zu mir kommen, nehme ich an, dass es erfreuliche Neuigkeiten gibt?", fragte Dr. Blautaler. „Ja, es gibt tatsächlich wunderbare Neuigkeiten. Die Situation im Kindergarten hat sich nun schlagartig von Grund auf verbessert. Dank Ihrer wertvollen und engagierten Hilfe kann ich nun endlich so arbeiten, wie ich mir das schon von Anbeginn an gewünscht hatte. Ich hatte heute ein sehr gutes Gespräch mit Claudia, das mir sehr gut getan hat. Auch die Zusammenarbeit mit den Kindern klappte heute ganz prima. Alles dort fühlt sich plötzlich sehr viel besser an."

„Das freut mich sehr für Sie, Miriam. Ich bin froh, dass ich Ihnen behilflich sein durfte." „Sie haben mir nicht nur geholfen, Dr. Blautaler, sondern sie haben sozusagen mein Leben wieder in die Spur gebracht. Mir ist völlig klar, dass es nicht mehr lange gedauert hätte, bis ich dann endgültig im Kindergarten zusammengebrochen wäre. Der Leidensdruck war enorm."

„Ja, ich weiß. Das war nicht zu übersehen, Miriam." „Es gibt aber auch noch eine weitere gute Neuigkeit, Dr. Blautaler. Vielleicht ahnen Sie schon, was ich meine?" „Ja, ich habe da so eine Vermutung. Lukas?" fragte Dr. Blautaler etwas schelmisch. „Ganz genau! Lukas und ich wollen demnächst heiraten."

„Das ist ganz wunderbar, Miriam. Meinen herzlichen Glückwunsch!" „Vielen Dank, Dr. Blautaler. Endlich können wir unsere junge Liebe in vollen Zügen genießen. Nachdem der elende Druck des Mobbings von mir genommen ist, kann ich mich voll und ganz auf Lukas konzentrieren."

„Das verstehe ich sehr gut, Miriam. Schön, dass nun eine Zeit voller Freude und Glückseligkeit beginnen kann. Dazu wünsche ich Ihnen beiden alles Glück dieser Welt."

„Das ist sehr lieb, dass Sie das so sagen, Dr. Blautaler. Ich bin ja so froh, in Ihnen eine so starke und zuverlässige Unterstützung gehabt zu haben. Ohne Ihre Hilfe wäre das alles sicher nicht so gut für mich ausgegangen."

„Haben Sie beide denn schon konkrete Pläne, wie Sie die Hochzeit gestalten möchten? Wissen Sie schon, wo Sie die Hochzeit feiern möchten?"

„Nein, darüber haben wir uns bisher noch keine Gedanken gemacht. Momentan sind wir erst einmal sehr froh, dass sich die Dinge so gut entwickelt haben. Alles Weitere wird sich bestimmt bald finden. Vermutlich werden wir die organisatorischen Details demnächst mit unseren Eltern besprechen."

„Ich verstehe. Wie Sie schon sagten, verstehen sich Ihre Eltern sehr gut mit Lukas' Eltern. Das ist eine gute und schöne Voraussetzung für eine harmonische Planung."

„Ja, ich denke auch. Bei all' unserem Glück denke ich auch an Pia. Ich sagte schon zu Claudia, dass sie mir eigentlich sogar leid tut."

„Das klingt aber sehr edel, wenn man bedenkt, wie gemein sich Pia Ihnen gegenüber verhalten hatte, Miriam." „So etwas Ähnliches hatte auch Claudia schon zu mir gesagt. Vielleicht sollte Pia nach der Rückkehr aus ihrem Urlaub zu Ihnen in die Praxis kommen. Dann könnten Sie ihr vielleicht dabei helfen, sie von ihren kranken Gedanken von Eifersucht und Missgunst zu befreien?"

„Falls Pia das wirklich möchte, stehe ich bestimmt zur Verfügung. Sie darf sich gern bei mir melden. Dann sehen wir weiter." „So, jetzt muss ich dringend los, denn ich möchte noch ein wenig einkaufen für den heutigen Abend. Herzlichen Dank nochmals für Ihre sehr wertvolle Unterstützung. Auf Wiedersehen, Dr. Blautaler." „Auf Wiedersehen, Miriam, und einen schönen Abend noch. Bis bald mal wieder."

*

Noch am selben Abend rief Miriam bei ihren Eltern an, um die Hochzeit vorbereiten zu können. „Guten Abend, Mama. Hier ist Miriam." „Guten Abend, mein Kind. Schön, dass du anrufst", sagte Monika. „Hast du einen Moment Zeit für mich? Ich möchte dich gern etwas fragen."

„Für dich, Miriam, habe ich immer Zeit. Das weißt du doch. Was gibt es denn so Dringendes?" „Nun ja, dringend ist es sicher nicht, aber dennoch wichtig, Mama."

„Ich ahne schon, worauf du hinaus möchtest." „Ja, wirklich?" „Ja, wirklich. Ich nehme an, du möchtest mit uns besprechen, wie wir eure Hochzeit gestalten könnten?", fragte Monika.

„Volltreffer! Ja, genau deswegen habe ich euch angerufen. Falls du und Papa einverstanden seid, fände ich es ganz schön, wenn wir gemeinsam unsere Hochzeit planen könnten."

„Du meinst, dass wir uns mal alle zusammensetzen sollten, um zu beraten, wie wir eine schöne Hochzeitsfeier organisieren könnten?" „Ja, ganz genau. Vielleicht wäre es möglich, dass ihr Lukas' Eltern zu euch einladet. Dann könnten wir alle gemeinsam überlegen, wie und wo wir unsere Hochzeit feiern möchten? Das wäre doch sehr schön, oder?"

„Ja, das ist eine sehr gute Idee, Miriam. Ich denke, dass Papa das auch gut finden wird. Er ist zwar gerade nicht hier, aber ich werde ihm deinen Vorschlag gern unterbreiten." „Vielen Dank, Mama. Das freut mich sehr!" „Ich melde mich bei dir, sobald ich Genaueres weiß. Einverstanden?" „Ja, sehr gern. Bis bald dann, Mama."

Nachdem Monika Miriams Vorschlag zur gemeinsamen Hochzeitsplanung mit Thomas besprochen hatte, rief sie sogleich bei Lukas' Eltern an.

„Guten Tag, Sabine. Hier spricht Monika. Bitte entschuldige die Störung, aber ich habe eine wichtige Frage." „Hallo, Monika, das hört sich ja sehr geheimnisvoll an. Was gibt es denn?" „Ach, das ist gar nicht so geheimnisvoll. Vielmehr ist es eher eine Frage, die ich an euch habe."

„Nur raus mit der Sprache. Was ist passiert?" „Um es kurz zu machen, Sabine, Miriam hat vorgeschlagen, dass wir uns alle mal zusammensetzen sollten."

„Zusammensetzen? Zum Essen, oder?" fragte Sabine etwas keck. „Nein, nicht zum Essen, sondern um die Hochzeit von Miriam und Lukas vorzubereiten."

„Ach so. Ja, das ist eine schöne Idee. Klar, wir können uns gern mal wieder treffen, um die Details zu besprechen." „Wäre euch vielleicht der kommende Samstagabend recht? Vielleicht so gegen 19 Uhr?"

„Ja, das passt uns gut. Wir kommen gern zu euch. " „Prima, dann sehen wir uns also alle zusammen am Samstagabend bei uns. Da wird sich Miriam sehr freuen. Bis spätestens am Samstagabend dann. Auf Wiedersehen, Sabine. Bitte richte auch schöne Grüße an Wolfgang aus."

„Vielen Dank, ja, das mache ich. Bis bald dann. Auf Wiedersehen, Monika. Bitte grüß' auch Thomas von uns." „Danke, alles klar."

Pünktlich um 19 Uhr erschienen Sabine und Wolfgang bei Miriams Eltern. Miriam und Lukas waren schon am Nachmittag gekommen, so dass die Runde nun vollständig war.

„Schön, dass ihr unsere Einladung angenommen habt", begrüßte Thomas Familie Gillen. „Thomas, wir sind sehr gern gekommen, denn schließlich gibt es einen sehr erfreulichen Anlass für unsere heutige Zusammenkunft" sagte Wolfgang.

„Miriam und Lukas, habt ihr denn schon eine konkrete Vorstellung, wo genau ihr eure Hochzeit feiern möchtet?" fragte Sabine. „So genau haben wir darüber noch nicht nachgedacht" antwortete Miriam.

„Es könnte eine gute Idee sein, einen Ort zu wählen, der für euch beide eine besondere Bedeutung hat", schlug Monika vor. „Da fällt mir spontan unser Chinesisches Restaurant ein, in dem Miriam und ich uns zum ersten Mal etwas näher gekommen waren", sagte Lukas.

„Ja, stimmt, das wäre eine sehr schöne Lokalität", stimmte Miriam sofort zu. „Dann könnte ich mal nachfragen, ob wir dort eine Reservierung für eure Hochzeitsfeier vornehmen lassen könnten?" meinte Thomas.

„Ja, das ist eine prima Idee, Thomas. Am besten rufst du mal sofort dort an. Dann haben wir genauere Planungsdaten, um alles Weitere besprechen zu können", sagte Monika.

„Vielleicht sollten wir erst einmal einen konkreten Hochzeitstermin festlegen, bevor wir eine Reservierung vornehmen", wendete Wolfgang ein. „Das ist kein Problem,

Wolfgang. Es geht ja zunächst einmal nur um die grundsätzliche Frage, ob eine Hochzeitsfeier dort überhaupt möglich sein könnte?", sagte Thomas.

„Stimmt, da hast du völlig recht. Gut, dann ruf' bitte mal dort an." Kurze Zeit später war klar, dass das Chinesische Restaurant gern eine Reservierung für die Hochzeitsfeier vornehmen könnte. Da der zuständige Mitarbeiter die Menükarten per Fax zugeschickt hatte, konnten Miriam und Lukas in Abstimmung mit ihren Eltern die Speisenfolge in aller Ruhe auswählen.

„Da läuft mir schon jetzt das Wasser im Munde zusammen, wenn ich hier all' die vielen Leckereien sehe", sagte Wolfgang.

„Habt ihr beiden spezielle Wünsche hinsichtlich der Farbgestaltung oder die Tischdekoration betreffend, Miriam", wollte Sabine wissen. „Ich fände es sehr schön, wenn wir den Tisch vom Grundton her in Grün gestalten können. Das ist meine Lieblingsfarbe", sagte Miriam.

„Da bin ich mal gespannt, ob das so möglich sein wird?" gab Monika zu bedenken. „Warum sollte das nicht möglich sein?" fragte Sabine. „Ich könnte mir vorstellen, dass die Farbe Grün für ein Chinesisches Restaurant eher ungewöhnlich ist. Die meisten Chinesischen Restaurants sind eher in roten Farbtönen eingerichtet", meinte Thomas. „Ja, das stimmt. Allerdings sollte es dennoch möglich sein, auf die speziellen Wünsche des Brautpaares einzugehen", meinte Wolfgang.

„Stimmt, da hast du natürlich auch wieder recht", pflichtete Monika sogleich bei. „Schließlich wollen wir ja nicht das komplette Restaurant neu tapezieren, sondern lediglich die Tischdekoration in Grün herrichten. Das klappt bestimmt", sagte Wolfgang voller Zuversicht.

Nachdem alle organisatorischen Details in gemeinsamer Abstimmung besprochen worden waren, verbrachten Familie Buchner und Familie Gillen noch einen schönen und harmonischen Abend miteinander.

„Irgendwie dürfen wir uns alle miteinander sehr glücklich schätzen", sagte Sabine mit einer kleinen Träne in ihrem linken Auge. „Ich glaube, dass es nicht so häufig vorkommt, dass sich zwei Familien so gut verstehen." „Ja, da könntest du wohl recht haben, Sabine", pflichtete Thomas bei.

„Wir sind auch sehr froh darüber, dass sich nicht nur Miriam und Lukas gefunden haben, sondern dass auch wir, als Eltern, so harmonisch miteinander umgehen. Das ist ein großes Glück, für das auch wir sehr dankbar sind."

„Wie wäre es, Wolfgang, wenn wir nun alle gemeinsam ein grandioses Pink Floyd – Konzert anschauten? Oder, hat jemand etwas dagegen einzuwenden?" fragte Thomas. „Ganz im Gegenteil. Das ist eine großartige Idee", sagte Monika voller Begeisterung. „Miriam und Lukas seid ihr auch damit einverstanden?" wollte Sabine wissen. „Ja, klar. Wir finden es sehr schön, dass wir durch ein solches Gemeinschaftserlebnis unsere Verbundenheit weiter stärken können", sagte Lukas.

„Thomas, ich wusste gar nicht, dass du auch Konzerte von Pink Floyd auf DVD hast", fragte Wolfgang ganz erstaunt. „Habe ich auch nicht", antwortete Thomas. „Doch ich nehme an, dass du als großer Pink Floyd – Fan immer eine DVD bei dir trägst", sagte Thomas eher scherzhaft.

Und tatsächlich, als ob Wolfgang es geahnt hätte, zog er eine DVD aus einer Tasche. Ein grandioses Konzert rundete diesen wunderbaren Abend ab, an den alle noch lange voller Freude zurückdenken konnten.

*

Kurz vor Mitternacht machten sich Miriam und Lukas auf den Rückweg zu Miriams Appartement. „Gute Nacht, ihr Lieben alle zusammen. Herzlichen Dank nochmals für eure tatkräftige Unterstützung bei der Vorbereitung unserer Hochzeit", verabschiedeten sich Miriam und Lukas in die Runde.

Miriams und Lukas Eltern ließen

diesen harmonischen Abend fröhlicher Geselligkeit noch mit einigen Gläsern Wein ausklingen. „Jetzt hätte ich Lust auf eine Partie Schach", sagte Sabine zu Thomas, der über diesen Vorschlag sehr erfreut war. „Wirklich? Und das um zu dieser späten Stunde?" „Ja, warum nicht. Wenn ich einen so guten Schachtrainer schon mal hier vor Ort habe, dann muss ich das doch ausnutzen, meinst du nicht auch, Thomas?", fragte Monika etwas scherzhaft.

„Na gut, dann wollen wir mal sehen, ob du schon fleißig trainiert hast", antwortete Thomas. Monika und Wolfgang waren derweil damit beschäftigt, alte Kinderfotos anzuschauen. So vergingen die Stunden wie im Fluge. Schließlich machten sich dann so gegen zwei Uhr in der Nacht auch Sabine und Wolfgang auf ihren Heimweg.

Auch Miriam und Lukas ließen diesen wundervollen Abend noch ein wenig nachwirken. Als sie in Miriams Appartement ankamen, öffnete Miriam einen prickelnden Sekt.

„Auf unser Wohl, mein Schatz, Lukas", sagte Miriam, während sie ihm ein Glas Sekt überreichte. „Auf dich, mein Engel, und auf unsere gemeinsame Zukunft, Miriam".

Eng umschlungen verbrachten sie noch einige Zeit auf dem bequemen Sofa, während sie sich immer wieder minutenlang küssten.

Als dann schon fast der Morgen dämmerte, gingen sie gemeinsam in Miriams Schlafzimmer. Da sie vor lauter Aufregung noch nicht einschlafen konnten, unterhielten sie sich noch für eine längere Zeit.

„Sag' mal, Miriam, was waren eigentlich deine Hobbys in deiner Jugendzeit?" „Also, ich war schon immer ein großer Fan kluger Gedichte. Schon als Kind hatte ich damals versucht eigene Gedichte zu schreiben. Eines davon erschien sogar damals in unserer Schülerzeitung."

„Das hört sich sehr interessant an. Du bist also auch ein richtiges Schreibtalent? Mir war doch gleich bewusst, dass ich mir einen

Volltreffer an Land gezogen habe", scherzte Lukas.

„Wie war es denn bei dir, Lukas? Womit hattest du dich denn in deiner Jugendzeit beschäftigt?" „Wie du dir vermutlich schon denken kannst, war ich schon damals eine große Leseratte. Während andere Jungs in meinem Alter oftmals in die Discothek gegangen waren, verbrachte ich sehr viel Zeit in unterschiedlichen Büchereien. Bücher haben mich schon immer total fasziniert." „Das erklärt vermutlich auch, warum du Buchhändler geworden bist, oder?" „Ja, ich glaube schon, dass das ein wichtiger Grund gewesen sein wird." „Welche Art Bücher mochtest du denn besonders gern?" „Ich hatte damals fast ausschließlich Sachbücher gelesen. Dabei interessierten mich vor allem die Naturwissenschaften sowie Astronomie.

Meine Freunde nannten mich damals Mister Lexikon." „Das ist lustig. Vermutlich wohl deshalb, weil du so viel weißt?" „Na ja, ich weiß nicht, ob man das so sagen kann. Jedenfalls hatte ich schon als Kind immer viel Freude dabei, neues Wissen aufzusaugen." „Daran hat sich vermutlich bis zum heutigen Tage nichts geändert, oder?"

„Ja, das stimmt. Nicht selten lese ich problemlos viele Hundert Seiten an nur einem Wochenende. Dies tun zu können, ist für mich Luxus pur, Miriam."

„Das finde ich richtig gut, Lukas. Da habe ich ja wohl mit dir auch einen Volltreffer gelandet. Du siehst nicht nur blendend aus, bist ausgesprochen freundlich, sondern du bist offenbar genau das, was Pia pauschal uns Akademikerinnen und Akademikern vorgeworfen hat. Du bist tatsächlich sehr gebildet, ohne dabei eingebildet zu sein. Genau diese Kombination ist es, die ich sehr mag."

Die Unterhaltung wurde immer wieder durch intensive und zärtliche Liebkosungen unterbrochen. Miriam und Lukas genossen ihr junges Liebesglück voller Freude und Dankbarkeit. Nur die durch die kleinen Schlitze der Jalousie hereintretenden Lichtstrahlen der Sterne wurden Zeugen einer wunderbaren

Liebesnacht.

Mit den schönsten Gedanken an ihre gemeinsame Zukunft schliefen Miriam und Lukas endlich ein. Eng umschlungen, mit einem Lächeln auf den Lippen vernahm man nach kurzer Zeit nur noch den leisen Atem der beiden. Der sternenklare Nachthimmel wachte über das junge Glück.

*

Die nächsten Tage im Kindergarten gestalteten sich für Miriam so, wie sie es sich schon immer gewünscht hatte. Nachdem das hinterhältige Mobbing von Pia enttarnt worden war, konnte Miriam endlich in Frieden arbeiten.

Freundliche Kolleginnen, eine aufmerksame Chefin sowie liebe Kinder, mit denen sie wunderbar arbeiten konnte, erzeugten eine friedvolle Grundstimmung. Auch die bis dahin so quälenden psychosomatischen Beschwerden verschwanden binnen kurzer Zeit. Endlich konnte Miriam nachts wieder erholsamen Schlaf finden, und auch der Appetit kam schnell zurück.

Es nahte der Tag von Pias Rückkehr. „Guten Morgen, Pia", begrüßte Miriam die verändert wirkende Pia. „Hallo, Miriam, was gibt es Neues zu berichten?"

„Hier im Kindergarten läuft alles soweit ganz gut. Die Arbeit mit den Kindern macht mir viel Freude." „Schön, so soll es ja auch sein, Miriam."

Derart friedliche Worte hatte Miriam bis dahin noch niemals aus Pias Mund vernommen. Sollte sie womöglich geläutert worden sein? „Ich muss dir etwas sagen, Miriam. Vermutlich werden wir zwar keine Freundinnen, aber ich denke, dass wir fortan ein kollegiales Verhältnis zueinander haben könnten. In den vergangenen Wochen hatte ich viel Zeit zum Nachdenken. Dabei ist mir klar geworden, dass ich mich nicht nur sehr unfair, sondern auch sehr dumm verhalten hatte."

Miriam traute ihre Ohren kaum. Sollte es tatsächlich so gewesen sein, dass Pia aufgrund einer selbstkritischen Haltung eine Verhaltensänderung durchgemacht haben konnte?"

„Ich habe verstanden, dass ich da wohl Dinge miteinander verknüpft hatte, die nichts miteinander zu tun haben. Es war wohl vor allem meine krankhafte Eifersucht, die dazu geführt hatte, dass ich blind für die Realitäten geworden war."

„Wie ich sehe, hast du also tatsächlich ernsthaft über dein Fehlverhalten nachgedacht. Das ist auf jeden Fall gut und richtig. Ich finde es auch gut, dass du das nun so offen eingestehst, Pia." „Vielleicht kannst du mir irgendwann einmal verzeihen, Miriam? Mir ist inzwischen klar geworden, dass ich dich mit meinen Mobbingattacken sehr verletzt haben muss. Das bedauere ich inzwischen sehr."

„Wie heißt es doch immer: Selbsterkenntnis ist der erste Schritt zur Besserung. Vielleicht könnte es dir helfen, dass du auch eine professionelle Hilfe in Anspruch nimmst. Ich könnte dir einen sehr guten Arzt empfehlen, wenn du magst?"

„Ja, vielleicht könnte das wirklich ein guter Ansatz sein. An wen denkst du denn dabei?" „Ich empfehle dir Herrn Dr. Blautaler. Dieser Arzt ist nicht nur fachlich sehr kompetent, sondern er verfügt auch über menschliche Qualitäten. Bei Dr. Blautaler wirst du dich bestimmt gut aufgehoben fühlen. Er ist ein Arzt, der sich vor allem sehr darum bemüht, zu verstehen, welches die auslösenden Handlungsmotive von Menschen sind. Vielleicht magst du einfach mal in seine Praxis gehen, um dir selbst einen Eindruck verschaffen zu können?"

„Ja, das werde ich wohl machen, Miriam. Nachher werde ich noch zu Lukas in den Buchladen gehen. Dann werde ich mich auch bei ihm für mein gemeines Verhalten entschuldigen. Hoffentlich wird er meine Entschuldigung annehmen. Was meinst Du, Miriam?" „Ich könnte mir gut vorstellen, dass Lukas dir verzeihen wird. Vorausgesetzt, deine Entschuldigung klingt glaubwürdig. Das wird sicher nicht ganz einfach werden. Schließlich hast du mir, und somit auch Lukas, über einen längeren Zeitraum viel Leid zugefügt. Da wirst du dir schon sehr viele Mühe geben müssen, um ihn davon zu überzeugen, dass du es ernst meinst, Pia."

„Ja, das ist mir schon klar." Wie geplant, ging Pia nach Dienstschluss zu Lukas in die Buchhandlung. „Hallo, Lukas, hast Du vielleicht einen kleinen Moment Zeit für mich?"

„Hallo, Pia, bist du gekommen, um dich wieder mit mir zu streiten?" fragte Lukas skeptisch. „Nein, ganz im Gegenteil. Ich bin gekommen, um mich auch bei dir für mein gemeines Fehlverhalten zu entschuldigen."

„So, so, das hört sich ja sehr interessant an, Pia. Und das soll ich dir jetzt glauben?" „Ja, es wäre schön, wenn du das könntest, Lukas. Ich hatte vorhin schon mit Miriam gesprochen." „Wie hat sie reagiert?" „Na ja, es war kein leichtes Gespräch, aber ich hatte den Eindruck, dass es eine Möglichkeit gibt, zu einem kollegialen Verhältnis zurückzufinden."

„So, so, und nun spekulierst du darauf, dass auch ich dir verzeihen könnte?" fragte Lukas ungläubig. „Lukas, mir ist inzwischen klar, dass ich dir und Miriam viel Leid zugefügt hatte. Das bedaure ich inzwischen sehr. Vor allem habe ich verstanden, dass es wohl meine krankhafte Eifersucht war, die mich verblendet hatte. Ich konnte es einfach nicht ertragen, dass ihr beiden euch so gut versteht. Mittlerweile weiß ich aber, dass es auch ohne Miriam für mich keine Chance bei dir gegeben hätte. Wir passen eben einfach nicht zusammen. Unsere Interessen sind zu unterschiedlich, so dass wir ohnehin niemals zusammengekommen wären."

„Pia, ich muss schon sagen, dass du mich jetzt sehr überraschst. So viel Selbstkritik hätte ich dir gar nicht mehr zugetraut. Nun gut, immerhin hast du wohl nun doch etwas Entscheidendes verstanden. Liebe lässt sich nicht erzwingen. Niemals!"

„Ja, das weiß ich jetzt auch. Miriam meinte, ich sollte mal einen Termin bei Dr. Blautaler machen. Er könnte mir wohl helfen."

„Das ist auf jeden Fall eine sehr gute Idee. Ja, sprich mit Dr. Blautaler. Er wird dir dabei helfen, zu verstehen, wie es zu einer solchen Eskalation hatte kommen können. Sobald du deine eigenen Motive besser verstehst, wirst du auch besser damit umgehen können. Das wird sicher kein leichter Weg, aber perspektivisch wird das bestimmt gut für dich sein, Pia."

„Ja, da hast du vermutlich recht, Lukas. So, jetzt möchte ich dich hier nicht länger von deiner Arbeit abhalten. Mir war nur wichtig, dass du weißt, dass ich eurem Glück nicht mehr im Wege stehen werde. Es wäre schön, wenn du mir irgendwann einmal verzeihen könntest, Lukas."

„Wir werden sehen. Auf Wiedersehen, Pia." „Mach's gut, auf Wiedersehen, Lukas." „Erleichtert verließ Pia Lukas' Buchladen.

*

Die Hochzeitsvorbereitungen liefen in diesen Tagen auf Hochtouren. Die Eltern von Miriam und Lukas hatten in gemeinsamer Abstimmung dafür gesorgt, dass es ein unbeschreiblich schöner Tag für das junge Glück werden konnte.

Mit sehr viel Liebe zum Detail, kreativen Ideen und fröhlichem Engagement, wurde der Tisch im Chinesischen Restaurant für die Hochzeitsfeier vorbereitet. Auf Vorschlag von Thomas hin wurde das komplette Restaurant für die Hochzeitsfeier reserviert.

Der Tisch war eingedeckt mit feinstem Porzellan, das auf einer grünen Tischdecke besonders zur Geltung kam. Stilvolle Kerzen, geschmackvolle Wandbehänge sowie eine unaufdringliche Musik schafften einen wunderbaren Rahmen für diesen besonderen Tag.

„Miriam, du siehst absolut bezaubernd aus", sagte Lukas immer wieder, der seine Blicke gar nicht mehr von seiner frisch angetrauten Miriam lassen wollte.

„Schaut nur, was für ein wunderbares Paar die zwei abgeben", sagte Sabine mit Tränen voller Freude in ihren Augen. „Wir freuen uns mit euch, dass ihr euch gefunden habt. Genießt euer Glück und freut euch auf eure gemeinsame Zukunft", sagte Monika.

Als Aperitif wurde köstlicher Pflaumenwein gereicht. „Lasst uns anstoßen auf das Glück von Miriam und Lukas", erhob Thomas sein Glas. „Anstelle einer langen Rede, möchte ich nur gern folgende Worte an euch richten: Liebe Miriam, lieber Lukas, wir wünschen euch von ganzem Herzen alles erdenklich Gute für eure gemeinsame Zukunft. Bedenkt, dass es auch in eurem Leben gute Zeiten, und schlechte Zeiten geben wird. Entscheidend ist, dass ihr immer und überall füreinander einsteht. Dann könnt ihr jedes Hindernis überwinden. Möge eure Liebe niemals enden, und euch das Glück hold sein. Und nun lasst uns feiern. Prost!"

„Ganz lieben Dank, Papa, für deine schönen Worte. Wir danken euch für alles, was ihr für uns getan habt, und freuen uns sehr, nun mit euch feiern zu dürfen", sagte Miriam, sichtlich ergriffen. Es wurde eine wunderbare Feier voller Harmonie und Freude. Am frühen Morgen des nächsten Tages verabschiedeten sich Miriam und Lukas, um in ihre Flitterwochen zu starten.

Fortan lebten sie glücklich und zufrieden zusammen. Bei aller Freude über ihr großes Glück meinte Miriam: „Niemals sollten wir vergessen den Menschen dankbar zu sein, die uns diese wunderschöne Zeit ermöglicht haben. Danke auch an den wunderbaren Dr. Blautaler."

ENDE

Grenzenlose Liebe
Tülay und Fabian finden ihr Glück

Es war nicht ungewöhnlich, dass Tülay Önöz, eine 28-jährige, bildhübsche Türkin schon in den frühen Morgenstunden im Büro der Speditionsfirma ihres Chefs, Hartmut Stark, an ihrem Schreibtisch saß. Nach ihrer erfolgreich abgeschlossenen Berufsausbildung zur Bürokauffrau hatte sie dort einen Arbeitsplatz gefunden. Hartmut Stark, der 45-jährige Firmeninhaber, ein Bär von einem Mann, führte ein zwar raues, jedoch zugleich herzliches Regiment. Besonderen Wert legte Hartmut darauf, dass sich seine Mitarbeiterinnen dort wie in einer Familie aufgehoben fühlen konnten. Insgesamt herrschte dort ein sehr menschliches Klima, und auch das wechselseitige Duzen gehörte zur Firmenkultur.

„Schönen guten Morgen, Tülay", drang die kräftige Stimme von Hartmut Stark in diesem Moment durch den Raum. „Hallo, Chef. Du hast mich ganz schön erschreckt! Ich habe gar nicht gemerkt, dass du hereingekommen bist", entgegnete Tülay. „Das tut mir leid, Tülay. Es war nicht meine Absicht, dich zu erschrecken. Vermutlich warst du noch sehr vertieft in irgendwelchen Gedanken, oder?"

„Ja, stimmt. Ich wollte mich noch ein wenig auf unsere heutige EDV-Schulung vorbereiten." „Alle Achtung, und deshalb bist du schon so früh heute ins Büro gekommen?" wollte Hartmut wissen. „Ganz genau. Schließlich möchte ich doch einen guten Eindruck machen, wenn nachher der EDV-Dozent zu uns kommt, um uns in die Geheimnisse des neuen Tabellenkalkulationsprogramms einzuweisen." „Tülay, das finde ich sehr lobenswert. Dann möchte ich dich jetzt auch gar nicht länger stören. Ich wünsche dir und deiner Kollegin, Jasmin, eine gute und hilfreiche Schulung nachher." „Vielen Dank, Chef."

Kurze Zeit später drang der Duft frisch gebrühten Kaffees durch das Büro. Als ob sie es geahnt hätte, kam in diesem Moment auch Jasmin Glöckner, die 26-jährige Kollegin von Tülay an ihren Arbeitsplatz. „Guten Morgen, Tülay", begrüßte Jasmin ihre Kollegin mit noch leicht schläfriger Stimme. „Schon so fleißig am frühen Morgen?" „Ja, gleich kommt doch der Herr, der die EDV-Schulung hier mit uns durchführen soll. Ich wollte mich noch ein klein wenig vorbereiten", antwortete Tülay sehr engagiert.

„Bisher wusste ich gar nicht, dass du so eine kleine Streberin bist. Nun bleib' mal ganz locker. Das wird schon alles nur halb so schlimm werden", giftete Jasmin in einem mittlerweile zickigen Tonfall zurück.

Kurze Zeit später traf dann der EDV-Dozent, Fabian Bense, ein 32-jähriger, seriös erscheinender und zudem gut aussehender Mann im Büro ein. Hartmut begrüßte ihn mit den Worten „Guten Tag, Herr Bense. Schön, dass Sie den Weg zu uns gefunden haben. Meine Mitarbeiterinnen, Frau Önöz und Frau Glöckner erwarten Sie schon im Büro. Bitte folgen Sie mir."

„Einen schönen guten Morgen die Damen. Mein Name ist Fabian Bense. Ich freue mich, Ihnen heute eine Einführung in das neue Tabellenkalkulationsprogramm vermitteln zu dürfen."

Fabian hatte diese Worte noch nicht ganz ausgesprochen, da drängte sich Jasmin schon vorschnell in den Vordergrund, um Fabian als erste begrüßen zu dürfen. Mit klimpernden Augen und verführerischen Bewegungen trat sie ihm schnell entgegen. „Guten Tag, Herr Bense. Ich heiße Jasmin, und bin hier sozusagen die gute Seele im Büro."

Verwundert senkte Tülay den Blick zu Boden, denn das war ihr offenbar entgangen, dass Jasmin die gute Seele des Büros hätte sein sollen.

„Guten Tag, Frau Glöckner", entgegnete Fabian ebenso seriös wie freundlich.

„Warum so förmlich? Sie dürfen mich gern Jasmin nennen", antwortete Jasmin, die sich erkennbar sogleich aufzudrängen versuchte.

„Sie sind demnach Frau Önöz?" fragte

Fabian, als er auf Tülay zuging. „Ja, mein Name ist Tülay Önöz. Guten Tag Herr Bense. Ich freue mich schon sehr auf die gleich beginnende Schulung bei Ihnen."

Während Fabian Tülay freundlich per Handschlag begrüßte, durchzuckte Tülay urplötzlich ein wohliges Gefühl spontaner Sympathie. Ob Fabian wohl gemerkt hatte, dass sich Tülay sogleich in seiner Nähe sehr wohl fühlte? Als junge Türkin, die strenger erzogen worden war als die meisten ihrer Altersgenossinnen, wäre ihr das sehr peinlich gewesen.

Gemeinsam gingen sie ins Büro, und Fabian baute zunächst sein Notebook sowie den Beamer auf, mit dessen Hilfe er seine vorbereitete Präsentation vorführen konnte.

Während Jasmin sogleich auffällig die räumliche Nähe zu Fabian suchte, hielt sich Tülay dezent zurück.

„Ich darf Sie nun beide bitten, dass Sie zunächst das Tabellenkalkulationsprogramm auf Ihren Computern aufrufen", sagte Fabian in einem ruhigen und Vertrauen vermittelnden Tonfall. „Zunächst werde ich Ihnen kurz vorstellen, wie unsere heutige EDV-Schulung ablaufen soll, so dass Sie sich einen kleinen Überblick verschaffen können."

Die Vormittagsstunden vergingen wie im Fluge, so dass Tülay und Jasmin sogar ihre ansonsten übliche Frühstückspause vergaßen.

„Nun, wie stellen sich meine Mitarbeiterinnen bisher so an?", fragte plötzlich Hartmut, der mit einem Tablett lecker belegter Brötchen sowie einer Kanne frischen Kaffees in das Büro kam.

„Herr Stark, Ihre Mitarbeiterinnen sind sehr gelehrig, und es macht mir Freude, hier diese Schulung durchführen zu dürfen", sagte Fabian.

„Mit Blick auf die Uhr ist es nun sicher Zeit für eine kleine Verschnaufpause. Bitte bedienen Sie sich hier, Herr Bense. Ein frischer Kaffee und leckere Brötchen beleben den Geist. Guten Appetit, alle miteinander", sagte Hartmut.

Zu dritt standen Tülay, Jasmin und Fabian um einen kleinen Stehtisch herum, um dort eine kleine Kaffeepause abzuhalten.

Erneut ergriff vor allem immer wieder Jasmin das Wort um sich in den Vordergrund der Unterhaltung zu drängen. Offenbar war es Fabian gar nicht recht, dermaßen offensiv in Beschlag genommen zu werden, denn mit zunehmender Zeit wanderten seine Blicke fast nur noch in Richtung von Tülay.

„Herr Bense, bitte gestatten Sie mir den Hinweis, dass ich Ihren Unterrichtsstil ausgesprochen gut finde. Sie können ganz wunderbar erklären. Ganz besonders gefällt es mir, dass Sie so eine wohltuende Ruhe und Gelassenheit ausstrahlen", sagte Tülay, die allmählich etwas lockerer wurde.

„Vielen Dank, Frau Önöz", antwortete Fabian in einem ruhigen und freundlichen Tonfall. „Einer meiner Leitsätze lautet: In der Ruhe liegt die Kraft.", ergänzte Fabian.

„Das halte ich für eine sehr kluge Lebensweisheit, die sich in unterschiedlichsten Lebenslagen bewahrheitet", bestätigte Tülay, während sie Fabian einen liebevollen Blick schenkte.

Auch die Unterrichtsstunden am Nachmittag gestalteten sich sehr kurzweilig, so dass vor allem Tülay sehr traurig darüber war, dass diese Schulung schon um 17 Uhr beendet wurde. Hatte sie doch heute eine aufregende und beglückende Begegnung mit einem jungen Mann gemacht, der ihr Leben von Grund auf verändern würde.

„Meine Damen, ich bedanke mich für ihr geschätztes Interesse an der heutigen Schulung. Ich wünsche Ihnen viel Glück und Erfolg für Ihre weitere Arbeit mit dem neuen Tabellenkalkulationsprogramm. Falls Sie noch Rückfragen haben sollten, so finden Sie meine Adresse hier auf meiner Visitenkarte. Ich wünsche Ihnen noch einen schönen Feierabend. Auf Wiedersehen."

Nachdem sich zunächst Jasmin von Fabian in ihrer auffällig aufdringlichen Art verabschiedet hatte, reichte Tülay Fabian ihre

Hand, und verabschiedete sich mit den Worten „Vielen Dank, Herr Bense. Ich werde Sie gern weiterempfehlen. Vielen Dank auch für Ihre Visitenkarte. Bestimmt werde ich schon bald auf Sie zurückkommen. Auf Wiedersehen." Während Tülay diese Worte sprach, sah sie Fabian tief in dessen Augen, so dass Fabian spätestens in diesem Moment klar wurde, dass das wohl nicht die letzte Begegnung mit Tülay gewesen sein würde.

„Auf Wiedersehen, Frau Önöz. Ich freue mich schon sehr, bald von Ihnen zu hören", antwortete Fabian, bei dem in diesem Moment der emotionale Blitz eingeschlagen hatte.

Nachdem Fabian das Büro verlassen hatte, herrschte plötzlich eisiges Schweigen im Büro. Wortlos verließen Tülay und Jasmin ihren Arbeitsplatz.

In der folgenden Nacht fand Tülay kaum Schlaf. Zu sehr kreisten ihre Gedanken um die heutige Begegnung mit Fabian. Nie im Leben zuvor hatte sie einen Mann getroffen, der so spontan einen dermaßen intensiven Eindruck bei ihr hinterlassen hatte. Eine glückliche Fügung des Schicksals? Der hell scheinende Vollmond wachte über die Träume von Tülay, die endlich glücklich einschlief.

*

Am darauffolgenden Tag, direkt nach Büroschluss, konnte es Tülay kaum mehr abwarten, ihrer Mutter, Aynur Önöz (51) von ihrer Begegnung mit Fabian zu berichten.

„Hallo, Mama", begrüßte Tülay sichtlich erregt Aynur schon in der Wohnungstür.

„Tülay, mein Kind, du wirkst ja heute wie aufgekratzt. Was ist denn passiert?" fragte Aynur. „Komm' bitte erst einmal herein. Dann kannst du mir gern alles erzählen."

„Ach, Mama, stell' dir mal vor, ich habe gestern im Büro einen jungen Mann kennengelernt, der mich irgendwie sofort elektrisiert hat."

„Das klingt ja höchst aufregend, Tülay. Was genau ist denn geschehen?"

„Nun, gestern fand bei uns im Büro die schon seit längerer Zeit geplante EDV-Schulung statt. Du weißt schon, das neue Tabellenkalkulationsprogramm, von dem ich dir schon erzählt hatte."

„Ja, ich erinnere mich."

„Dann erschien der EDV-Dozent, den unser Chef für diese Schulung engagiert hatte. Ein unglaublich gut aussehender Mann, der auf den schönen Namen, Fabian, hört."

Während Tülay ihrer Mutter von dieser Begegnung berichtete, erstrahlte ein heller Glanz in ihren wunderschönen braunen Augen, die unter ihren mittellangen schwarzen Haaren wie von einer unheimlichen Liebesmacht beseelt funkelten.

„Tülay, mein Kind, ich mache dir besser erst einmal einen türkischen Tee, damit du dich ein wenig beruhigen kannst. Einverstanden?"

„Ja, ganz lieben Dank, Mama. Das ist sicher eine sehr gute Idee."

Schon wenige Minuten später entfaltete sich ein köstlicher Duft des türkischen Tees im Raum, der diesem eine friedliche und freundliche Atmosphäre verlieh.

„Nun erzähl' mal, Kind. Wie sieht er aus? Was hat er so Besonderes an sich, dass du offenbar spontan Feuer und Flamme für ihn zu sein scheinst?", wollte Aynur sogleich wissen.

„Das lässt sich mit Worten kaum angemessen ausdrücken, Mama. Irgendwie hat mich wohl der Pfeil Amors getroffen. Fabian ist mittelschlank, hat braune kurze Haare, blaugrüne Augen und wirkt sowohl seriös, als auch enorm sympathisch."

„Tülay, das hört sich sehr gut an. Ich freue mich sehr für dich, dass du Fabian getroffen hast. Meinst du denn, ob er ähnlich für dich empfindet?"

„Das kann ich zum gegenwärtigen Zeitpunkt natürlich noch nicht wirklich sagen. Allerdings hatte ich gestern bei unserer Verabschiedung im Büro den Eindruck, dass wir beide auf ein und derselben Wellenlänge liegen könnten. Fabian hat mir seine Visitenkarte gegeben, so dass ich zumindest schon mal seine

Kontaktdaten habe."

„Prima, das ist schon mal ein verheißungsvoller Anfang. Ich erinnere mich noch sehr gut daran, wie ich mich gefühlt hatte, als ich damals deinen Vater kennengelernt hatte. Das war enorm aufregend für mich."

„Wo genau habt ihr euch denn kennengelernt? Davon hast du mir bisher so noch nie etwas Konkretes erzählt."

„Ich war damals zusammen mit meinem Vater in der Stadt unterwegs, um Ausschau zu halten nach einem Gemüseladen, in dem wir frisches Obst kaufen konnten. Wie es der Zufall so wollte, entdeckten wir den Gemüseladen deines Vaters, Baris, den er nun schon seit etwa 30 Jahren betreibt. Als ich damals in seine Augen blickte, war es spontan um mich geschehen. Sofort wusste ich, dass genau das der Mann sein würde, mit dem ich eine Familie gründen möchte. Wie du siehst, hat mich mein damaliges Gefühl nicht enttäuscht, denn ich liebe deinen Vater noch genau so, wie schon am ersten Tag."

„Mama, das freut mich sehr für euch, dass sich eure Wege damals gekreuzt hatten. Zudem finde ich es ganz wunderbar, dass ihr alle Höhen und Tiefen eures Lebens stets treu in gemeinsamer Verantwortung gestaltet habt. Ihr seid auf jeden Fall für mich und mein Leben vorbildhaft."

„Danke, Tülay, das ist sehr lieb von dir, dass du das so sagst. Das bedeutet mir sehr viel."

„Was wird Papa wohl dazu sagen, wenn er erfährt, dass ich einen deutschen jungen Mann kennengelernt habe?"

„Ich bin mir ganz sicher, dass er sich ebenfalls sehr für dich freuen wird. Was ich schon immer sehr an deinem Vater bewundert habe, ist seine freundliche Offenheit anderen Menschen gegenüber. Er begegnet anderen Menschen stets mit Respekt und einer wohlwollenden Grundhaltung. Das ist umso bemerkenswerter, als dass er schon oftmals wegen seiner Herkunft schlimm beschimpft wurde."

„Ja, Papa ist große Klasse! Ich liebe ihn, ebenso wie dich, Mama", sagte Tülay mit einer kleinen Träne in ihrem linken Auge.

„Magst du zum Abendessen bei uns bleiben? Papa wird bestimmt bald nachhause kommen. Dann kannst du ihm die frohen Neuigkeiten auch direkt selbst erzählen."

„Mama, das ist lieb gemeint, aber ich hab' noch so einiges an liegengebliebener Hausarbeit bei mir in der Wohnung zu erledigen, so dass ich mich nun besser auf den Heimweg mache."

„Ja, das kann ich gut verstehen. Einen Haushalt ordentlich zu führen, verlangt einiges an Disziplin. Dann wünsche ich dir jetzt erst einmal einen schönen Abend, und freue mich, dich bald wiederzusehen. Bis bald dann wieder, Tülay."

Begleitet von einer herzlichen Umarmung sowie einem liebevollen Kuss auf die Wange, verließ Tülay die Wohnung ihrer Eltern.

Beschwingt trat sie den Heimweg an, begleitet von schönen Gedanken an Fabian, den sie hoffentlich schon bald wiedersehen dürfte. Die Vögel zwitscherten und ein leiser Wind strich um ihr Haar. Immer wieder musste sie daran denken, wie dankbar sie für den guten Kontakt zu ihren Eltern ist. Dass das keineswegs eine Selbstverständlichkeit ist, sollte sich schon recht bald zeigen.

Nachdem sie abends noch gute zwei Stunden mit der Hausarbeit beschäftigt gewesen war, gönnte sie sich einen entspannenden Tagesausklang bei einem Glas köstlichen Rotweins. Sie konnte kaum mehr an etwas anderes denken, als daran, wie es ihr wohl gelingen könnte, Fabian möglichst bald wiedersehen zu können.

Friedlich entspannt mit einem Lächeln auf ihrem wunderschönen Gesicht schlief Tülay an diesem Abend ein. Während der Mond in seine abnehmende Phase eintrat, nahmen Tülays sehnsuchtsvolle Gedanken an Fabian deutlich zu, die sie nun in ihren Träumen begleiteten.

*

100

„Hallo, Fabian, hier spricht Mama. Wie war deine Woche? Magst du vielleicht heute Abend zu uns zum Essen kommen? Ich habe dein Lieblingsgericht, Rotkohl mit Klößen und Sauerbraten gekocht", rief Angelika Bense (56), Fabians Mutter ihren Sohn an.

„Hallo, Mama. Schön, dass du anrufst. Meine Woche war anstrengend, aber zugleich auch sehr ereignisreich und schön."

„Das hört sich ja spannend an, Fabian. Was gibt es denn Schönes zu berichten?"

„Mama, das erzähle ich euch lieber direkt vor Ort. Vielen Dank für dein liebes Angebot, dass ich zum Abendessen bei euch vorbeikommen kann. Ja, das mache ich sehr gern, denn ich habe für heute Abend ohnehin noch keine konkreten Pläne. Wäre es euch so gegen 20 Uhr recht?"

„Ja, das ist eine gute Zeit. Dann wird wohl auch dein Vater zurück sein. Er ist noch mit seinem Kollegen, Friedhelm Schuster (54) unterwegs. um sich ein neues Navigationsgerät anzuschauen. Prima, ich freue mich, dich nachher hier zu sehen. Bis bald dann. Tschüss, Fabian."

„Ich freue mich auch schon sehr, euch zu sehen. Außerdem läuft mir jetzt schon das Wasser im Munde zusammen, wenn ich an das leckere Essen denke. Bis nachher dann. Tschüss, Mama."

In Fabian machte sich eine leichte Anspannung breit. Wie würden wohl seine Eltern darauf reagieren, wenn er ihnen erzählt, dass er Sympathie für eine türkische Frau hegt? Wie sich schon recht bald zeigen sollte, waren seine Befürchtungen nicht unbegründet. Fabians Vater, Peter Bense, ein leicht übergewichtiger, rauer und polternder Mensch, hegte stets viele Vorurteile Menschen gegenüber, deren Kultur er nicht verstehen konnte. Das machte den Umgang mit ihm nicht immer angenehm. Dennoch war Fabian fest entschlossen, sich durch nichts und niemanden von seinem Weg abbringen zu lassen. Es sollte wohl ein spannender Abend werden.

„Schönen guten Abend, Mama", begrüßte Fabian seine Mutter mit einer herzlichen Umarmung."

„Guten Abend, mein Sohn. Schön, dass du kommen konntest. Papa ist auch vor wenigen Minuten eingetroffen, so dass wir gleich mit dem Abendessen beginnen können."

„Mmh, das riecht schon ganz köstlich. Ich habe auch großen Hunger mitgebracht, Mama."

„Das ist auch gut so. Hast Du denn heute noch nichts Ordentliches gegessen?"

„Na ja, außer zwei Brötchen während einer kurzen Frühstückspause bin ich bisher heute noch nicht dazu gekommen, etwas zu essen. Deshalb freue ich mich jetzt auch sehr auf die leckeren Klöße nebst Sauerbraten und Rotkohl."

In diesem Moment erschien auch Peter im Wohnzimmer. Mit einem kräftigen Schlag auf die Schulter begrüßte er Fabian mit den Worten: „Hallo, Jung', was führt dich denn zu uns? Du willst wohl mal wieder etwas Ordentliches zu beißen zwischen deine Zähne bekommen, oder?" fragte Peter in seiner bekannt etwas ungehobelten Art und Weise.

„Guten Abend, Papa. Ja, es ist zwar richtig, dass ich mich auf das leckere Essen freue, aber der Hauptgrund dafür, dass ich euch heute besuche, besteht eher darin, dass ich euch eine schöne Neuigkeit berichten möchte."

„Na, da machst du deinen alten Vater jetzt aber ganz neugierig. Hast du inzwischen den Nobelpreis gewonnen?" fragte Peter mit ironischem Unterton.

„Ach, Papa, was du immer von mir denkst. Nein, ich habe nicht den Nobelpreis gewonnen, wohl aber einen Preis, der viel wertvoller als der Nobelpreis sein könnte."

„Das kann doch gar nicht sein. Der Nobelpreis ist doch hoch dotiert, oder?" fragte Peter.

„Papa, es gibt Dinge auf dieser Welt, die ganz sicher erheblich wertvoller sind als eine Prämie, die man für einen Nobelpreis erhält", entgegnete Fabian ruhig aber bestimmt.

„Was sollte das denn wohl sein?

Womöglich eine neue Freundschaft oder – noch schlimmer – eine neue Liebe?", hakte Peter nach.

„Papa, ich weiß zwar nicht wieso du eine neue Liebe als schlimm empfindest, aber, ja genau so ist es wohl. Im Rahmen meiner Dozententätigkeit habe ich vor wenigen Tagen eine ganz wunderbare junge Frau kennengelernt."

„Ach du meine Güte! Pass' bloß auf, dass die dich nicht ausnutzt."

„Papa, warum sollte mich denn diese wunderbare junge Frau ausnutzen sollen? Tülay ist ausgesprochen sympathisch, sehr kultiviert und zudem sehr klug."

„Tülay? Was ist das denn für ein merkwürdiger Name?", fragte Peter mit einem nicht zu übersehenden Entsetzen in seinen Augen.

„Ja, also wirklich, das hört sich ja irgendwie türkisch an?", ergänze Angelika ebenso erstaunt.

„Was soll denn das bitte heißen? Wieso ist Tülay ein merkwürdiger Name? Und überhaupt, was habt ihr denn dagegen einzuwenden, dass Tülay eine türkische Frau ist?", fragte Fabian, der eine solche Reaktion schon zuvor befürchtet hatte.

„Junge, das kannst du uns doch nicht ernsthaft antun wollen! Eine Türkin als Freundin? Ich fass' es nicht!", erregte sich Peter, während sein Gesicht tiefrot anlief.

„Ja, also ehrlich, Fabian. Das geht nun wirklich gar nicht", bestätigte Angelika.

„Weißt du denn nicht, dass du uns damit eine kriminelle Sippschaft auf den Hals hetzt? Dann kommen bald deren Brüder zu uns, um uns zu erpressen. Hilfe, nein, Fabian! Was für ein Irrsinn! Bist du denn von allen guten Geistern verlassen? Nein, das kommt auf gar keinen Fall in Frage!", schrie Peter mit einer immer lauter werdenden Stimme.

Obwohl Fabian wahrlich allen Grund gehabt hätte ebenso erregt auf diese Kaskade unbegründeter und absurder Vorurteile zu reagieren, antworte er mit ruhiger Stimme:

„Also, liebe Mama, lieber Papa, eure Erregung ist hier sicher völlig fehl am Platze. Zunächst einmal ist mir schleierhaft, worauf konkret sich eure massiven Vorurteile gründen? Wieso denkt ihr so schlecht von Menschen, die ihr doch bisher so gar nicht persönlich kennt? Wieso sollte ich euch eine kriminelle Sippschaft auf den Hals hetzen? Zudem hat Tülay womöglich gar keine Brüder? Und vor allem, woher nehmt ihr euch das Recht, über meinen Kopf hinweg entscheiden zu wollen, mit wem ich Kontakte pflege? Meint ihr nicht auch, dass eure Vorurteile völlig absurd sind?", fragte Fabian.

„Was heißt denn hier absurd, Fabian?", erregte sich Peter erneut. „Jung' liest du denn keine Zeitung? Jedes Kind weiß doch, dass Türken arbeitsscheu, dumm, schmutzig und unzuverlässig sind. Ich kann nicht glauben, dass mein eigener Sohn so naiv ist?" erregte sich Peter mehr und mehr, der allmählich einem Herzinfarkt nahe zu sein schien.

„Papa, bei aller Liebe, aber diesen Blödsinn muss ich mir nun wirklich nicht anhören. Deine Vorurteile sind nicht nur menschlich abstoßend, sondern auch völlig dumm. Ich denke, du sprichst über Dinge, von denen du bisher wohl nichts verstehst. Überhaupt gefällt mir es mir ganz und gar nicht, dass du solche Stammtischparolen hier von dir gibst. Das ist definitiv nicht meine Welt. Ich denke, du solltest dich schämen, Papa", sagte Fabian in einem noch immer ruhigen Tonfall.

„Das ist nun wahrlich der Gipfel der Unverschämtheit! Ich lass' mir doch von meinem Sohn nicht sagen, dass ich mich schämen soll, und das nur, weil ich die Wahrheit spreche?"

„Papa, du vergisst, dass es sich dabei nur um deine Wahrheit handelt. Und die scheint erkennbar völlig vernebelt zu sein. Vielleicht liegt es daran, dass du dich mit Menschen umgibst, die solche ebenso beleidigenden wie dümmlichen Stammtischparolen absondern?"

Offenbar war das nun zu viel für Peters Gemüt. Wutschnaubend verließ er das Wohnzimmer.

„Das hast du nun davon, Fabian. Nun hast du deinen Vater total verärgert. Na super! Inzwischen ist auch das leckere Essen kalt geworden", sagte Angelika mit Tränen in ihren Augen.

„Mama, ich denke, dass du hier Ursache und Wirkung verwechselst. Nicht ich war es, der hier Papa verärgert hat. Vielmehr ist es doch wohl eher so, dass Papa sich völlig daneben benommen hat. Wie kann er nur so abfällig über Menschen sprechen, die er doch selbst gar nicht persönlich kennt? Das ist völlig inakzeptabel. Wenn hier jemand einen Grund hat beleidigt zu sein, dann doch wohl eher ich. Meinst du nicht auch, Mama?"

„Fabian, das muss ich jetzt alles erst einmal verdauen. Schade, dass dieser Abend im Streit endet. So hatte ich mir das nicht vorgestellt."

„Da kann ich dir nur zustimmen, Mama. Auch ich hatte mich eigentlich auf einen schönen und friedlichen Abend mit euch gefreut. Doch so, wie sich Papa hier aufgeführt hat, ist es wohl besser, wenn ich jetzt gehe. Tschüss, Mama."

Wortlos winkte Angelika Fabian hinterher, der sichtlich betrübt die Wohnung verließ.

*

Am nächsten Morgen, als Angelika und Peter am Frühstückstisch sitzen, hat sich dieser offenbar noch immer nicht wieder beruhigt. Mürrisch und mit sichtlich schlechter Laune schlürft er lustlos seinen Kaffee.

„Guten Morgen, Schatz", begrüßt ihn Angelika, während sie Peter ein duftendes Brötchen anreicht.

„Von einem guten Morgen können wir wohl kaum sprechen", kontert Peter unfreundlich und laut. „Was haben wir da nur in unserer Erziehung bei Fabian falsch gemacht? Das kann doch einfach nicht sein, dass er sich nun so eine Türkin ausgeguckt hat? Der tickt doch nicht ganz richtig!", fing Peter schon wieder an zu poltern.

„Peter, meinst du nicht, dass du gestern zu harsch mit Fabian umgegangen bist?"

„Ach, fällst du mir jetzt auch noch in den Rücken? Das wird ja immer schlimmer hier!".

„Unsinn, ich falle dir doch nicht in den Rücken. Ich meine nur, dass du gestern vielleicht etwas überreagiert haben könntest?", beschwichtigte Angelika.

„Lass' mich in Ruhe. Ich hau' jetzt gleich ab zur Arbeit. Da treffe ich dann hoffentlich endlich wieder normale Menschen. Das ist ja hier nicht zum aushalten."

„Wenn du meinst, dass das so gut und richtig ist?! Mmh, ich weiß nicht so recht", sagte Angelika ganz kleinlaut.

Wortlos und sichtlich darum bemüht möglichst schnell das Frühstück hinter sich zu bringen, schlang Peter förmlich das Brötchen in sich hinein. Ohne weiteren Gruß verließ er die Wohnung, und machte sich auf den Weg zum Büro der Firma, bei der er als Kurierfahrer arbeitete.

„Grüß' dich, Friedhelm. Du kannst dir gar nicht vorstellen, wie froh ich bin, dich hier zu sehen."

„Na nu, was ist denn los mit dir heute?", fragte Friedhelm leicht irritiert. „So kenne ich dich ja gar nicht."

„Stell' dir mal vor, mein Sohn will doch tatsächlich eine Beziehung zu einer Türkin beginnen, die er wohl während der Arbeit kennengelernt hat. Und nun ist er offenbar völlig um seinen Verstand gebracht worden. Der ist wie von Sinnen!"

„Ach du dickes Ei! Ja, das ist wirklich total irre!", bestätigte ihn Friedhelm.

„Ich habe den Eindruck, dass er einer Hirnwäsche unterzogen worden sein muss. Das kann doch wohl nicht wahr sein, dass mein Sohn, ein ordentlicher deutscher Junge, sich mit einer Türkin einlassen möchte? Mir ist ganz schlecht."

„Ja, Peter, das kann ich gut verstehen. Dein Sohn hat wohl Drogen genommen. Er

103

sollte doch wissen, dass Türken arbeitsscheu, ungepflegt und kriminell sind."

„Genau das habe ich ihm auch gesagt. Dann meinte er zu mir, ich solle mich wegen meiner Vorurteile schämen. Stell' dir das mal vor. Ist das nicht irre?"

„Ja, da hast du völlig recht. Das darfst du auf gar keinen Fall zulassen, dass eine solche Verbindung zustande kommt. Da musst du dir unbedingt etwas einfallen lassen."

„Das ist leichter gesagt als getan, Friedhelm. Irgendwie scheint er völlig dicht zu machen."

„Du tust mir echt leid, Peter. Ist es nicht schon schlimm genug, dass schon so viele Türken hier in unserem Land leben, die unseren Leuten hier die Arbeitsplätze wegnehmen? Und nun auch noch dein eigener Sohn? Das ist völlig normal, dass du da ausrastest."

„Genau, du sagst es. Und irgendwie habe ich so das Gefühl, dass Angelika auch schon so dumme Gedanken hat."

„Wie kommst du darauf?"

„Nun ja, heute beim Frühstück meinte sie, ich sei wohl gestern zu harsch mit Fabian umgegangen. Was hätte ich denn anders machen können, wenn mein eigener Sohn allen Ernstes auf eine Türkin abfährt?"

„Lass' dir da bloß keinen Unsinn einreden. Ein deutscher Mann soll eine deutsche Frau heiraten. Basta. Dieses ganze multikulturelle Gerede ist doch Blödsinn!", ereiferte sich Friedhelm.

„Zum Glück verstehst du mich wenigstens. Das tut echt gut, zu sehen, dass es noch Menschen gibt, die normal ticken."

Kurze Zeit später begaben sich Peter und Friedhelm zu ihren jeweiligen Kurierfahrzeugen, um diese täglich neu aufzuladenden Pakete an deren Bestimmungsorte zu bringen. Zwischenzeitlich zog ein schweres Gewitter mit Starkregen auf.

„Guten Tag, Frau Önöz", begrüßte Fabian Tülay zunächst zaghaft am Telefon, die er schnellstmöglich im Büro anrief.

„Welch' eine schöne Überraschung!

Waren wir nicht schon beim Du?" fragte Tülay, die sichtlich überrascht auf Fabians Telefonanruf reagierte.

„Ich weiß gar nicht mehr so genau. Na schön, hallo, Tülay. Ich muss dir unbedingt etwas erzählen, das dich bestimmt sehr interessieren wird. Hast du einen kleinen Moment Zeit für ein Gespräch?"

„Da hast du Glück, Fabian. Momentan ist hier nicht viel los. Was genau ist denn passiert, dass du mich sogar hier im Büro anrufst?"

„Als ich gestern Abend meinen Eltern davon erzählte, dass ich dich kennengelernt habe, und dich sehr sympathisch finde, rastete vor allem mein Vater völlig aus."

„Warum das denn?", wollte Tülay sogleich wissen.

„Offenbar hat mein Vater ein massives Problem damit, dass ich mich in eine türkische Frau verliebt haben könnte. Das passt so gar nicht in sein enges Weltbild. Bevor ich gestern etwas Näheres zu unserer ersten Begegnung erzählen konnte, beschimpfte mich vor allem mein Vater auf das Übelste."

„Du meinst, dein Vater hegt Vorurteile gegenüber türkischen Menschen?", fragte Tülay irritiert.

„Ja, so muss man es wohl leider sagen. Ich bin schockiert, dass mein Vater dermaßen engstirnig und dumm argumentiert. Bestimmt liegt es daran, dass er in seinem beruflichen Umfeld von Leuten umgeben ist, die vorwiegend auf Stammtischniveau sprechen."

„Das könnte so sein, Fabian. Bestimmt ist das auch für dich eine sehr traurige Erfahrung gewesen, zu erleben, wie dein Vater auf eine im Prinzip doch erfreuliche Neuigkeit reagiert hat."

„Das kannst du laut sagen. Ja, ich bin schockiert und traurig zugleich. Doch ich lasse mir von niemandem vorschreiben, mit wem ich eine Beziehung beginnen möchte.   Da wird sich mein Vater wohl daran gewöhnen müssen, dass ich meine eigenen Entscheidungen treffe."

„Fabian, ich muss jetzt hier erst einmal weiterarbeiten. Wenn du magst, dann rufe ich dich in den nächsten Tagen mal an. Ich habe schon so eine Idee, wie wir dieses Problem lösen könnten. Mach's gut. Bis bald dann. Auf Wiedersehen, Fabian."

„Bis bald dann wieder. Ich wünsche dir noch einen guten Tag, Tülay."

*

Als Tülay am Abend des gleichen Tages nachhause kam, merkte sie, dass sie die unerfreulichen Nachrichten zu Fabians Eltern doch stärker belasteten, als sie sich das im ersten Moment eingestehen konnte. Da hatte sie nun endlich den Mann ihrer Träume gefunden, und nun so etwas? Je mehr sie darüber nachdachte, wie destruktiv sich solche Vorurteile auswirken konnten, umso trauriger wurde sie. In ihrer eigenen Familie wurde ihr beigebracht anderen Menschen und Kulturen gegenüber grundsätzlich mit Respekt und Anstand zu begegnen. Sie konnte sich gar nicht vorstellen, dass ein so feiner Mensch wie Fabian einen Vater haben könnte, der offenkundig so viele Vorurteile hegte.

Plötzlich kam ihr der Gedanke, dass sie schnellstmöglich die Praxis von Dr. Leon Blautaler aufsuchen könnte. Schon in früheren Jahren hatte sie Dr. Blautaler als einen wunderbaren Arzt kennengelernt, der nicht nur ausgesprochen kompetent ist, sondern der zudem einen stets empathischen Umgang zu seinen Patientinnen und Patienten pflegte. Vor allem seine Spezialisierung auf den Fachbereich Psychologie würde ganz sicher hilfreich sein. Also beschloss Tülay noch am gleichen Abend in der Praxis von Dr. Blautaler anzurufen, um schnellstmöglich einen Beratungstermin zu erhalten. Aus vielen Erzählungen anderer Patientinnen wusste sie, dass es üblicherweise mehrere Wochen dauern könnte, bis man einen freien Termin erhalten könnte. Doch so lange konnte und wollte sie nicht warten. Glücklicherweise hatte die Praxis von Dr. Blautaler an diesem Tag verlängerte Sprechzeiten, so dass sie erfreulicherweise noch einen telefonischen Kontakt herstellen konnte.

„Guten Abend, mein Name ist Tülay Önöz. Ich bin bereits Patientin bei Herrn Dr. Blautaler, war jedoch schon seit längerer Zeit nicht mehr in Ihrer Praxis."

„Guten Abend, Frau Önöz. Ja, ich sehe, dass Ihre Daten hier bei uns im Praxiscomputer gespeichert sind. Wie kann ich Ihnen helfen?", wollte die freundliche Sprechstundenhilfe wissen.

„Ich habe ein akutes Problem mit dem Vater eines jungen Mannes, den ich kürzlich kennengelernt habe. Diese Herr hegt offenbar schlimme Vorurteile gegen ausländische Mitmenschen. Das belastet schon in der Anfangsphase die Beziehung, die ich sehr gern zu diesem jungen Mann aufbauen möchte. Von daher ersuche ich dringend den fachkundigen Rat von Herrn Dr. Blautaler."

„Lassen Sie mich bitte mal nachsehen, wann wir einen Termin für Sie frei haben? Ja, Frau Önöz, da haben Sie großes Glück. Morgen am frühen Nachmittag hat eine andere Patientin ihren Termin kurzfristig abgesagt. Wenn Sie mögen, könnten Sie gern morgen um 14 Uhr einen Termin bei Herrn Dr. Blautaler bekommen. Soll ich diesen Termin für Sie reservieren?"

„Ja, sehr gern. Da bin ich sehr froh, dass das so schnell klappt. Bis morgen dann, und vielen Dank."

Glücklich über diese unerwartet schnelle Terminzusage stieg ein wenig Hoffnung in Tülay auf, dass es ihr mit der Hilfe von Dr. Blautaler gelingen könnte, das sich anbahnende Problem mit Fabians Vater schon im Ansatz klären zu können.

Am nächsten Tag erschien Tülay pünktlich um 14 Uhr in der Praxis von Dr. Blautaler.

„Guten Tag, Frau Önöz, schön, dass ich Sie mal wieder hier in meiner Praxis begrüßen darf", begrüßte Dr. Blautaler die sichtlich aufgeregte Tülay schon am Empfang.

„Guten Tag, Herr Dr. Blautaler. Vielen Dank, dass ich so schnell einen Termin bei Ihnen bekommen könnte."

„Ja, da haben Sie wirklich großes Glück gehabt, denn üblicherweise sind wir hier auf lange Zeit hinaus ausgebucht. Bitte folgen Sie mir direkt in das Behandlungszimmer, so dass Sie mir berichten können, was Sie heute zu mir geführt hat."

Mit einer Mischung aus Aufregung und Hoffnung nahm Tülay auf einem großen Ledersessel des geschmackvoll eingerichteten Behandlungszimmers Platz.

„Wie darf ich Ihnen helfen, Frau Önöz? Was genau ist denn passiert?" fragte Dr. Blautaler in einem beruhigenden Tonfall.

„Herr Dr. Blautaler, vor wenigen Tagen habe ich einen wunderbaren jungen Mann, Fabian Bense, kennengelernt, mit dem ich zu gern eine Beziehung aufbauen möchte. Leider scheint es aber so zu sein, dass Fabians Eltern, vor allem dessen Vater, massive Vorurteile Ausländern gegenüber zu hegen scheint. Das macht mich sehr traurig, und nun bin ich in großer Sorge, dass dieser Umstand meine Beziehung zu Fabian schon in der Aufbauphase empfindlich belasten könnte. Verstehen Sie?"

„Mmh, zunächst ist das sicher eine erfreuliche Nachricht, dass Sie einen so wunderbaren Mann kennengelernt haben. Allerdings kann ich sehr gut nachvollziehen, dass Sie sich nun Sorgen machen. Leider ist dieses Phänomen in Teilen unserer Gesellschaft weiter verbreitet, als man denkt."

„Ja, diesen Eindruck habe ich auch. Nun frage ich mich, wie ich möglichst klug mit dieser Situation umgehen kann?"

„Frau Önöz, ich denke, es wäre zunächst einmal wichtig, dass Sie die Eltern von Fabian persönlich kennenlernen sollten, um sich selbst ein Bild zu verschaffen. Oftmals ist es nämlich so, dass sich Menschen im persönlichen Gespräch anders verhalten als im Umgang mit Menschen, mit denen sie tagtäglich zu tun haben."

„Ja, das könnte wohl so sein. Soweit ich Fabian bisher richtig verstanden habe, scheint vor allem sein Vater dümmliche Stammtischparolen von sich zu geben."

„Meine Empfehlung ist, dass Sie zunächst einmal herauszufinden versuchen, woher genau die diffusen Vorurteile von Fabians Vater kommen? Möglicherweise hatte er irgendwann einmal schlechte Erfahrungen machen müssen, die ihn dann in seinen Vorurteilen bestätigen? Ich denke, dass Sie zunächst ganz gelassen abwarten sollten, wie sich die Dinge in der nächsten Zeit entwickeln. Sollte sich herausstellen, dass die Vorurteile tiefer sitzen, werden wir uns eine hilfreiche Strategie ausdenken."

„Ja, so wird es wohl sinnvoll sein. Ich danke Ihnen sehr für Ihre Mut machenden Worte, Herr Dr. Blautaler. Jetzt fühle ich mich schon ein klein wenig besser."

„Das freut mich sehr für Sie, Frau Önöz. Falls sich die Lage zuspitzen sollte, dürfen Sie jederzeit hier in meiner Praxis vorbeikommen. Wie Sie sicher wissen ist hier zumeist sehr viel los, aber für akute Fälle nehme ich mir immer gern Zeit. Zögern Sie also bitte nicht, wenn Sie den Eindruck haben, dass Sie Hilfe benötigen. Ich wünsche Ihnen noch einen schönen Tag. Auf Wiedersehen, Frau Önöz."

„Auf Wiedersehen, Dr. Blautaler. Einmal mehr kann ich sagen, dass ich mich hier bei Ihnen sehr gut aufgehoben fühle. Ich wünschte, es gäbe mehr Ärzte Ihrer Art, die nicht nur fachkompetent, sondern auch menschlich angenehm agieren. Vielen Dank. Bis bald dann wieder."

Mit ein wenig neuem Mut verließ Tülay die Praxis von Dr. Blautaler, und machte sich nochmals auf den Weg zurück ins Büro. Schließlich war es erst 15 Uhr, und sie wollte noch einige Zeit mit der neuen Software experimentieren.

Ein Sonnenstrahl fiel zaghaft auf Ihren Schreibtisch.

*

Samstagvormittag, ein sonniger Tag. Tülay besucht ihren Vater, Baris, in dessen Gemüseladen.

„Guten Morgen, Papa", begrüßt sie ihn schon vor dem Gemüseladen, begleitet von einer herzlichen Umarmung.

„Hallo, Tülay, das ist ja eine schöne Überraschung, dass du mich hier besuchen kommst. Gibt es dafür einen besonderen Grund?", wollte Baris wissen.

„Einmal abgesehen davon, dass ich mich immer freue, dich zu sehen, Papa, ja, es gibt tatsächlich einen konkreten Grund für meinen Besuch hier."

„Ich nehme mal an, du möchtest mir von Fabian erzählen? Mama hat mir schon davon erzählt, dass bei dir wohl der Liebesblitz eingeschlagen hat. Stimmt's?", fragte Baris mit einem kecken Blick.

„Papa, ich sehe, du kannst offenbar wie in einem offenen Buch in mir lesen. Bin ich so leicht zu durchschauen?", fragte Tülay ebenso keck.

„Tülay, du strahlst bis hinter beide Ohren. Da müsste man schon mit Blindheit geschlagen sein, nicht zu spüren, dass du Schmetterlinge im Bauch hast."

„Da du mich offenbar schon durchschaut hast, ja, so ist es wohl. Ich bin total froh, dass ich Fabian im Rahmen der EDV-Schulung kennenlernen durfte. Soweit ich das bisher wahrnehme, scheint er mich wohl auch sehr sympathisch zu finden."

„Das hört sich doch sehr gut an, Tülay. Ich freue mich für dich."

„Ja, eigentlich ist das sehr schön, wären da nicht so einige schlimme Störfaktoren, die mich sehr belasten."

„Wie genau meinst du das?", fragte Baris interessiert.

„Leider sind Fabians Eltern wohl nicht gerade freundlich ausländischen Mitmenschen gegenüber eingestellt. Fabian erzählte mir, dass vor allem sein Vater schlimme und sehr intensive Vorurteile hegt, die sich wohl auch gegen Türken zu richten scheinen. Das finde ich sehr traurig. Wie kann ein Mensch nur so voreingenommen sein? Er kennt mich doch bisher noch gar nicht persönlich."

„Ach, Tülay, das kann ich sehr gut nachvollziehen, dass das sehr belastend für dich sein muss. Das ist schon sehr traurig, dass eine neue Liebesbeziehung schon in der Anfangsphase so empfindlich gestört wird. Vielleicht glätten sich die Wogen, wenn er dich erst einmal persönlich kennengelernt haben wird. Dann wird er vielleicht begreifen, dass du eine wunderbare Frau bist, die seinen Sohn sehr glücklich machen könnte."

„So etwas ähnliches hatte auch Dr. Blautaler schon zu mir gesagt. Er meinte auch, es sei sicher gut und hilfreich, dass wir uns zunächst einmal persönlich kennenlernen sollten. Vielleicht könnten sich dann die Vorurteile in Schall und Rauch auflösen?" meinte Tülay etwas zögerlich.

„Tülay, ich bin ganz sicher, dass sich alles zum Guten für euch wenden wird. Eine wahre Liebe sollte man niemals vorschnell aufgeben. Falls ich dir oder Fabian irgendwie behilflich sein kann, dann lass' es mich bitte wissen. Mama und ich helfen dir immer gern, aber das weißt du ja sicher, mein Kind."

„Ja, Papa, das weiß ich, und dafür bin ich euch auch sehr dankbar. Ich muss jetzt weiter, denn mir fehlen noch einige Lebensmittel für das Wochenende. Bis bald dann wieder, Tschüss, Papa, und grüß' bitte Mama ganz lieb von mir."

„Mach' ich gern. Danke. Bis bald, Tülay."

*

Mit der Unterstützung von Dr. Blautaler und ihren so liebevollen Eltern sollte es doch möglich sein, das Problem mit Fabians Eltern lösen zu können, dachte Tülay auf Ihrem Heimweg. Es durfte einfach nicht sein, dass diffuse Vorurteile ihre sich anbahnende Liebesbeziehung zu Fabian stören. Ihr Herz war längst für Fabian entbrannt, und sehnte sich danach, ihn schon bald wiederzusehen. Wieder zuhause angekommen, griff Tülay kurzentschlossen zu ihrem Handy, um Fabian anzurufen.

„Hallo, Fabian, hier spricht Tülay. Störe ich gerade?"

„Hallo, Tülay. Nein, du störst mich doch nicht. Ganz im Gegenteil, ich freue mich sehr, dass du mich anrufst", sagte Fabian mit ruhiger Stimme.

„Hättest du vielleicht Lust und Zeit für ein spontanes Treffen? Ich kenne da ein schönes türkisches Tanzlokal, dem auch ein kleines Café angeschlossen ist. Dort gibt es leckeren türkischen Kaffee und köstliche Kekse."

„Ja, das ist eine sehr schöne Idee, Tülay. Darf ich dich so gegen 19 Uhr bei dir abholen? Dann könnten wir gemeinsam dorthin fahren", sagte Fabian, dessen Stimme inzwischen ein wenig aufgeregter klang.

„Einverstanden, ich erwarte dich dann so gegen 19 Uhr hier. Meine Adresse lautet: Bahnhofstraße 49. Ich freue mich schon sehr auf dich, Fabian!"

„Prima, ich freue mich auch schon sehr auf einen schönen Abend mit dir, Tülay. Bis nachher dann."

Freudig erregt sprang Tülay unter die Dusche. Während die sanften Wasserstrahlen auf ihre zarte Haut fielen, malte sie sich in Gedanken schon aus, wie der Abend mit Fabian wohl verlaufen würde. Eine wohltuende Spannung baute sich auf. Sie zog ihr grünes Kleid an, dazu schwarze Lackschuhe und eine wunderschöne Halskette, die sie vor längerer Zeit von ihren Eltern zu ihrem 20. Geburtstag geschenkt bekommen hatte. Pünktlich um 19 Uhr klingelte Fabian an der Tür.

„Guten Abend, Tülay. Hier spricht Fabian", klang es über die Haussprechanlage aus dem Türlautsprecher.

„Guten Abend, Fabian. Ich komme sofort nach unten. Bin gleich bei dir", sagte Tülay, die schon ganz aufgeregt war.

Wie ein echter Gentleman begrüßte Fabian die hübsch aussehende Tülay mit einem zarten Handkuss.

„Hallo, Tülay. Schön, dich zu sehen. Du siehst bezaubernd aus."

„Vielen Dank, Fabian. Ich freue mich so sehr, dich zu sehen. Unser erstes gemeinsames Treffen in einer privaten Umgebung. Ich bin ganz schön aufgeregt."

„Tülay, ehrlich gesagt bin ich auch ein wenig aufgeregt. Die Aussicht auf einen schönen Abend mit dir lässt mein Herz höher schlagen."

Kurze Zeit später trafen Tülay und Fabian dann im türkischen Tanzlokal ein. Das integrierte Café befand sich in einem separaten Bereich. Der besondere Clou dabei war, dass man vom Café aus einen guten Blick auf die Tanzfläche hatte. Somit konnten die Gäste nicht nur leckeren Kaffee genießen, sondern auch die Tanzpaare auf der Tanzfläche beobachten.

„Guten Abend. Bitte bringen Sie uns zwei türkische Kaffee", sagte Tülay zu der türkischen Bedienung. Eine rassig ausschauende Frau mit schwarzen Haaren und grünen Augen nahm die Bestellung entgegen.

„Fabian, wie gefällt es dir ganz spontan hier?", fragte Tülay den sichtlich beeindruckten Fabian, der sich zunächst einmal in dieser ihm bisher fremden Umgebung orientieren musste.

„Ich bin schwer beeindruckt, Tülay. Das Ambiente hier gefällt mir ausgesprochen gut. Diese orientalische Atmosphäre hat etwas Bezauberndes an sich. Das passt sehr gut zu dir, Tülay", meinte Fabian, der noch damit beschäftigt war die vielen Eindrücke in sich aufzunehmen.

„Das freut mich sehr, dass es dir offenbar gut gefällt, Fabian", sagte Tülay, während sie ihre rechte Hand sanft auf Fabians linke Hand legte. Dabei schaute sie ihm kurz aber tief in seine Augen.

„Mmh, der Kaffee duftet köstlich", sagte Fabian, als die Kellnerin den türkischen Kaffee servierte. „Wenn der Kaffee genauso gut schmeckt, wie er riecht, dann alle Achtung!".

Eine bezaubernde und liebevolle Atmosphäre umgab Tülay und Fabian, während sie genussvoll ihren Kaffee verköstigten.

„Tülay, ich bin so froh, dass sich unsere Wege gekreuzt haben. Das ist wohl eine glückliche Fügung des Himmels gewesen", meinte Fabian, während er Tülay tief in deren wunderschöne Augen blickte.

„Ja, so erlebe ich das auch, Fabian. Als du kürzlich bei uns im Büro erschienen warst, durchfuhr mich sofort der Liebesblitz. Das war ein unbeschreiblich schönes und intensives Gefühl, das sich kaum mit Worten angemessen beschreiben lässt."

„Offen gesagt, mir erging es sehr ähnlich, Tülay. Als ich dich sah, wusste ich sofort, dass du die Frau bist, mit der ich zusammen sein möchte. Vor allem deine zurückhaltende Art hat mir sehr gefallen. Ganz im Gegensatz zu den doch sehr plumpen Versuchen deiner Kollegin, Jasmin. Sofort war mir klar, dass du eine ganz besondere Frau bist."

„Für mich ist es hier wie im Traum. Noch vor wenigen Tagen hätte ich nicht gedacht, nun hier mit dir sein zu dürfen. Dennoch muss ich andauernd daran denken, was du mir zu den schlimmen Vorurteilen deines Vaters erzählt hast. Das macht mich sehr traurig, und ich fürchte, dass es da noch erhebliche Probleme geben wird."

„Tülay, bitte mach' dir keine Sorgen. Ich bin sicher, dass sich alles gut entwickeln wird. Mein Vater ist zwar auf den ersten Blick ein eher grober Charakter, aber im Grunde seines Herzens ist er ein guter Mensch. Mit vereinten Kräften wird es uns bestimmt gelingen, ihn davon zu überzeugen, dass eine Beziehung zwischen einer türkischen Frau und einem deutschen Mann sehr wohl gelingen kann."

„Meinst du wirklich, Fabian? Ich bin mir da nicht so sicher", meinte Tülay mit großen Fragezeichen in ihren Augen.

„Ja, ich gehe davon aus, dass auch mein Vater noch lernfähig ist. Wenn er dich erst einmal persönlich kennengelernt haben wird, wird er schnell merken, dass du eine ganz wunderbare Frau bist. Ich denke, dass seine Vorurteile vor allem daher rühren, dass er täglich von Menschen umgeben ist, die dumpfe und absurde Vorurteile Ausländern gegenüber durch allerlei dumme Sprüche bestätigen. Von daher

werden wir viel Überzeugungsarbeit zu leisten haben, um ihn und meine Mutter eines Besseren zu belehren. Gemeinsam sind wir stark!", versuchte Fabian Tülay Mut zu machen.

„Wenn ich dir so zuhöre, dann glaube ich allmählich auch, dass alles gut wird."

Nach einer längeren Pause des Schweigens, während der sich die beiden intensiv in die Augen sahen, beugte sich Fabian vorsichtig zu Tülay herüber. Langsam, ganz langsam näherten sich ihre Lippen an, und mit geschlossenen Augen gab Fabian Tülay einen ersten, zarten Kuss auf deren dunkelrote Lippen. Ein unbeschreiblich schönes und intensives Glücksgefühl durchströmte die erregten Körper von Tülay und Fabian.

„Tülay, bitte zwick' mich mal in meinen Arm, damit ich weiß, ob ich jetzt träume?", sagte Fabian, der wie elektrisiert war von diesem zauberhaften Moment.

„Fabian, du träumst nicht. Das hier ist ganz real", antwortete Tülay, deren Gesichtsfarbe ein wenig gerötet erschien. „Das ist der glücklichste Moment in meinem Leben. Fabian, ich danke dem Himmel, dass er mir dich geschickt hat."

Wortlos, jedoch begleitet von einer zutiefst intensiven Stimmung wechselseitiger Zuneigung, saßen Tülay und Fabian noch eine längere Zeit an ihrem Tisch im Café. Nach diesem wunderbaren Abend brachte Fabian die wie auf Wolke sieben schwebende Tülay zurück zu deren Wohnung. Mit einem liebevollen und lang andauernden Kuss, der eine schöne Zukunft erwarten ließ, verabschiedeten sich die beiden vor Tülays Wohnungstür. Überglücklich fuhr Fabian nachhause. Tülay, die an dieser Nacht kaum in den Schlaf fand, malte sich schon eine rosige Zukunft gemeinsam mit Fabian aus. Wunderschöne Gedanken an eine Zeit voller Glück und Harmonie durchströmten ihren Kopf. Es könnte alles so schön sein, wären da nicht auch die Gedanken an die schlimmen Vorurteile von Fabians Eltern. Doch, mit der tatkräftigen Unterstützung von Dr. Blautaler müsste es gelingen, dass solche Hindernisse aus dem Weg geräumt werden könnten, dachte Tülay, als ihr die Worte von Fabian in den Sinn kamen. Tief in der Nacht fand sie endlich in den Schlaf, der von wunderschönen Träumen begleitet war. Welch' ein wundervoller Tag war das? Dieser Gedanke ging Tülay durch ihren Kopf, kurz bevor sie endlich einschlief.

*

Mit gemischten Gefühlen ging Tülay am nächsten Tag ins Büro. Schließlich gab es nicht nur das Problem mit Fabians Eltern, sondern auch Jasmin schien ihr plötzlich nicht mehr wohlgesonnen zu sein.

„Na, auch schon hier?", wurde sie von Jasmin in einem wenig freundlichen Tonfall begrüßt.

„Guten Morgen, Jasmin. Was soll denn dieser unfreundliche Unterton, den ich da heraushöre? Kann es sein, dass du irgendwie neidisch auf mich bist?"

„Blödsinn! Wieso sollte ich denn neidisch auf dich sein?"

„Irgendwie habe ich den Eindruck, dass du in den letzten Tagen sehr schnippisch auf mich reagierst. Vermutlich wohl deshalb, weil ich mich für Fabian interessiere, oder?", fragte Tülay.

„Was du dir da zusammenreimst. Glaubst du wirklich, ich könnte mich für diesen Milchbubi interessieren? Wovon träumst du eigentlich nachts?", gab Jasmin in einem zunehmend patzigen Tonfall zurück.

„Nun, das sah bei dir vor wenigen Tagen aber noch völlig anders aus. Du warst es doch wohl eher, die sich Fabian schon am Tag der EDV-Schulung hier massiv aufgedrängt hatte. Und nun willst du mir ernsthaft erklären, dass ich mir das alles nur eingebildet habe? Das glaubst du doch selbst nicht, Jasmin."

„Ach, lass' mich doch in Ruhe damit. Außerdem glaubst du doch wohl nicht wirklich, dass sich dieser deutsche Mann für dich, eine Türkin, begeistern könnte?", ätzte Jasmin weiter.

„Ob du es glaubst, oder nicht, ich war sogar schon mit Fabian ausgegangen. Wir hatten einen wunderbaren Abend, und er hat mich sogar schon geküsst. Was sagst du jetzt?"

Kaum hatte Tülay diesen Satz gesprochen, verfinsterte sich Jasmins Gesicht binnen weniger Sekunden mehr und mehr. Damit hatte sie wohl nicht gerechnet. Schließlich war sie davon ausgegangen, dass Fabian eine weitere Trophäe in ihrer schon langen Männerliste hätte werden sollen. Und jetzt das? Eine Türkin schnappt ihr einen Mann weg, den sie doch selbst für sich gewinnen wollte? Das war offenbar für Jasmin eine massive Kränkung, mit der sie nicht sachgerecht umzugehen verstand.

„Du wirst schon sehen, dass du keine echte Chance bei Fabian haben wirst. Was will ein solcher Mann schon mit einer Frau anfangen, deren Vater nur ein einfacher Gemüsehändler ist? Das ist doch absolut lächerlich!", setzte Jasmin erneut nach.

„Jasmin, jetzt wirst du wirklich unverschämt! Bitte lass' meinen Vater aus dem Spiel. Mein Vater ist ein liebenswerter, ehrlicher und fleißiger Mann, der sein Leben lang hart gearbeitet hat. Da gibt es gar nichts, weswegen er sich wohl schämen müsste. Wenn sich hier jemand schämen sollte, dann bist wohl eher du es. Irgendwie tust du mir sogar leid. Wie verbittert musst du wohl sein, dermaßen gemein und unsinnig über Menschen zu urteilen, die du doch gar nicht richtig kennst? Es ist offensichtlich, dass du wohl sehr unglücklich bist, denn glückliche Menschen werden wohl kaum dermaßen unverschämt über andere Menschen urteilen. Darüber solltest du bitte einmal ernsthaft nachdenken, Jasmin."

„Ach, willst du mich jetzt hier auch noch mit psychologischem Müll zutexten? Nein danke, darauf kann ich gern verzichten."

„Jasmin, schon allein die Art und Weise deiner abfälligen Formulierungen lässt klar erkennen, dass du offenbar Schwierigkeiten damit zu haben scheinst, dass ich nun glücklich bin, Fabian kennengelernt zu haben. Ich denke, du brauchst Hilfe,"

„Verschone mich mit deinen

psychologischen Weisheiten. Das ist doch alles nur dummes Geschwätz. Las' mich ganz einfach in Ruhe", murmelte Jasmin inzwischen etwas kleinlauter in sich hinein.

„Jasmin, wenn hier jemand dummes Geschwätz von sich gibt, dann bist wohl eher du das in diesem Moment. Wie kommst du dazu, so platt und dumm über psychologische Aspekte zu sprechen, von denen du erkennbar nichts zu verstehen scheinst? Nein, das ist wirklich sehr schade. Ich hoffe, dass sich deine Einstellung diesbezüglich noch zum Guten wenden lässt. Momentan ist es wohl besser, wenn wir unser Gespräch an dieser Stelle hier beenden."

Mürrisch und wortlos verschwand Jasmin an ihrem Schreibtisch. Lustlos und vor Wut schnaubend hakte sie in die Tastatur ihres Computers. Doch der konnte nun wahrlich nichts dafür, dass sie so schlechte Laune hatte.

Tülay überkamen in diesem Moment mehr und mehr Zweifel, ob es vor dem Hintergrund dermaßen vieler Feindseligkeiten noch gelingen könnte, eine glückliche Beziehung zu Fabian aufzubauen. Warum gab es Menschen, die ihr das junge Liebesglück nicht gönnen wollten? Zum Glück fielen ihr in diesem Moment erneut die Mut machenden Worte von Fabian ein, der ihr sagte, dass es mittels einer tatkräftigen Unterstützung durch Dr. Blautaler schon gelingen werde, solche Probleme konstruktiv lösen zu können. Noch am gleichen Abend vereinbarte sie einen weiteren Beratungstermin in der Praxis von Dr. Blautaler, den sie schnellstmöglich aufsuchen wollte. Glücklicherweise konnte Dr. Blautaler ihr schon einen Termin für den nächsten Tag anbieten. Mit einer sich wenig gut anfühlenden Mischung aus Zweifeln und Besorgnis, schlief Tülay an diesem Abend ein.

*

Auch der folgende Tag im Büro verlief alles andere als erfreulich für Tülay. Immer wieder sah sie sich spitzen Bemerkungen von Jasmin ausgesetzt, die es offenbar nicht ertragen konnte,

dass Tülay so glücklich über ihre Beziehung zu Fabian gewesen ist. Glücklicherweise hatte sie heute wieder einen Beratungstermin bei Dr. Blautaler, der ihr bestimmt helfen konnte. Früher als sonst üblich verließ Tülay das Büro, um ihren Termin in der Praxis von Dr. Blautaler wahrnehmen zu können.

„Einen schönen guten Tag, Frau Önöz", begrüßte sie die freundliche Arzthelferin am Empfang. „Sie dürfen gern direkt durchgehen ins Behandlungszimmer eins. Dr. Blautaler wartet schon auf Sie."

„Vielen Dank, das freut mich", antwortete Tülay, der man auch optisch ansah, dass sie zunehmend angespannt war.

„Guten Tag, Frau Önöz. Nehmen Sie bitte Platz", begrüßte Dr. Blautaler sie in seiner wie immer freundlichen und ruhigen Art.

„Da Sie so dringend nach diesem Termin nachgefragt haben, nehme ich an, dass sich die Lage zugespitzt haben könnte, oder?"

„Ja, mir geht es leider gar nicht gut. Die Sorgen um die Vorurteile von Fabians Eltern sowie nun auch noch die täglich gemeinen Bemerkungen meiner Arbeitskollegin, Jasmin, fühlen sich für mich gar nicht gut an."

„Das ist nur zu verständlich, Frau Önöz", sprach Dr. Blautaler beruhigend auf Tülay ein.

„Mittlerweile leide ich auch unter Appetitlosigkeit und zunehmender Schlaflosigkeit. Das alles macht mich irgendwie ganz mürbe, Dr. Blautaler. Was soll ich nur tun?"

„Zunächst einmal ist es wichtig, dass Sie einen möglichst kühlen Kopf behalten. Es ist wichtig, dass Sie die Situation sorgsam analysieren, um die auslösenden Ursachen für die von Ihnen beschriebenen Probleme ausfindig zu machen."

„Das sagt sich so leicht, Dr. Blautaler. Aber ich bin dermaßen aufgeregt, so dass es mir sehr schwerfällt, ruhig zu bleiben."

„Schon klar, das ist sicher verständlich. Dennoch ist es wichtig, nicht zuzulassen, dass andere Menschen Ihr persönliches Glück dermaßen dreist torpedieren.

Was nun den Vater von Fabian anbelangt, könnte es hilfreich sein, in Erfahrung zu bringen, ob er womöglich in früheren Jahren schon einmal negative Erfahrungen mit Türken gemacht haben könnte? Oftmals ist es so, dass sich dann solche Negativerfahrungen verselbstständigen. Menschen, die dann kein Korrektiv in ihrem Umfeld haben, verhärten oftmals. Möglicherweise ist das auch bei Fabians Vater der Fall? Bei Jasmin schätze ich es so ein, dass sie im Grunde genommen sehr unglücklich sein muss. Anders ist es kaum zu erklären, dass sie sich Ihnen gegenüber dermaßen unfreundlich und gemein verhält. In der Psychologie sprechen wir davon, dass es wichtig ist, das Problem hinter dem Problem zu erkennen. Ich weiß, das hört sich ein wenig kryptisch an, ist es aber letztlich gar nicht."

„Mmh, ja, das hört sich tatsächlich geheimnisvoll an, Dr. Blautaler. Was genau hat das denn zu bedeuten?"

„Nun, damit ist gemeint, dass man unterscheiden sollte zwischen dem, was man augenscheinlich sofort sehen kann, und den auslösenden Ursachen, die zu einem Verhalten führen, das man sofort erkennen kann. Im konkreten Fall von Jasmin bedeutet das, dass das vordergründige Problem deren Unfreundlichkeit sein könnte. In Wahrheit ist es aber vermutlich so, dass Jasmin sehr unglücklich sein könnte, und erst dieser Umstand führt dazu, dass sie sich dann ein Ventil sucht. In diesem aktuellen Fall ist offenbar Ihre Beziehung zu Fabian das Ventil für Jasmin, auf das sie ihren ganzen Frust konzentriert."

„Wenn ich Sie richtig verstehe, Dr. Blautaler, dann meinen Sie, dass Jasmin im Grunde genommen gar nicht auf mich böse ist, sondern vielmehr, dass sie traurig und frustriert über ihre eigene Lage sein könnte?", fragte Tülay etwas zögerlich.

„Ja, ganz genau! So könnte es sein. Viele Menschen sind nicht dazu in der Lage eine kritische Selbstreflektion durchzuführen. Damit ist gemeint, dass es vielen Menschen sehr schwerfällt, wahrzunehmen, welche auslösenden Ursachen es im eigenen Denken und Verhalten gibt, die dann in der Konsequenz dazu führen, dass sie Probleme mit ihren Mitmenschen bekommen. Oftmals ist es auch so, dass solche Menschen im Grunde genommen sehr einsam sind. Insofern sind nach außen hin sichtbar vorgetragene Gemeinheiten häufig nur ein Zeichen dafür, dass die betreffenden Menschen nicht dazu in der Lage sind, die eigene Situation realistisch einzuschätzen. Häufig entsteht dann eine verhängnisvolle Eigendynamik. Sozusagen ein Teufelskreis, aus dem die Betreffenden ohne externe Hilfe nicht mehr herausfinden."

„Ich verstehe, Dr. Blautaler. Wenn ich Ihre Worte richtig deute, bedeutet das, dass man grundsätzlich klar unterscheiden sollte zwischen Worten und Taten, die man augenscheinlich hören oder sehen kann einerseits, und der wahren Befindlichkeit eines Menschen, andererseits?", fragte Tülay.

„Ganz genau, Frau Önöz. Wahre menschliche Größe zeigen Menschen dann, wenn es ihnen gelingt, in solchen Fällen möglichst gelassen zu bleiben. Sobald man sich auf ein zumeist immer destruktives Pingpong-Spiel einlässt, indem man Unfreundlichkeiten auch mit Unfreundlichkeiten beantwortet, führt das nahezu immer dazu, dass sich die Fronten nur weiter verhärten. Wichtig und klug ist es, sich möglichst bewusst zu distanzieren, um die jeweils wahren Beweggründe für ein Verhalten erkennen zu können."

„Das hört sich alles sehr interessant an, Dr. Blautaler. Wenn ich so darüber nachdenke, muss ich sagen, ja, das klingt sehr plausibel."

„Meine Empfehlung lautet, dass Sie bis auf Weiteres versuchen sollten, sich auf gar keinen Fall provozieren zu lassen. Was immer Ihnen auch an Unfreundlichkeiten und Gemeinheiten entgegengebracht wird, bleiben Sie freundlich und gelassen. Ja, ich weiß, dass das mitunter nicht ganz einfach ist. Aber, es ist auf jeden Fall eine gute Strategie, die sich vielfach bewährt hat."

„Vielen Dank, Dr. Blautaler. Das Gespräch mit Ihnen hat mir schon sehr geholfen.

Ich werde mich darum bemühen, ruhig und gelassen zu bleiben."

„Sehr gut! Ich bin sicher, dass sich die Dinge perspektivisch erfreulich für Sie und Fabian entwickeln werden. Dann wünsche ich Ihnen jetzt noch einen schönen Feierabend sowie alles Gute. Bis zum nächsten Mal dann. Auf Wiedersehen, Frau Önöz."

„Vielen Dank. Dr. Blautaler. Auf Wiedersehen, ich wünsche Ihnen ebenfalls einen angenehmen Feierabend."

Gestärkt durch die klugen und wohltuenden Worte von Dr. Blautaler verließ Tülay die Praxis, und machte sich auf den Weg nachhause. Immer wieder musste sie daran denken, wie klug und behutsam Dr. Blautaler agiert. Noch am gleichen Abend rief sie Fabian an, um ihm von ihrem Beratungsgespräch mit Dr. Blautaler zu berichten.

*

„Das hört sich doch alles sehr gut an, Tülay, was du da von Dr. Blautaler berichtest. Offenbar ist er ein sehr guter Arzt, der über fundierte psychologische Kompetenzen verfügt", begrüßte Fabian Tülay am Telefon.

„Ja, das ist wohl wahr. Dr. Blautaler ist nicht nur ausgesprochen fachkompetent, sondern er hat auch eine sehr menschliche Art im Umgang mit seinen Patientinnen. Eine solche Mischung findet man heutzutage leider nur noch selten. Oftmals bleibt vor allem die menschliche Komponente auf der Strecke. Bei Herrn Dr. Blautaler ist das alles völlig anders. Immer wieder nimmt er sich viel Zeit für die Sorgen und Nöte hilfesuchender Menschen. Schon in dem Moment, wenn man seine Praxis betritt, spürt man, dass dort ein besonderer Geist menschlicher Zuwendung weht."

„Das freut mich sehr, Tülay, dass du dort offenbar sehr gut beraten wirst. Es ist zwar schon etwas später, aber ich werde noch am heutigen Abend meine Eltern besuchen."

„Gibt es dafür einen besonderen Grund, Fabian?"

„Ja, den gibt es. Mein Vater hat offenbar technische Probleme mit seinem Computer. Er bat mich, ob ich nicht mal kurz nachschauen könnte, warum sein PC derzeit so langsam arbeitet?"

„Na, dann ist er ja bei dir an der richtigen Adresse, nicht wahr?", meinte Tülay etwas schelmisch.

„Ja, das kann schon sein. Vermutlich hat sich im Laufe der Zeit mal wieder viel Datenmüll auf seinem PC angesammelt, so dass die Geschwindigkeit immer mehr in die Knie geht. Mal sehen, was sich da machen lässt?"

„Fabian, ich bin ganz sicher, dass du ihm bei seinem Problem helfen kannst. Bei dieser Gelegenheit habe ich eine Bitte. Könntest du eventuell versuchen herauszufinden, woher die starken Vorurteile deines Vaters türkischen Menschen gegenüber herrühren? Dr. Blautaler meinte, es sei zunächst einmal wichtig, herauszufinden, was die auslösenden Ursachen für eine solch' ablehnende Haltung sein könnten?"

„Ja, ich werde mal versuchen meinen Vater in einem günstigen Moment darauf anzusprechen. Allerdings kann ich dir nicht versprechen, dass das funktionieren wird, denn er ist ganz schön verbohrt in seinen Ansichten."

„Einen Versuch ist es sicher wert. Vielen Dank für deine Hilfe. Ich bin schon sehr gespannt, wie dein Vater reagieren wird, wenn man ihn auf auslösende Ursachen anspricht?"

„Ich melde mich dann am späten Abend nochmals bei dir, Tülay. Bitte mach' dir keine zu großen Sorgen. Ich bin sicher, dass alles gut wird. Bis später dann."

„Gut, bis später dann, und viel Glück, Fabian", verabschiedete sich Tülay mit liebevoller Stimme.

Schon kurze Zeit später traf Fabian bei seinen Eltern ein. „Guten Abend, mein Sohn", begrüßte ihn Angelika. „Du kannst direkt in Papas Zimmer gehen. Er sitzt an seinem Computer, und schimpft wie ein Rohrspatz."

„Verfluchter Computer, so ein Mist, verdammt noch mal", so drang es aus Peters

Zimmer, als Fabian eintrat.

„Guten Abend, Papa. Was ist denn los? Warum schimpfst du denn so vor dich hin?"

„Ach, dieser blöde Computer arbeitet nur noch im Schneckentempo. Das nervt mich total!"

„Vermutlich hat sich auf deinem Computer mal wieder zu viel Datenmüll angesammelt. Lass' mal bitte sehen."

„Na schau mal hier, das ist ja kein Wunder, dass dein Computer immer langsamer wird. Ich sehe hier eine gigantische Menge unnützer Dateien, die deinen Computer unnötig ausbremsen. Ich habe dir doch schon so oft erklärt, dass du regelmäßig dafür sorgen musst, dass überflüssige Daten von deinem Computer entfernt werden. Du wirst sehen, sobald wir deinen PC von diesem überflüssigen Ballast befreit haben, wird er wieder deutlich schneller arbeiten."

Gesagt, getan. „Tatsächlich, jetzt läuft wieder alles wie geschmiert. Nun ja, wofür habe ich schließlich auch einen Sohn, der ein ausgewiesener EDV-Experte ist", grummelte Peter vor sich hin.

„Wie du siehst, Papa, sobald man die auslösende Ursache für ein Problem kennt, und diese dann auch konsequent beseitigt, verschwindet zumeist auch der Ärger", sagte Fabian mit ruhiger Stimme.

„Hör' bloß auf mit diesem psychologischen Geschwätz. Das ist doch alles nur dummes Zeug", konterte Peter ganz unwirsch.

„Papa, ich denke, dass du etwas Entscheidendes noch nicht verstanden hast. Bitte versuch' doch wenigstens einmal zu verstehen, was ich dir damit sagen möchte. Übrigens, dieses Prinzip gilt in allen Lebenslagen."

„Was willst du denn damit sagen?"

„Damit möchte ich sagen, dass es hilfreich sein könnte, herauszufinden, woher deine so argen Vorurteile türkischen Menschen gegenüber herrühren? Die Art und Weise, wie du immer wieder so abfällig über Türken sprichst, lässt vermuten, dass du womöglich schon mal schlechte Erfahrungen gemacht haben könntest? Es ist sehr schade, dass du dir offenbar selbst im Wege stehst. Meinst du nicht auch, Papa?"

„Blödsinn! Lass' mich bloß in Ruhe mit solchen Leuten. Die nehmen uns hier nur unsere Arbeit weg. Außerdem sind sie alle faul und dumm. Das sagt auch mein Arbeitskollege, Friedhelm, immer wieder."

„Nun, dann stelle ich fest, dass dein Arbeitskollege offenbar ebenfalls massive Vorurteile hegt, die bei näherer Betrachtung völlig haltlos sind.

„So ein Blödsinn! Als ich mich schon vor vielen Jahren in der Firma als Kurierfahrer beworben hatte, schnappte mir so ein Türke den Platz weg, der doch für mich bestimmt war."

„Wieso hatte dieser Mensch dir denn deinen Platz weggeschnappt? Kann es sein, dass er womöglich eine geeignetere Qualifikation für die betreffende Stelle hatte?"

„Unsinn! Er hatte zwar einen besseren Notendurchschnitt als ich, aber schließlich sollte es doch wohl sein, dass ich als Deutscher in einer deutschen Firma auch bevorzugt angenommen werde. Meinst du nicht auch, Fabian?"

„Nein, das meine ich so pauschal keineswegs. Entscheidend sollte doch sein, welche konkrete Qualifikation ein Mensch für einen bestimmten Arbeitsplatz hat. Die Frage der Nationalität sollte dabei eher zweitrangig sein."

„Ach du meine Güte", entfuhr es Peter mit entsetzter Stimme. „Wie ich sehe, bist du wohl schon völlig manipuliert worden. Hat dir das diese Türkin, mit der du dich jetzt herum treibst, ins Ohr geflüstert?"

„Also, Papa, mir gefällt es überhaupt nicht, dass du so abfällig über Menschen sprichst, die du selbst bisher gar nicht persönlich kennst. Tülay ist eine ganz wunderbare und liebevolle Frau, die mich sehr glücklich macht. Wenn hier jemand manipuliert worden ist, dann bist wohl eher du es, Papa."

„Du bist ja völlig durchgedreht, mein Sohn. Glaubst du im Ernst, dass du deinem Vater erklären musst, was gut und richtig ist?"

„Papa, die Frage, ob etwas gut und richtig ist, hat zunächst einmal nichts mit dem Alter zu tun. Vielmehr ist es wichtig, zu erkennen, ob das, was gesagt wird, gut und richtig ist? Wichtig ist, dass man das eigene Denken und Handeln immer wieder selbstkritisch reflektiert. Andernfalls besteht ganz klar die Gefahr, dass man sich eine eigene, enge Welt suggeriert, die es so gar nicht gibt."

„Willst du damit sagen, dass ich irre bin? Das ist eine Unverschämtheit."

„Nein, das sage ich damit nicht. Allerdings ist unübersehbar, dass dein Denken völlig verhärtet ist, und dass du offenbar weder gewillt noch dazu in der Lage zu sein scheinst, daran etwas zu ändern."

„Da hast du wohl recht. Wieso sollte ich mein Denken ändern? Ich weiß doch, dass ich recht habe. Das reicht mir."

„Papa, da machst du es dir zu leicht. Im Grunde genommen müsste dir doch bewusst sein, dass du mit einer solchen Lebenseinstellung auch und vor allem bei solchen Menschen Widerspruch provozierst, die du doch wohl eigentlich liebst. Hältst du das für gut und richtig? Vielleicht solltest du auch mal darüber nachdenken, wie sich deine Starrköpfigkeit im weiteren Verlauf auf unsere Familie auswirken wird? Ich hoffe sehr, dass du sehr ernsthaft darüber nachdenkst, ob du deine bornierte Einstellung türkischen Menschen gegenüber nicht doch mal sehr grundsätzlich überdenken möchtest? Ich muss jetzt gehen. Auf Wiedersehen, Papa."

*

Wie versprochen, so rief Fabian noch am späten Abend bei Tülay an, um ihr von seiner Begegnung mit seinem Vater zu berichten.

„Guten Abend, Tülay. Gerade eben bin ich von meinem Vater zurückgekommen."

„Schön, dass du dich meldest, Fabian. Schon den ganzen Abend habe ich sehnsüchtig auf deinen Anruf gewartet. Na, konntest du deinem Vater bei seinem Computerproblem helfen?"

„Ja, das konnte ich. Wie schon zuvor von mir vermutet, lag es schlichtweg daran, dass sich viel Datenmüll auf seinem Computer angehäuft hatte. Folglich reagierte der Computer dann immer langsamer. Nachdem ich dort für Ordnung gesorgt habe, läuft der Computer nun wieder sehr flott."

„Schön, das freut mich für deinen Vater. Aber sag' mal, konntest du ihn auch mal darauf ansprechen, warum er so voller Vorurteile Menschen gegenüber reagiert?"

„Ja, ich habe es zumindest versucht. Ein möglicher Auslöser seiner diffusen Vorurteile könnte darin zu suchen sein, dass wohl vor einigen Jahren ein türkischer Mitarbeiter ihm gegenüber bei der Vergabe einer Arbeitsstelle bevorzugt worden war. Damit hatte mein Vater wohl empfindliche Probleme. Wie sich dann aber zeigte, war wohl der türkische Mitarbeiter besser qualifiziert, so dass er folglich gegenüber meinem Vater zunächst bevorzugt wurde."

„Ich verstehe, das war für deinen Vater vermutlich eine Erfahrung, mit der er nicht sachgerecht umgehen konnte?", fragte Tülay ganz vorsichtig.

„Ja, so könnte es wohl gewesen sein. Zudem wird er von seinem Arbeitskollegen, Friedhelm, in seinen diffusen Vorurteilen bestärkt. Von daher fehlt meinem Vater ein wichtiges Korrektiv. Ich denke, dass wir ihn behutsam aber konsequent davon überzeugen müssen, dass er mit seiner Einschätzung im Kern falsch liegt. Das wird sicher ein hartes und schwieriges Stück Arbeit, aber ich bin zuversichtlich, dass wir das mit vereinten Kräften schaffen werden."

„Ja, das denke ich auch, Fabian. Ich bin so glücklich, in dir einen so klugen und liebevollen Mann getroffen zu haben. Nur mit dir möchte ich mein Leben verbringen."

Inzwischen war der Uhrzeiger schon auf Mitternacht vorgerückt. „Schlaf gut, Tülay, und träum' etwas Schönes", verabschiedete sich Fabian mit sanfter Stimme.

„Ich wünsche dir auch eine gute und erholsame Nachtruhe, Fabian. Können wir uns eventuell morgen treffen?"

„Morgen Abend leite ich einen EDV-Kurs an der Volkshochschule. Wenn du magst, dann könntest du mich sehr gern anschließend dort abholen. Dann könnten wir noch irgendwo auf einen Drink einkehren. So gegen 21 Uhr ist der Kurs beendet."

„Prima, das ist ganz wunderbar, Fabian. Ich freue mich schon riesig, dich morgen Abend zu sehen. Bis morgen dann."

Wie es der Zufall so wollte, kreuzten sich die Wege von Fabian und Aynur am darauffolgenden Abend im Gebäude der Volkshochschule.

„Sie müssen vermutlich Herr Fabian Bense sein, oder?", begrüßte Aynur den sichtlich überraschten Fabian, der gerade vor dem Unterrichtsraum erschien.

„Guten Abend, ja, mein Name lautet Fabian Bense. Mit wem habe ich hier das Vergnügen?"

„Mein Name ist Aynur Önöz. Ich bin die Mutter von Tülay Önöz."

„Das ist eine sehr schöne Überraschung. Guten Abend, Frau Önöz. Was führt sie hier zur Volkshochschule? Möchten sie meinen EDV-Kurs besuchen?"

„Nein, ich leite hier schon seit längerer Zeit einen Deutschkurs für Ausländer. Das macht mir immer wieder viel Freude, und ich denke, dass es sehr wichtig ist, dass ausländische Mitmenschen die deutsche Sprache beherrschen sollten. Schließlich ist ein gutes Sprachverständnis ein entscheidender Schlüssel dafür, sich gut in die deutsche Gesellschaft integrieren zu können."

„Ja, Frau Önöz, da haben Sie völlig recht. Das sehe ich auch so. Ich leite hier immer wieder EDV-Kurse für ältere Menschen, die in die geheimnisvolle Welt der Computer einsteigen möchten."

„Das ist eine wertvolle und wichtige Arbeit, die Sie da leisten, Herr Bense", antwortete Aynur in einem verständnisvollen und sehr freundlichen Tonfall. „Tülay hat mir schon viel von Ihnen erzählt. Sie müssen ein ganz wunderbarer Mann sein, denn immer dann, wenn Tülay von Ihnen erzählt, beginnen ihre Augen zu glänzen."

„Ich bin sehr froh, Ihre wunderbare Tochter kennengelernt zu haben. Das ist eine glückliche Fügung des Himmels gewesen, für die ich unendlich dankbar in, Frau Önöz. Nachher treffe ich mich übrigens noch mit Tülay, um mit ihr noch einen schönen Abend in der Stadt zu verbringen."

„Dann wünsche ich Ihnen beiden noch einen schönen Abend. Es hat mich sehr gefreut, Sie hier getroffen zu haben. Viel Freude bei Ihrem EDV-Kurs, und alles Gute", verabschiedete sich Aynur mit einem sanften Händedruck.

„Ich wünsche Ihnen ebenfalls viel Freude in Ihrem Kurs. Bis hoffentlich bald dann wieder, auf Wiedersehen, Frau Önöz."

*

Nach einer arbeitsreichen Woche besuchte Tülay ihre Eltern, die sie zum sonntäglichen Mittagessen eingeladen hatten. Schon so oft hatte sie sich gewünscht, auch Fabian könnte zu seinen Eltern ein ebenso herzliches Verhältnis haben, wie es ihr mit ihren Eltern gegönnt ist.

„Schön, dass du zu uns zum Mittagessen kommen konntest", begrüßte Aynur ihre Tochter freudestrahlend an der Tür.

„Hallo, Mama, ich freue mich auch sehr, euch zu sehen."

„Nimm' bitte schon mal im Wohnzimmer Platz. Papa wird bestimmt gleich aus dem Bad kommen. Dann können wir gemeinsam zu Mittag essen."

Mit einer herzlichen Umarmung begrüßte Baris seine Tochter, die schon darauf brannte, endlich von ihrer Beziehung zu Fabian erzählen zu dürfen.

„Vermutlich hat dir Fabian schon gestern Abend erzählt, dass ich ihn in der Volkshochschule getroffen hatte?", wollte Aynur wissen.

„Ja, davon hat mir Fabian sofort noch am gestrigen Abend erzählt. Das war sicher eine glückliche Fügung. Welchen Eindruck hat Fabian denn auf dich gemacht, Mama?"

„Tülay, ich muss sagen, dass du einen sehr guten Geschmack hast. Fabian war mir spontan sehr sympathisch. Er ist ein sehr gepflegter, freundlicher und liebevoller Mann. Es freut mich sehr, dass du ihn kürzlich kennengelernt hast."

„Ja, Fabian ist ganz wunderbar. Er ist klug, hilfsbereit und sehr verständnisvoll. Ich bin sehr froh, dass ich ihn kennenlernen darf."

„Das glaube ich dir sofort", sagte Baris. „Deine Augen funkeln wie Sterne, und das ist immer ein sicheres Zeichen dafür, dass ein Mensch verliebt ist. Stimmt's?", fragte Baris mit einem schmunzelnden Blick.

„Ja, Papa. Das hast du gut beobachtet. Nie hätte ich gedacht, jemals einen so wunderbaren Mann zu treffen. Fabian ist einfach traumhaft. Bestimmt wirst auch du ihn schon bald mal persönlich kennenlernen. Ich werde Fabian sagen, dass er dich einfach mal in deinem Gemüseladen besuchen soll. Bist du damit einverstanden?"

„Ja, sicher doch. Das ist eine gute Idee, Tülay. Schließlich muss ich doch wissen, mit wem sich meine geliebte Tochter abgibt. Deine Mutter hat mir schon davon berichtet, dass sie einen sehr guten Eindruck von Fabian gewonnen hat, als sie ihn in der Volkshochschule zum ersten Mal gesehen hatte. Jetzt habt ihr mich richtig neugierig gemacht."

Zwischenzeitlich hatte Aynur ein köstlich duftendes Mittagessen auf dem Esstisch im Wohnzimmer angerichtet.

„So, ihr Lieben, lasst uns nun essen, bevor alles kalt wird", bat Aynur zu Tisch.

Begleitet von leiser türkischer Musik, die aus den Boxen der Stereoanlage drang, genossen Tülay, Aynur und Baris das köstlich schmeckende Essen, das Aynur zubereitet hatte. Eine friedliche, von wechselseitigem Wohlwollen geprägte Atmosphäre durchzog den ganzen Raum. Immer wieder musste Tülay daran denken, wie froh und dankbar sie dafür sein durfte, so liebevolle und verständnisvolle Eltern zu haben. Nach einem wunderbaren Nachmittag machte sie sich auf den Heimweg, begleitet von glückseligen Gefühlen an Fabian, der ihr Leben so mit Licht und Liebe erfüllte. Kaum wieder zuhause angekommen, griff sie zum Handy, um Fabian anzurufen. Ein leichter Regen plätscherte gegen die Fenster.

*

„Guten Abend, Fabian", begrüßte Tülay den Mann ihrer Träume am Telefon.

„Schön, dass du anrufst, Tülay. Was gibt es Neues zu berichten?" fragte Fabian, der gerade damit beschäftigt war eine Partie Schach gegen seinen Brettschachcomputer zu spielen.

„Ich hoffe, ich störe dich nicht, Fabian", fragte Tülay etwas zögerlich.

„Aber nein doch. Du störst mich doch nicht. Ganz im Gegenteil, ich bin sehr froh, dass du mich anrufst. Momentan habe ich zwar eine schwierige Stellung auf dem Brett, aber das kann warten."

„Eine schwierige Stellung auf dem Brett? Spielst du etwa auch Schach?", fragte Tülay.

„Ganz richtig, ja, ich spiele häufiger mal Schach gegen meinen Brettschachcomputer. Das finde ich immer wieder sehr interessant. Ich liebe solche Herausforderungen, wenngleich schon seit längerer Zeit klar ist, dass selbst sehr starke Schachspieler kaum mehr realistische Gewinnchancen gegen solche Rechenmonster haben. Das stört mich aber nicht, denn mich fasziniert es vor allem gegen eine körperlose Intelligenz antreten zu können."

„Ich hätte es eigentlich wissen müssen, dass du wohl auch Schach spielst. Schließlich ist das nicht ohne Grund das Spiel, das überwiegend von klugen Menschen praktiziert wird."

„Was hast du denn heute Schönes unternommen, Tülay", wollte Fabian wissen.

117

„Ich war vorhin bei meinen Eltern zum Mittagessen eingeladen. Meine Mutter hatte ganz wunderbar gekocht, und wir hatten einen schönen Nachmittag zusammen verbracht. Mein Papa war auch anwesend, und nun ist er schon ganz neugierig, dich endlich mal persönlich kennenzulernen. Vielleicht magst du morgen mal bei ihm im Gemüseladen vorbeischauen?"

„Ja, das kann ich gern machen. Das trifft sich ganz gut, denn das für morgen geplante EDV-Seminar fällt leider kurzfristig aus, so dass ich morgen terminlich sehr flexibel bin."

„Kommt es häufiger vor, dass Seminare abgesagt werden?", fragte Tülay ganz interessiert.

„Ja, das ist inzwischen keine Seltenheit mehr. Der EDV-Weiterbildungsmarkt ist schon seit längerer Zeit weitestgehend zusammengebrochen. Für mich, als freiberuflich tätiger Dienstleister ist das mitunter schon existenzbedrohend."

„Das kann ich mir gut vorstellen, Fabian. Ich bin aber sicher, dass du immer einen guten Weg finden wirst. Schließlich bist du nicht nur ausgesprochen sympathisch, sondern auch sehr klug", schmeichelte Tülay.

„Danke, das ist lieb von dir, dass du das so sagst. Jetzt machst du mich ein wenig verlegen, Tülay."

Am nächsten Tag machte sich Fabian auf den Weg zu Baris' Gemüseladen, um seinen Schwiegervater in spe einmal persönlich kennenzulernen.

„Guten Tag, Herr Önöz. Mein Name ist Fabian Bense. Darf ich Sie einen Moment stören?"

„Guten Tag, Herr Bense. Das ist aber eine schöne Überraschung, dass Sie mich hier in meinem Gemüseladen besuchen. Ich nehme mal an, Tülay hat Ihnen davon erzählt?"

„Ja, Tülay meinte, es sei an der Zeit, dass wir uns persönlich kennenlernen. Schließlich interessiere ich mich sehr für Ihre wunderbare Tochter, und Sie möchten bestimmt wissen, mit wem Sie es zu tun haben?"

„Bisher habe ich nur Gutes von Ihnen gehört. Tülay gerät immer ins Schwärmen, wenn sie von Ihnen erzählt. Und auch meine Frau, Aynur, war voll des Lobes, als sie Sie kürzlich abends in der Volkshochschule getroffen hatte."

„Das freut mich, dass Sie das so sagen. Herr Önöz, auch ich habe von Tülay schon oft gehört, wie liebevoll Sie und Ihre Frau sich um das Wohl von Tülay bemühen. Dafür danke ich Ihnen sehr."

„Ja, wir halten als Familie fest zusammen. Eine Familie zu haben, auf die man sich verlassen kann, ist sehr wichtig. Das habe wir über Generationen hinweg immer wieder erlebt. Ich hoffe sehr, dass es Ihnen ähnlich ergeht, und dass auch Sie auf eine intakte Familie bauen können?", fragte Baris.

„Nun ja, in meiner Familie gibt es derzeit leider einige unschöne Spannungen, die mir Sorgen bereiten."

„Trete ich Ihnen zu nah, wenn ich frage, um welche Art Spannungen es sich dabei handelt, Herr Bense?", fragte Baris voller Respekt.

„Herr Önöz, ja, Sie dürfen gern fragen. Um es direkt frei heraus zu sagen, es ist so, dass meine Eltern, vor allem mein Vater, ein massives Problem damit haben, dass ich eine Beziehung zu einer türkischen Frau aufbauen möchte. Das macht mich sehr traurig."

„Ja, das ist sehr traurig, Herr Bense. Ich nehme an, dass Ihr Vater vermutlich mal schlechte Erfahrungen mit türkischen Menschen gemacht haben könnte, die er nun verallgemeinert, oder?"

„Das trifft vermutlich den Kern. Ja, so sehe ich das auch. Es ist unglaublich schwierig, überhaupt mit Argumenten an meinen Vater heranzukommen. Er blockt immer wieder sofort ab, und weigert sich bisher strikt, andere Sichtweisen in Betracht zu ziehen."

„Das tut mir sehr leid, vor allem für Sie, Herr Bense. Vielleicht können meine Frau und ich Ihnen dabei helfen, dass sich das verfälschte Bild, das sich Ihr Vater pauschal gemacht hat, wieder korrigiert wird?"

„Ich denke, dass das ein schwieriges Unterfangen wird, denn mein Vater ist ein sehr sturer Mensch, der felsenfest auf seiner Meinung beharrt; und sei sie auch noch so absurd."

Noch für eine längere Zeit unterhielten sich Fabian und Baris sehr angeregt. Insgeheim wünschte sich Fabian, auch er hätte so verständnisvolle Eltern wie Tülay. Insbesondere diese Spannung, einerseits zu wissen, dass seine Eltern zwar grundsätzlich auch liebevoll sind, andererseits aber auch von fast unüberwindlich scheinenden Vorurteilen geprägt zu sein, das belastete ihn sehr viel mehr, als es nach außen hin den Anschein hatte. Mit einer großen Tüte frischen Obstes, die ihm Baris beim Verlassen des Gemüseladens geschenkt hatte, machte sich Fabian zurück auf den Heimweg. Auch das Gespräch mit Tülays Vater ließ in ihm neue Hoffnung aufkeimen, dass sich die momentan so unüberwindlich erscheinenden Probleme doch lösen ließen.

*

„Hallo, Tülay, entschuldige bitte die Störung. Ich wollte nur kurz fragen, ob du heute Abend bei mir vorbeikommen magst? Dein Vater, den ich vorhin besucht hatte, gab mir eine große Tüte frisches Obst mit. Daraus könnte ich für uns einen köstlichen Obstsalat herstellen. Was meinst du? Magst du heute Abend zu mir kommen?", überraschte Fabian seine Angebetete, die zu dieser Zeit im Büro saß.

„Hallo, Fabian. Ja, das ist eine sehr schöne Idee! Das ist ja lieb von meinem Vater, dass er dir leckeres Obst geschenkt hat. Ich komme gern heute Abend bei dir vorbei. Wäre es dir so gegen 20 Uhr recht?", fragte Tülay schon sehr erwartungsfroh.

„Tülay, du darfst zu jeder beliebigen Zeit zu mir kommen. Ich freue mich immer, dich zu sehen. Dann werde ich mich gleich mal um die Herstellung eines leckeren Obstsalates kümmern. Dann möchte ich dich jetzt auch nicht länger bei der Arbeit stören. Wir sehen uns dann heute Abend bei mir. Bis später dann.

Mach's gut, Tülay, und lass' dich auch nicht von Jasmin ärgern."

„Momentan verhält sich Jasmin ganz ruhig. Sie redet kein Wort mit mir, und schmollt durchgängig vor sich hin. Bis heute Abend dann, Fabian. Ich freue mich schon sehr auf dich!"

Frohgemut machte sich Fabian daran das viele Obst zu schälen. Aus diesen reichhaltigen Köstlichkeiten ließ sich ein wunderbarer Obstsalat zaubern. Äpfel, Birnen, Ananas, Bananen, Kiwis, Trauben sowie Feigen sollten die Zutaten bilden. Pünktlich um 20 Uhr erschien Tülay bei Fabian, der sie freudestrahlend mit einer herzlichen Umarmung begrüßte.

„Guten Abend, Tülay. Schön, dass du jetzt hier bist. Ich habe mich schon den ganzen Nachmittag auf dich gefreut!"

„Mir geht es ebenso. Als du mich vorhin im Büro angerufen hattest, hüpfte mein Herz vor Freude. Ich konnte es kaum mehr abwarten, endlich zu dir kommen zu dürfen", sagte Tülay mit hörbarer Freude in ihrer angenehmen Stimme.

„Schau' mal bitte hier, das ist meine kleine Obstsalat-Kreation, die ich eigens für dich hergestellt habe. Ich hoffe, dass dir mein Salat schmeckt. Immerhin besteht er aus Früchten, die mir dein Vater heute geschenkt hat. Das finde ich sehr schön. Guten Appetit."

„Mmh, das duftet schon so köstlich. Das war bestimmt ganz schön viel Arbeit, vorab das ganze Obst zu schälen, oder?"

„Alles halb so schlimm. Außerdem für dich mache ich das doch sehr gern, Tülay. Lass' es dir gut schmecken."

„Danke, Fabian. Das ist für mich ein ganz besonderer Moment, denn noch nie hat ein Mann für mich einen Obstsalat hergestellt. Du bist wirklich sehr vielseitig, Fabian. Das gefällt mir sehr gut."

In den nächsten Minuten vernahm man nur noch ein leises, wohlwollendes Schmatzen, als sich Tülay und Fabian an dem köstlichen Obstsalat gütlich taten. Immer wieder trafen sich ihre Blicke, die einen ganz besonderen

Liebeszauber transportierten. Wortlos wussten Tülay und Fabian, dass sie füreinander bestimmt waren. Eine friedvolle Atmosphäre voller Harmonie und Vertrauen umhüllte das junge Liebesglück.

„Ach, Tülay, es könnte alles so schön sein. Wären da nicht die Sorgen um meine engstirnigen Eltern sowie Jasmin, die offenbar eifersüchtig auf dich ist. Ich bin wirklich total schockiert, dass vor allem mein Vater so verbittert reagiert. Bisher habe ich einfach keine Chance, irgendwie an ihn heranzukommen. Und meine Mutter, na ja, da habe ich eher so den Eindruck, dass sie zumeist nur gedankenlos das wiederholt, was sie von meinem Vater hört."

„Ja, das ist wirklich sehr belastend, Fabian. Ich denke, es könnte vielleicht sinnvoll sein, dass wir den nächsten Termin bei Dr. Blautaler mal gemeinsam wahrnehmen. Wenn wir alle guten Ideen bündeln, finden wir vielleicht eine hilfreiche Lösung, die uns allen das Leben erleichtert. Was meinst du dazu?"

„Tülay, ich denke, dass das eine sehr gute Idee ist. Ja, so machen wir es. Bitte sei so gut, und vereinbare für uns einen Beratungstermin bei Dr. Blautaler, den wir dann zu zweit besuchen. Mein Bauchgefühl sagt mir, dass letztlich alles gut wird."

„Schön, dass du immer so optimistisch bist, Fabian. Ich hoffe sehr, dass du mit deiner Einschätzung recht behalten wirst. Wenn ich dir so zuhöre, habe ich manchmal den Eindruck, dass du selbst so eine Art Psychologe bist. Du hast immer wieder so kluge Ideen. Woher weißt du das alles? Womöglich bist du sogar ein Außerirdischer, der kosmisches Wissen anzapft?", scherzte Tülay.

Gemeinsam verbrachten sie noch einen schönen und harmonischen Abend. Lange nachdem schon die letzten Sonnenstrahlen hinter dem Horizont verschwunden waren, fuhr Fabian eine sichtlich gelöste Tülay zurück zu ihrer Wohnung. Mit sehnsuchtsvollen Blicken, begleitet von zarten Küssen auf die Wangen verabschiedeten sich Tülay und Fabian an diesem Abend.

*

Schon früh am nächsten Morgen rief Tülay in der Praxis von Dr. Blautaler an, um dort einen weiteren Beratungstermin zu vereinbaren. Trotz aller Widrigkeiten, die Tülay zu erdulden hatte, war sie offenbar ein echtes Glückskind. Erneut hatte eine andere Patientin kurzfristig einen Termin absagen müssen, so dass sie zusammen mit Fabian noch am Spätnachmittag des gleichen Tages in die Praxis von Dr. Blautaler kommen konnte.

Der Tag im Büro war erneut eine emotionale Herausforderung. Immer wieder setzte Jasmin gemeine Spitzen, indem sie Tülay permanent provozierte.

„Na, ist Fabian inzwischen schon ein echter Knoblauch-Türke geworden?", giftete Jasmin.

„Weißt du Jasmin, du tust mir ehrlich leid, dass du es offenbar nötig hast, so niederträchtig über andere Menschen zu sprechen", entgegnete Tülay ruhig und gelassen. „Kannst du mir mein Glück nicht gönnen? Warum nur bist du so gemein zu mir? Was habe ich dir denn Schlimmes getan?"

„Du wirst schon sehen, wohin das führt. Eine türkische Frau und ein deutscher Mann, das kann doch gar nicht funktionieren", legte Jasmin in einem ironischen Tonfall erneut nach.

„Jasmin, kannst du mir vielleicht mal ein nachvollziehbares Argument dafür nennen, wieso meine Beziehung zu Fabian nicht funktionieren sollte. Abgesehen davon geht dich das wohl auch gar nichts an."

„Ihr passt eben nicht zusammen. So einfach ist das. Basta", konterte Jasmin in einem immer patziger werdenden Ton.

„Wie ich höre, hast du also gar keine plausiblen Argumente. Das, was du da beschreibst, sind keine Argumente, sondern allenfalls dümmliche und durch nichts zu begründende Vorurteile, Jasmin."

„Ach, lass' mich doch einfach in Ruhe

mit deinem Liebesgesäusel. Das ist ja nicht mehr zu ertragen."

„Mir scheint, du verwechselst hier Ursache und Wirkung. Ich habe gar nicht von meiner Beziehung zu Fabian erzählt. Vielmehr bist du es doch, die mich andauernd provozierst."

In diesem Stil ging es den ganzen Tag über noch weiter. Tülay war heilfroh, als sie das Büro endlich um 16 Uhr verlassen konnte. Dieses andauernde missgünstige Gezeter ihrer Kollegin hatte dazu geführt, dass ihr der Kopf rauchte. Zum Glück traf sie schon kurze Zeit später Fabian, um mit ihm gemeinsam in die Praxis von Dr. Blautaler zu gehen.

„Schönen guten Tag, Frau Önöz. Und Sie sind vermutlich der Freund von Frau Önöz, nehme ich an?", fragte die Sprechstundenhilfe am Empfang.

„Ja, mein Name ist Fabian Bense. Wir haben hier einen gemeinsamen Beratungstermin bei Herrn Dr. Blautaler."

„Ich weiß, Herr Dr. Blautaler erwartet Sie bereits. Bitte gehen Sie direkt durch in das Behandlungszimmer eins."

„Vielen Dank, das ist sehr freundlich von Ihnen", sagte Fabian, der sich gemeinsam mit Tülay ins Behandlungszimmer von Dr. Blautaler begab.

„Guten Tag, Dr. Blautaler. Darf ich Ihnen meinen Freund, Herrn Fabian Bense, vorstellen?" begrüßte Tülay Dr. Blautaler, der ihnen schon freundlich die Tür geöffnet hatte.

„Guten Abend, Frau Önöz. Guten Abend Herr Bense. Schön, dass Sie heute zu zweit zu mir gekommen sind. Wie darf ich Ihnen beiden helfen?", fragte Dr. Blautaler mit ruhiger Stimme.

„Zunächst einmal sind wir sehr dankbar dafür, dass wir so kurzfristig einen Beratungstermin bei Ihnen bekommen haben. Obwohl Fabian und ich eigentlich sehr glücklich sein könnten, belasten uns die drückenden Probleme doch sehr stark."

„Wie hat sich denn die Situation inzwischen entwickelt? Verhält sich Ihr Vater, Herr Bense, unverändert uneinsichtig? Wie schaut es aus mit Ihrer Kollegin, Frau Önöz? Bitte berichten Sie mir zunächst von Ihren Beobachtungen, so dass ich die Lage möglichst genau einschätzen kann."

„Dr. Blautaler, bei meinem Vater sitzen die Vorurteile offenbar sehr tief. Obwohl ich schon mehrfach versucht hatte mit ihm ins Gespräch zu kommen, blockt er immer wieder sofort ab. Ein konstruktives Gespräch ist leider bisher gar nicht möglich. Ich vermute, es liegt wohl daran, dass es mein Vater nicht ertragen kann, dass ihm schon vor einigen Jahren mal ein türkischer Mann bei der Vergabe eines Arbeitsplatzes vorgezogen worden war. Soweit ich das von meinem Vater erfahren konnte, war dieser Mann wohl objektiv besser qualifiziert, aber das scheint meinen Vater nicht wirklich zu interessieren. Zudem wird er wohl immer wieder von seinem Arbeitskollegen, Friedhelm Schuster, in dumpfen Vorurteilen bestätigt. Im Laufe der Zeit hat sich dieser Prozess wohl irgendwie verselbstständigt", mutmaßte Fabian.

„Ich verstehe, solche Entwicklungen sind leider geradezu typisch. Das habe ich in ähnlicher Form schon häufiger hier in meiner Praxis zu hören bekommen", antwortete Dr. Blautaler verständnisvoll. „Und wie gestaltet sich die Situation mit Ihrer Kollegin im Büro, Frau Önöz?"

„Ehrlich gesagt ist die Lage dort fast unerträglich geworden. Jasmin provoziert mich nahezu permanent mit dümmlichen und gemeinen Angriffen. Immer wieder sucht sie nach fadenscheinigen Gründen dafür meine Beziehung zu Fabian in ein schlechtes Licht zu rücken. Nachvollziehbare Argumente kann sie jedoch nicht vorbringen. Ich spüre sehr viel Hass und Neid, aber auch Traurigkeit in ihren Aussagen."

„Im Grunde genommen haben wir es demnach mit zwei parallel zu bearbeitenden Problemen zu tun", sagte Dr. Blautaler. „Im Fall von Ihrem Vater, Herr Bense, handelt es sich im Kern um eine Mischung aus verletztem Ehrgefühl sowie der mangelnden Fähigkeit zur

121

kritischen Selbstreflektion. Im Fall Ihrer Arbeitskollegin, Frau Önöz, handelt es sich um einen klassischen Fall von Eifersucht", diagnostizierte Dr. Blautaler.

„Wie können wir diese Probleme konkret lösen, Dr. Blautaler?", wollte Fabian sogleich wissen.

„Nun, im Fall Ihres Vaters, Herr Bense, denke ich, dass es vor allem sehr wichtig ist, dass sein verzerrtes Bild von türkischen Mitmenschen korrigiert wird. Das lässt sich am besten erreichen, indem Sie nach Möglichkeit mal ein gemeinsames Treffen arrangieren. Entscheidend ist der persönliche Austausch, damit Ihr Vater erlebt, dass seine diffusen Vorurteile letztlich unbegründet sind. Er muss im konkreten Umgang merken, dass seine Vorurteile vor allem nur in seinem Kopf existieren. Zudem sollte ihm verdeutlicht werden, dass es vor allem perspektivisch kaum gut und wünschenswert sein kann, dass die Liebesbeziehung seines Sohnes zu Ihnen, Frau Önöz, durch dumpfe Vorurteile belastet wird. Das kann er nicht wirklich wollen, und genau das sollte ihm klar werden."

„Dr. Blautaler, ja, das könnte eine sehr gute Idee sein", antwortete Fabian etwas erleichtert. „Tülay, was meinst du, vielleicht sollten wir deine und meine Eltern mal in das türkische Tanzlokal einladen. Ganz zwanglos, so dass sich unsere Eltern besser kennenlernen können."

„Stimmt, Fabian, das ist eine gute Idee. So machen wir es", stimmte Tülay kopfnickend zu.

„Ja, versuchen Sie das auf jeden Fall. Nicht nur die psychologische Fachliteratur bestätigt vielfach, dass persönliche Kontakte durch nichts zu ersetzen sind. Ich bin sicher, dass sich die diffusen Vorurteile recht schnell verflüchtigen werden, sobald Ihre Eltern, Herr Bense, erst einmal merken, dass sie bisher Opfer unterschiedlichster Hirngespinste gewesen sind. Sobald erst einmal eine friedlichere Gesprächsatmosphäre geschaffen sein wird, klären sich erfahrungsgemäß viele Probleme fast

wie von selbst. Menschen, die dumpfe Vorurteile pflegen, handeln fast immer aus einer diffusen Angst heraus. Wichtig ist es, dann behutsam aber konsequent zu zeigen, dass solche Vorurteile keine nachvollziehbare Grundlage haben. Zwar wird das zunächst fast immer Widerspruch bei den Betreffenden provozieren, doch davon sollte man sich niemals beeindrucken lassen. Entscheidend ist, dass Sie Ihren Eltern verdeutlichen, dass deren Vorurteile haltlos sind. In den allermeisten Fällen wird es dann so sein, dass sich langsam aber sicher eine Einsicht in eigene Fehlurteile zeigen wird."

„Das klingt plausibel, Dr. Blautaler", pflichtete Tülay sofort bei. „Und wie gehe ich nun mit meiner Kollegin um?"

„Nun, dabei handelt es sich um einen klassischen Fall von Eifersucht, wie ich schon sagte. Die vielen Gemeinheiten und Provokationen, die Ihnen Jasmin an den Kopf wirft, speisen sich ursächlich aus Neid und Missgunst. Offenbar kann es Ihre Kollegin nicht ertragen, dass nicht sie es ist, die Sie, Herr Bense, für sich gewinnen konnte, sondern Sie, Frau Önöz. Vermutlich ist das für Ihre Kollegin eine neue Erfahrung, mit der sie erkennbar nicht umzugehen versteht. Wahrscheinlich war sie es bisher so gewohnt, dass ihr alle Männer zu Füßen liegen. Und nun muss sie erleben, dass es auch Männer gibt, denen ihre aufdringlichen Avancen völlig gleichgültig zu sein scheinen. Menschen, die über ein übermäßig ausgeprägtes Ego verfügen, empfinden das dann als eine tiefe Kränkung. Im Grunde ihres Herzens wissen solche Menschen oft, dass es keine objektiv glaubhaften Gründe zur Rechtfertigung eigenen Fehlverhaltens gibt. Da sie jedoch bisher nicht gelernt haben solche vermeintlichen Kränkungen zu ertragen, wissen sie sich nicht anders zu helfen, als dann massiv zu provozieren und zu beleidigen. Eigentlich sind solche Menschen in einer bemitleidenswerten Lage."

„In diese Richtung habe ich auch schon gedacht, Dr. Blautaler", antwortete Tülay. „Dennoch stellt sich mir die Frage, wie ich nun konkret mit diesen täglichen Provokationen umgehen soll? Das ist nämlich sehr kräftezehrend und extrem nervig für mich."

„Ja, Frau Önöz, das ist nachvollziehbar, dass es für Sie kräftezehrend und nervig ist, täglich eine Kollegin um sich zu haben, die permanent provoziert. Schon klar. Eine gute Strategie, die ich Ihnen diesbezüglich empfehlen kann, leitet sich aus ostasiatischen Kampfkünsten ab. Zentrale Idee dabei ist, dass man die Kräfte des Gegners bewusst ins Leere laufen lässt."

„Mmh, das hört sich interessant an. Aber was bedeutet das nun konkret für mein Problem mit Jasmin?", fragte Tülay interessiert nach.

„Frau Önöz, das bedeutet, dass Sie sämtliche Provokationen ebenfalls ins Leere laufen lassen könnten. Was immer Jasmin auch an Boshaftigkeiten von sich gibt, reagieren Sie gar nicht mehr darauf. Das ist zu Beginn sicher nicht ganz einfach, aber Sie werden sehen, dass die persönlichen Angriffe Ihrer Kollegin schnell weniger werden. Sobald Ihre Kollegin merkt, dass Sie sie mit ihren fortgesetzten Angriffen gar nicht mehr treffen kann, wird sie den Spaß daran verlieren. Zunächst wird sie sehr irritiert sein, dass Sie keinerlei Gegenwehr mehr zeigen. Das führt dann erfahrungsgemäß oftmals dazu, dass die verbalen Angriffe für eine kurze Zeit eventuell sogar noch intensiver werden könnten. Doch davon dürfen Sie sich bitte nicht irritieren lassen. Entscheidend ist, dass Sie Ihre Strategie konsequent durchziehen. Dann werden Sie gute Chancen haben, dass dieser schlimme Spuk schon bald der Vergangenheit angehören wird."

Tülay und Fabian saßen inzwischen wie versteinert auf ihren Stühlen. Dr. Blautaler hatte kompetent, zielsicher und in einer menschlich sehr angenehmen Art und Weise die zu lösenden Probleme analysiert, und Lösungsvorschläge unterbreitet, die sehr plausibel erschienen.

„Ganz herzlichen Dank, Dr. Blautaler", sagte Fabian. „Ich denke, dass Sie uns mit Ihren guten Ideen sehr geholfen haben. Inzwischen bin ich zuversichtlich, dass sich alles zum Guten

wenden wird."

„Ja, auch ich danke Ihnen sehr, Dr. Blautaler, dass Sie sich so viel Zeit für uns genommen haben. Sie sind ein ganz wunderbarer Arzt, wenn ich das mal so frei heraus sagen darf. Diese Mischung aus hoher Fachkompetenz und menschlicher Wärme findet man heutzutage leider nur noch selten", ergänzte Tülay mit einem Lächeln im Gesicht.

„Es freut mich, wenn ich Ihnen neuen Mut zusprechen durfte. Sie werden sehen, wenn Sie die nun besprochene Strategie konsequent anwenden, wird sich alles auf eine gute Bahn bringen lassen. Da bin ich mir ganz sicher. Ich wünsche Ihnen beiden alles erdenklich Gute, und viel Glück für Ihren weiteren Lebensweg", sprach Dr. Blautaler in einem Mut machenden Tonfall.

„Dann wünschen wir Ihnen noch einen guten Tag, Dr. Blautaler, und vielen Dank nochmals für Ihre wertvolle Hilfe", bedankten sich Tülay und Fabian.

Gestärkt durch die aufbauenden Worte von Dr. Blautaler verließen Tülay und Fabian die Praxis.

*

„Magst du noch mit zu mir kommen, Tülay? Dann könnten wir das Gespräch mit Dr. Blautaler noch auf uns wirken lassen, und uns überlegen, wie wir die praktischen Tipps in die Tat umsetzen könnten?", fragte Fabian.

„Ja, Fabian, das ist eine gute Idee. Allerdings sollten wir zuvor etwas essen, denn ich habe großen Hunger. Der ganze Tag und nun auch das Gespräch bei Dr. Blautaler haben mich sehr angestrengt."

„Einverstanden, wir könnten uns türkische Pizzen bestellen. Außerdem habe ich noch köstlichen Rotwein bei mir im Weinregal, der bestimmt gut dazu passt. Was meinst du, Tülay?"

„Großartig! Ja, so machen wir es." Kaum in Fabians Wohnung angekommen, bestellte Fabian zwei türkische Pizzen beim

Bestellservice, der sich nur wenige hundert Meter von seiner Wohnung entfernt befand. Zwischenzeitlich machten es sich Tülay und Fabian auf dem flauschigen Sofa im Wohnzimmer gemütlich. Offenbar war an diesem Abend nicht besonders viel los, denn schon nach einer knappen Viertelstunde wurden die köstlich duftenden Pizzen angeliefert.

„Guten Appetit, Tülay. Lass' es dir gut schmecken. Schon des Öfteren hatte ich bei diesem Pizzaservice bestellt, allerdings noch niemals eine türkische Pizza. Ich hoffe sehr, dass sie dir gut schmecken wird."

„Fabian, da bin ich mir ganz sicher, dass uns die Pizzen sehr gut schmecken werden. Außerdem, in deiner Gegenwart schmeckt mir wohl alles. Ich kann dir gar nicht sagen, wie glücklich ich bin, dich an meiner Seite zu wissen. Das ist für mich der Himmel auf Erden", sagte Tülay, während sie Fabian sehnsuchtsvolle Blicke schenkte.

„Ich empfinde ebenso, Tülay. Auch ich bin so dankbar und froh, dich kennengelernt zu haben. Mit der tatkräftigen Unterstützung durch Herrn Dr. Blautaler wird es uns ganz bestimmt gelingen, dass wir die belastenden Störfaktoren beseitigen können."

„Das ist ein gutes Stichwort. Lass' uns mal überlegen, wie es gelingen könnte, deine und meine Eltern möglichst zwanglos zusammenzuführen. Wenn sie sich erst einmal persönlich kennengelernt haben werden, wird sich die Stimmung bestimmt deutlich verbessern lassen. Was meinst du, Fabian?"

„Spontan denke ich da an das türkische Tanzlokal, in dem wir neulich so nett Kaffee getrunken hatten. Vielleicht könnte das eine gute Lokalität für ein erstes Zusammentreffen sein? Was denkst du dazu?"

„Ich könnte mir vorstellen, dass es einer Herkulesaufgabe gleicht, deine Eltern davon zu überzeugen, dass sie sich mit uns und meinen Eltern in einem türkischen Lokal treffen sollten. Das wird bestimmt keine leichte Aufgabe, die vermutlich sehr viel Überzeugungsarbeit von uns verlangt.

Gemeinsam können wir das aber bestimmt schaffen!"

„So sehe ich das auch, Tülay. Vermutlich wird vor allem mein Vater erst einmal ausrasten, wenn ich einen solchen Vorschlag unterbreite. Ich bin aber dennoch zuversichtlich, dass es gelingen wird, ihn und meine Mutter zu einem solchen Treffen zu überreden. Falls uns das gelingt, wird sich alles Weitere dann schon finden. Da bin ich mir ganz sicher. Mein Vater ist zwar vordergründig ein rauer Poltergeist, aber im Grunde genommen denke ich, hat auch er ein mildes Herz. Allerdings versteht er es gut, das zu verbergen. Dr. Blautaler würde vermutlich diagnostizieren, dass sich ein solches Verhalten vor allem aus diffusen Ängsten speist."

„Fabian, du scheinst selbst so eine Art Psychologe zu sein. Ich bin immer wieder beeindruckt, wie klug du sprichst", bezeugte Tülay Fabian ihre Bewunderung.

„Ich denke, wir sollten einen möglichst ruhig gelegenen Tisch im Café des türkischen Tanzlokals reservieren, damit wir uns dann in aller Ruhe dort unterhalten können. Zuvor gilt es nun aber meine Eltern davon zu überzeugen, dass sie einem solchen Treffen zustimmen. Bitte drück' mir mal die Daumen, dass es mir gelingt, vor allem meinen Vater zur rechten Zeit auf dem richtigen Fuß zu erwischen."

„Fabian, ich habe nicht den geringsten Zweifel, dass dir das gelingen wird. Bestimmt wirst du die richtigen Worte finde. Soll ich dich zu deinen Eltern begleiten, um dich zu unterstützen?"

„Tülay, das ist lieb gemeint, aber ich denke, dass es zum gegenwärtigen Zeitpunkt besser sein könnte, wenn ich diese Aktion allein mit meinen Eltern bespreche. Bei dem Treffen, das dann hoffentlich schon bald stattfinden wird, werden dich dann meine Eltern persönlich kennenlernen. Das wird sicher ein sehr spannender und emotionaler Moment werden. Gemeinsam sind wir stark. Wir schaffen das!"

Nachdem Tülay und Fabian ihre Strategie konkretisiert hatten, verbrachten sie noch einen wunderbaren Abend voller Harmonie und Frieden. Zwischenzeitlich hatte der köstliche Duft der Pizzen das gesamte Wohnzimmer eingehüllt. Ohne große Worte machen zu müssen spürten Tülay und Fabian in jedem Moment, dass sie füreinander bestimmt waren. Nichts und niemand konnte ihr Liebesglück letztlich verhindern. Da waren sich die beiden jetzt sicher.

Kurz vor Mitternacht brachte Fabian seine Angebetete zurück in deren Wohnung. Mit einem liebevollen Kuss auf die Wangen, begleitet von einem zärtlichen Streicheln durch Tülays Haare, verabschiedeten sich die beiden.

„Schlaf' schön, mein türkischer Diamant", sagte Fabian, der innerlich stark erregt war.

„Du auch, mein wunderbarer Held. Pass' bitte gut auf dich auf, denn du bist so unschätzbar wertvoll. Und ganz herzlichen Dank für diesen wundervollen Abend."

„Ich danke dir, Tülay, dass du in mein Leben getreten bist. Worte können meine Freude kaum angemessen ausdrücken, wie froh ich bin, mit dir zusammen sein zu dürfen. Morgen werde ich meine Eltern besuchen. Dann wird es richtig spannend. Sobald ich Genaueres weiß, melde ich mich bei dir. Und bitte vergiss morgen nicht im Büro, dass du dich unter keinen Umständen von Jasmin provozieren lässt. Lass' sie ganz einfach ins Leere laufen mit ihren Sprüchen. Gute Nacht."

Noch lange winkte Tülay dem davon fahrenden Fabian hinterher. Eine kleine Träne unermesslichen Glücks rann über ihre linke Wange hinab. Friedlich und voller Hoffnung schlief sie in dieser Nacht ein, die von wunderbaren Träumen begleitet wurde. Auch Fabian vermochte sein Glück kaum zu fassen. Nun stand ihm die schwierige Aufgabe bevor, seine Eltern von einem gemeinsamen Treffen mit Tülays Eltern zu überzeugen. Nach dem sehr hilfreichen Gespräch mit Dr. Blautaler war er sich sicher, diese schwierige Hürde meistern zu können. Schließlich ging es um nichts weniger als um das Liebesglück von Tülay und ihm.

Angespannt, aber dennoch zufrieden, schlief Fabian in dieser Nacht ein.

*

Am nächsten Tag besuchte Fabian wie geplant seine Eltern, die zunächst überrascht waren, dass er so unangemeldet dort auftauchte.

„Guten Abend, mein Sohn", begrüßte ihn Angelika an der Wohnungstür. Das ist ja eine Überraschung. Was führt Dich zu uns? Ist irgendetwas passiert? Normalerweise meldest du dich doch sonst immer erst bei uns an?", fragte Angelika sichtlich überrascht.

„Guten Abend, Mama. Nein, es ist zwar nichts Akutes geschehen, vielmehr gibt es etwas sehr Grundsätzliches, das ich gern mit dir und Papa besprechen möchte."

„Jetzt hast du mich richtig neugierig gemacht. Sag' bloß, es geht schon wieder um deine türkische Freundin? Du weißt, dass dein Vater auf dieses Thema sehr allergisch reagiert, Fabian."

„Um es direkt auf den Punkt zu bringen, ja, es geht tatsächlich auch um Tülay. Allerdings geht es um noch sehr viel mehr, denn schließlich möchte und werde ich eine intensive Beziehung zu Tülay aufbauen. Genau aus diesem Grund möchte ich euch einen konkreten Vorschlag unterbreiten."

„Ach du meine Güte, das kann nur im Streit enden. Liest du denn keine Zeitung, Junge. Die Türken nehmen uns hier unsere Arbeitsplätze weg. So, wie es deinem Vater ergangen ist, ergeht es immer mehr Menschen, wenn wir da nichts gegen unternehmen."

„Mama, du sprichst leider schon genauso unsinnig wie Papa. Es war eben nicht so, dass damals der türkische Kollege Papa seinen Arbeitsplatz weggenommen hatte, sondern vielmehr so, dass dieser Mann offenbar besser für den ausgeschriebenen Job qualifiziert war. Dabei war und ist es völlig zweitrangig, ob es sich dabei um einen Türken, einen Deutschen oder einen beliebigen Menschen anderer Nationalität gehandelt hat. Verstehst du das wirklich nicht, Mama?"

„Wenn Papa das so sagt, dann wird das so auch richtig sein. Meinst du nicht auch, Fabian?"

„Nein, das meine ich so auf gar keinen Fall. Papa ist offenbar sehr verbittert, und das trübt seinen Blick auf die Realität. Bestimmt wäre es hilfreich, wenn er sich mal mit Dr. Blautaler besprechen könnte. Das ist ein wunderbarer Arzt, der sehr hilfreiche psychologische Denkanstöße vermittelt."

„Du glaubst doch wohl nicht im Ernst, dass dein Vater zu so einem Quacksalber geht? Wenn ich das schon höre, psychologische Denkanstöße? Das ist doch alles totaler Blödsinn", regte sich Angelika auf.

„Mama, ich finde es sehr traurig, dass du offenbar ohne es selbst zu merken viele von Papas verqueren Vorurteilen übernommen zu haben scheinst. Es ist weder klug noch hilfreich solch einen Unsinn ungeprüft nachzuplappern."

„Ach, der Herr Sohnemann gibt sich die Ehre", begrüßte Peter seinen Sohn, der trotz der unerfreulichen Kommunikation mit seiner Mutter ruhig und gelassen blieb.

„Guten Abend, Papa. Wie war dein Tag?", fragte Fabian ganz freundlich.

„Wie soll mein Tag schon gewesen sein? Immer wieder die übliche Maloche. Tagein, tagaus, immer wieder tonnenweise Pakete befördern. Ich nehme aber nicht an, dass du gekommen bist, um mich nach meinem Tag zu befragen. Was willst du denn wirklich von uns?", harschte Peter ihn an.

„Um deine kostbare Zeit nicht unnötig lang zu strapazieren, komme ich am besten gleich zur Sache. Also, wie ihr euch vielleicht schon denken könnt, geht es um meine Beziehung zu Tülay."

„Schreck, lass' nach, du meinst diese türkische Frau?", fragte Peter völlig entsetzt.

„Ganz genau, es geht darum, dass ihr euch endlich einmal persönlich kennenlernen solltet. Und nicht nur das. Wir dachten, es könnte eine gute Idee sein, dass wir einmal alle gemeinsam, also auch Tülays Eltern, an einen

Tisch kommen. Dann könntet ihr mit eigenen Augen sehen, dass es sich dabei um ehrenwerte und liebe Menschen handelt."

In diesem Moment wechselte die Gesichtsfarbe von Peter zu einem leichenblassen Weiß. Offenbar hatte es ihm die Sprache verschlagen, denn er brachte zunächst kein Wort heraus. Dann jedoch, wie aus dem Nichts, polterte er sofort wieder los, indem er lautstark sein Missfallen ob eines solchen Vorschlags kundtat.

„Du bist ja wohl nicht ganz bei Sinnen? Glaubst du allen Ernstes, deine Mutter und ich setzen uns mit Türken zusammen an einen Tisch? Ich bin doch nicht verrückt?".

„Papa, wenn du mich so direkt fragst, dann muss ich leider sagen, dass deine Vorurteile im wahrsten Sinne des Wortes verrückt sind. Und zwar verrückt in dem Sinn, als dass sie gegenüber einer anständigen und sachbezogenen Argumentation von einer noch akzeptablen Linie abweichen. Offenbar ist dir das so bisher gar nicht bewusst."

„Willst du mir jetzt erklären, was ich denken und sagen darf?"

„Nein, Papa, keineswegs. Vielmehr geht es darum, dir verständlich zu machen, dass du mit deinen wiederholt vorgetragenen Vorurteilen nicht nur in der Sache falsch liegst, sondern dass dein Kommunikationsstil sehr beleidigend ist. Darüber solltest du bitte einmal sehr ernsthaft nachdenken."

„Wie sollte ich als Deutscher einen Türken beleidigen können? Das ist doch so gar nicht möglich. Du spinnst ja völlig!"

„Siehst du, Papa, genau das meine ich. Schon wieder stößt du massive und zudem dümmliche Beleidigungen aus, die völlig inakzeptabel sind. Ganz im Ernst, entweder, wir führen jetzt hier ein ordentliches und von Respekt getragenes Gespräch, oder du zwingst mich, den Kontakt zu euch völlig abzubrechen. Solche fortgesetzten Frechheiten muss und möchte ich mir nicht mehr länger anhören. Verstehst du, Papa?"

„Nein, Fabian, das kannst du uns doch

nicht antun! Den Kontakt zu uns völlig abbrechen? Nein, bitte nicht. Du bist doch unser Sohn", flehte Angelika ihren Sohn an, da sie merkte, dass sich die Situation zuspitzte.

„Peter, vielleicht hat Fabian tatsächlich recht? Vielleicht haben wir wirklich überreagiert. Wir dürfen doch nicht tatenlos zusehen, dass uns unser Sohn völlig entgleitet. Nein, das darf nicht passieren", sagte Angelika in einem sehr nachdenklichen Ton zu Peter.

Offenbar hatte auch Peter gemerkt, dass er wohl deutlich über das Ziel hinausgeschossen hatte. Plötzlich wechselte er zu einem deutlich ruhigeren Tonfall, und fragte Fabian: „Nun, wie genau stellt ihr euch ein solches Zusammentreffen denn vor?"

„Schön, dass du dich ein wenig beruhigen kannst, Papa. Dr. Blautaler meinte, es sei eine gute Idee, dass wir uns mal alle miteinander ganz zwanglos zusammensetzen sollten, um uns besser kennenzulernen. Tülay und ich haben nun die Idee, dass wir euch und Tülays Eltern in ein wunderschönes Café einladen, das sich unter einem Dach mit einem türkischen Tanzlokal befindet. Dort könnten wir uns nett unterhalten, und ihr hättet die Möglichkeit euch davon zu überzeugen, dass Tülay eine wunderbare Frau ist, die ich sehr liebe. Außerdem möchte ich darauf wetten, dass ihr euch auch mit Tülays Eltern gut versteht, denn das sind ehrenwerte und sehr liebe Leute. Also, was meint ihr nun? Darf ich Tülay sagen, dass wir in Kürze ein solches Treffen arrangieren dürfen?"

Wortlos sahen sich Angelika und Peter für eine längere Zeit an. „Mmh, was meinst du denn dazu, Angelika? Sollen wir uns darauf einlassen?"

„Peter, ich denke, dass wir diesem Treffen unbedingt zustimmen sollten. Schließlich geht es doch auch um das Glück unseres Sohnes. Und da sollten wir ihm nicht im Wege stehen", bestätigte Angelika, die inzwischen sogar ihr Lächeln wiedergefunden hatte.

„Nun gut, einverstanden. Wir können

es ja mal versuchen. Hoffentlich werden wir unsere Entscheidung nicht schon bald bereuen?", murmelte Peter in sich hinein.

„Papa, ich muss sagen, das ist eine sehr kluge und sehr schöne Entscheidung, über die ich mich riesig freue! Vielen Dank! Tülay wird sich ebenfalls sehr freuen, wenn ich ihr sage, dass es schon bald zu einem Treffen unserer Familien kommen kann."

„So, und jetzt lass uns mal noch ein Bier zusammen trinken, mein Sohn. Hast du noch ein wenig Zeit?"

„Ja, Papa, unter diesen Umständen trinke ich gern noch ein Bier mit dir. Ich bin sehr froh, dass du nun doch noch eingelenkt hast. Wir werden euch ganz bestimmt nicht enttäuschen."

Noch am gleichen Abend rief Fabian bei Tülay an, um ihr die erfreuliche Nachricht mitzuteilen, dass es nun zu einem ersten Treffen ihrer und seiner Eltern kommen würde. Sollte das nun die Wende zum Guten sein? Diese Frage stellten sich Tülay und Fabian immer wieder. Immerhin war somit ein entscheidender Schritt möglich geworden, der neue Hoffnung aufsteigen ließ. Wenige Tage später war es dann endlich soweit. Mit Spannung und Freude zugleich trafen sich Tülay, Fabian und deren Eltern im Café des türkischen Tanzlokals. Erwartungsgemäß verlief das erste Zusammentreffen ziemlich steif. Vor allem Fabians Eltern war deutlich anzumerken, dass sie sich unsicher fühlten in dieser für sie bisher so fremden Umgebung. Doch die freundliche und offene Art von Tülays Eltern führte schnell dazu, dass sich die Lage erfreulich entspannte.

„Mama, Papa, darf ich euch Tülay und deren Eltern vorstellen, Frau Önöz und Herr Önöz?", begann Fabian zielsicher die Begrüßung.

„Guten Abend, Frau Bense. Guten Abend Herr Bense, wir freuen uns, Sie nun kennenlernen zu dürfen. Ihr Sohn hat uns schon so einiges von Ihnen erzählt", antwortete Baris Önöz, während er Angelika und Peter freundlich begrüßte.

Zunächst zurückhaltend, jedoch

freundlich begrüßten Fabians Eltern seine neue Freundin, Tülay, und deren Eltern.

„Bitte, nehmt Platz. Wir haben eigens diesen schönen Ecktisch für uns reserviert, damit wir einen schönen Abend verbringen können. Außerdem hat man von hier aus auch einen guten Blick auf die Tanzfläche", sagte Fabian.

„Wir sind sehr froh, dass unsere Tochter Ihren Sohn kennengelernt hat. Tülay erzählt uns nur Gutes von ihm. Er muss wohl ein ganz besonderer Mann sein", begann Baris das Gespräch.

„Leben Sie schon länger hier im Land?", wollte Angelika wissen.

„Meine Frau und ich leben schon seit etwa 30 Jahren hier in Deutschland. Wir sind froh und dankbar, dass wir hier unsere Existenz aufbauen durften, und wir fühlen uns hier insgesamt auch sehr wohl, Frau Bense", antwortete Baris.

Langsam aber sicher kam das Gespräch immer besser in Gang. Nur Peter hielt sich anfangs noch auffällig zurück. Womöglich wurde ihm klar, dass seine Vorurteile türkischen Menschen gegenüber nicht nur unbegründet sind, sondern auch dumm. Vermutlich schämte er sich nun, dass er bisher so abfällig über Menschen einer anderen Kultur gesprochen hatte, denn es fiel ihm sichtlich schwer, sich am Gespräch zu beteiligen.

„Herr Bense, Sie sind auffällig ruhig. Ich möchte Ihnen sagen, dass ich sehr glücklich bin, Fabian kennengelernt zu haben. Sie haben einen ganz wunderbaren Sohn. Er ist intelligent, zuverlässig und sehr liebevoll", sagte Tülay zu Peter, dessen Gesichtszüge sich plötzlich leicht aufhellten.

„Ja, Tülay, schließlich ist er auch mein Sohn. Sie wissen schon, der Apfel fällt nicht weit vom Stamm", bemühte sich Peter etwas krampfhaft lustig zu wirken.

„Wenn ich Sie nun hier so erlebe, kann ich mir kaum vorstellen, dass Sie bisher so schlecht über mich und meine Eltern gesprochen haben sollen?", fragte Tülay irritiert.

„Tülay, ich gestehe ein, dass ich mich wohl geirrt habe, und es ist mir auch sehr peinlich, dass ich bisher eine so ablehnende Haltung eingenommen hatte. Bitte verzeihen Sie mir", sprach Peter, bei dem man den Eindruck gewinnen konnte, es habe plötzlich Klick in seinem Kopf gemacht.

„Herr Bense, ich nehme an, dass Sie Ihre Gründe dafür haben, bisher eine so ablehnende Haltung uns Türken gegenüber eingenommen zu haben. Es wäre sehr schön, wenn wir Sie nun davon überzeugen dürften, dass es nicht *die* Türken gibt, ebenso gibt es nicht *die* Deutschen. In allen Ländern gibt es immer solche und solche. Von daher ist es wichtig, sich selbst einen persönlichen Eindruck zu verschaffen. Meinen Sie nicht auch?", fragte Tülay.

Nach einem Moment betretenen Schweigens antwortete Peter: „Ja, Tülay, da haben Sie wohl recht."

Zwischenzeitlich wurde eine Runde köstlicher türkischer Kaffee serviert. Peter riskierte eine Blick auf die Tanzfläche, und in diesem Moment konnte er nicht verbergen, dass ihm der Anblick der tanzenden Paare sehr gefiel. Das war Baris nicht entgangen, so dass er zu Peter sagte: „Herr Bense, das ist Lebensfreude pur. Wie ich sehe, scheint Ihnen das zu gefallen, oder?"

„Mein Mann und ich waren schon seit mehr als 20 Jahren nicht mehr zum Tanzen gegangen", brachte sich Angelika in das Gespräch ein.

„Dann wird es aber höchste Zeit", scherzte Fabian.

„Ja, vielleicht ist das tatsächlich eine gute Idee", bestätigte Peter, von dem kaum einer in der Runde eine solche Antwort von ihm erwartet hatte.

Im Laufe des Abends lockerte sich die Stimmung mehr und mehr auf. Tülay und Fabian, denen das nicht entgangen war, schenkten sich sehnsuchtsvolle Blicke, aus denen zunehmend Hoffnung sprach. Noch vor wenigen Tagen hätten sie sich nicht vorstellen können, dass es zu einem solchen Sinneswandel hätte kommen können. Bestimmt hatte eine höhere Macht ihre Finger im Spiel gehabt? Nachdem sich dieser Abend seinem Ende zugeneigt hatte verabschiedeten sich Familie Bense und Familie Önöz sehr freundlich.

„Tülay, bitte zwick' mich mal in meinen Arm, damit ich weiß, dass ich nicht träume", sagte Fabian, als er sie schon spät in der Nacht bei ihrer Wohnung absetzte.

„Fabian, es ist kein Traum. Nein, unsere Eltern haben sich offenbar tatsächlich auf Anhieb gut verstanden. Ich bin so froh, dass wir dieses Experiment gewagt haben. Das war eine sehr gute Idee! Jetzt wird bestimmt alles gut werden. Ich habe ein gutes Gefühl."

„Ja, so sehe ich das auch, Tülay. Es ist schon erstaunlich, zu beobachten, wie sich das Verhalten meines Vaters binnen kurzer Zeit so entscheidend verändert hat. Ich habe auch nicht den Eindruck, dass er uns das nur vorgespielt hat. Vielmehr denke ich, dass er begriffen hat, wie absurd seine bisherigen Vorurteile gewesen sind."

Müde, aber glücklich schliefen Tülay und Fabian in dieser Nacht ein. Nicht zuletzt die ermutigenden Worte von Dr. Blautaler hatten dazu geführt, dass sich die Situation für Tülay und Fabian deutlich verbessert hatte. Funkelnde Sterne bewachten den Schlaf von Tülay und Fabian, die in dieser Nacht schöne Träume hatten.

*

Gut gelaunt und frohen Mutes ging Tülay am nächsten Tag ins Büro. Getreu dem weisen Rat von Dr. Blautaler wollte sie sich unter keinen Umständen mehr länger von Jasmin provozieren lassen. Als Tülay im Büro eintraf, saß Jasmin schon an ihrem Arbeitsplatz, und hakte missmutig auf die Computertastatur.

„Na, du Männer verschlingender Vamp", begrüßte Jasmin die gut gelaunte Tülay.

„Hallo, Jasmin, ich wünsche dir einen angenehmen und friedlichen Tag", antwortete Tülay, die diesen unfreundlichen Angriff an sich abblitzen ließ.

Das schien Jasmin nur noch mehr zu reizen, so dass sie sogleich nachlegte. „Fabian muss wohl mit Blindheit geschlagen sein, dass er sich so eine wie dich angelacht hat. Das ist ja absolut lächerlich."

Ohne Jasmin weiter zu beachten, startete Tülay ihren Computer, um sich ihrem Tagwerk zu widmen. Die gemeinen Anfeindungen von Jasmin konnten ihr nichts mehr anhaben. Vor allem die sehr erfreuliche Tatsache, dass sich nun auch ihre und Fabians Eltern endlich kennengelernt hatten, stärkte ihre Abwehrkräfte enorm. Ihr Herz war voller Liebe, Sanftmut und Freude, so dass sie sogar Mitleid für Jasmin verspürte, die ihr das Liebesglück wohl nicht gönnen konnte. So vergingen die Stunden an diesem Arbeitstag wie im Fluge.

Obwohl Jasmin im Laufe des Tages noch mehrere Versuche unternahm, Tülay mit gemeinen und frechen Sprüchen zu provozieren, perlten alle verbalen Angriffe wie Tautropfen an ihr ab. Schließlich schmollte Jasmin nur noch stumm vor sich hin. Sie musste einsehen, dass es wohl zwecklos war, Tülay immer wieder nur plump zu attackieren. Für Jasmin war es eine gänzlich neue Erfahrung, nicht im Mittelpunkt des Interesses zu stehen. Bisher war es stets so gewesen, dass sie die Männer um den Finger wickeln konnte. Und nun das? Irgendwie musste Fabian aus einem völlig anderen Holz geschnitzt sein, dass er sich so gar nicht für sie interessierte. Immer wieder stellte sie sich die Frage, was so Besonderes an Tülay sein könnte, dass Fabian sie ihr vorgezogen hat? War es die eher zurückhaltende Art? War es ihr orientalisches Aussehen? Jasmin war schlichtweg ratlos.

Tülay jedenfalls war glücklich, dass sich die von Dr. Blautaler vorgeschlagene Strategie offenbar bewährt hatte. Getreu dem Energieerhaltungssatz, den sie damals im Physikunterricht in der Schule kennengelernt hatte, bemühte sie sich aktiv darum, destruktive Energie in konstruktive Energie umzuwandeln. Die bösen und niederträchtigen Attacken von

Jasmin sollten sich verwandeln in ein liebevolles Verständnis. Sie erinnerte sich daran, dass ihr Physiklehrer damals davon sprach, dass auch böse Gedanken eine enorme Energie enthielten. Wichtig sei es, sich aktiv darum zu bemühen, schlechte Energie in gute Energie umzuwandeln. Befolgten alle Menschen auf dieser Erde diesen Leitsatz, könnte diese Erde ein sehr viel friedlicherer Ort in den Weiten des Universums sein. Auf ihrem Nachhauseweg fühlte Tülay eine wohltuende und allumfassende Liebe und Geborgenheit in sich. Sie fühlte sich eins mit dem Universum, und war sich nun sicher, dass sich ihre Liebesbeziehung zu etwas ganz Wunderbarem entwickeln würde. Zuhause angekommen, griff sie sogleich zum Handy, um Fabian anzurufen.

*

„Hallo, Fabian, wie war dein Tag?" fragte Tülay frohen Mutes.

„Schön, dass du du anrufst, Tülay. Ich hatte einen guten Tag. Die Seminarteilnehmerinnen waren heute sehr nett. In der Volkshochschule konnte ich heute einen neuen EDV-Kurs eröffnen für Berufswiedereinsteigerinnen. Die Damen möchten sich in diesem einwöchigen Kurs mit den wichtigsten Programmen vertraut machen, die heutzutage fast überall zum Einsatz kommen."

„Prima, das freut mich sehr für dich, dass du einen so schönen Tag hattest. Ich hatte auch einen guten Tag im Büro. Zunächst hatte Jasmin immer wieder versucht mich zu provozieren. Doch sie hatte keine Chance, da ich nicht auf ihre dummen und gemeinen Attacken reagierte. Als sie dann merkte, dass ich ihre böswilligen Kommentare nicht mehr weiter konterte, verlor sie wohl die Lust. Schlussendlich saß sie schon fast bemitleidenswert völlig stumm vor ihrem Computer."

„Na, dann hat sich die Strategie von Dr. Blautaler offenbar bewährt. Das ist eine sehr gute Nachricht, über die ich mich sehr freue, Tülay."

„Fabian, magst du vielleicht heute Abend zu mir kommen? Ich habe ein neues türkisches Rezept, das ich zu gern mal ausprobieren möchte. Wie wär's? Vielleicht so gegen 20 Uhr?"

„Das ist eine ganz wunderbare Idee. Ja, ich komme sehr gern nachher zu dir. Ich muss zwar noch ein wenig für den morgigen Seminartag vorbereiten, aber bis etwa 20 Uhr werde ich es bestimmt schaffen."

„Wunderbar! Dann freue ich mich sehr, dass wir uns nachher hier bei mir sehen werden. Und bring' bitte guten Appetit mit."

„Ja, das mache ich. Bis nachher dann, Tülay. Ich freue mich sehr, dich gleich zu sehen", antwortete Fabian, in dessen Stimme eine erwartungsfrohe Stimmung mitschwang.

Sogleich begann Tülay mit den Vorbereitungen für das neue Rezept. Es sollte ein wundervoller Abend werden, der ganz im Zeichen ihrer Liebe zu Fabian stehen sollte. Während sie das Essen zubereitete, erfüllten zauberhafte Klänge einer wunderschönen Meditationsmusik ihre Wohnung.

Pünktlich um 20 Uhr klingelte Fabian an der Wohnungstür. Mit einer lang andauernden Umarmung voller Herzlichkeit begrüßte Tülay den Mann ihrer Träume, indem sie ihn fest an sich zog. Dabei konnte sie Fabians Herz fühlen, das kräftig vor Freude pochte.

„Guten Abend, Fabian. Komm' bitte erst einmal herein. Was für ein wunderbarer Tag ist das heute", begrüßte Tülay ihren Liebsten.

„Tülay, ich weiß gar nicht, was ich sagen soll? Ich bin überwältigt von den Ereignissen."

„Fabian, mir geht es ähnlich. Momentan kann ich mein Glück noch gar nicht richtig fassen. Noch vor wenigen Tagen sah ich uns von vielen Problemen umzingelt, und nun scheint sich alles zum Guten zu wenden. Das ist einfach ganz wunderbar, und ich bin sehr glücklich, dich an meiner Seite zu wissen."

„Das duftet ja köstlich, Tülay. Was

hast du denn da Leckeres gezaubert?"

„Lass' dich mal überraschen. Ich hoffe sehr, dass dir diese Kreation auch schmecken wird. Schließlich ist es der erste Versuch, den ich mit diesem neuen Rezept durchgeführt habe. Ich weiß selbst noch nicht, wie das schmeckt? Bitte nimm' schon mal Platz."

„Vielen Dank, Tülay. Ich bin sicher, dass das Essen sehr lecker schmecken wird. Jedenfalls duftet es schon sehr verlockend."

Und tatsächlich, das türkische Essen stellte sich als eine kulinarische Köstlichkeit heraus. Ein Abend voller Harmonie, Frieden, Freude und Liebe nahm seinen Lauf. Immer wieder schauten sich Tülay und Fabian tief in ihre Augen. Wortlos kommunizierten sie, und spürten, dass nun nichts und niemand mehr ihr Liebesglück würde stören können. Als der Stundenzeiger schon auf Mitternacht vorgerückt war, nahm Fabian Tülay bei ihren Händen, hielt ihr seinen Zeigefinger auf ihren Mund, und sprach:

„Tülay, bitte sag' jetzt nichts. Du bist die Frau meiner Träume, mit der ich mein ganzes Leben verbringen möchte. Du hast so unermesslich viel Glück in mein Leben gebracht. Dafür danke ich dir von ganzem Herzen. Ich liebe dich, Tülay. Du bist ein unschätzbar wertvolles Juwel für mich, und ich möchte dich nie wieder gehen lassen."

Sichtlich gerührt von dieser wunderbaren Liebeserklärung schwieg Tülay zunächst. Sodann umschlangen ihre Hände Fabians Kopf, und sie küssten sich leidenschaftlich. Nur der zauberhaft funkelnde Sternenhimmel wurde Zeuge einer traumhaft schönen Liebesnacht, die Tülay und Fabian nach diesem wundervollen Tag voller Glückseligkeit und Liebe erleben durften.

*

Eng umschlungen wachten Tülay und Fabian am nächsten Morgen auf. Nachdem sie gemeinsam gefrühstückt hatten, machte sich Fabian auf den Weg zur Volkshochschule, um dort einen weiteren Unterrichtstag zu leiten. Mit einem intensiven Kuss, begleitet von liebevollen Blicken, verabschiedete er sich von Tülay, die ihr Liebesglück noch immer nicht wirklich fassen konnte.

„Fabian, ich wünsche dir einen wunderbaren Tag sowie viel Freude und Erfolg für den heutigen Tag. Sehen wir uns heute Abend?", fragte Tülay sehnsuchtsvoll.

„Danke, ich wünsche dir auch einen wundervollen Tag, Tülay. Ja, wenn du magst, dann komm' gern heute Abend zu mir. Heute Abend wird ein sehr interessanter Bericht zum Thema Hirnforschung im Fernsehen gezeigt. Interessierst du dich auch für so etwas? Dann könnten wir uns das vielleicht gemeinsam anschauen?"

„Mit dir zusammen kann ich mir alles anschauen. Übrigens, zum Thema Hirnforschung habe ich auch schon so einiges gelesen. Dieses Thema finde ich sehr faszinierend. Ja, wir können uns diese Sendung heute Abend gern gemeinsam anschauen. Ich freue mich schon sehr auf einen schönen Abend mit dir, Fabian. Pass' bitte gut auf dich auch."

„Hast du für Heute etwas Besonderes geplant, Tülay?"

„Ich werde in der Mittagspause mal kurz in die Praxis von Dr. Blautaler gehen. Vielleicht hat er ein paar Minuten Zeit für mich, so dass ich ihm von der sehr erfreulichen Entwicklung berichten kann. Ich denke, dass er sich darüber auch sehr freuen wird."

„Ja, mach' das, das ist eine gute Idee. Schließlich verdanken wir nicht zuletzt Dr. Blautaler, dass sich die Dinge für uns so erfreulich entwickelt haben. Es ist wichtig, dass wir ihn an unserer Freude teilhaben lassen."

„Stimmt! Viele Menschen vergessen leider oft, wer ihnen in der Not geholfen hatte, sobald es ihnen wieder besser geht. Ich denke auch, dass es gut und richtig ist, Dr. Blautaler mitzuteilen, dass wir ihm für seine wertvolle Unterstützung sehr dankbar sind. Oftmals ist es so, dass Menschen sich zwar über unangenehme Dinge beschweren, es aber vergessen, sich für gute Dinge zu bedanken."

„Da stimme ich dir ausdrücklich zu, Tülay. Deine Worte deuten auf deine Weisheit hin. Das gefällt mir sehr gut. Jetzt muss ich aber schnell los, sonst komme ich noch zu spät, und das möchte ich auf jeden Fall vermeiden. Bis heute Abend dann, Tülay."

Sprach's, und verschwand schnellen Schrittes im Treppenhaus.

Wie geplant, ging Tülay während der Mittagspause in die Praxis von Dr. Blautaler. „Hallo, Frau Önöz", begrüßte sie Dr. Blautaler, der in diesem Moment eine weitere Patientin verabschiedete. „Wenn ich das richtig sehe, scheinen Sie heute ganz besonders gut gelaunt zu sein?" fragte Dr. Blautaler mit einem freundlichen Lächeln.

„Ja, das stimmt, Dr. Blautaler. Hätten Sie eventuell einen kurzen Moment Zeit für mich, denn ich möchte Ihnen gern etwas sehr Erfreuliches mitteilen?" fragte Tülay ganz aufgeregt.

„Bitte kommen Sie kurz mit in mein Zimmer. Einen kurzen Moment habe ich auf jeden Fall Zeit, da die nächste Patientin erst nach der Mittagspause erscheint. Was ist denn Schönes passiert, Frau Önöz, dass Sie eigens hier in die Praxis kommen, um mir das zu erzählen?"

„Dr. Blautaler, auch im Namen von Fabian möchte ich mich ganz herzlich bei Ihnen für Ihre wertvolle und wunderbare Unterstützung bedanken. Für mich ist das derzeit alles wie ein schöner Traum."

„Frau Önöz, ich ahne schon, was Sie mir mitteilen möchten. Ich nehme an, dass sich die Lage inzwischen deutlich entspannt haben könnte?", fragte Dr. Blautaler etwas zögerlich.

„Ganz genau. So ist es. Vor wenigen Tagen hatten sich Fabians Eltern und meine Eltern in einem türkischen Tanzlokal, genauer gesagt in einem türkischen Café, getroffen. Nachdem vor allem Fabians Eltern zunächst etwas unterkühlt wirkten, entwickelte sich ein schöner Abend, in dessen Verlauf die bis dahin existierenden Denkmauern Stück für Stück eingerissen wurden. Ich dachte, ich träume, als ich das mit eigenen Augen ansehen konnte. Und nicht nur das. Auch die von Ihnen vorgeschlagene Strategie, bewusst nicht mehr auf gemeine Verbalattacken von Jasmin zu reagieren, ist ein voller Erfolg gewesen."

„Frau Önöz, das sind wahrlich sehr erfreuliche Nachrichten. Ich freue mich sehr für Sie und für Fabian, dass ich Ihnen ein wenig behilflich sein durfte."

„Dr. Blautaler, bitte untertreiben Sie nicht. Sie haben uns ganz entscheidend geholfen, Ohne Ihre klugen Ratschläge hätten sich die Dinge bestimmt nicht so gut entwickelt. Ich werde Sie sehr gern weiterempfehlen. Nun möchte ich Ihre kostbare Zeit jedoch nicht länger in Anspruch nehmen. Mir war es wichtig, Ihnen das persönlich mitteilen zu dürfen. Auf Wiedersehen, Dr. Blautaler, und noch einen schönen Tag für Sie."

„Ganz herzlichen Dank, Frau Önöz. Ich weiß Ihre Worte sehr zu schätzen. Es ist selten, dass sich Menschen auch aktiv für eine Hilfe bedanken, die sie als gut erleben. Ich wünsche Ihnen auch noch einen schönen Tag, und bitte grüßen Sie Ihren Freund von mir. Bis dann mal wieder, auf Wiedersehen, Frau Önöz."

Am Abend besuchte Tülay ihren Liebsten in dessen Wohnung, um gemeinsam mit ihm den Film zum Thema Hirnforschung anzusehen.

„Guten Abend, Fabian. Endlich kann ich wieder bei dir sein. Der heutige Tag zog sich wie ein Kaugummi, war jedoch sehr gut."

Mit einem innigen Kuss empfing Fabian seine Angebetete, die ein traumhaft duftendes Parfüm aufgelegt hatte.

„Warst du heute bei Dr. Blautaler?

„Ja, ich hatte ihn während der Mittagspause besucht. Ich soll dich übrigens von ihm grüßen."

„Danke. Wie hat er denn reagiert, als du ihm von der erfreulichen Entwicklung berichtet hast?"

„Nun, er war natürlich sehr erfreut. Außerdem hat er sich sehr darüber gefreut, dass ich ihm ein so positives Feedback gegeben habe. Er meinte, dass das eher selten vorkomme. Die meisten Menschen bedankten sich eher nicht. Nur dann, wenn etwas nicht so gut klappt, beschwerten sich viele Menschen."

„Ja, das ist wohl leider wahr. Ich habe für uns eine leckere Käseplatte vorbereitet. Dazu könnten wir einen gut gekühlten Riesling verköstigen. Magst du auch gern Wein, oder möchtest du lieber etwas Antialkoholisches trinken? Ich habe auch verschiedene Fruchtsäfte im Kühlschrank."

„Ein gut gekühlter Riesling ist mir auf jeden Fall recht, Fabian. Vielen Dank."

Eng aneinander gekuschelt saßen Tülay und Fabian auf dem großen Ledersofa in Fabians Wohnzimmer. Obwohl Fabian schon längst wusste, dass er diese Frage stellen würde, hatte er bisher noch nicht den Mut dazu gefunden. Nun schien ein geeigneter Moment gekommen zu sein.

„Tülay, ich bin unendlich dankbar und froh, dass ich dich kennenlernen durfte. Nun haben wir in so kurzer Zeit schon dermaßen schwierige Probleme gemeinsam gelöst, so dass ich dich hiermit ganz offiziell frage, ob du meine Frau werden möchtest? Du bist meine Erfüllung, meine Inspiration, mein Leben. Mit dir möchte ich alle Höhen und Tiefen des Lebens gemeinsam erleben und bestehen. Du sollst die Mutter meiner Kinder werden. Ich könnte mir keine wundervollere Frau vorstellen, mit der ich lieber eine glückliche Familie gründen möchte. Tülay, ich liebe dich über alles auf dieser Welt. Möchtest du meinen Heiratsantrag annehmen?"

Offenbar hatte Tülay schon mit dieser Frage gerechnet, so dass sie überraschend schnell und entschlossen antwortete. „Ja, Fabian, nichts lieber als das! Für mich ist es ein unfassbares Glück, dass du in mein Leben getreten bist. Das hätte ich mir in meinen kühnsten Träumen nicht schöner wünschen können. Ja, ich möchte sehr gern die Frau an deiner Seite werden, und gemeinsam mit dir durch dieses Leben gehen. In guten und in schlechten Tagen. Du machst mich sehr

glücklich, Fabian. Ich liebe dich mehr als mein Leben."

Ein wunderbarer Tag, geprägt von großer Glückseligkeit und Liebe neigte sich seinem Ende entgegen.

„Wollen wir vielleicht morgen Abend gemeinsam meine Eltern besuchen?", fragte Fabian die in seinen Armen liegende Tülay.

„Ja, das ist eine schöne Idee. Ich freue mich schon, deine Eltern wiederzusehen. Ich bin schon sehr gespannt, wie sie auf unsere Hochzeitspläne reagieren werden?" schmunzelte Tülay.

„Oh, ja, da bin ich auch schon sehr gespannt. Ich denke, dass sie diese Neuigkeit gut aufnehmen werden. Lassen wir uns morgen mal überraschen.

„Übermüde und überglücklich zugleich schliefen Tülay und Fabian auf dem Sofa ein."

*

Am nächsten Abend trafen sich Tülay und Fabian wie vereinbart vor der Wohnung von Fabians Eltern, um ihnen einen Überraschungsbesuch abzustatten. Voller Spannung erwarteten sie die Reaktion seiner Eltern, wenn sie von den Heiratsplänen erfahren würden.

„Schönen guten Abend, Mama. Dürfen wir euch mit einer neuen Nachricht überfallen? Ist Papa auch hier?" fragte Fabian, der in die weit aufgerissenen Augen seiner Mutter blickte.

„Hallo, ihr zwei. Kommt doch bitte erst einmal herein. Ja, Papa ist auch hier. Er sitzt im Wohnzimmer, und liest gerade die Tageszeitung."

„Guten Abend, Herr Bense", begrüßte Tülay Fabians Vater. „Dürfen wir Sie kurz stören, es gibt Neuigkeiten. Sie und Ihre Frau sollen es als erste erfahren."

„Hallo, Ihr beiden. Das klingt ja sehr spannend! Setzt euch bitte. Möchtet ihr mit uns zu Abend essen?", fragte Peter unerwartet freundlich.

„Ja, vielen Dank. Wir essen gern mit euch zu Abend, nicht wahr, Tülay?"

„Sehr gern. Kann ich Ihnen vielleicht helfen den Tisch zu decken, Frau Bense?" fragte Tülay Fabians Mutter, die völlig überrascht ob dieser Frage war.

„Vielen Dank, Tülay, aber das ist nicht nötig. Ich habe schon soweit alles vorbereitet."

„Nun spannt uns nicht länger auf die Folter, Fabian", sagte Peter. „Was möchtet ihr uns denn an Neuigkeiten mitteilen?"

„Liebe Mama, lieber Papa, wie ihr ja nun wisst, sind Tülay und ich ein Paar. Um unser Glück perfekt zu machen, möchten wir recht bald heiraten. Wir würden uns sehr freuen, wenn wir dazu auch euren Segen bekommen könnten, denn das bedeutete uns sehr viel", sagte Fabian mit leicht aufgeregter Stimme.

„So etwas in dieser Art hatte ich mir schon gedacht", schmunzelte Peter, während er sich eine große Portion Kartoffelsalat auf seinen Teller packte.

„Ich hätte zwar nicht gedacht, dass ihr diesen Schritt so schnell machen möchtet, aber ich freue mich euch", sagte Angelika, die sich eine kleine Träne verdrückte.

„Wisst ihr denn schon, wie und wo ihr eure Hochzeit feiern wollt?", fragte Peter interessiert.

„Nein, dazu haben wir uns bisher noch keine konkreten Gedanken gemacht. Ich denke, dass wir dazu schon bald konkrete Ideen entwickeln werden", sagte Fabian, der sehr erfreut darüber war, dass seine Eltern diese Nachricht so gut aufgenommen hatten.

„Deine Mutter und ich haben uns überlegt, dass wir Tülays Eltern bald mal hier zu uns einladen möchten, damit wir uns noch besser kennenlernen könnten. Was haltet ihr davon?", fragte Peter.

Sichtlich überrascht antwortete Tülay: „Herr Bense, das ist eine ganz wunderbare Idee. Ich bin sicher, dass sich meine Eltern über eine solche Einladung sehr freuen werden."

Gesagt, getan. Noch am gleichen Abend sprachen Angelika und Peter die Einladung an Tülays Eltern aus. Erwartungsgemäß freuten sich Aynur und Baris sehr, dass sie in Kürze wieder mit Fabians Eltern zusammentreffen konnten. Schon wenige Tage später besuchten sie Angelika und Peter. Gemeinsam verbrachten sie einen friedlichen und fröhlichen Abend. Noch vor wenigen Wochen wäre es kaum vorstellbar gewesen, dass sich vor allem Peter in so gelöster Atmosphäre mit Baris und Aynur hätte unterhalten können. Offenbar hatte er einen Sinneswandel durchgemacht, von dem alle Beteiligten profitierten. Für Fabian und Aynur war es schön, zu erleben, dass sich seine diffusen Vorurteile mehr und mehr aufzulösen begonnen hatten. Auch Tülays Eltern stellten voller Freude fest, dass sich hinter der harten Schale wohl ein liebevoller Kern verbarg. Das Verhältnis zwischen den Familien entspannte sich immer mehr, so dass Tülay und Fabian nun in aller Ruhe mit ihren Hochzeitsvorbereitungen beginnen konnten.

*

Nachdem sich nun die Wogen mehr und mehr geglättet hatten, konnten Tülay und Fabian ihr Liebesglück erst richtig genießen. Der Zauber der Liebe erfüllte sie mit einem wohligen Gefühl voller Zärtlichkeit und Glück.

Hallo, Fabian, wollen wir heute Abend ins türkische Tanzlokal gehen, um dort einige schöne Stunden zu verbringen? Bei dieser Gelegenheit könnten wir dann auch überlegen, wie wir unsere Hochzeit planen möchten", begrüßte Tülay den noch etwas verschlafenen Fabian am frühen Morgen per Handy.

„Guten Morgen, mein Engel", antwortete Fabian, der noch halb in einem schönen Traum zu sein schien. „Du bist ja schon ganz schön früh wach heute morgen, Tülay. Konntest du nicht gut schlafen in der letzten Nacht?"

„Doch, ich habe sogar sehr gut geschlafen, aber irgendwie haben mich wohl die zwitschernden Vögel geweckt."

„Ja, wir können uns sehr gern heute Abend treffen. Soll ich dich vielleicht so gegen 18 Uhr abholen?"

„Ich kann es kaum abwarten, Fabian, dich wieder in meine Arme zu schließen. Ja, ich werde ab 18 Uhr hier bereit sein, so dass wir dann gemeinsam zum türkischen Tanzlokal fahren können. Vielleicht könnten wir zuvor etwas vom Pizzaservice bestellen, damit wir nicht mit hungrigem Magen aufbrechen. Einverstanden?"

„Ja, ich bin dabei", antwortete Fabian, der sich inzwischen den Schlaf aus seinen Augen gerieben hatte. „Tülay, ich wünsche dir einen guten und friedlichen Tag im Büro. Wir sehen uns dann heute Abend."

Mit einem deutlich zu hörenden Schmatzer über das Handy verabschiedete sich Fabian von Tülay, deren Herz vor lauter Freude wild pochte.

„Ich wünsche dir auch einen guten Tag, Fabian. Ich umarme dich ganz fest, und schicke dir hier per Handy einen liebevollen Kuss. Bis heute Abend dann, mein Fels in der Brandung."

Der Arbeitstag verlief ohne besondere Vorkommnisse. Tülay konnte einen entspannten Tag im Büro verbringen, da sich Jasmin krank gemeldet hatte. Fabian leitete wieder einen Schulungstag in der Volkshochschule, der sich ebenfalls problemlos gestaltete. Tülay und Fabian fieberten schon dem abendlichen Treffen entgegen. Zuverlässig erschien Fabian um 18 Uhr bei Tülay, um einen schönen Abend einzuleiten.

„Guten Abend, mein Liebster", wurde Fabian von Tülay begrüßt, die sich heute ganz besonders in Schale geworfen hatte.

„Wow, du siehst bezaubernd aus, Tülay", antwortete Fabian mit weit aufgerissenen Augen.

Nachdem sie zunächst gemeinsam zu Abend gegessen hatten, machten sie sich auf den Weg zum türkischen Tanzlokal. Wie üblich, hielt sich der Publikumsandrang an diesem Wochentag in Grenzen, so dass sie sich einen schönen Platz freier Wahl aussuchen konnten. Schließlich nahmen Sie Platz an einem gemütlichen Ecktisch, von dem aus sie einen guten Überblick hatten.

„Wenn mir jemand vor wenigen Wochen gesagt hätte, dass ich nun hier mit dir sitzen werde, um unsere Hochzeit zu planen, hätte ich wohl gesagt, dass das nur ein schöner Traum sein kann", sagte Tülay, deren wunderschöne Augen wie leuchtende Sterne funkelten.

„Da hast du ganz sicher recht, mein Engel. Auch ich hätte mir noch vor kurzer Zeit nicht vorstellen können, mit einer so zauberhaften Frau wie dir zusammenkommen zu können. Irgendwie fühlt sich das alles noch immer wie ein herrlicher Traum an. Doch es ist wohl tatsächlich Realität für uns geworden."

„Dann wollen wir gemeinsam hoffen, dass wir niemals aus diesem wunderschönen Traum mehr aufwachen, Fabian. Kennst du übrigens den höchst interessanten Gedanken des Autors Edgar Allan Poe, der sinngemäß fragte <Ist alles, was wir sehen oder glauben zu sehen, nur ein Traum in einem Traum?>?", fragte Tülay interessiert.

„Ja, davon habe ich schon mal etwas gelesen. Ich finde diesen Gedanken sehr interessant, denn er zielt im Kern darauf ab, zu überlegen, wie real das wohl ist, was wir gemeinhin als Realität bezeichnen? Während meines Informatikstudiums faszinierte mich schon damals der Gedanke der Rekursion. Im Prinzip wird damit die Idee zum Ausdruck gebracht, dass letztlich irgendwie alles ineinander verschachtelt sein könnte. Vereinfacht kann man sich das an einem alltäglichen Beispiel verdeutlichen. Angenommen, du schaust einen Film im Fernsehen. Nun stellst du dir bitte mal vor, dass in diesem Film ein Mensch vor dem Fernseher sitzt, der sich einen Film anschaut, in dem ein weiterer Mensch auch vor einem Fernseher sitzt usw. Nun stellt sich die spannende Frage, ob unsere vermeintliche Realität nicht auch nur eine Projektion sein könnte, die von einem weiteren Betrachter erzeugt worden sein könnte. Demnach könnte es sich um eine schier endlose Kette handeln, so dass ein beliebiger Betrachter so gar nicht mehr entscheiden kann, ob das, was er als real betrachtet, auch tatsächlich real ist. Faszinierend, nicht wahr?!"

„Ja, das ist ein sehr interessanter Gedankengang, der höchst fundamentale Fragen aufwirft."

„Das ist wohl wahr, mein Engel. Wie dem auch sei, dann wollen wir mal schauen, wie wir unsere Realität möglichst erfreulich für uns gestalten können?"

„Was hältst du davon, wenn wir unsere Hochzeit hier im türkischen Tanzlokal feiern? Schließlich hatten wir hier unser erstes Rendezvous, und es ist somit für uns ein ganz besonderer Ort", fragte Tülay.

„Ja, das ist eine sehr gute Idee. Mit diesem Ort hier verbinden wir beide schöne Erinnerungen, und es wäre auch genügend Platz für unsere Hochzeitsgesellschaft vorhanden. Sollen wir mal die Geschäftsleitung fragen, ob eine solche Feier hier aus organisatorischen Gründen ausgerichtet werden könnte?"

Ein Gespräch mit dem Geschäftsführer zeigte dann schnell, dass es gut möglich sein würde die Hochzeitsfeier dort ausrichten zu können.

„Das ging ja schneller, als ich es mir in meinen kühnsten Träumen hätte ausdenken können", frohlockte Fabian. „Lass' uns in den nächsten Tagen überlegen, wen wir alles einladen wollen? Außerdem sollten wir den festlichen Rahmen planen. Bestimmt gibt es auch einige Gäste, die etwas zur Gestaltung beitragen möchten."

Glücklich und zufrieden verließen Tülay und Fabian das türkische Tanzlokal am späten Abend.

*

Am Freitagabend rief Aynur bei Tülay an, um sie und Fabian zum Sonntagsessen einzuladen.

„Mama, vielen Dank für eure liebe Einladung. Ich werde Fabian fragen, ob er am Sonntag Zeit hat? Bestimmt wird er sich auch sehr freuen. Übrigens gibt es Neuigkeiten, die euch bestimmt sehr freuen werden", sagte Tülay.

„Ich kann mir schon denken, welche Neuigkeiten es geben könnte. Ihr wollt nun heiraten, und schwebt beide auf Wolke sieben. Stimmt's?"

„Ja, Mama, so ist es. Fabian und ich haben uns schon mal nach einer Lokalität umgesehen. Wir sind übereinstimmend der Meinung, dass es schön sein könnte, unsere Hochzeit in dem türkischen Tanzlokal zu feiern. Das ist für Fabian und für mich ein ganz besonderer Ort. Der Geschäftsführer, mit dem wir schon gesprochen haben, meinte, dass wir gern dort unsere Hochzeit feiern könnten. Die organisatorischen Rahmenbedingungen sind ausgesprochen gut."

„Das freut mich sehr für euch beide, dass ihr euren weiteren Lebensweg nun gemeinsam gehen möchtet. Papa wird sich bestimmt auch sehr freuen, wenn ich ihm davon erzähle. Sehen wir uns also dann am Sonntag?"

„Ja, ich denke, dass das klappen wird. Falls Fabian schon anderweitig geplant haben sollte, werde ich euch noch rechtzeitig informieren. Bis bald dann, und grüß' bitte auch Papa ganz lieb von mir."

Das Sonntagsessen bei Aynur und Baris verlief in schönster Harmonie und Freude. Plötzlich meinte Baris: „Wie wäre es, wenn wir Angelika und Peter nun mal zu uns einladen? Nachdem wir neulich erst ihre Gastfreundschaft genießen durften, wäre es schön, wenn nun wir im Gegenzug ihnen einen schönen Abend verschafften. Was haltet ihr davon?"

„Herr Önöz, ich bin sicher, dass sich meine Eltern über eine solche Einladung sehr freuten", bestätigte Fabian sogleich.

Erfreulicherweise nahmen Angelika und Peter die Einladung von Aynur und Baris sofort dankbar an. Wenige Tage später saßen Familie Önöz und Familie Bense gemeinsam im Wohnzimmer von Aynur und Baris. Neben einem wunderbaren Essen, das Aynur mit viel

Liebe zubereitet hatte, wurde es ein friedlicher und fröhlicher Abend, an dem die Einzelheiten der bevorstehenden Hochzeit besprochen wurden.

„Fabian, bitte lass' mich dir noch einmal versichern, wie froh und glücklich meine Frau und ich darüber sind, dass ihr nun heiraten werdet. Ich bin sicher, dass ihr beide ein sehr glückliches Paar werdet. Bitte vergesst niemals, dass eine Ehe Höhen und Tiefen durchlebt. Wichtig ist, dass ihr euch auf der Grundlage eurer Liebe in guten und in schlechten Zeiten hundertprozentig aufeinander verlassen könnt", sagte Baris.

„Stimmt, so sehen wir das auch, Tülay und ich. Ehrliche Liebe kann jede Herausforderung des Lebens meistern. Es wäre naiv, zu glauben, das Leben bestünde nur aus eitel Sonnenschein. Wichtig ist, dass man stets fest zusammensteht, und auch schwierige Zeiten gemeinsam besteht."

„Habt ihr denn schon konkrete Vorstellungen davon, wie ihr eure Hochzeitsfeier im türkischen Tanzlokal feiern möchtet?", fragte Angelika interessiert?

„Das Wichtigste wird sein, dass sich alle dort wohlfühlen werden. Ich denke, wir werden uns darum bemühen eine Hochzeitsfeier zu gestalten, die Elemente beider Kulturen miteinander verbindet. Falls ihr also konkrete Vorschläge machen möchtet, wie wir diese Hochzeitsfeier schön gestalten könnten, dann lasst es uns bitte wissen. Für gute Ideen sind wir stets dankbar", sagte Fabian.

Gemeinsam überlegten Familie Önöz und Familie Bense, welche Programmpunkte sie in die bevorstehende Hochzeitsfeier aufnehmen könnten. Noch vor wenigen Wochen hätten Tülay und Fabian es wohl als völlig utopisch eingeschätzt, dass sich beide Elternpaare so friedlich und freundlich würden austauschen können. Wieder einmal hatte sich gezeigt, dass sich diffuse Vorurteile vor allem dann am besten zu beseitigen sind, wenn sich Menschen persönlich kennenlernen.

„So, nun lasst uns anstoßen auf das junge Liebesglück von Tülay und Fabian", sagte Peter mit einem Gesichtsausdruck ehrlicher Freude. Im weiteren Verlauf des Abends erzählten beide Elternpaare aus ihrem Leben. Dadurch verstärkte sich das Band wechselseitigen Verstehens. Angelika und Fabian erfuhren, wie schwierig es für Aynur und Baris gewesen war, Fuß zu fassen in einem Land, dessen Kultur sich erheblich von der des Heimatlandes unterscheidet. Für Aynur und Baris war es interessant, zu erfahren, dass das Leben auch für Angelika und Peter schon so manche Härte bereit gehalten hatte. In dieser Nacht schliefen Tülay und Fabian ganz besonders gut. Erfüllt von einem wunderbaren Gefühl des Glücks, des Friedens und einer sich himmlisch anfühlenden Zuneigung schliefen sie eng umschlungen ein. Ein lauer Wind wehte durch das halb offen stehende Fenster in Fabians Schlafzimmer. Aus den Musikboxen in einer nahegelegenen Gartenlaube drang romantische Musik an ihre Ohren.

*

Um sieben Uhr des nächsten Morgen wurden Tülay und Fabian mit sanften Klängen geweckt, die aus Fabians Radiowecker zu hören waren.

„Einen wunderschönen guten Morgen, mein Engel", weckte Fabian die noch selig schlummernde Tülay, und gab ihr einen zärtlichen Kuss auf die Stirn.

Noch im Halbschlaf befindlich küsste sie ihn liebevoll auf seinen Mund.

„Ich werde für uns schon mal das Frühstück bereiten, Tülay."

Kurz darauf verschwand Fabian unter der Dusche. Anschließend deckte er einen geschmackvoll anzuschauenden Frühstückstisch ein. Der Duft frischer Brötchen und köstlich riechenden Kaffees entfaltete sich in Fabians Wohnung.

„Mmh, das sieht ganz großartig aus, Fabian", sagte Tülay, die soeben geduscht und gestylt aus dem Badezimmer kam. „So schön müsste jeder Tag beginnen. Was steht denn auf

137

deinem Einsatzplan heute? Hast du wieder einen neuen Kurs in der Volkshochschule?"

„Nein, einen neuen Kurs habe ich heute nicht. Vielmehr ist heute der letzte Tag eines schon laufenden Seminars. Darauf freue ich mich schon sehr, denn die teilnehmenden Damen sind erfahrungsgemäß immer sehr froh, wenn sie dann ihre Teilnahmebescheinigungen erhalten. Oftmals gehen wir dann im Anschluss an solche Seminare noch gemeinsam irgendwo einen Kaffee zusammen trinken. Und wie schaut es bei dir aus?"

„Heute hat mein Chef, Hartmut, Geburtstag. Er wird heute 46 Jahre alt, und ich vermute, dass es dann einen kleinen Umtrunk im Büro geben wird. Es wird sicher spannend, zu beobachten, wie sich Jasmin dann verhalten wird. Jedoch ist zunächst einmal fraglich, ob sie überhaupt heute wieder ins Büro gekommen wird. In den vergangenen Tagen hatte sie sich mehrfach krank gemeldet. Ob sie tatsächlich krank war, oder ob sie aus Frust nicht gekommen ist, das weiß ich nicht so genau. Egal. Was immer auch der Grund sein mag, mich kann sie jedenfalls nicht mehr aus der Fassung bringen. Jetzt, nachdem sich auch das Verhältnis zwischen unseren Eltern so schön entwickelt, kann ich sehr viel gelassener mit Jasmins missgünstigen Attacken umgehen. Wer weiß, vielleicht macht es auch bei ihr endlich mal Klick, und sie sieht ein, wie schäbig und dumm sie sich mir gegenüber benommen hat? Man soll die Hoffnung niemals aufgeben."

„Dann wünsche ich dir einen schönen und friedlichen Tag im Büro. Wir sehen uns dann heute Abend, mein Engel."

Mit einem langen und intensiven Kuss voller Zärtlichkeit verabschiedeten sich Tülay und Fabian in dem Wissen, dass nichts und niemand mehr ihre tiefe Liebe würde zerstören können.

Offenbar geschehen noch Zeichen und Wunder. Als Tülay das Büro betrat, kam Jasmin zu ihr an den Tisch, und sprach mit leiser und bedächtiger Stimme: „Tülay, ich weiß nicht so recht, wie ich anfangen soll, aber, na, du weißt

schon...", stammelte sie verunsichert vor sich hin.

„Hallo, Jasmin, was ist denn los mit dir? Nein, ich weiß nicht, was du mir sagen möchtest? Setz' dich doch erst einmal. Du wirkst ja total fahrig heute morgen. Man könnte den Eindruck haben, du habest einen Geist gesehen, der dich total erschreckt hat."

„Nun ja, in gewisser Weise kann man das wohl auch so sagen. In der vergangenen Nacht hatte ich einen dermaßen intensiven Traum, so dass ich lange Zeit nicht wusste, ob ich nun träume, oder ob das alles real gewesen sein könnte? Jedenfalls wurde mir die Erkenntnis geschenkt, dass ich dir wohl schlimmes Unrecht zugefügt habe."

Überrascht und emotional stark berührt hörte Tülay den interessanten Schilderungen Jasmins aufmerksam zu.

„Ich weiß zwar nicht woher ein solcher Traum gekommen ist, aber als ich wach wurde, fühlte ich plötzlich, dass sich da in mir eine Blockade gelöst hatte. Mir ist inzwischen klar, dass ich mich dir gegenüber richtig mies verhalten habe. Das tut mir aufrichtig leid, und ich kann dich nur herzlichst bitten, dass du mir meine Gemeinheiten vielleicht irgendwann verzeihen kannst, Tülay."

„Jasmin, ich muss zugeben, dass mich dein Geständnis jetzt sehr überrascht. Obwohl ich mir stets gewünscht habe, wir könnten friedlich miteinander umgehen, weiß ich im Moment kaum, was ich dazu sagen soll. Jedenfalls habe ich den Eindruck, dass du es wirklich ehrlich meinst, und das freut mich sehr!"

„Ja, ganz bestimmt, Tülay. Ich weiß auch nicht, welche bösen Dämonen mein Denken so vernebelt hatten? Ich verstehe mich selbst ja nicht mehr? Hauptsache, du nimmst meine Entschuldigung an. Das wäre schon mal ein großer Schritt für mich."

„Nun, ich denke, dass es zwar noch einige Zeit dauern wird, bis ich wieder ein vertrauensvolles Verhältnis zu dir aufbauen kann. Aber ich kann dir zumindest schon mal versichern, dass deine Entschuldigung auf mich glaubwürdig wirkt. Das ist vielleicht schon mal ein guter Anfang."

„Ja, das denke ich auch. Mehr darf ich zum gegenwärtigen Zeitpunkt auch nicht erwarten. Ich danke dir sehr, dass du mich angehört hast, Tülay."

Tülay wusste in diesem Moment nicht, ob sie träumte, oder ob das alles tatsächlich Realität sein konnte? Obwohl sie ohnehin schon in einer sehr frohen Stimmung war, fiel nun auch noch diese Last von ihr ab. Was würde wohl Fabian sagen, wenn er nun erfährt, dass sich auch noch die Lage bei ihr im Büro so wunderbar entspannt hat?

Unter diesen Umständen machte der kleine Umtrunk aus Anlass von Hartmuts Geburtstag nochmals mehr Freude. Auch Hartmut, dem nicht entgangen war, dass es in der letzten Zeit unangenehme Spannungen zwischen Tülay und Jasmin gegeben hatte, war sichtlich erfreut, zu sehen, dass sich die Gewitterwolken wohl verzogen hatten. Tülay und Jasmin standen friedlich und gelöst nebeneinander an dem kleinen Stehtisch in der Ecke des Büros.

„Na, dann mal Prost, die Damen", sagte Hartmut, der es sehr genoss, dass sich die finsteren Wolken verzogen hatten.

„Auf dein Wohl, Hartmut", sagte Tülay, die in diesem Moment dem gut gelaunten Hartmut ein gefülltes Sektglas entgegen prostete. Prost, Jasmin."

In diesem Moment fiel auch Jasmin ein Stein vom Herzen, denn sie spürte, dass ihr Tülay wohl schon verziehen hatte.

„So, die Damen, aus besonderem Anlass dürft ihr heute schon um 14 Uhr Feierabend machen", sagte Hartmut, der offenbar in Geberlaune war.

Frohgelaunt und mit dem guten Gefühl, dass sich nun auch das kollegiale Verhältnis wieder normalisiert hatte, verließen Tülay uns Jasmin das Büro.

*

„Wie war dein Seminartag, Fabian", begrüßte Tülay ihren Liebsten am Abend, als dieser mit einer Flasche Wein bei ihr vor der Tür stand. Mit einem innigen Kuss begrüßte sie ihn, und brannte schon darauf davon zu berichten, was heute Wundersames im Büro geschehen war.

„Guten Abend, mein Engel", sprach Fabian, während er Tülay zärtlich in seine Arme schloss. „Danke, mein Seminartag war sehr gut. Die Damen waren offenbar sehr mit meiner Kursleitung zufrieden, denn ich erhielt eine herausragende Bewertung. Du musst wissen, jeder EDV-Dozent unterliegt bei den meisten Instituten engmaschigen und strengen Qualitätskontrollen. Nun bin ich sehr froh, dass auch dieses Seminar wieder so erfreulich beendet werden konnte. Und du, Tülay, du strahlst wie tausend Sonnen? Wie war denn dein Tag im Büro?"

„Fabian, ein Wunder ist geschehen. Wie aus dem Nichts kam heute Jasmin zu mir, um sich bei mir für ihr schäbiges Verhalten mir gegenüber zu entschuldigen. Und ich darf sagen, dass ihre Entschuldigung absolut glaubhaft auf mich wirkte. Sie erzählte mir von einem merkwürdigen Traum, den sie in der letzten Nacht gehabt habe. Dann sei ihr plötzlich bewusst geworden, dass sie mich so mies behandelt habe, und sich wohl nun offiziell bei mir für ihre Gemeinheiten entschuldigen soll. Wie dem auch sei, jedenfalls wirkt sie inzwischen wie ausgewechselt. Während des kleinen Umtrunks aus Anlass von Hartmuts Geburtstag konnten wir uns endlich wieder wie ganz normale Kolleginnen unterhalten. Ich habe den Eindruck, dass auch Jasmin sehr froh darüber ist, dass wir nun wieder friedlich und freundlich miteinander umgehen können. Darüber bin ich sehr froh, denn es war schon sehr belastend, tagtäglich mit einer Kollegin zusammenarbeiten zu sollen, die mir nicht wohlgesonnen war. Nun endlich ist auch dieser Albtraum vorbei. Ach, Fabian, das Leben kann so wunderbar sein."

Während Tülay diese Worte sprach, warf sie Fabian erneut schmachtende Blicke zu, die dieser auch sogleich erwiderte.

„Ja, Tülay, das Leben meint es derzeit richtig gut mit uns. Dafür sollten wir sehr dankbar sein, denn selbstverständlich ist das keineswegs. Vielleicht wäre es sogar eine gute Idee, dass sich Jasmin mal von Dr. Blautaler psychologisch beraten ließe, um zu ergründen, warum sie sich so gemein dir gegenüber verhalten hatte?"

„Das ist ein gutes Stichwort. Dr. Blautaler, ganz genau, er ist fraglos der entscheidende Auslöser dafür gewesen, dass wir nun unser Liebesglück genießen dürfen. Ohne seine klugen und achtsamen Ratschläge hätten sich die Dinge sicher nicht so erfreulich für uns entwickelt. Ich bin sehr froh, dass es noch Ärzte wie Dr. Blautaler gibt, die nicht nur fachlich sehr kompetent agieren, sondern die auch Mensch geblieben sind. Dr. Blautaler hat eine ganz besonders angenehme Art mit Menschen umzugehen. Neben aller fachlichen Qualität ist genau das auch ein sehr entscheidendes Merkmal für wirklich gute Ärzte. Leider lässt sich ehrliche Empathie im Medizinstudium nicht erlernen. Patientinnen merken zumeist sehr schnell, ob sie einen Arzt vor sich haben, der nur eine aufgesetzte Empathie zeigt, die eher kühl wirkt. Dr. Blautaler dagegen ist Arzt mit Leib und Seele. Bei ihm spürt man immer wieder, dass er die zu behandelnden Menschen als Ganzheit betrachtet, und nicht nur als einen Fall unter vielen anderen."

„Da hast du völlig recht, Tülay. Wenn man sich unser gegenwärtiges Gesundheitswesen so anschaut, stellt man fest, dass es leider viele Ärzte gibt, die den Menschen nur noch als einen Kostenfaktor sehen, den es irgendwie zu optimieren gilt. Menschliche Zuwendung bleibt leider oftmals auf der Strecke. Um so erfreulicher ist es, zu sehen, dass es zum Glück noch Ärzte gibt, die nicht dem Mammon verfallen sind. Jedem aufmerksamen Beobachter sollte eigentlich schon längst klar sein, dass unser sogenanntes Gesundheitswesen im Kern krank ist. Ein unheilvolles Konglomerat aus einer in Teilen kriminellen Pharmabranche, medizinischen Fachgesellschaften sowie teils korrupten Ärzten hat unübersehbar dazu geführt, dass oftmals nicht mehr die Menschen mit ihrem Leid im Vordergrund der Betrachtung stehen, sondern vor allem nur noch wirtschaftliche Interessen, die sich aus einer schier unersättlichen Gier speisen."

„Wie recht du hast, Fabian. So sehe ich das auch. Was hältst du davon, wenn wir auch Dr. Blautaler zu unserer Hochzeit einladen? Schließlich ist er ein entscheidender Schlüssel zu unserem Liebesglück."

„Das ist eine sehr gute Idee, Tülay. Diesen Gedanken hatte ich auch schon. Ja, einverstanden, lass' uns auch Dr. Blautaler zu unserer Hochzeit einladen. Da wird er bestimmt sehr überrascht sein."

„Meinst du, ob ich ihn mal eben anrufen kann? Es ist noch recht früh am Abend, so dass er bestimmt noch nicht zu Bett gegangen sein wird."

„Ja, ruf' ihn am besten mal sofort an. Dann wissen wir, ob wir mit ihm rechnen dürfen. Das wäre eine schöne Sache."

„Guten Abend, Herr Dr. Blautaler. Hier spricht Tülay Önöz. Bitte entschuldigen Sie die späte Störung. Darf ich Sie ganz kurz etwas fragen?", begrüßte Tülay Dr. Blautaler, der gerade genüsslich eine Zigarre rauchte.

„Guten Abend, Frau Önöz. Das ist ja eine nette Überraschung. Was haben Sie auf dem Herzen? Wie kann ich Ihnen helfen?" fragte Dr. Blautaler in seiner liebenswerten Art.

„Es ist kaum zu glauben, aber tatsächlich wahr. Meine Kollegin, Jasmin, hat sich heute höchst glaubhaft bei mir entschuldigt, so dass wir nun wieder ein freundliches Verhältnis zueinander aufbauen können. Ich sprühe förmlich über vor lauter Glück. Gerade eben ist Fabian hier bei mir, und wir dachten, es sei eine schöne Idee, auch Sie zu unserer Hochzeit einladen zu dürfen. Schließlich haben Sie einen maßgeblichen Anteil daran, dass sich die Dinge so erfreulich für uns entwickelt haben. Dafür sind wir Ihnen sehr dankbar, Dr. Blautaler.

140

Dürfen wir Sie zu unserer Hochzeit einladen? Das wäre uns eine ganz besondere Ehre."

„Frau Önöz, ich bin ganz gerührt, dass Sie das so sagen. In den meisten Fällen ist es nämlich so, dass sich Menschen zwar über unerfreuliche Dinge beschweren, es aber vergessen, Gutes voller Dankbarkeit anzunehmen. Das freut mich sehr, dass ich Ihnen und Ihrem Freund behilflich sein durfte. Ja, ich nehme Ihre Einladung gern an. Vielen Dank schon mal vorab, ich weiß das sehr zu schätzen. Bitte richten Sie meinen herzlichen Dank auch an Herrn Bense aus. Da haben Sie einen sehr lieben Menschen an Ihrer Seite."

„Herzlichen Dank, Dr. Blautaler, dann möchten wir Sie jetzt auch nicht länger in Ihrem wohlverdienten Feierabend stören. Wir wünschen Ihnen noch einen angenehmen Abend. Bis bald dann. Auf Wiederhören, Dr. Blautaler."

Tülay und Fabian verbrachten noch einen wunderbaren Abend bei köstlichem Wein und romantischer Musik. Eine traumhafte Atmosphäre großer Glückseligkeit umgab die beiden, die sich zärtlich in den Armen lagen. Voller Dankbarkeit ließen Tülay und Fabian den Abend auf sich wirken.

*

In den kommenden Tagen gab es viel vorzubereiten für die bevorstehende Hochzeit. In gemeinsamer Abstimmung mit Tülays und Fabians Eltern wurde die Gästeliste erstellt. Schnell zeigte sich, dass es wohl eine recht große Hochzeitsgesellschaft werden würde. Glücklicherweise bot das Café im türkischen Tanzlokal eine genügend große Kapazität, so dass einer Feierlichkeit dort nichts im Wege stand. Gemeinsam mit Aynur suchte sich Tülay ein traumhaft schönes Hochzeitskleid aus, das Fabian jedoch erst am Tag der Hochzeit zu Gesicht bekommen sollte. Peter und Baris kümmerten sich um die organisatorischen Details. Während dieser gemeinsamen Planung kamen sich Peter und Baris immer näher. Vor allem Peter musste erkennen, dass er wohl mit seinen diffusen Vorurteilen türkischen Menschen gegenüber grob daneben gelegen hatte. Es war ihm sogar richtig peinlich, doch das vermochte er es noch nicht offen und frei auszusprechen. Tülay und Fabian suchten sich wunderschöne Hochzeitsringe aus, die jeweils mit einer Namensgravur versehen werden sollten.

Dann endlich war der lang herbei gesehnte Hochzeitstag gekommen. Eine große und fröhliche Hochzeitsgesellschaft hatte sich im Café des türkischen Restaurants eingefunden, um dort gemeinsam mit Tülay und Fabian einen wunderschönen Tag verbringen zu können.

Das Café erstrahlte in einem orientalisch angehauchten Glanz. Da hatten offenbar Baris und Peter ganze Arbeit geleistet.

„Tülay, du siehst einfach himmlisch aus in deinem wunderschönen Hochzeitskleid. Das fühlt sich alles wie ein herrlicher Traum für mich an. Ich liebe dich über alles auf dieser Welt, mein Engel", sagte Fabian, dem man deutlich anmerkte, dass er völlig überwältigt war ob des wunderschönen Anblicks seiner bezaubernden Braut."

„Fabian, du siehst aber auch ganz wunderbar aus. Auch für mich wirkt das alles hier wie ein Traum, aus dem ich nie mehr erwachen möchte. Ich liebe dich mehr als mein Leben", antwortete Tülay, die ebenfalls auf Wolke sieben schwebte.

Die Intensität der vielen Eindrücke, das wunderbare Festessen, die schöne Musik sowie vor allem die fröhlichen Menschen sorgten für einen traumhaft schönen Rahmen dieser interkulturellen Hochzeitsfeier.

„Liebes Brautpaar", so hob Baris seine Tischrede an, „wir haben uns hier versammelt, um dich, lieber Fabian, und dich, liebe Tülay, in den Hafen der Ehe zu begleiten. Wir wünschen euch von ganzem Herzen alles erdenklich Gute, Glück und Freude sowie eine niemals enden wollende Liebe. Wir alle hier sind sehr froh, dass euch das Schicksal zusammengeführt hat, und wünschen euch, dass euch ein langes Leben beschert sein möge. Bitte vergesst niemals, dass das Leben gute und schlechte Zeiten bietet.

141

Genießt die guten Zeiten voller Dankbarkeit, und vertraut in schlechten Zeiten darauf, dass nichts und niemand eure Liebe zerstören kann. Wechselseitiges Vertrauen ist ein immens wichtiger Baustein zum Aufbau und zur Pflege einer lebenslangen Ehe. Gemeinsam mit euch hoffen wir, dass ihr eine glückliche Familie gründen könnt, um somit euer Glück perfekt zu machen. Ob und wie ihr das entscheidet, ist natürlich eure Sache. Und nun zu unserem Hochzeitsgeschenk für euch. Mama und ich haben uns in gemeinsamer Abstimmung mit Angelika und Peter dazu entschieden, euch eine wunderschöne Hochzeitsreise nach Antalya zu schenken. Vorausgesetzt, ihr möchtet das auch. Falls ja, dann ist bereits alles für euch arrangiert, und ihr könntet schon übermorgen in Richtung Antalya abfliegen. Vor Ort ist bereits alles für eure traumhafte Hochzeitsreise vorbereitet, so dass ihr euch um nichts mehr weiter zu kümmern braucht. Nur noch eure Liebe und eine traumhaft schöne Zeit sollen euch begleiten. So, und nun lasst uns unsere Gläser erheben, um auf das junge Glück anzustoßen. Wir alle hier wünschen euch nur das Beste für eure gemeinsame Zukunft. Genießt diesen schönen Tag, und lasst uns nun fröhlich gemeinsam feiern."

Die Hochzeit wurde in voller Harmonie und ausgelassener Freude gefeiert. Je weiter der Abend voran rückte, um so mehr vermischten sich Tülays und Fabians Familien, indem sie ihre Lebensgeschichten austauschten. Wer hätte noch vor wenigen Wochen denken mögen, dass es einmal möglich sein könnte, Peter und Angelika würden in einem türkischen Tanzlokal die Hochzeit ihres Sohnes mit einer Türkin feiern? Offenbar war ein Wunder geschehen. Doch, wie pflegte Dr. Blautaler oftmals zu sagen: „Die meisten Wunder sind das Ergebnis harter Arbeit."

„Tülay und ich möchten uns nochmals ausdrücklich bei Ihnen, Herr Dr. Blautaler, für Ihre so engagierte und höchst wertvolle Hilfe bedanken, die Sie uns zuteil haben lassen. Ohne ihren klugen Rat wäre diese Hochzeit hier sicher niemals zustande gekommen" sagte Fabian, dem es ein Bedürfnis war, dies vor der versammelten Hochzeitsgesellschaft kundzutun.

Dr. Blautaler, der sich gerade eine wohlriechende Zigarre angesteckt hatte, nahm diese anerkennenden Worte mit einem bescheidenen Kopfnicken dankbar an.

„Sie rauchen, Herr Dr. Blautaler?" fragte Angelika sichtlich überrascht.

„Ja, Frau Bense, ich weiß, als Arzt sollte ich das wohl besser nicht machen. Doch meine Devise lautet, dass man sich im Leben auch ein wenig Genuss gönnen sollte. So halte ich beispielsweise ein genussvolles Leben von vielleicht 70 Jahren für erstrebenswerter als ein solches, das vielleicht einige Jahre länger währt, das jedoch auf viele Genüsse verzichtet. Letztlich muss das natürlich jeder Mensch für sich allein entscheiden. Ich jedenfalls genieße meine Zigarren sehr. Selbstverständlich werde ich aber meine Zigarre sofort ausmachen, falls sich hier jemand dadurch gestört fühlen sollte."

„Nein, nein, das geht schon in Ordnung. Im Gegenteil, ich finde es sogar sehr sympathisch, dass Sie dem Leben auch genussvolle Seiten abgewinnen, und nicht nur alles vor einem ausschließlich medizinischen Hintergrund betrachten", antwortete Angelika.

Bis weit in den nächsten Tag hinein feierten beide Familien und deren Gäste fröhlich und friedlich miteinander.

„Liebe Eltern, liebe Freundinnen und Freunde, wir bedanken uns nochmals ganz herzlich bei euch allen, dass ihr gemeinsam mit uns diese wunderschöne Hochzeit gefeiert habt. Bitte feiert noch so lange ihr möchtet fröhlich weiter. Tülay und ich werden uns nun zurückziehen.

Arm in Arm, begleitet von sehnsuchtsvollen Blicken verschwanden Tülay und Fabian im Dunkel der Nacht. Nur der Himmel sollte Zeuge einer traumhaft schönen und romantischen Hochzeitsnacht werden.

E N D E

Drei romantische
Arzt-/Liebesromane aus der Reihe

Dr. Leon Blautaler

in einem Band

Genießen Sie frohe und spannende Lesestunden.

Tauchen Sie ein in eine Welt voller Romantik, Spannung und Liebe.

Lassen Sie sich bezaubern von einer Welt, in der nicht Neid und Missgunst, sondern Vertrauen und Liebe siegen.

Dr. Leon Blautaler zeichnet sich durch hohe Fachkompetenz aus, wobei seine Patientinnen & Patienten vor allem seine ausgeprägten empathischen Fähigkeiten schätzen. Dr. Leon Blautaler versteht es auf eine besondere Art und Weise, menschliche Probleme, deren Ursachen oftmals im psychologischen Umfeld zu suchen sind, behutsam und zielsicher zu lösen.

Besonderes Merkmal seiner ärztlichen Tätigkeit ist u. a. die Fähigkeit eine Sprache zu wählen, mit der sich seine Patientinnen & Patienten identifizieren können. Dr. Leon Blautaler versteht es meisterhaft, medizinische Diagnosen in eine Form zu kleiden, die vor allem auch von „normalen" Menschen verstanden werden kann. Nicht zuletzt deshalb lieben die Patientinnen & Patienten Herrn Dr. Leon Blautaler als den Arzt ihres Vertrauens.

Dr. Leon Blautaler wirkt grundsätzlich niemals belehrend, sondern er versteht sich vor allem auch als Mentor bzw. als „guter Geist im Hintergrund", der seine Patientinnen & Patienten ebenso fachkompetent wie menschlich zuverlässig begleiten möchte.

Dr. Leon Blautaler ist ein Arzt aus Leidenschaft, der zudem eine romantische Ader hat, die bei seinen Patientinnen & Patienten auf Wohlwollen und Verständnis stößt.

Ein Kerngedanke, der sich durch das Leben und die Arbeit von Dr. Leon Blautaler zieht, ist das Wissen um die besondere Bedeutung von Vertrauen; sowohl für einzelne Patientinnen & Patienten, als auch für eine Gesellschaft als Ganzes.